汉译世界文学名著丛书

缅因森林

〔美〕梭罗 著

李家真 译注

据霍顿·米夫林公司一九〇六年版及普林斯顿大学出版社
一九七二年版译出

汉译世界文学名著丛书
出版说明

1902年,我馆筹组编译所之初,即广邀名家,如梁启超、林纾等,翻译出版外国文学名著,风靡一时;其后策划多种文学翻译系列丛书,如"说部丛书""林译小说丛书""世界文学名著""英汉对照名家小说选"等,接踵刊行,影响甚巨。从此,文学翻译成为我馆不可或缺的出版方向,百余年来,未尝间断。2021年,正值"汉译世界学术名著丛书"出版40周年之际,我馆规划出版"汉译世界文学名著丛书",赓续传统,立足当下,面向未来,为读者系统提供世界文学佳作。

本丛书的出版主旨,大凡有三:一是不论作品所出的民族、区域、国家、语言,不论体裁所属之诗歌、小说、戏剧、散文、传记,只要是历史上确有定评的经典,皆在本丛书收录之列,力求名作无遗,诸体皆备;二是不论译者的背景、资历、出身、年龄,只要其翻译质量合乎我馆要求,皆在本丛书收录之列,力求译笔精当,抉发文心;三是不论需要何种付出,我馆必以一贯之定力与努力,长期经营,积以时日,力求成就一套完整呈现世界文学经典全貌的汉译精品丛书。我们衷心期待各界朋友推荐佳作,携稿来归,批评指教,共襄盛举。

商务印书馆编辑部
2021年8月

自然的恩泽
（代译序）

　　一八四六、一八五三及一八五七年，梭罗三次探访缅因森林，由此写就构成《缅因森林》的三篇文字：《柯塔丁山》、《奇森库克湖》和《阿拉加什与东支》。以讴歌自然著称的梭罗，又一次用他流光溢彩的文笔，为我们留下一部美不胜收的不朽杰作。

　　今天的缅因州，依然有超过一半的土地属于人烟稀少的"无组织疆土"（unorganized territory），所以我们不难想象，超过一个半世纪之前的当年，面对这样一种粗犷浑朴、未经删削的自然，梭罗的心灵受到了怎样的震撼。这位了不起的作家与缅因森林的遭逢，着实是后世读者的福音，因为正如当代美国作家保罗·泰鲁（Paul Theroux）所说，他是"整个文学史上最敏感、最细致的人类及自然观察者之一"。不但如此，他还是一位妙笔生花的诗人，能够将观察所得形之于妥帖传神的文字，能够穷形尽相地描摹自然的美好，为自然对人类的恩泽提供一份份令人信服、触动灵魂的证言。

　　在他的笔下，自然时或使人心旷神怡：

　　　　月光之下，柯塔丁的无云剪影赫然矗立，万籁俱寂，唯急流淙淙有声。我站在岸边，又一次把钓丝投入小溪，便发觉梦境真实，传说不虚。斑斑点点的鳟鱼和银光闪闪的须雅罗鱼，像飞鱼一样疾速掠过月光下的夜空，在柯塔丁的暗影上画出一道道明亮的弧线，直至月色渐褪，曙光熹微，让我和随后起身的几个同伴，个个都看得称心满意。（《柯塔丁山》）

时或使人瞿然猛省：

……去博物馆参观，去浏览林林总总的个别器物，哪能比得上亲眼目睹星球的表面，实地观察亘古不磨的物质！……想想吧，置身于自然的怀抱，我们的生活会是什么光景——日复一日地目睹物质，接触物质，接触岩石与树木，还有扑面的风！**坚实的大地！真实的世界！常识！接触！接触！**我们是**谁**？我们身在**何处**？（《柯塔丁山》）

梭罗曾在《瓦尔登湖》（*Walden*，1854）当中写道，"我们需要荒野的滋养"。身处自然的怀抱，我们都会产生一种下意识的亲近感，因为自然是我们的来处，也是我们慰藉无限的永恒归宿。我们需要自然，一如孩子需要母亲。可惜我们往往不懂得珍惜自然的恩泽，接触自然时往往怀抱浅薄的功利动机，如梭罗所说：

这天下午的经历让我明白，驱使人们走进荒野的普遍动机，究竟有多么卑劣，多么粗鄙。木材探子和伐木工人通常都是受雇于人，干一天活挣一天钱，他们的野性自然之爱，多不过锯木工人的森林之爱。来这里的其他白人和印第安人，大多数无非猎手，目的不外乎屠杀尽量多的驼鹿，以及其他的野生动物。但是，请问，假使我们要在这片广袤苍寂的荒野待上几周或几年的时间，难道就不能干点别的，就不能干点纯良仁善、陶冶情操的事情？（《奇森库克湖》）

结果是一边戕害自然，一边戕害自身的灵性：

英裔美国人尽可以把这一整片婆娑起舞的森林砍个精光，刨个净尽，之后还可以发表树桩演讲，在森林的废墟上给布坎南投票，却无法与他砍倒的树木进行精神交流，无法解读随他的迈进步步退避的诗歌和神话。（《阿拉加什与东支》）

从很多方面来看，梭罗都可以说是美国环保运动的"先知"，他的著作对美国的环保实践产生了深远的影响。举例来说，美国的环保运动领袖、"国家公园之父"约翰·缪尔（John Muir, 1838—1914），便是梭罗的忠实崇拜者之一。大力支持环保事业的美国总统西奥多·罗斯福（Theodore Roosevelt Jr., 1858—1919），求学哈佛时也深受《缅因森林》的影响，以至于特意去柯塔丁山追随梭罗的脚步。尤为可贵的是，梭罗之所以倡导保护自然，着眼点并不是自然带给人类的物质收获，并不是所谓的"可持续发

展"和"可再生资源",而是自然带给人类的精神进益:

> ……为何不建立我们的国家保护区,建在那些用不着摧毁村庄的地方,让熊和美洲狮,乃至猎手种族的一些成员,在那些地方继续生存,不至于"被文明逐出大地的表面",为何不善用我们的森林,不只为蓄养君王的猎物,还蓄养并保护君王亦即万物之主本身,不为满足无聊消遣或猎取野味之需,只为获取灵感,获取我们真正的重生?(《奇森库克湖》)

梭罗是自然的知己,真正懂得自然待我们何等仁慈,给了我们怎样的嘉礼厚贶,真正懂得我们乐山乐水、爱草爱木,根由是怎样的一种相知莫逆,正如他自己所说:

> 不,诗人才是松树的知己,他爱它,当它是自己在天空里的影子,任由它卓然挺立。我去过伐木场,去过木匠铺,去过鞣皮厂,去过松烟厂,也去过松油场,但当我终于远远看见林中松树的颠梢,看见它秀出众木,婆娑的身影映着阳光,这才意识到工厂作坊,并没有让松树派上最大的用场。我最爱的不是松树的骨架,不是松树的皮肤,也不是松树的脂膏。我不爱松脂炼制的精油,爱的是松树的蓬勃精神,这样的精神能激发我的共鸣,疗治我的伤创。(《奇森库克湖》)

一八五八年,《奇森库克湖》在《大西洋月刊》(*The Atlantic*

Monthly）初次发表之时，时任主编、美国诗人洛厄尔（James Russell Lowell，1819—1891）删去了紧接以上这段文字的一句话（可能是因为这句话蕴含的泛灵意味）："松树跟我一样不朽，兴许还会跟我升入同一座天堂，到那里，它依然凌云直上，使我翘首仰望。"梭罗为此大光其火，写信给洛厄尔表示抗议：

> 编辑……无权删削我的感悟，正如无权将感悟植入我的作品，将字句塞进我的嘴巴。我并不要求任何人接受我的观点，但我确实认为，既然你们要拿去印，那就该照样印，要改也该事先征得我的同意……我觉得这是一种侮辱，虽然说不是故意为之，因为这等于是说我可以被人收买，由此压制自己的观点……一个人若是恐惧抢起的拳头，我倒还觉得情有可原，但一个人若是习惯性地表露对于真诚表达的恐惧，那我就只能认为，这个人必定生活在某种持续到光天化日之下的梦魇之中。

梭罗的愤怒，诚可谓理所当然，因为他的心灵有着与自然一样的率真，与自然一样的自然，他的文字有着与自然一样的朴雅，大美浑成，不容删削。

需要补充说明的是，梭罗写作的时候任情率性，并不是十分体贴读者。他留下的各种著作当中，许多文字都取自他在康科德学堂所做的讲座，但在译他这些书的时候，我免不了时常悬想，他那些听众当中，除了爱默生之类的朋友以外，究竟有几个人能在现场听明白他的意思。然而正因如此，他的著作经得起长久的咀嚼，只不过需要读者静下心来细细品味而已。

以《缅因森林》而论，梭罗有时会——列举途中所见的动植物，并且大量使用英文俗名后附拉丁学名的学术文字写作通例，或者是仅仅列出该物种的拉丁学名，偶尔还对拉丁学名加以解释。职是之故，本书正文保留了许多梭罗使用的动植物拉丁学名（当然每个学名都附有相应的说明和注解）。照我的感觉，书中这一小部分略似科考报告的文字并无卖弄之意（虽然他的博物学问确实渊博），仅仅是他严谨写作态度的一个体现，因为同一种动植物可能有几个甚至几十个不同的俗名（中文英文都是如此，例如《瓦尔登湖》讲到的一种鱼），几种不同的动植物共用同一个俗名的情况也不鲜见，拉丁学名却能够提供唯一的精确指向。在很多情况之下，如果他没有列出拉丁学名（尽管他列的拉丁学名不一定是现用的拉丁学名，终归提供了可靠的查找线索），我将会无法一一厘清，他说的具体都是哪些动植物；与此同时，他确实不是像多数作家那样，泛泛地数说杨柳牛羊，而是在具体描述各种各样的特定动植物，并且力求精准无误。所以我觉得，在正文中保留他使用的这些学名，更能够反映他的创作意图，更对得住他的严谨，更不会削弱他的"真诚表达"。另一方面，拉丁学名至今通行世界，想弄清书中说的动植物到底是什么的话，拉丁学名无疑是最好也最可靠的凭据。说句玩笑话，我自己阅读我国古籍的时候，经常会希望作者列出了所说动植物的拉丁学名。虽然说"桃之夭夭"（《诗经·周南·桃夭》）里面的"桃"没列学名，并不会妨碍我们想见桃花的美丽，但"食野之苹"（《诗经·小雅·鹿鸣》）里面的"苹"，往往会引诱读者努力揣摩，这个"苹"

究竟是什么东西。

除此而外，梭罗在书中使用了一些印第安语地名的英文转写，有时还探讨追溯这些地名的渊源，并且为本书编制了一份印第安词汇表。有鉴于此，本书正文保留了少量此类转写，以便感兴趣的读者对照查找。

二〇二三年七月十三日

目　录

柯塔丁山·· 1

奇森库克湖·· 102

阿拉加什与东支·· 199

附录·· 370

　一、乔木·· 370

　二、花卉与灌木··· 372

　三、植物名录·· 380

　四、鸟类名录·· 400

　五、四足动物·· 404

　六、远足装备·· 404

　七、印第安词汇表·· 406

柯塔丁山[1]

一八四六年八月三十一日，我从马萨诸塞州的康科德出发，先后搭乘火车汽船，前往班戈[2]及缅因深林，本意是陪同一个在班戈贩运木材的亲戚[3]，去看看远在珀诺布斯科特西支[4]的一座水坝，因为他打算投资水坝生意。水坝位于班戈上游约一百里[5]处，与霍

---

[1] 本书首次出版于1864年，由梭罗的妹妹索菲娅（Sophia Thoreau, 1819—1876）及友人钱宁（William Ellery Channing, 1818—1901）编定。本篇首次发表于1848年下半年的美国期刊《联合文艺杂志》(The Union Magazine of Literature & Art)，原标题为"柯塔丁山及缅因森林"（"Ktaadn, and the Maine Woods"），收入本书时有所修改。柯塔丁山（Ktaadn，亦作 Katahdin）位于缅因州中部，主峰海拔约一千六百米，为该州第一高峰。

[2] 康科德（Concord）为马萨诸塞州内陆城镇，梭罗的家乡；班戈（Bangor）为缅因州中南部城镇，位于缅因州第一长河珀诺布斯科特河（Penobscot）岸边。

[3] 即梭罗的表姐夫乔治·撒切尔（George Thatcher, 1806—1885），撒切尔的妻子是梭罗姑姑的女儿吕贝卡·简·比灵斯（Rebecca Jane Billings, 1813—1883）。

[4] 珀诺布斯科特西支（west branch of the Penobscot）为珀诺布斯科特河支流，流经缅因州中北部林地。

[5] 一英里约等于一点六公里。梭罗书中使用的大多是英美计量单位，为贴近原文口气起见，译文尽量使用对应的中文习惯说法，并以注释说明这些计量单位与公制单位的换算关系。

尔顿军用公路[1]相距三十里，比最边远的一座伐木工棚还远五里。到了班戈之后，我提议寻访约莫三十里外的新英格兰第二高峰[2]柯塔丁山，顺便看看珀诺布斯科特流域的一些湖泊，能找到同去的旅伴固然好，独自游览也无妨。这时节伐木工人已经歇工，深林里通常无人宿营，但我后来在林中遇见一帮受雇修理春汛水毁设施的工人，得到了他们的帮助，可说是喜出望外。取道阿鲁斯杜克公路和瓦萨塔奎伊克河[3]，以骑马加徒步的方式从东北边去柯塔丁山，是一条更好走也更直接的路线，但要是那样走的话，途中会少看许多原野风光，与壮丽的河湖美景失之交臂，而且没机会体验巴妥船[4]的风情，以及船夫生活的况味。我这次旅行不仅路线上佳，季节也很合适，因为夏季会有不计其数的墨蚊和蚊子[5]，外加印第安人称作"不见影儿"的蠓[6]，简直不容人厕足林间，但在

---

[1] 霍尔顿（Houlton）是缅因州东北部的一个居民点（1831年建镇），位于美国和加拿大交界处。1828年，美国政府在霍尔顿设立了一个兵站，从班戈通往该地的军用公路于1832年建成。

[2] 新英格兰（New England）是美国东北部六个州（康涅狄格州、缅因州、马萨诸塞州、新罕布什尔州、罗得岛州和佛蒙特州）的合称，这个地区的第一高峰是新罕布什尔州的华盛顿山（Mount Washington），该山海拔接近两千米。

[3] 阿鲁斯杜克公路（Aroostook road）是与霍尔顿军用公路相连的一条道路，1840年建成；瓦萨塔奎伊克河（Wassataquoik River）是柯塔丁山东北边的一条小河。

[4] 巴妥船（batteau）是一种又长又轻、尖头尖尾的平底船，具体描述见下文。

[5] "墨蚊"原文为"black fly"，是双翅目蚋科（Simuliidae）昆虫的通称。根据梭罗在后文列出的拉丁学名"*Simulium molestum*"，他说的"black fly"是蚋科蚋属昆虫扰人蚋；"蚊子"原文为"mosquito"，是双翅目蚊科（Culicidae）昆虫的通称。

[6] "不见影儿"原文为"no-see-em"，是微小蚊蚋的通称。根据梭罗在后文列出的拉丁学名"*Simulium nocivum*"，他说的"no-see-em"是蠓科蠓属昆虫吸血库蠓，学名今作 *Culicoides sanguisuga*。

我选的这个时令，蚊蚋的统治已经末日临头。

"柯塔丁"一名源自印第安语，意思是"至高之地"，白人第一次登上此山，则是一八〇四年的事情。① 此山于一八三六年迎来西点军校的雅·惠·贝利教授②，于一八三七年迎来州聘地质学家查尔斯·托·杰克逊医生③，又于一八四五年迎来波士顿的两个小伙子④，前述诸位，全都为各自的登山之旅留有记载。在我之后，又有两三拨旅人登临此山，将他们的经历形诸笔墨。除了这些人以外，哪怕算上深林居民和猎手，攀登过这座山的人依然是寥若晨星，这座山要成为一个时髦的景点，想来还需要漫长的时日。缅因峰峦崛起于白山⑤附近，向东北绵延一百六十里，止步于阿鲁斯杜克河⑥源头，宽度约为六十里。荒林野地，或者说无人绝域，

---

① 马萨诸塞居民查尔斯·特纳（Charles Turner Jr., 1760—1839）一行于1804年登上柯塔丁山，特纳于1819年发表《纳塔尔丁山或柯塔尔丁山概况》（"A Description of Natardin or Catardin Mountain"）。

② 雅各布·惠特曼·贝利（Jacob Whitman Bailey, 1811—1857）为美国博物学家，西点军校毕业生及教授。

③ 查尔斯·托马斯·杰克逊（Charles Thomas Jackson, 1805—1880）为美国医师及科学家，先后担任缅因、罗得岛及新罕布什尔的州聘地质学家。杰克逊的一个姐姐曾在梭罗家里寄宿，另一个姐姐嫁给了梭罗的密友、美国作家及哲学家爱默生（Ralph Waldo Emerson, 1803—1882）。

④ 这两个小伙子是美国作家及历史学家爱德华·黑尔（Edward Hale, 1822—1909）和美国社会活动家及科学家威廉·弗朗西斯·钱宁（William Francis Channing, 1820—1901），后者是梭罗友人钱宁的堂弟。

⑤ 白山（White Mountains）是主要位于新罕布什尔州的一座山脉，上文注释中的华盛顿山是白山山脉的一部分。

⑥ 阿鲁斯杜克河（Aroostook River）是缅因州东北部的一条河，河源在柯塔丁山北边。

3

面积比峰峦还要广大得多。这一来,寻幽探胜之人只需往这个方向走上几个钟头,便可抵达原始森林的边缘,不管从哪个方面来说,兴许都会比西行千里更有意思。

第二天,也就是九月一日,星期二,我和同伴午前启程,赶着小马车从班戈驶向"河的上头",前往大约六十里外的马塔瓦姆基格岬①,因为另有两个班戈居民②决定和我俩一同登山,大家约好次日夜晚在那里会合。我俩各带了一个背包或袋子,把衣物之类的必需品塞在里面,我同伴还带上了他的猎枪。

出班戈十余里,我们穿过止水镇和老镇③,两个村镇都挨着珀诺布斯科特河上的瀑布,瀑布是当地居民的首要能源,可以帮他们把缅因森林变成木材。锯木厂直接建在河上,横跨两岸。河里的木头一年四季密密麻麻,磕磕碰碰,曾经的青葱绿树,老早就已经磨成白色——不必说白似滚雪,说白似滚木就行——到此又再遭劫难,变成了区区木材。你的一寸④板,还有你的两寸板和三寸板,就是从这里开始成型,锯工先生在这里标好切口的间距,决定无数片倒伏森林的命运。来自柯塔丁山、奇森库克和圣约翰

---

① 马塔瓦姆基格岬(Mattawamkeag Point)是马塔瓦姆基格河(Mattawamkeag River)和珀诺布斯科特河汇流处的一片砾石河滩。

② 这两人是查尔斯·洛厄尔(Charles Lowell)和霍雷肖·布拉德(Horatio Blood),前者是撒切尔的连襟。

③ 止水镇(Stillwater)是缅因州中南部城镇奥若诺(Orono)的旧名,老镇(Oldtown)是1820年从奥若诺分离出去的一个镇,因附近的古老印第安村庄而得名。

④ 一英寸约等于二点五厘米,一英尺等于十二英寸,约等于三十厘米。

河河源①的森林,箭杆一般劲挺的缅因森林,在这里通过略显粗砺的钢铁筛网②,承受冷酷无情的筛分,最终变成平板、楔形板和板条,以及风都能吹跑的木瓦,接下来没准儿还得一切再切,直到尺寸符合人类需要为止。想想吧,白松③如何在奇森库克湖畔巍然挺立,枝丫随四面来风簌簌低吟,每一根松针都在阳光里微微抖颤,再想想它如何挺过眼下的处境——已经被卖了出去,兴许还是卖给了新英格兰火柴公司!我从书里读到,一八三七年,仅在班戈上游,珀诺布斯科特河及其支流就招纳了二百五十家锯木厂,大部分都建在这一带,每年要锯出两亿尺的板子。④这还没算上肯尼贝克河、安德罗斯科金河、萨科河、帕萨马科第河⑤和其他一些河流的木材加工数量。难怪我们老是听说,船只在我国的海岸陷入困境,被缅因森林漂来的木材团团包围,连着一个星期动不了窝。这里的人们,仿佛是无数个奉了差遣的忙碌妖魔,务必要把原野各处的森林赶尽杀绝,不放过任何一处河狸栖身的幽僻池沼,

---

① 奇森库克(Chesuncook)为缅因州中北部村镇,位于奇森库克湖畔;圣约翰(St. John)河是从缅因向北流入加拿大再向东南流入大西洋的一条河,这条河的上源之一是上文提及的阿鲁斯杜克河。
② "钢铁筛网"喻指锯木厂的刀锯。
③ 白松(white-pine)即原产北美大陆东北部的松科松属高大乔木北美乔松,学名 *Pinus strobus*。
④ 这里的说法见于美国作家约翰·海沃德(John Hayward, 1781—1869)编著的《新英格兰地名索引》(*The New England Gazetteer*)当中的"班戈"条目。
⑤ 肯尼贝克(Kennebec)河为缅因州河流,安德罗斯科金(Androscoggin)河和萨科(Saco)河是两条流经新罕布什尔和缅因两州的河流,帕萨马科第(Passamaquoddy)河即美加交界处的圣十字(St. Croix)河,这几条河都流入大西洋。

不放过任何一片山坡，能砍多快就砍多快。

在老镇，我们参观了一家制造巴妥船的工厂。由于珀诺布斯科特河航运所需，造巴妥船成了本地的一门大生意。我们仔细察看了一些尚未完工的巴妥船，这种船分量很轻，线条优美，专门用来对付水急石多的河流，靠肩扛就可以长途搬运，船长二三十尺，宽度则只有四尺或四尺半，跟独木舟一样两头尖尖，只不过船底最宽处是在船的前部，船舷高出水面七到八尺，以便尽可能轻盈地掠过暗礁。巴妥船用料十分俭省，两块板子就钉成一侧的船帮，加固船体的肘材① 通常是几根轻质的枫木或其他硬木，船体内侧用的却是最光洁最宽大的白松板子，从板子的形状来看极其费料，因为船底完完全全是平的，不光是从左到右一般高，从头到尾也是如此。有些时候，用久了的巴妥船甚至会开始"野猪拱背"，船夫不得不把它反扣过来，两头压上重物，好让它回复原状。听他们说，一条船用不了两年就会报废，往往还会在第一次航程中触礁损毁，卖价则在十四元到十六元② 之间。巴妥船是白人的独木舟，单单是"巴妥"这个名字，听起来就有一种新奇悦耳的狂野韵味，让我联想到沙勒瓦，还有加拿大的法裔船户。③ 这种

---

① 肘材（knee）为造船业术语，指一种弯曲如肘用于加固的常用构件。
② 按商品真实价格计算，1846 年的一美元相当于 2019 年的三十四点五美元。
③ "batteau"（巴妥船）是从法文进入英文的词汇；沙勒瓦（Pierre Charlevoix, 1682—1761）为法国耶稣会传教士及历史学家，其《新法兰西通史及概况》（*Histoire et Description Generale de la Nouvelle France*）一书记述了法国人开拓北美殖民地的历史；"法裔船户"原文为"Voyageur"，特指十七至十九世纪毛皮贸易鼎盛时期在今日美加边境等地活动的法裔船户。

船可以算作独木舟和小艇的混血儿,为皮货贩子量身打造。

老镇的渡轮,载我们驶过那座印第安岛屿①。渡轮离岸之时,我看见一个身材矮小、衣着寒酸的印第安男子,模样与洗衣妇人相似,因为印第安人普遍一脸哀怨,个个都像是牛奶洒了就哭哭啼啼的姑娘家。此人刚刚从"河的上头"下来,在老镇的一片杂货店旁边靠了岸,只见他停好自个儿的独木舟,然后便一手提起一捆毛皮,一手拎起一只空空的小桶或说半大木桶②,手忙脚乱地往岸上爬。这幅画面,足可阐明印第安人的历史,准确说则是印第安人的绝灭史。一八三七年,这个部族已经只剩下三百六十二人。③这一天的印第安岛,看着像一片业已废弃的荒地,不过我看见,岛上的破败老屋之间夹杂着几座新房,似乎表明这个部族依然对未来有所规划,话又说回来,这些房屋大多是背朝我们的木头窝棚,一座座显得十分寒酸、十分凄凉、十分阴郁,算不上什么家业,连印第安人的家业都算不上,仅仅是住家或者别业,因为印第安人的生活 *domi aut militiae* ④(除了居家就是打仗),现在的

---

① "印第安岛屿"(Indian island)即与老镇隔珀诺布斯科特河相望的印第安岛(Indian Island),该岛是珀诺布斯科特人(Penobscot)的首要聚居地,该岛及该岛上游的所有河岛都是印第安保留地。珀诺布斯科特人是北美印第安人的一支,生活在美国东北部及美加交界地区。

② 这里的"小桶"(keg)和"木桶"(barrel)都是标准容器,小桶容量约五十九升,是木桶的一半。从文中描述来看,这个印第安人也许是要拿毛皮来换酒喝。

③ 这个说法见于海沃德《新英格兰地名索引》的"奥若诺"条目,从该条叙述来看,"这个部族"即珀诺布斯科特人。

④ 拉丁引文是由"*aut militiae aut domi*"(不管是在战场还是在家里)改造而来,后者出自古罗马作家西塞罗(Cicero,前106—前43)的演讲《驳皮索》(*In Pisonem*)。

情形则是除了居家就是 venatus（打猎），而且以打猎的时间居多。教堂是岛上唯一一座像模像样的建筑，可它是罗马的施设，并不是阿布纳基人的制作，作为加拿大建筑或许不赖，作为印第安建筑却只能说乏善可陈。[1] 这曾经是一个煊赫强盛的部族，如今却沉溺于勾心斗角的政治权术。我甚至认为，如果把眼前所见换成一排印第安棚屋和一帮狂舞的巫医，外加一名在木桩上遭受拷打的俘虏，给人的感觉都会体面一些。

我们在米尔福德[2]登岸，驱车沿珀诺布斯科特河东侧前行，路上几乎一直能看见河，还有河中的一座座印第安岛屿，因为印第安人至今拥有全部河岛，领地范围向上游远远延伸，直到东支河口的尼喀透[3]。这些河岛大多林木蓊郁，土壤据说也比左近的河岸肥沃。河道似乎水浅石多，间或急流奔涌，在太阳下闪出粼粼波光。途中我们稍停片刻，看一只鱼鹰[4]从非常高的地方俯冲下来，像箭一样扎进水里叼鱼，不过它这一次失手落空，没有逮到它的猎物。眼下我们走的是霍尔顿公路，曾经有一些队伍沿路挺进马

---

[1] 阿布纳基人（Abenaki）是生活在美加交界地区（主要是缅因州）的印第安部族，与珀诺布斯科特人同属瓦巴纳基印第安联盟（Wabanaki Confederacy）。这些印第安部族大多皈依了罗马天主教。

[2] 米尔福德（Milford）为缅因州城镇，位于珀诺布斯科特河东岸，与老镇及印第安岛隔河相望。

[3] 东支（East Branch）即珀诺布斯科特东支，珀诺布斯科特河的另一条支流；尼喀透（Nickatow）是东支与干流交汇处的一个岛屿，今名"Nicatou"。

[4] 由本书附录可知，梭罗说的鱼鹰（fish hawk）是善于捕鱼的鹗科鹗属猛禽西部鹗（western osprey, *Pandion haliaetus*）。

尔斯山，虽然说事实证明，他们奔赴的并不是马尔斯场。[①] 霍尔顿公路是这一带的干道，差不多还是唯一的一条公路，修得又直又好，而且养护有方，几乎不亚于任何地方的任何道路。放眼四周，到处都是春天大水留下的印记：这一座房子东倒西歪，站无站相，离开了当初的地基，站上了大水替它选的基地；那一座则一副浸透了水的模样，仿佛至今还在敞风透气，想晾干它的地下室；路边散落着不少原木，上面带有各自主人所做的记号，从木头上的痕迹可以判断，其中一些曾充桥梁之用。我们次第跨过桑柯赫日（Sunkhaze）河——河名来自印第安语，颇有夏日气息[②]——奥拉蒙河和帕萨达姆基格河，以及其他的一些河流，这些河流在地图上显得很有看头，在现时的旅途中却并不是那么可观。经过帕萨达姆基格河的时候，我们完全没看见地名指涉的任何事物[③]，只看见一些，这么说吧，兢兢业业的政客，当然都是些白人政客，他们万分警觉，一心想弄清选举的风向，说话时语速提得极快，嗓门压得极低，端着一副由不得你不相信的认真架势，站在你的小

[①] 马尔斯山（Mars' Hill）在缅因州，邻近今天的美加边界，因英国殖民者赫兹凯尔·马尔斯（Hezekiah Mars）而得名，一度被英国宣布为美国和加拿大（时为英国属地）的界山；马尔斯场（Mars' field）即战场，因为古罗马神话中的战神也叫"马尔斯"（Mars）；1838 至 1839 年，英美两国为美加边界问题发生军事对抗，史称"阿鲁斯杜克战争"（Aroostook War），但这场战争无人伤亡，没有真正的战场可言。

[②] "Sunkhaze"在印第安语中的意义见本书后文及附录，与夏日无关。梭罗说这个名字颇有夏日气息，是因为这个词从英文字面上看包含"sun"（太阳）和"haze"（烟岚）。

[③] "帕萨达姆基格"（Passadumkeag）在印第安语中的意思是"瀑布顶上溪水入河之地"。梭罗在本书附录列举了一些印第安词汇的意义，可参看。

马车跟前，一边一个，压根儿没有寒暄客套，直接开始滔滔不绝，看见你很不耐烦地举着马鞭，便想用一丁点口舌说出一大堆道理，结果却总是口舌费了一大堆，没说出哪怕一丁点道理。他们似乎刚开完党内协调会，马上又要再开，为的是讨论选举胜败：哪个人有希望，哪个人选不上。昏暝暮色之中，一个完全不认识的人，站在我们的马车旁边喋喋不休，实实在在地吓坏了拉车的马儿，他说话的口气越来越郑重，越来越肯定，他这个人本身，却越来越没有值得肯定的地方。所以说，帕萨达姆基格跟地图上大不一样。日落时分，我们暂时离开河边公路，改走取道恩菲尔德的捷径，当晚就住在恩菲尔德。依我看，在这片既无名字又无区划的荒原之中，单单给恩菲尔德这块地方起个名字，作用其实跟这条路上的大多数地名一样，不过是对并无差别的事物强作区分而已。①话又说回来，我确实在这里看见了一片相当大的苹果园，园里的果树健康茁壮，硕果累累，因为园子属于这一带最早的定居者，可这些果树没有经过嫁接，果子都是野的，相对而言就没有什么价值。这条河下游的果树，大部分也是如此。要是有哪个马萨诸塞少年趁着春天来到这里，随身带上一箱子精挑细选的接穗，外加一套嫁接果树的工具，不光能为这里的定居者带来福音，自己也能做成一笔好生意。

　　第二天早晨，我们驱车穿过一片崎岖的高地，途经长达四五里的冷溪池，饱看旖旎湖光，然后进入老镇上游的首要村镇，也

---

　　① 恩菲尔德（Enfield）为缅因州中部城镇，1835 年建镇。梭罗这话的意思是，恩菲尔德的光景跟周围的无名原野一样荒凉。

就是距离班戈四十五里的林肯①，一个就此地而言相当不小的镇子，从林肯再次转入霍尔顿公路，亦即本地人所称的"军用公路"。我们听人说，附近一个印第安岛屿上②有几座印第安人棚屋，于是便弃车步行，穿过森林走到半里外的河边，想找个登山的向导。经过好一番搜寻，我们才找到印第安人聚居的所在，也就是一个幽僻角落里的几座小木屋，四周的景色格外柔美，如茵绿草和秀雅榆树为河岸镶上了花边。我们在岸边找到一条独木舟，随即划船上岛，看见不远的地方有一块水中礁岩，上面坐着个十一二岁的印第安小姑娘，在阳光下一边洗衣，一边哼唱土风小调，不知是欢歌还是哀曲。岛岸上撂着一柄纯为木制的鲑鱼叉子，兴许是他们在白人到来之前的用具，叉尖的一侧绑着一块活动的木头，有点儿像桔槔末端挂水桶的钩子，叉鱼时可以滑过鱼身，把鱼紧紧箍住。我们走向最近的一座木屋，十几只长得像狼一样的狗向我们冲了过来，这些狗没准儿是古代印第安狗的直系后代，第一批法裔船户把这种狗称为"他们的狼"③，要我说还挺形象。屋主很快现身，一边用手里的长竿撵狗，一边跟我们交谈。这个人身强体

---

① 冷溪池（Cold Stream Pond）是恩菲尔德东部的一个湖，林肯（Lincoln）为缅因州中部城镇，南接恩菲尔德，1829年建镇，因缅因州州长伊诺克·林肯（Enoch Lincoln，1788—1829）而得名。

② 梭罗这里说的是珀诺布斯科特河中的马塔瑙库克岛（Mattanawcook），位于林肯西北。

③ 引文见于英格兰天文学家及人类学家托马斯·哈瑞厄特（Thomas Harriot，1560? —1621）的《弗吉尼亚新拓疆土简略实录》（*A Briefe and True Report of the New Found Land of Virginia*）："土著人有时会打狮子来吃，我们若是方便下手的话，有时会吃他们的狼，或者说狼狗……"

壮，神情却又呆滞又谄媚，回答我们提问的时候有气无力，仿佛这是他今天干的第一件正经事情。他告诉我们，今天上午**刚好有**印第安人要去"河的上头"，他是一个，另外还有一个。另外一个是谁呢？旁边那座木屋里的路易·尼普顿。那好，咱们一块儿去见见路易吧。同样的狗群迎宾典礼之后，路易·尼普顿现了身，这个人虽然矮小精瘦，满脸皱纹，看样子却是他们两个当中做主的一个，而且我记得，他就是一八三七年杰克逊登山的向导。我们把同样的问题提给路易，得到了同样的回答，先前那个印第安人则站在一旁听着。看情形，他们打算午前出发，划两条独木舟去奇森库克打驼鹿，计划的行程是一个月。"那好，路易，你看你们能不能去岬角（也就是马塔瓦姆基格岬下游一点儿的五岛①）宿营，明天我们沿着西支徒步往上游走，一共是四个人，都到水坝那儿去等你们，在水坝这边等也行。你们明天或者后天来跟我们会合，让我们搭你们的独木舟。谁先到谁就等着。我们不会让你们白忙活。""行！"路易回答说，"但你们得给我们所有人备好吃的，猪肉面包什么的，给我们的钱另算。"他还说，"我肯定能打到驼鹿。"我问他，照他的估计，坡莫拉会不会准许我们上山②，他

---

① "五岛"（Five Islands）是缅因州城镇维恩（Winn）的旧名，因为该镇附近的河中有五个小岛。

② 坡莫拉（Pomola）是阿布纳基神话中的鸟神，能带来风暴和寒冷天气。珀诺布斯科特人说坡莫拉鹿首人身、鹰足鹰翅，是柯塔丁山的守护神，不喜欢凡人登山。查尔斯·杰克逊在《缅因及马萨诸塞两州公共土地第二份年度地质学报告》（*Second Annual Report on the Geology of the Public Lands Belonging to the Two States of Maine and Massachusetts*）当中记述了自己攀登柯塔丁山的经历，说他们一行曾在山上遇到雪暴，向导路易·尼普顿（Louis Neptune）把雪暴解释为坡莫拉的报复。

回答说，我们得在山顶放一瓶朗姆酒，他以前放过好多瓶，放好之后再去看，酒已经全没了。柯塔丁山他上去过两三回，还在山顶放过信件，有英文的、德文的、法文的，如此等等。[①] 这些印第安人穿得很少，仅仅是衬衫加长裤，跟我们那边的工人热天穿的差不多。他们没请我们进屋，就在屋外招呼我们。谈妥之后，我们就此告辞，满以为请到了两个不错的向导和旅伴，心里面很是庆幸。

公路边的房屋十分稀少，但又没有完全绝迹，仿佛人类在地球上的分布，须得遵从一套极其严苛的律法，若无重大情由，违法必遭惩处。我们甚至看见了一两个萌芽状态的村落，刚刚开始开枝散叶。至于说公路本身，实可谓风光殊胜。路两边是连绵不断的平整草地，路上车马的泥泞使草地更加肥美，各式各样的常绿植物从草地里破土而出，有许多都是我们难得一见的品种——雅致秀美的落叶松、侧柏、球云杉和香冷杉[②]，高度从几寸到几十尺不等——时或把路边地面变成一个长长的前院，与此同时，你只需往路的外侧多走一步，便可以踏进杳无人迹的阴森荒野，活

---

① 当时的一些登山者（比如前文注释提到的查尔斯·特纳）曾在柯塔丁山顶放置朗姆酒和刻有本人姓名首字母缩写的铅板。

② 落叶松（larch）是松科落叶松属（*Larix*）各种树木的通称，根据梭罗在本书附录列出的学名 "*Larix americana*"，他说的 "larch" 是北美落叶松（American larch），学名亦作 *Larix laricina*；本书所说的侧柏（arbor-vitæ）均指北美侧柏（eastern arborvitae），为柏科崖柏属乔木，学名 *Thuja occidentalis*；球云杉（ball spruce）不详所指，也许是指树冠长成了球形的云杉；香冷杉（fir-balsam）为松科冷杉属芳香乔木，学名 *Abies balsamea*。

树死树,还有朽烂枯木,在那里搭成盘根错节的迷宫,只有鹿[①]、驼鹿、熊和狼才能够轻松穿越。那些都是任何前院也长不出的绝美草木,为霍尔顿牲口大车的旅途添彩增辉。

大约是在正午时分,我们赶到马塔瓦姆基格,照我们走过的路程来算,这里跟班戈的距离是五十六里。我们住进一间人来人往的旅店,旅店仍然在霍尔顿公路旁边,是霍尔顿公共马车经停的一个站点。这里有一座横跨马塔瓦姆基格河的宏伟廊桥,建造的时间嘛,我记得他们说是约莫十七年前。我们在这里吃了正餐[②],顺便说一句,在霍尔顿公路沿线,各家餐馆旅店供应的伙食,不管是正餐、早餐还是晚餐,一律以各式各样的"甜饼"为首选,一盘挨着一盘,从桌子一端一直排到另一端。我看我可以毫不夸张地说,我们两个在这里吃饭的时候,排在我们面前的甜饼足有十到十二盘。他们给我们解释说,伐木工人从林子里出来的时候,特别想吃点儿糕糕饼饼,以及诸如此类的甜点,因为林子里几乎没有这种吃食,正是为了满足这样的**需求**,才有了这样的**供给**。供给总得与需求对应,何况这些饥肠辘辘的工人注重实际,一定要把饭钱吃回来。不用说,等这些工人回到班戈的时候,饮食必然已经恢复均衡,因为马塔瓦姆基格治好了他们偏食的毛病。

---

① "鹿"原文为"deer",可泛指鹿科各种动物,在本书中是特指驼鹿驯鹿马鹿之外的小型鹿科动物,比如北美常见的白尾鹿(white-tailed deer, *Odocoileus virginianus*)。

② 据当代美国学者肯·艾尔巴拉(Ken Albala)主编的《世界饮食文化百科全书》(*Food Cultures of the World Encyclopedia*)第二卷所说,十九世纪的新英格兰人通常以午餐为正餐。

好了，听我说，你既然来自"甜饼"泛滥的地界，那就得跳过这堆首选，哪怕只是凭借一种便宜得来的明哲与超然，向首选之后的次选发起进攻，而且我绝对无意含沙射影，说这些次选的数量或品质不足以供给另外一种需求，也就是城镇来客而非林中来客对野味和浓郁土风的需求。正餐之后，我们溜达到了所谓的"岬角"，这里是两河交汇之地，据说是东部印第安人与莫霍克人[①]争斗的古战场。旅店餐厅的人说，他们压根儿没听说过印第安人打仗的事情，但我们还是在这里仔细寻觅战场的遗物，可惜只找到了几块用来制作箭镞的石片、几枚石制箭镞、一粒小小的铅弹和几串彩色的珠子，最后这样东西，没准儿来自毛皮贸易先行者的时代。马塔瓦姆基格河虽然宽阔，这时节却只是一片遍布岩石水洼的河床，徒步过河几乎不用打湿靴子，所以我很难相信我同伴讲的事情，亦即他曾经坐巴妥船溯河五六十里，深入未遭剪伐的遥远森林。在眼下的马塔瓦姆基格河口，巴妥船别说航行，连个停靠的地方都找不到。冬天这里能打到鹿和驯鹿，甚至不用走到看不见房子的地方。

其他同伴尚未赶到，于是我们驱车沿霍尔顿公路上行，来到了七里之外的莫伦库斯，这里是阿鲁斯杜克公路与霍尔顿公路交会之处，林中有一家占地宽广的旅馆，名为"莫伦库斯之家"，由一个姓利比的人打理，厅堂大得跟舞厅和演武场似的。除了这座硕大无朋的木瓦宫殿之外，世界的这个角落再没有人类活动的痕

[①] 珀诺布斯科特人是"东部印第安人"（Eastern Indians）的一支，曾与莫霍克人（Mohawks）争战不休，后者是原本活动在今日纽约州一带的一个印第安部族。

迹，可就连这么偏僻的旅馆，有时候也会住满旅客。我站在旅馆一角的走廊里，向阿鲁斯杜克公路的上头张望，视野当中只有密林，看不见任何空地。这个黄昏，一个男的刚刚大着胆子踏上了这条公路，赶的是一辆粗劣新奇的马车，没准儿可以叫作"阿鲁斯杜克车"，整辆车就只是一个座位，座位下面是一个晃晃悠悠的车架，车架上有几个包，还有一只睡得正香的看包狗。这个人乐呵呵地说，他可以帮我们捎信，捎给我们在这一带的任何熟人。于是我禁不住怀疑，哪怕你去到了世界的尽头，还是会发现有人在往更远的地方去，看架势是正要踏上日暮归家的旅途，临行前还要跟你打个招呼。莫伦库斯这里，**也有**一个小生意人，我一开始没看见他。他开了间商店，当然不是什么大商店，仅仅是路边的一个小方盒，戳在莫伦库斯路标的后面，看着像某种新型干草秤的称重箱。① 至于说他住在哪儿，我们只能瞎猜一气，没准儿就是"莫伦库斯之家"吧。只见他站在自个儿的店铺门口，店铺小得要命，要是有哪个过路人要求进去看看的话，**他自个儿就得从**后门出去，隔着窗子招呼顾客，介绍他存放在地窖里的，更可能是下了订单还没运到的，各色货品。要不是担心弄得他狼狈不堪，我肯定已经进去看了，因为我实实在在产生了一种做点儿生意的冲动。前一天，我们曾经走进旅馆隔壁的一间店铺，那是爿刚刚开张的小本生意，最终却会发展成那个未来城镇乃至城市里的合

---

① 美国发明家费尔班克斯（Thaddeus Fairbanks, 1796—1886）于1830年取得地磅专利。他发明地磅是为了方便称量大批干草，这种地磅配有一个低矮宽大的箱子，箱子里有与秤杆相连的传动杠杆，干草车可以开上箱子的顶盖，直接称出重量。

伙老号，说实在的，它已经用上了"某某合伙公司"的名字，只是我忘了这个"某某"是谁而已。我们去那间店铺的时候，一个女人从旁边屋子的最深处走了出来，因为"某某合伙公司"位置偏僻，坐落在一片烧荒开垦的土地上。她卖给我们一些火帽，有线膛枪用的，也有滑膛枪用的①，不光知道它们的价钱和性能，还知道猎手们的偏好。小小的铺子什么都备了一点儿，足可满足林地生活的需求与抱负，铺子里的货品经过了辛苦细致的挑选，然后装进运货马车的车厢，或者捆在霍尔顿大车的一角，一路运回此地。不过我觉得，那间铺子的货品跟别处一样，儿童玩具多得不成比例，有能吠的狗，能叫的猫，还有能吹的喇叭，然而直到今天，还没有什么孩子在这里出生呢。看情形，他们似乎以为，出生在缅因森林里的孩子，出生在松塔和雪松浆果之间的孩子，还是跟罗斯柴尔德②家的孩子一样，离不了糖人儿和跳娃娃。

照我的记忆，从马塔瓦姆基格到莫伦库斯的路上，换句话说就是整整七里的范围之内，至多只有一所房子。在那所房子附近，我们翻过篱笆走进一块新辟的田地，地里种着土豆，小山之间依然有熊熊燃烧的原木。我们扯起长得像野草一样的土豆藤蔓，发现土豆的个头相当不小，差不多已经成熟，其间还混杂着一些芜菁。本地人烧荒种地，方法是砍倒树木，把烧得着的都烧一烧，又把烧过的木头砍成合适的长度，堆起来再烧一遍，然后拿上锄

---

① 火帽是用来击发火枪的一种一次性小装置，线膛枪和滑膛枪的区别在于枪管内侧有无膛线。

② 罗斯柴尔德（Rothschild）为欧洲金融世家，在这里是富贵人家的代名词。

头，在残桩焦木之间人进得去的地方种上土豆。第一茬土豆靠灰烬的肥力就能长成，种植的第一年无需锄草。秋天来了又再砍再堆再烧，以此类推，直到把地面清理干净为止。用不了多久，土地就可以种植谷物，种过几季才需要休耕。大城小镇里那些喜欢抱怨生活穷困时世艰难的人，由他们抱怨去吧，付得起路费去纽约或波士顿的移民，干吗不多付五块钱路费，到这儿来安家落户——从波士顿到班戈有二百五十里路，我付的路费，满打满算也不过三块钱——过一过想有多富就有多富的日子呢？他干吗不来这儿享受完全不花成本的土地，以及只花力气就能盖的房子，像亚当一样开始新的生活呢？假使他依然忘不掉贫富之别，就让他马上给自个儿定做一间窄房子①好了。

我们回到马塔瓦姆基格的时候，霍尔顿公共马车已经停在了这里，一个外省人正在向周围的扬基人②问东问西，尽情暴露自个儿的幼稚无知，虽然说他提的问题，兴许也算是不无道理：为什么外省的钱在这儿不能按面值使用，美国的钱却可以在弗雷德里克顿③足额流通？就我在这里看到的情况而言，时至今日，似乎只

---

① "窄房子"原文为"narrower house"，是西方文学作品中代指坟墓的常见说法，例如英国杂志《运动家》(*The Sportsman*) 1838 年上半年刊收载的歌谣《快活的老乡绅》("The Jolly Old Squire") 当中的句子："如今一座窄房子，装走他火热的心，/快活的老乡绅啊，炉膛冷冷清清。"

② 这里的"外省人"(Province man) 指来自加拿大各省的人；扬基人（Yankee）指美国北方尤其是新英格兰地区的居民，亦可泛指美国人。

③ 弗雷德里克顿（Fredericton）为加拿大新不伦瑞克省（New Brunswick）省会，该省与缅因州接壤。

有外省人才是真正的乔纳森①，或者说真正的土老帽，他们已经远远落后于敢想敢干的邻居，以至于不知道怎么向邻居提问。热衷于搞政治、削木头②和快速旅行的人，不可能长期停留在乡巴佬的状态，扬基人就喜欢搞这些名堂，由此推出了花样繁多的新观念和新发明，正在赶超自己的母国③。仅仅凭借对实用技能的掌握和运用，便可以使人迅速获得智力发展，迅速实现精神独立。

旅馆墙上挂着最新版的格林利夫④缅因地图，我们手边正好缺一份袖珍地图，所以决定照猫画虎，描一张左近湖区的地图。于是我们把一张纸摊在油渍斑斑的桌布上，拿一团麻絮从油灯里蘸油，先把纸做成一张油纸，然后开始毕恭毕敬地描一张我们后来断定错误百出的地图，一丝不苟地勾摹原图上那些出于想象的湖泊。我见过的地图之中，只有"缅因及马萨诸塞公共土地地图"⑤勉强对得住"地图"这个名字。我们正在描地图的时候，另两个

---

① "乔纳森"（Jonathan）通常是美国人（尤其是新英格兰人）的代称，但梭罗曾在《无原则的生活》（"Life without Principle"）一文中写道："从本质上说，我们依然是没进过城的乡巴佬，依然只是一些'乔纳森'。"

② 用小刀制作小木雕是当时扬基人的流行消遣，新英格兰诗人约翰·皮尔朋特（John Pierpont，1785—1866）曾在《削木头》（"Whittling"）一诗中写道："扬基男孩还不到上学的年纪，/便已经洞悉魔力小刀的神奇……小刀使这位年幼的雕刻师，/日益了解有形万物的奥秘。"

③ 即英国。

④ 格林利夫（Moses Greenleaf Jr.，1777—1834）为美国勘测专家及制图师。

⑤ 即马萨诸塞州土地专员乔治·科芬（George W. Coffin）于1835年绘制的《缅因州公共土地地图》（*A Plan of the Public Lands in the State of Maine*）。缅因州曾经是马萨诸塞州的一部分。

同伴也赶到了这里。来时他们经过五岛,看见那边有印第安人生起的篝火,我们由此断定,一切都在照计划进行。

第二天一早,我们背起行囊,做好了徒步上溯西支的准备。出发之时,我同伴已经把他那匹马放了出去,打算让它自个儿去吃一周或者十天的草,因为他觉得,青草活水带给马儿的好处,应该跟深林食物和新鲜风土带给它主子的好处一样大。我们跳过一道篱笆,走上珀诺布斯科特河北岸一条依稀可辨的小径,开始沿路前行。前方不再有什么公路,唯一的通衢是这条河,三十里之内只能见到六七座木屋,全都与河岸相守不离。左方右方,还有视线之外的远方,绵亘着一片杳无人烟的荒野,一直延伸到加拿大。这片土地从没有牛马践踏,也没有车辆穿行,牲畜也好,伐木工人要用的零星大件也好,都得趁冬季顺着冰面运上去,又赶在冰消雪化之前运下来。这里的常青林木散发着馥郁醒神的芬芳,空气十足是一种健康饮品,我们像印第安人一样排成一路纵队,兴高采烈地往前走,尽情舒展自己的腿脚。河岸偶或出现伐木工人为滚木下河而开辟的小小缺口,使我们得以一窥河的身影,瞥见它自始至终乱石嶙峋、腾波起浪的壮美景象。至于说我们耳中所闻,不外乎急流的咆哮,河上传来的金眼鸭[①]叫声,萦绕四周的鸦雀啁啾,以及河岸缺口响起的扑翅䴕[②]啼鸣。这或许就是所谓

[①] "金眼鸭"原文为"whistler-duck",指鸭科鹊鸭属水禽普通金眼鸭(common goldeneye, *Bucephala clangula*)。

[②] "扑翅䴕"原文为"pigeon-woodpecker",指啄木鸟科扑翅䴕属的北方扑翅䴕(northern flicker, *Colaptes auratus*)。

的"崭新原野",偶有蹊径都是大自然的创造,零星房舍也只是营帐而已。身临此地,便不能再透过于体制和社会,只能去直面邪恶的真正来源①。

我们踏进的这片原野,接纳了三类常来常往或留居不去的客人。第一类是伐木工,他们是冬春两季的主要客人,数量远远多于其余两类,但一到夏天就走得干干净净,只留下三五个木材探子。第二类是我前面提到的寥寥几个定居者,他们是此地仅有的永久居民,在原野的边缘居住,为第一类人补充给养。第三类则是猎手,猎手以印第安人居多,总是在狩猎时节巡游此地。

走出三里之后,我们来到马塔孙克(Mattaseunk)溪和马塔孙克锯木厂,这里甚至铺有一段简陋的木头轨道,也就是我们此行所见的最后一条轨道,从锯木厂向下方延伸,直抵珀诺布斯科特河边。我们穿过河岸上的一块荒地,这原本是一片面积超过一百亩②的密林,刚刚被人砍倒焚烧,到这会儿都还在冒烟。我们的小径在倒伏的林子里蜿蜒,差一点儿就被彻底阻断。大树整棵整棵地躺在地上,纵横交错地堆了四五尺高,全部都黑如木炭,树芯却完好无损,仍然可以当柴烧,或者是充作木料。这些树很快就会被人砍成小段,再烧一遍。眼前有千万柯度③的木头,足可

---

① "邪恶的真正来源"指的是人心,可参看《新约·马可福音》当中的耶稣教诲:"从人的内部生发的东西,才能够使人污秽不洁,因为邪念、苟合……骄傲、愚蠢都源自人的内部,也就是人的心里,诸般邪恶都是从人的内部生发,使人污秽不洁。"

② 一英亩约等于四千平方米。

③ 柯度(cord)为木柴体积计量单位,一柯度约等于三点六立方米。

供波士顿和纽约的穷人暖烘烘地过上一冬，在这里却只能破坏地面，妨碍人行。这一整片连绵不绝的茂密森林，注定会如此这般，像刨花一样渐渐焚毁，不能给任何人带来温暖。在离马塔瓦姆基格岬七里的鲑鱼河①河口，我们路过克罗克尔②的木屋，同伴之一向这里的孩子们派发了一些几分钱一本的小图画书，为的是教他们识字，还向家长们派发了一些过期不算太久的报纸，这可是深林居民再喜欢不过的东西。报纸着实是我们旅行的一件重要装备，有时还是唯一一种可以流通的货币。眼下是枯水季节，所以我没脱鞋子就蹚过了鲑鱼河，只不过还是打湿了脚。前行数里，我们来到一大片空地尽头的"霍华德夫人宅"③，这里不光可以同时看见两三座木屋，包括河对岸的一座，甚至还有几座用木头栏杆围起来的坟墓，里面已经躺上了**一个小村的朴野先祖**，说不定再过一千年的时间，就会有某位诗人在此写出他那版"乡村墓园挽歌"。④"乡村汉普顿"也好，"哑口无言、默默无闻的弥尔顿"

---

① 鲑鱼河（Salmon River）是珀诺布斯科特河的一条小支流，今名鲑鱼溪（Salmon Stream）。

② 本书提到了当时缅因林地的多个白人定居者，当代美国学者、梭罗研究专家克莱默（Jeffrey S. Cramer）指明了其中大部分人的具体身份，但此处提及的克罗克尔（Crocker）身份不详。

③ "霍华德夫人"（Marm Howard）即玛丽·霍华德（Mary Doe Howard，1776—1869），威廉·霍华德（William Howard，1765—1834）的遗孀。

④ 这句话暗指英国诗人托马斯·格雷（Thomas Gray，1716—1771）的名作《乡村墓园挽歌》("Elegy Written in A Country Churchyard")。"一个小村的朴野先祖"原文是"the rude forefathers of *a* hamlet"，梭罗把"a"改为斜体，意在表示他改动了格雷的原文，因为格雷《乡村墓园挽歌》当中的对应语句是："the rude forefathers of the hamlet"（这个小村的朴野先祖）。

也好,"未曾使祖国沾染血腥"的克伦威尔也好,都还没有降生此地:[1]

> 这一个**蛮荒**角落,也许**会**埋葬,
> 一颗澎湃的心,曾有天火充溢;
> 一双神奇的手,曾握帝国权杖,
> 或曾唤醒竖琴,奏出无上妙曲。[2]

我们路遇的下一座房子是菲斯克家[3],他家与马塔瓦姆基格岬相去十里,位于东支河口,与尼喀透岛或说"河汉岛"[4]隔河相望,后者是印第安诸岛当中最上游的一个。我之所以详细列明定居者的姓名和路程的远近,是因为这片林地里每一座木屋都是旅馆,

---

[1] 格雷《乡村墓园挽歌》第十五节是:"这里也许长眠着,某位乡村汉普顿,/曾经英勇反抗,强占田地的小小暴君,/或是某位哑口无言、默默无闻的弥尔顿,/或是某位克伦威尔,未曾使祖国沾染血腥。"诗中的汉普顿指英格兰政客约翰·汉普顿(John Hampden, 1594?—1643)或他的同名孙子约翰·汉普顿(John Hampden, 1653—1696),两人都曾经反抗英国君主。弥尔顿即英国大诗人约翰·弥尔顿(John Milton, 1608—1674)。克伦威尔(Oliver Cromwell, 1599—1658)为英国军政领袖,曾率英国的议会党人(老约翰·汉普顿为该党重要成员)在内战中击败保皇党,后长期执掌英国国政。

[2] 引文是格雷《乡村墓园挽歌》第十二节,引文第一句原文是"Perchance in this *wild* spot *there will* be laid",与格雷原句"Perhaps in this neglected spot is laid"(这一个冷清角落,也许埋葬着)有所不同,所以梭罗把句中两处改成了斜体。

[3] 菲斯克(Fisk)即本杰明·菲斯克(Benjamin Nutting Fiske, 1815—1902)。

[4] 珀诺布斯科特河西支和东支在尼喀透岛交汇,"尼喀透"在印第安语中意为"河流交汇之处"。

对于有可能旅经此地的人来说，相关的资料可谓大有帮助。我们遵照原定的路线，在这里横渡珀诺布斯科特河，然后顺着南岸往上游走。同伴之一适才去过菲斯克家，为的是找人摆渡，这会儿便告诉我们，那户人家收拾得非常整洁，屋里有很多书，还有个刚从波士顿娶来的新媳妇①，在林地完全是个新手。我们发现，东支汇入干流的地方河宽流急，水也比看起来深得多。好一番摸索之后，我们再次找到河边的小径，沿西支或说干流南侧继续上溯，路过一段名为"李山滩"②的急流，隔着林子听见了它的咆哮，不久便在最密的密林里看见一些空无一人的伐木工棚，工棚依然新崭崭的，去冬还有人住。后来我们又看见了几处工棚，在此我打算略述其一，以概其余。这些工棚是缅因伐木工在荒野里过冬的住所，附有牲口住的窝棚，窝棚和工棚几乎一模一样，区别只是前者不带烟囱。工棚大约长二十尺，宽十五尺，用铁杉、雪松、云杉、黄桦③之类的原木搭成，有的只用一种树木，有的杂用各

---

① 菲斯克于1846年成婚，妻子是波士顿的伊丽莎·沃伦（Eliza Pierce Warren, 1811—1893）。

② "李山滩"原文为"Rock-Ebeeme"，"Ebeeme"在印第安语中的意思是"有李树的山"。

③ 铁杉（hemlock）是松科铁杉属（*Tsuga*）树木的通称，分布于加拿大及美国东北部的是加拿大铁杉（*Tsuga canadensis*）。"雪松"原文为"cedar"，是松科雪松属（*Cedrus*）树木的通称，但综观本书记述，梭罗使用的"cedar"应是北美侧柏的异名，因为北美侧柏俗名"northern white cedar"（北方白雪松）或"eastern white cedar"（东部白雪松）。但他说到"cedar berry"（雪松浆果）的时候，"cedar"指的应该是柏科刺柏属一些会结可食浆果的树木，比如又名东部红雪松（eastern redcedar）的弗吉尼亚刺柏（*Juniperus virginiana*）。黄桦（yellow birch）是原产北美东部的桦木科桦木属乔木，学名*Betula alleghaniensis*。

种，全都不剥树皮；先码两三根大木，一根叠一根直接往上码，端头靠凹槽咬合，码到三四尺高就换用小一点儿的原木，一根叠一根继续往上码，山墙位置的原木越往上越短，最终码成一个屋顶。烟囱则是屋子中央的一个长方形孔洞，直径三到四尺，洞壁由原木围成，高齐屋脊。所有缝隙都用苔藓塞住，再用十分中看的长条木瓦苫盖屋顶，木瓦是用大锤和砍刀劈出来的，材料是雪松、云杉或者松树。火塘是工棚里顶顶重要的施设，形状和尺寸都跟烟囱差不多，位置在烟囱的正下方，由架在地面的一圈原木栅栏或挡板围成，里面积着一两尺厚的灰烬，周围摆着一圈原木劈成的结实凳子。赶上下雨下雪，火塘里的火通常能把雪花和雨水在半空烧干，不给它们落下来浇灭自己的机会。火塘两边的屋顶下是侧柏叶子铺成的一些床位，柏叶都已经枯干变色。屋里有专门摆放水桶、猪肉桶和洗脸盆的地方，通常还搁着一根原木，上面摆着一副脏兮兮的扑克牌。他们常常会大费周章地削制门闩，门闩虽然是木头的，形制倒也跟铁的一样。这种屋子住起来挺舒服的，因为屋里的火烧得很旺，日烧夜烧也烧不穷。工棚四周的景色，一般而言十分单调，十分荒蛮，因为工棚完完全全没在林中，好似寄生在沼地松根上的真菌，除头顶天空之外别无视野，空地也只有砍伐树木盖房生火留下的遗迹。伐木工只要求房子坐落在遮风蔽雨的位置，靠近伐木工场和泉水，并不会为前景如何浪费心思。① 工棚是十分得体的林中住宅，不过是把一些树干拢在

---

① 这句话里的"前景"（prospect）一语双关，既可以指工棚的视野，也可以指工人的前途。梭罗曾在《瓦尔登湖》（*Walden*，1854）当中着力刻画一个只顾眼前不想将来的伐木工。

一起，堆到一个人的周围，好帮他抵挡风雨侵袭。棚屋都是用生机勃勃的青葱原木搭建而成，披挂着苔藓和地衣，点缀着黄桦树皮的涡卷和流苏，滴淌着新鲜潮湿的树脂，散发着沼地的清香气味，甚至拥有伞菇体现的那种生命力和韧性。[1] 伐木工的膳食包括茶、糖浆、面粉、猪肉（有时是牛肉）和菜豆，马萨诸塞州种植的菜豆有很大一部分卖到了这里。他们的旅途食品则只有压缩饼干和猪肉片，猪肉往往还是生的，吃一块饼干，嚼一片猪肉，就茶还是就水，则视当时的具体情况而定。

原始的密林时时潮湿，处处苔痕，以致我总是觉得，自己是在沼地里穿行，要等到某个同伴根据树木的长势得出结论，说这片或那片林子适于开垦，我才会猛然省觉，要是让阳光照进来的话，这些林子也会立刻变成干燥的田畴，跟我之前看到的零星地块一样。走在这样的旅途，双脚大部分时间都是湿的，穿再好的鞋也不管用。眼下是干旱季节里最干旱的时段，地面却依然如此潮湿松软，要是换成了春天，情形又该是什么样呢？这一带林子

---

[1] 梭罗原注："斯普林格在《林中生活》（一八五一年刊行）中说，盖工棚的时候，他们首先会清除地面的落叶和草皮，怕的是发生火灾；此外，'他们通常会挑云杉来做建材，因为杉木又轻又直，基本不含树浆'；'最后还要给屋顶盖上冷杉、云杉和铁杉枝条，这样的话，哪怕是在大雪纷飞的严寒时节，工棚依然能够保暖'；斯普林格还说，他们把摆在火塘跟前的原木凳子称为'教堂执事交椅'，制作方法是把云杉或冷杉树干一劈两半，一边留三四根粗枝充当凳腿，这样的凳腿是很不容易松脱的。"斯普林格（John Studley Springer, 1811—1852）为美国教士及作家，著有《林中生活及林中树木》（*Forest Life and Forest Trees*），梭罗这条原注中的引文均出此书。

里多的是榉树^①和黄桦,有几棵黄桦堪称参天巨木,此外还有云杉、雪松、冷杉和铁杉。只不过,我们在这里看见的白松都是残桩,有一些残桩十分粗大,这种树是唯一一种十分抢手的木材来源,由此便被人砍伐殆尽,哪怕是在这么偏远的地界。白松之外,遭到砍伐的只有少量的云杉和铁杉。卖到马萨诸塞充当燃料的东部木材,全部产自班戈下游。在我们之前踏上这条小径的人,除了猎手以外,脑子里想的都是松木,尤其是白松。

维特农场^②距马塔瓦姆基格岬十三里,土地平旷,地势高敞,我们在这里饱览河流秀色,看它在远远的下方腾波起浪,粼粼生光。同伴们曾经从这里清楚望见柯塔丁山,以及其他的一些山岭,只可惜今天烟雾弥漫,掩去了群山的身影,但我们可以俯瞰连绵无尽的广袤森林,看它沿正北和西北方向铺展,向着东支上游和加拿大延伸,继而折转东北,伸向阿鲁斯杜克河谷,一边看一边遐想,林中跃动着怎样的狂野生命。农场里有一片就此地而言规模可观的玉米田,散发着迥异于潮湿林子的干燥清香,我们离田地还有三分之一里的时候,香气便已经扑鼻而来。

从马塔瓦姆基格岬走出十八里之后,我们远远望见了麦考斯林家^③——或者说"乔治大叔家",因为同伴们都跟麦考斯林很熟,

---

① 榉树(beech)是壳斗科山毛榉属(*Fagus*)树木的通称,根据梭罗在本书附录列出的学名"*Fagus ferruginea*",他说的"beech"是北美山毛榉(American beech),学名亦作 *Fagus grandifolia*。

② 维特即乔治·维特(George Washington Waite,1793—1870)。

③ 麦考斯林即乔治·麦考斯林(George McCauslin,1798—1884),他的家在现今的缅因州东米利诺基特镇(East Millinocket),他是在该镇境内定居的第一个白人。

亲切地称他为"乔治大叔"——准备去那里开我们的长斋①。他的房子坐落在珀诺布斯科特河对岸或说北岸，小斯库蒂克河的河口，周围是他在山谷里开垦的一大片田地。于是我们在岸边的一个岬角集合，方便他看见我们，然后鸣枪报讯，枪声立刻引出他家的狗儿，狗儿的主人也接踵现身，随即划出他的巴妥船，把我们接到对岸。他的农场一面临河，其余各面都以露在林边的陡直树干为界，光景好比你从整整一千亩的草场割走区区几平方尺的牧草，再在割草留下的空地里放上一枚顶针。他独享一整片天地，太阳似乎只在他农场的上空运行，朝升暮落都不出农场的范围。我们决定在他家暂住一宿，等印第安向导来跟我们会合，因为上游找不出这么方便的停留地点。他没见有印第安人经过，有的话一般逃不过他的耳目，照他的说法，他的狗儿十分机警，有时能提前半小时通报印第安人的到来。

麦考斯林是苏格兰后裔，原籍肯尼贝克②，当过二十二年船夫，曾经在珀诺布斯科特上源和沿河湖泊连着撑了五六个春天的船，如今则定居此地，为伐木工人和他自个儿生产给养。他以典型的苏格兰式盛情款待了我们一两天，坚决不收任何报酬。他有种冷幽默，头脑也很精明，总体说来智力超群，达到了我以为在深山老林见不着的水平。事实上，你往林子里扎得越深，遇见的居民就越是聪明，从某种意义上说还越不显得土里土气，因为拓荒者

---

① "开我们的长斋"原文为"break our long fast"，是梭罗的文字游戏，亦可译为"吃我们耽搁已久的早餐"，因为英文"breakfast"（早餐）的字面意思是"开斋"。

② 即缅因州肯尼贝克河流经的地域，在珀诺布斯科特西支南边。

无不拥有走南闯北的经历，在一定程度上可谓饱经世事，到过的地方比村镇居民多，见识自然是更深更广。要是想找一个心胸狭窄、孤陋寡闻的土包子，找一个跟据信源自城市的聪慧文雅相对立的反面典型，我只会走进古老定居点的朽蠹住户当中，走进那些地力耗尽、长满长生草[1]的凋敝农场，走进波士顿周围的城镇，甚至走进康科德的通衢，绝不会走进缅因的深林。

宽敞的厨房里面，一堆足可烤熟全牛的旺火旁边，晚餐端到了我们眼前。煮茶烧的是许多根四尺长的整段原木，桦木、榉木或者枫木，一年四季都这么烧。腾腾冒气的各色饭菜，转眼之间摆上餐桌，餐桌原本是搁在墙边的一把扶手椅，同伴之一不得不从椅子上起身，给饭菜腾出位置。这把椅子的扶手同时是圆形餐桌的支架，桌面如果翻起来贴到墙边，立刻就变成椅子的靠背，跟墙壁本身一样不碍通行。据我们观察，这种桌子是本地木屋里的时兴款式，好处是节省空间。桌上有滚烫滚烫的小麦饼子，用的是巴妥船从下游运来的面粉——并不是什么印第安面[2]，因为你可别忘了，缅因州北部盛产小麦——有农场自产的火腿、鸡蛋、土豆、牛奶和奶酪，有鲱鱼[3]和鲑鱼，有加了糖浆的甜茶，最

---

[1] 长生草（life-everlasting）即菊科香青属多年生草本植物珠光香青（*Anaphalis margaritacea*，亦作 *Antennaria margaritacea*），为北美常见野草。

[2] 印第安面（Indian bread）指印第安人食用的各种野生植物，比如又称"面根"（breadroot）或"草原芜菁"（prairie turnip）、块根富含淀粉的豆科补骨脂属草本植物食用补骨脂（*Psoralea esculenta*）。

[3] "鲱鱼"原文为"shad"，指北美常见的鲱科西鲱属鱼类美洲西鲱，学名 *Alosa sapidissima*。

后还有甜饼，跟先上来的无糖麦饼一白一黄，滋味各具。我们发现，这些都是珀诺布斯科特沿岸的流行饭食，虽然说朴实家常，却可谓不同凡响。至于说常见的甜点，则是煮熟加糖的山越橘（*Vaccinium vitis-idaea*）①。每一种食物都是满钵满盘，品质顶尖，奶油实在是多得吃不完，以至于他们给靴子上光的时候，用的常常是没加过盐的奶油。

这天夜里，我们欣赏了雨点敲击雪松木瓦的乐曲，次晨醒来，眼睛里还留着一两滴。眼见得风暴将临，我们决定坚守这个如此舒适的安乐窝，踏踏实实等候我们的向导，同时也等候天气转好。天气变来变去，时而大雨滂沱，时而小雨淅沥，时而阳光乍现，折腾了整整一天。兴许我没必要记述在此期间，我们在这里干了些什么，时间是如何消遣，没必要记述我们拿奶油擦了多少遍靴子，犯困溜进卧室的情形又是多么地屡见不鲜。雨停的时候，我沿着河岸来回溜达，采摘野兔铃②和雪松浆果，或者跟同伴一起，轮流试用主人家的长柄斧头，看能不能劈开堆在门前的原木。这里的斧头是站在原木——当然是未经加工的原木——上使的，所以斧柄比我们那里长了将近一尺。中间有一阵子，我们跟麦考斯林一起走过农场，参观了他那些满满当当的牲口棚。农场里的人手除了他，就只有一个男人和两个女人。他养了马和奶牛，还有

---

① 山越橘（mountain-cranberry）为广布于北半球的杜鹃花科越橘属矮小灌木，学名如文中所列。

② 野兔铃（harebell）即桔梗科风铃草属多年生草本植物圆叶风铃草（*Campanula rotundifolia*），蓝色的花朵形如铃铛。

公牛和绵羊。我记得他当时说过,是他第一个把犁铧和奶牛带到了这么偏远的地方,依我看,他还可以说他是最后一个,因为继他而来的垦荒者寥若晨星,只有区区两人。前一年,土豆瘟找上门来,吞掉了他一半乃至三分之二的收成,尽管他的豆种都是他自个儿种出来的。① 他种的主要是燕麦、牧草和土豆,但也种了点儿胡萝卜和芜菁,以及"一丁点儿喂鸡用的玉米",因为玉米他不敢多种,怕的是长不熟。甜瓜、南瓜、甜玉米、菜豆、西红柿,还有其他的许多蔬果,在这里都长不熟。

这条河沿岸仅有的几户人家,来这里的主因显然是土地便宜。我问麦考斯林,为什么没有更多的人移居此地,他回答说,原因之一是他们买不到土地,因为拥有土地的个人或公司心里发怵,怕自家的野地有了人烟就会变为城镇建制,给他们带来税负,但要是把家安在州政府名下的土地,就不会碰上这方面的障碍。要问他自个儿的意愿嘛,他可不想要什么邻居,也不想看到自家门口通上公路。邻居,哪怕是最好的邻居,终归是一种麻烦与负担,尤其是就牲畜和栅栏而言。他们住河对面也许可以,就是别住到他这边来。

他这里的鸡是靠狗来保护的。用麦考斯林的话来说,"母狗率先担起了这份职责,然后又教会了小狗,眼下它们已经形成

---

① 土豆瘟(potato-rot)即由致病疫霉(*Phytophthora infestans*)引发的土豆晚疫病(potato late blight),这种病害会使土豆茎叶枯死,块茎腐烂,大量减产。十九世纪四十年代,爱尔兰大面积爆发土豆晚疫病,由此而来的大饥荒导致上百万人死亡(当时的爱尔兰有五分之二的人口以土豆为主食)。大批爱尔兰人到美国逃难,土豆晚疫病随之传入。

一种牢不可破的观念,也就是说,不能让任何飞禽在农场里出现。"在上空盘旋的老鹰永远得不到降落的许可,在下方转圈的狗儿会冲它猂猂吠叫,不让它靠近地面。鸽子,或者是本地人唤作"黄钉锤"的扑翅䴕①,要是胆敢在地面的枯枝残桩上停留,也会遭到即刻的驱赶。赶鸟是狗儿的主要工作,它们为这个整天忙活,来来回回跑个不停。一只狗稍微出声示警,另一只就会冲出房门。

雨下得特别大的时候,我们就回到屋里,从架子上拿本小册子来翻。架子上有小字平装版的《流浪犹太人》,有《罪案日历》,有帕瑞希的《地理》,还有两三本"流星小说"②。环境所迫,这些东西我们也读了一点儿。有坏天气帮忙,印刷机的力量终归不容小觑。麦考斯林的房子是这条河上的一个上佳样板,建材是粗大的原木,本色处处可见,原木之间的空隙,通通塞上了黏土和苔藓。这房子一共有四五个房间,里里外外都没有锯出来的板材,也没有木瓦或楔形板,盖房子全凭一把斧头,几乎没使用别的工具。房间隔断用的是形似楔形板的长条云杉木或雪松木,已经被

---

① 扑翅䴕(参见前文注释)的尾巴内侧和翅膀内侧是黄色的。
② 《流浪犹太人》(*Wandering Jew*)是法国小说家欧仁·苏(Eugène Sue, 1804—1857)同名通俗小说(*Le Juif errant*)的英译本;《罪案日历》指亨利·圣克莱尔(Henry St. Clair, 生平不详)1831年出版的《罪案日历》(*The Criminal Calendar*)或1835年出版的《美国罪案日历》(*The United States Criminal Calendar*);"帕瑞希的《地理》"指美国教士以利亚·帕瑞希(Elijah Parish, 1762—1825)的某本地理著作,比如《新编当代地理》(*A New System of Modern Geography*)或《神圣地理:圣经地名索引》(*Sacred Geography: or, Gazetteer of the Bible*);"流星小说"(flash novel)指一类写得快出得也快的廉价通俗小说。

柴烟熏出了淡淡的鲑鱼肉色。屋顶和墙壁用的是同样的木条，没用木瓦和楔形板，地板用的也是木条，只不过粗大得多。这些木条笔直光洁，十分合用，你要是不仔细看，肯定想不到它们与锯子和刨子无关。石砌的烟囱和壁炉体量宏大，配套的扫帚则是一根绑了几枝侧柏的木棍，壁炉上方靠近天花板的位置悬着一根杆子，用途是晾晒袜子和衣物。我发现地板上布满了脏乎乎的小洞，看着像是螺丝锥的钻孔，实际上却是伐木工人的靴钉扎出来的，他们的靴底装着长近一寸的钉子，以免在湿漉漉的原木上打滑摔跤。麦考斯林家上游一点儿就是一段乱石嶙峋的急流，春天里总是会发生原木壅堵，许多"赶木人"①会在那里聚集，顺便来他家补充给养，我在他家地板上看到的东西，正是赶木人留下的足迹。

　　太阳落山的时候，麦考斯林指了指对岸森林的上方，那边的云隙透出几丝彤红的晚霞，预示着天气即将转晴。要知道，即使是在这么偏僻的地界，罗盘的方位依然跟别处一样，天空的区划依然是四分之一属于日升，四分之一属于日落。

　　次晨的天气果真适于登山，我们做好了出发的准备，眼见得印第安向导久等不来，便劝说麦考斯林陪我们一同上路，还打算在路上再雇一个船夫。说动麦考斯林并不费劲，因为他在上游开过船，本来就有意重访故地。一块用来搭帐篷的棉布，几条足够

---

　　① 当时的伐木工人会将新采的原木滚到河中，让它们随水漂向下游的目的地。"赶木人"（driver）是用长杆引导河中原木，保证它们顺利到达的人，与赶牲口的人相似。他们站在原木或木筏上与原木一同漂流，所以需要靴钉。

我们全体使用的毯子，十五磅①压缩饼干，十磅"净"猪肉②，以及少许茶叶，便凑成"乔治大叔"的全副行装。最后这三样东西，外加我们可望在路上搞到的吃食，算起来应该够六个人对付一个星期。再去前路上最后一户人家拿一个水壶、一口煎锅和一把斧头，我们的装备就齐了。

我们很快走出麦考斯林的农场，再一次扎进常青的树林，林中的隐约小径是上游的两个定居者踩出来的，就算你久居林地，有时也很难辨认。前行不久，小径穿过林中一带杂草蔓生的狭窄空地，也就是所谓的"火烧地"，这是先前一场野火的遗迹，向北延伸了九到十里，直抵米利诺基特湖。走出三里之后，我们来到了"鲱鱼池"，这池塘又名"诺利瑟迈克池"（Noliseemack），实际上是一段展宽的河道。一八三七年六月二十五日，州聘助理地质学家霍奇到访此地，之后在报告中说，"我们推着小船穿过一亩多的鹿豆③，它们扎根池底，在水面开出不计其数的美丽花朵。"④托马斯·富勒⑤的房子与麦考斯林家相去四里，坐落在鲱鱼池畔，米

---

① 一磅（金衡磅和药衡磅除外）约等于四百五十克。
② 由当时缅因州食品法规相关条文可知，"净"（clear）猪肉是指不带骨头和净瘦肉的五花肉，当时的人们视之为猪肉上品。
③ 鹿豆（buck-bean）即睡菜科睡菜属唯一物种睡菜。这种植物生长于沼地，学名 Menyanthes trifoliata。
④ 引文出自杰克逊《缅因及马萨诸塞两州公共土地第二份年度地质学报告》（参见前文注释）收载的霍奇报告。霍奇（James Thatcher Hodge, 1816—1871）为美国地质学家及矿物学家，曾跟随杰克逊考察地质。
⑤ 即小托马斯·富勒（Thomas Fowler Jr., 1822—1902），麦考斯林的女婿。据东米利诺基特镇官方网站所说，富勒是定居东米利诺基特的第二个白人。

利诺基特河①的河口,离河上的同名湖泊有八里远。从那个湖去柯塔丁山比较便捷,但我们更愿意上溯珀诺布斯科特河,取道珀马达姆库克湖群②。我们到的时候,富勒刚好新盖了一座木屋,正忙着锯穿将近两尺厚的原木屋墙,为的是开扇窗户。之前他已经开始用云杉树皮贴墙,树皮是翻过来贴的,效果相当不错,跟环境也很协调。富勒没给我们端茶倒水,而是请我们喝了点儿啤酒,平心而论,这种酒确实比水好喝③,又清亮又稀薄,味道却像雪松树浆一样浓烈辛香,使我们恍然觉得,自己投入了大自然母亲松杉妆裹的怀抱,吮到了她的乳汁。这种酒混合了米利诺基特所有植物的汁液,萃取融汇了原始林木喷吐的各种最上乘、最美妙、最甘冽的琼浆,以及林木蕴含的一切清爽醒神的香脂与精髓,十足是伐木工人的最佳饮品,能使人立刻适应林地,融入林地,还使人开眼看见青葱翠色,合眼也梦闻松间风吟。他家有一支鼓笛④,盼望着有人吹起,我们用它吹出了几段优美的旋律——带鼓笛来这里,想必是为了驯服野兽⑤。我们站在门

---

① 米利诺基特河(Millinocket River)为珀诺布斯科特河支流,今名米利诺基特溪(Millinocket Stream),发源于上文中的米利诺基特湖(Millinocket Lake)。

② 珀马达姆库克湖群(Pamadumcook Lakes,亦作 Pemadumcook)是与珀诺布斯科特西支相连的几个湖的合称。

③ 梭罗对饮酒持反对态度,但他这里说的啤酒是云杉啤酒(spruce beer),亦即用云杉新芽或针叶酿制的一种饮料,有的含有酒精,有的不含。

④ 鼓笛(fife)是一种短小的横笛,音调高亢,常常用来与鼓合奏。吹笛是梭罗的爱好之一。

⑤ 这句话暗用了俄耳甫斯(Orpheus)的典故,俄耳甫斯是古希腊神话中的传奇乐师及诗人,他的乐声能使野兽迷醉,使树木和岩石起舞。

边的木片堆上，鱼鹰在我们头顶回翔，从这里放眼鲱鱼池上空，天天都可以目睹秃鹰①凌虐鱼鹰的暴行。汤姆②指给我们看湖对面的一个鹰巢，那是他心目中的一个神圣处所，架在一棵耸出林表的松树上面，虽然跟我们隔着一里多的距离，却依然清晰可见，一年又是一年，同一对秃鹰在那里出没盘桓。这一带就这么两座房舍，一座是他的低矮木屋，一座是秃鹰夫妇的高爽窝巢，筑巢所用的枝丫，足可装满一架推车。一番劝说之后，托马斯·富勒也入了伙，因为我们很快就得靠巴妥船代步，驾船得有两个人才行，两个人还都得头脑冷静，技艺娴熟，能胜任珀诺布斯科特的航程。汤姆的行囊很快就收拾停当，因为他有现成的船夫靴子，还有件红色的法兰绒衬衫。红色是伐木工人最喜欢的颜色，红色法兰绒据说具备一些神奇的功能，最利于透气排汗，因此是健康首选。随便哪一帮伐木工人当中，都会有很大一部分身着红衣。我们在这里坐上一条破旧漏水的巴妥船，撑船上溯米利诺基特河，前往两里之外的老富勒家③，一是为了绕过珀诺布斯科特河上的大瀑布，二是为了换一条好点儿的船。米利诺基特是一条水浅沙多的小河，河里有许多鱼巢，

---

① 秃鹰（bald-eagle）即分布于北美的鹰科海雕属猛禽白头海雕（*Haliaeetus leucocephalus*），为美国国鸟。白头海雕主要吃鱼，有时也吃其他水禽。

② 汤姆（Tom）是托马斯的昵称。

③ 老富勒即小托马斯·富勒的父亲老托马斯·富勒（Thomas Fowler Sr., 1792—1874）。老富勒家位于今日的米利诺基特镇（Millinocket），老富勒是该镇第一个白人定居者。

我估计是七鳃鳗或胭脂鱼的杰作[①]，河岸则布满麝鼠[②]建造的小屋，但据富勒所说，这条河水流平缓，只在它流出米利诺基特湖的地方有段急湍。说话的时候，富勒正忙着刈割本地的两种牧草，据他说分别名为灯芯草和草地三叶草[③]，河边的草地上有，河中的低矮小岛上也有。我们留意到两岸草丛中的一些凹痕，富勒解释说，那都是驼鹿头天夜里卧倒的地方，然后又补充道，这一带的草地栖息着数以千计的驼鹿。

老富勒家在米利诺基特河畔，离麦考斯林家六里，离马塔瓦姆基格岬二十四里，是我们此行途经的最后一户人家。比他家还靠上游的农场，就只有索瓦德尼亨克河[④]边的吉布森家，但那个农场经营不善，早已经抛荒废弃。老富勒是这片林地最早的居民，原本住在与现在的家相去数里的西支南侧，他十六年前在那里盖的房子，是五岛上游的第一座。新换巴妥船的第一程陆运从他现

[①] "七鳃鳗"原文为"lamprey-eel"，是七鳃鳗科（Petromyzontidae）各种鱼类的通称。梭罗曾在《两河一周》（*A Week on the Concord and Merrimack Rivers*，1849）中列出这种鱼的学名，据之可知他说的是七鳃鳗科七鳃鳗属的海七鳃鳗（*Petromyzon marinus*），海七鳃鳗有营巢的习性；胭脂鱼（sucker）是胭脂鱼科（Catostomidae）一些鱼类的通称，梭罗曾在1851年6月3日的日记中写道，有人看见过普通胭脂鱼（common sucker, *Catostomus commersonii*）堆石垒巢的情景。

[②] 麝鼠（musquash）是仓鼠科麝鼠属的唯一物种，学名 *Ondatra zibethicus*，为原产北美的中型半水栖啮齿类动物，因分泌物气味类于麝香而得名。

[③] 据克莱默所说，这里的灯芯草（rush-grass）是禾本科鼠尾粟属的鞘花鼠尾粟（*Sporobolus vaginiflorus*）；草地三叶草（meadow-clover）为豆科三叶草属植物，学名 *Trifolium pratense*。鞘花鼠尾粟和草地三叶草都可以充当饲料。

[④] 索瓦德尼亨克河（Sowadnehunk，现名 Nesowadnehunk）是米利诺基特河西北边的一条小河。

在的家开始，我们得把船运到两里之外，绕过珀诺布斯科特河上的大瀑布，用小树扎成的马拉木橇来运，以便越过路上的无数石头。可我们要到几个钟头之后才能出发，因为拉橇的马儿在新垦荒地的残桩之间吃草，本来就离他家有段距离，眼下还溜达到了更远的地方，我们得等他们把马儿逮回来。这一季的最后一批鲑鱼最近才打上来，刚腌了没几天，我们取了一些来塞满我们的空壶，想拿鱼肉做个缓冲，帮我们逐步适应林中的简单伙食。他们在这儿养的第一群绵羊，上个星期丢了九只，全都叫狼给叼走了。剩下的羊跑回屋子旁边，看样子吓得够呛，于是他们出去寻找丢了的羊，发现其中七只已经死了，而且被啃得乱七八糟，另外两只倒还活着。他们把幸存的两只羊带回了家，照富勒太太的说法，这两只羊仅仅是喉咙上破了点儿皮，伤口并不比针扎的显眼。她剪掉它们喉咙上的毛，把伤口洗了洗，抹上点儿药膏，又把它们放了出去，可它们没过一会儿就不见了，从此杳无踪影。事实上，这些羊全部都中了毒，死了的七只马上就身体肿胀，皮和毛都只能扔掉。这说明那些关于狼和羊的古老寓言[①]有凭有据，还使我确信那种古已有之的怨仇至今犹存。说实在的，这次可用不着放羊娃来瞎喊什么"狼来了"。老富勒家的门边摆着大小不一的钢铁夹子，用来对付狼、水獭和熊，夹子上装的不是钢牙，而是巨大的钢爪，为的是钩住它们的肌腱。毒饵也是常用的杀狼武器。

我们在老富勒家吃完了一餐深林便饭，拉橇的马儿总算是姗

[①] 传为公元前六世纪希腊作家伊索（Aesop）所作的《伊索寓言》（*Aesop's Fables*）当中有几则故事与狼吃羊的习性有关，比如家喻户晓的"狼来了"故事。

38

姗来迟，于是我们把巴妥船拖出水来，绑上木橇，再把行囊扔到船里，顾自举步前行，运船的任务则留给两个船夫和汤姆的弟弟，后者负责赶马拉橇，当我们的车把式。我们的路线穿过绵羊送命的那个天然牧场，有几段是翻越乱石嶙峋的山丘，可说是马蹄曾及的最险道路，木橇连蹿带蹦地滑向前方，像一条风颠浪簸的小船，必须得有人站在木橇尾端，以防巴妥船失事撞毁，作用好比狂暴大洋中的舵手。我们的这架木橇，大致是照这样的方式行进：每当木橇的滑板撞上一块三四尺高的岩石，木橇便立刻向后上方弹起，但由于马儿一直在把木橇往前方拽，木橇随后会在岩石的顶部着地，进而越过岩石。这一程陆运，走的多半是古代印第安人扛着船绕过瀑布的路线。下午两点，先行一步的我们走到了瀑布上游夸基什湖口①附近的河边，在这里等待巴妥船跟来。刚等了没一会儿，就看见雷阵雨从西边席卷而来，越过远处那些依然看不见的湖泊，越过那片我们无比向往的迷人荒野。转眼之间，豆大的雨点从天而降，噼里啪啦打上我们四周的树叶。我刚刚选好一棵直径五六尺的倒伏巨松，正准备爬到树干下面，却发现我们运气还好，船已经及时赶到。同伴们急急忙忙给船松绑，把船翻下木橇，第一阵瓢泼大雨，恰好在此时兜头打落，这时候的场景，肯定会让安居广厦的人们觉得十分好笑。刚把船弄下木橇，同伴们就迫不及待地松开了手，让船在惯性和重力驱使之下自行翻转，而你不难想象，不等船安安稳稳扣到地面，大伙儿就一窝蜂地往

---

① 夸基什湖（Quakish Lake）是珀诺布斯科特河上的一个湖，珀诺布斯科特西支自西向东穿过此湖。

船底下钻,弓着身子在那里扭来扭去,活像是七条鳗鱼。所有人全部躲到船下之后,我们把背风一侧的船帮支了起来,一边削制在湖上划船要用的桨架,一边高唱还能够回忆起来的船歌,雷声乍歇之时,歌声响彻林间。阵阵豪雨倾泻而下,马儿垂头丧气地站在旁边,皮毛淋得油光水滑,好在船底如同滴水不漏的房顶,我们可赖以蔽体安身。这样干耗了两个钟头之后,我们要去的西北方向终于现出霁色一抹,预示着一个适于航行的宁静黄昏。车把式带着马儿踏上归途,我们则抓紧时间推船下水,全情投入我们的航程。

算上两个船夫,我们一行共有六人。我们的行囊都堆在船头附近,我们自个儿则按照指定的位置坐好,权充配重的行李,船夫还吩咐我们像桶装猪肉一样老实待着,千万别动来动去,免得船撞上岩石。安排妥当之后,我们撑船驶入途中的第一段急流,由此便稍有体会,我们要航行的这条河是何况味。汤姆和乔治大叔一头一尾,一人手执一根长约十二尺的云杉木铁尖篙子①,两人从同一侧用力撑船,我们便像鲑鱼一样,顶着急湍飞速上行。河水在四周奔腾咆哮,只有饱经历练的眼睛才能辨认安全的航道,看清哪里是深水,哪里是暗礁,船帮的一侧或两侧时常擦过岩石,上百次遭遇与"阿耳戈号"闯过叙普勒格底兹②一样的惊险。我对

---

① 梭罗原注:"加拿大人管这种篙子叫 *picquer de fond*。""*picquer de fond*"是法文,见于沙勒瓦《新法兰西通史及概况》(参见前文注释)第五卷,意思是"探底篙"。

② 根据古希腊神话,希腊英雄伊阿宋(Jason)曾率众寻找神奇的金羊毛,所乘帆船名为"阿耳戈号"(*Argo*)。"阿耳戈号"在航程中闯过了又名"撞岩"(Clashing Rocks)的叙普勒格底兹(Symplegades),这是两块相对如门的礁岩,一有船过就会合拢,试图把船撞碎。

划船也算是有点儿经验，可是我以往的航程，哪次也没有这次的一半刺激。幸亏我们没等来素昧平生的印第安向导，换上了这两个人，他俩跟汤姆的弟弟一样，在这条河上享有一流船夫的盛名，既是不可或缺的领航员，又是易于相处的好旅伴。独木舟比巴妥船小，不光更容易翻，而且更容易坏，何况我们听人说，印第安人撑巴妥船不像白人这么熟练。就大多数情况而言，印第安人没有白人可靠，更喜欢生闷气使性子。一个人把死水乃至海洋的脾性摸得再怎么熟，照样不能胜任眼下这种条件特殊的航行，其他地方最有本领的船夫，到这里也只能一次又一次抬船上岸，绕过险滩，时间耽误了不说，航程依然是险象环生，与此相反，经验丰富的巴妥船夫却可以撑篙溯流，既不用那么费劲，也不会那么危险。强悍的法裔船户总是会凭借一种令人难以置信的坚韧，奇迹般地把船撑到瀑布脚下，碰上陡直的瀑崖才会扛起船来绕路，绕过瀑布便再次投入"即将冲下悬崖的平顺洪流"[1]，与瀑布上游的鼎沸急湍展开搏斗。印第安人说，这条河原本是双向流动的，半条河向上，半条河向下，白人来了却变成整条河向下，结果呢，他们不光得辛辛苦苦撑着独木舟逆流而上，还得扛着船走过不计其数的陆运段。夏天里，面粉也好，猪肉也好，拓荒者要的磨石和犁铧也好，木材探子要的各种装备也好，一切物资都得靠巴妥船运到上游，这一来，这片水域葬送了许多货物，许多船夫。但

---

[1] 引文出自苏格兰诗人托马斯·坎贝尔（Thomas Campbell，1777—1844）的史诗《怀俄明的格特鲁德》（*Gertrude of Wyoming*），诗题中的"怀俄明"是宾夕法尼亚州的一个山谷。"即将冲下悬崖的平顺洪流"在诗中喻指尘世欢愉。

在天气恒定的漫长冬季，坚冰会铺出一条康庄大道，伐木工的牲口车可以直抵奇森库克湖，还可以继续上溯，甚至可以走到班戈上游二百里的地方。想想吧，孤零零的一条橇车辙迹，远远伸入白雪皑皑的常青荒原，在密匝匝的森林中蜿蜒百里，然后又笔直向前，穿过一片片冰封雪盖的宽广湖面！

不久之后，我们驶入水波不兴的夸基什湖，开始轮流划桨，横越湖面。湖不大，形状也不规则，却不失秀美可人，四面林木合围，完全没有人类活动的痕迹，仅有的例外是远处湖湾里的一道低矮木堰①，那是春天放木头要用的施设。湖岸的雪松云杉，一棵棵挂满灰色的苔藓，远远看去，活像是一个个树鬼木魂。野鸭游弋在湖面各处，还有一只孤零零的潜鸟②，宛如一朵格外活泛的浪花，可说是湖面的点睛之笔，只见它碌碌怪笑，玩得兴高采烈，露出一条直直的腿，逗得我们开心不已。乔梅里山③在西北方向现出身影，仿佛是特意来俯瞰这个湖泊，而我们初次看见了柯塔丁山的容颜，虽然说只是峰顶隐没的云遮半面，看见它好似西北边的一道黢黑地峡，将天空和大地连为一体。波澜不惊地划了两里

---

① 木堰（boom）是固定在水面的一根用原木接成的链条，作用是封锁水道或围住木材，以防流失。

② 潜鸟（loon）指潜鸟科潜鸟属（Gavia）的几种水禽，体型介于鹅鸭之间，广布于北美及欧亚大陆北部。根据梭罗在本书附录列出的学名"Colymbus glacialis"，他说的潜鸟是体型较大的普通潜鸟（common loon），学名亦作 Gavia immer。

③ 乔梅里山（Joe Merry Mountain）是缅因州一座高近九百米的山峰，今名"Jo-Mary Mountain"，在柯塔丁山南边。

之后，我们越过湖面，再一次进入河道，从湖口到水坝[①]是一段一里长的连续急湍，我们的船夫得拿出全部的力量和本领，才能够溯流而上。

对于这片夏天里牛马无法通行的地区来说，这座水坝是一项造价不菲的重要工程，它把整条河抬高了整整十尺，据他们说还围出了无数个与河道相连的湖泊，淹没了大约六十平方里的土地。水坝高大坚固，附有一些支在上游不远处的斜墩，斜墩是竖在河里的一个个木头框架，里面填满了石头，作用是破开流冰。[②] 每一根经由水坝闸门漂向下游的原木，都得向水坝的主人付费。

我们不请自入，鱼贯走进水坝旁边的简陋工棚，工棚的光景一如我之前的描述，但这会儿工人都不在，在的只有伙夫。见有客人到访，伙夫立刻开始张罗茶水。他的火塘已经被雨水浇成一个泥坑，此时则迅速烈火重燃，于是我们坐上火塘周围的原木凳子，向火烤干身上的衣服。在我们背后，火塘两边的屋顶下排着一张张侧柏叶床铺，床铺已经压得很瘪，多多少少有点儿变色，

---

① 这里说的水坝是当时仅具雏形的北双子湖水坝（North Twin Dam）。北双子湖（North Twin Lake）是珀马达姆库克湖群的一部分，在夸基什湖西北边。

② 梭罗原注："耶稣会传教士虽然见惯了圣劳伦斯河和加拿大其他河流的光景，初次探访阿布纳基人之时也不免惊叹这里的河流 'ferrées de rochers'，意思是乱石林立。参见记述一六四七年史实的《耶稣会士纪闻》第十编，第一八五页。"耶稣会（Society of Jesus）是罗马天主教会的一个男性修道团体，始创于十六世纪，主要从事教育和传教工作；《耶稣会士纪闻》（The Jesuit Relations）是耶稣会北美传教团留下的历史记载，于 1632 至 1673 年间逐年编印；圣劳伦斯河（St. Lawrence）是从美国流入加拿大的一条大河。

上面撂着一张《圣经》散页，印的是《旧约》某个讲谱系的章节，以及一本半埋在柏叶里的爱默生《西印度解放演讲》①，是同伴之一先前留在这里的，我听说它已经把这里的两个人拉进了自由党②，此外还有一本一八三四年的《威斯敏斯特评论》③，外加一本题为"迈荣·霍利墓前树碑始末"④的小册子。这些便是缅因森林一座伐木工棚里的读物，或者说可读之物，这工棚跟任何公路都隔着三十里以上的距离，两周之后便会人去棚空，变成熊的领地。所有书本都已经翻得破破烂烂，肮脏不堪。这帮工人的头儿名叫约翰·莫里森，一个典型的扬基人，成员当然都不是修水坝出身，而是一些样样都会的多面手，擅长使用斧头之类的简单工具，通晓林中水上的技艺。即便是到了这里，我们晚餐还是吃上了热腾腾的糕饼，跟雪球一样白，只不过没加奶油，此外还有无处不在的甜饼，我们拿它塞满了自个儿的口袋，因为我们估计，短时间之内不可能再见到这一类的饭食。如此精致松软的糕饼，作为深

---

① 大英帝国于 1834 年 8 月 1 日正式废除境内各处（包括西印度群岛）的奴隶制，爱默生于 1844 年 8 月 1 日在康科德发表十周年纪念演讲，该演讲于同年出版，即《英属西印度黑奴解放周年纪念演讲》（*An Address...on the Anniversary of the Emancipation of the Negroes in the British West Indies*）。

② 自由党（Liberty party）是一个短暂存在的美国政党，1840 年成立，倡导废奴。梭罗和梭罗的一些家人都是废奴运动的积极支持者。

③ 《威斯敏斯特评论》（*Westminster Review*）是存在于 1824 至 1914 年间的一本英国季刊。

④ 迈荣·霍利（Myron Holley，1779—1841）是废奴主义倡导者，自由党创始人之一。霍利的墓碑由自由党人捐资树立，《迈荣·霍利墓前树碑始末》（*History of the Erection of the Monument on the Grave of Myron Holley*）亦由自由党人执笔。

林居民的膳食似乎有点儿怪异。茶也有，虽然说没加奶，但却加了糖浆。晚餐之后，我们回到河边，跟约翰·莫里森这帮人聊了几句，换了条更好的巴妥船，然后便匆匆上路，尽量利用行将消逝的最后一点儿天光。这工棚是这个方向的最后一处人居，按我们的行程算离马塔瓦姆基格岬刚好二十九里，从班戈过来的水程则是百里上下。前方再无蹊径，人们所知的通路只有一条，那便是渡越河湖，以巴妥船或独木舟代步。柯塔丁顶峰已在望中，跟这里的直线距离兴许不到二十里，但我们溯河前往，行程却有三十里左右。

时当满月前后，夜晚温煦宜人，我们决定月下划船，赶到五里之外的北双子湖上端，以防明天风翻浪起，不利船行。船夫们把这一带的河流称为"通道"，因为河流已经不再是什么别的，仅仅是连接湖泊的水道而已。我们沿着"通道"划了一里，又划过一小段几乎已被水坝变成静水的急湍，太阳刚落便划进北双子湖，开始横越湖面，划向四里之外的另一段"通道"。这是一片雍容典雅的水面，人到此地便可知悉，一片崭新原野加一个"林中之湖"，将会缔造怎样的美景。迎接我们的没有木屋的炊烟，也没有任何类型的营地，更没有哪个眷恋自然的情种，或者是沉思默想的旅人，从远山俯瞰我们的巴妥船，连印第安猎手都没有，因为他们很少登山，总是会选择与河为伴，像此时的我们一样。没有人前来问候，只有快乐自由的常青树木，在它们古老的家园里伸出层层叠叠的曼妙枝丫，向我们招手致意。一开始，红彤彤的云霞笼盖如城市一般壮丽的西岸，平湖敞开胸怀接纳天光，甚至有了一丝文明开化的风貌，仿佛在期待贸易通商和村庄城镇的到来。我们遥遥望见南双子湖①的入口,这个湖据说比北双子湖大,入口的湖岸笼着蓝色的烟岚,透过狭窄的入口远眺,视线掠过看不见的广阔湖面,直抵更加朦胧的远岸,着实让人大饱眼福。湖岸缓缓抬升,伸向一列列林木蓊郁的低矮山丘。即便在这个湖的周围,价值最高的白松也已经被人采伐殆尽,只不过,湖中过客无法察觉这样的缺憾。依照我们的观感,认真说也是依照相应的事实,我们似乎置身于美国和加拿大之间一块高高的台地,台地北侧是圣约翰河和绍迪埃尔河②流域,南侧则是珀诺布斯科特河和肯尼贝克河流域。这里的情形与我们据理揣度的不同,并没有连绵山脉围成的清晰湖岸,台地上只有一些互不相连的大山小山,东一座西一座耸入云端。这片原野是一连串湖泊组成的群岛,堪称新英格兰的湖区③。这些湖的高度相差不过几尺,船夫可以在湖与湖之间任意穿梭,只需要经过短途陆运,甚或完全不用上岸绕行。人们说水涨得特别高的时候,珀诺布斯科特河会与肯尼贝克河合流,至少是会彼此贴近,近得让你可以躺下身子,头枕着一条河,脚伸进另一条河。现如今,就连圣约翰河也通过运河④跟珀诺布斯科特河连在了一起,以至于阿拉加什河⑤里的木

---

① 南双子湖(South Twin Lake)是珀马达姆库克湖群的一部分,北接北双子湖。

② 圣约翰河见前文注释,绍迪埃尔(Chaudière)河在加拿大东南部,为圣劳伦斯河支流。

③ "湖区"原文为"lake-country",指英格兰西北部以湖景驰名世界的湖区(Lake District,亦作 Lake Country)。梭罗还曾在《瓦尔登湖》当中把康科德的几个湖泊称为"我的湖区"。

④ 即1841年竣工的特洛斯运河(Telos Canal),可参看本书末篇的相关记述。

⑤ 阿拉加什(Allagash,梭罗写作 Allegash)河在缅因州北部,为圣约翰河支流。

材不再沿圣约翰河漂向异国他乡，转而沿珀诺布斯科特河漂来我们这里，这一来，印第安人的那个传说，亦即珀诺布斯科特河曾经为他们的方便而双向流动，在某种意义上就算是部分地变成了现实。

一行六人中只有麦考斯林到过这个湖的上游，所以我们委派他来领航，而且我们必须承认，到了这样的水域，领航员尤其不可或缺。泛舟河上的时候，你一般不会忘了哪一头是上游，可你一旦到了湖里，河流便彻底无影无踪，随便你怎么眺望远岸，横竖看不出河是从哪里入湖。外乡人来了必然晕头转向，至少是暂时如此，必须得放下其余一切，先把河找到再说。要是湖长达十里乃至更长，形状又怪异得难以描画，而你不得不沿着蜿蜒的湖岸苦苦摸索，这样的航程一定会使你心力交瘁，耗尽你的时间和给养。听人说，曾经有一帮经验丰富的林地居民，奉命前往这条河上的某个地点，结果是身陷这座湖泊的迷宫，不知道何去何从。没办法，这帮人只好披荆斩棘穿越密林，扛着行囊和小船在湖与湖之间辗转，有时得负重奔波好几里路。当时他们把船扛进了米利诺基特湖，这个湖其实是在另一条河上，湖面十平方里，湖中岛屿无数。他们把整圈儿湖岸仔仔细细捋了一遍，扛起船走到下一个湖，然后是再下一个，劳神费力地折腾了整整一周，总算是重新找到了珀诺布斯科特河，可他们已经弹尽粮绝，不得不马上打道回府。

乔治大叔转舵操船，驶向上游湖口附近的一个小岛，小岛此时勉强可见，不过是水面的一个黑点，而我们一边轮流划桨，飞速掠过湖面，一边放声高唱，唱我们记得起来的船歌。月光下的湖岸迷离惝恍，若近若远。我们偶或收住歌声，倚住船桨，倾听周围有没有狼在嗥叫，因为狼嗥是此地常有的夜曲，而且被同伴们认定为世间最凄凉最瘆人的声音，只可惜我们这次运气不好，一声也没听到。话又说回来，纵然我们不曾**听见**，但我们确曾**聆听**，我们的期待也不是毫无道理，别的不说，这一点好歹值得一提。① 这次我们只听见一只野性十足、嗓门极大的猫头鹰，在阴森翳郁的荒野中厉声高叫，显然是对自个儿的孤寂生活毫不介怀，也不怕听见自个儿号叫的回声。我们还想到，没准儿有一些驼鹿正站在远远的湖湾，默默观察我们的动静，也没准儿，我们的歌声惊动了一头闷闷不乐的熊，或者是一只胆小的驯鹿。想到这些，我们的加拿大船歌便唱得更加带劲：

> 划啊，兄弟们划啊，河水滚滚流，
> 急湍在前头，白昼已去不停留！②

这歌词恰可形容我们自个儿的冒险之旅，本来也是源自类似的生活体验，因为急湍一直都在前头，白昼也早已逝去，岸上的林子

---

① 梭罗这话的意思是：人要想有所发现（听见），那就得去尝试（聆听），还得做适当的准备（不能有毫无道理的期待）。他曾在 1856 年 9 月 2 日的日记中写道："我认为我们能够察觉，我们取得的每一个发现，之前都会有这样那样的准备，这样那样的模糊期待。我们绝不会误打误撞地发现什么，一旦有所发现，我们就会意识到，自己曾为它诚心祈祷，为它刻苦训练。"

② 引文出自爱尔兰诗人及歌手托马斯·莫尔（Thomas Moore, 1779—1852）的《加拿大船歌》（"Canadian Boat Song"）。

朦胧晦暗，无数道渥太华的波涛[1]，在这里奔泻入湖。

> 为什么我们，至今没有扬起风帆？
> 因为没有风，来卷起蓝色的波澜！
> 但若是有好风，从岸边吹来水上，
> 噢，我们会欣然放下，疲惫船桨。
> …………
> 渥太华的波涛啊！这颤巍巍的月亮，
> 不久就会见证我们，搏击你的潮浪。[2]

到最后，我们终于划过那座为我们充当地标的"绿岛"[3]，所有人顿时齐声高唱，仿佛我们即将从河湖的水波通道漂进大地的未知区域，踏上不可思议的冒险旅程：

> 守护这绿岛的圣徒啊！请聆听我们的祈请，
> 噢，请赐予我们清爽天气，还有阵阵好风！[4]

---

[1] "渥太华的波涛"原文为"Utawas' tide"，借自莫尔的《加拿大船歌》，并非实指。莫尔这首诗是在圣劳伦斯河上写的，诗中的"Utawas' tide"指加拿大的渥太华河（Ottawa River），该河在蒙特利尔流入双山湖（Lake of Two Mountains）及圣劳伦斯河。

[2] 引文出自莫尔《加拿大船歌》。

[3] "绿岛"原文为"green isle"，借自莫尔的《加拿大船歌》。莫尔诗中的"green isle"指蒙特利尔。

[4] 引文出自莫尔《加拿大船歌》。

夜里九点左右,我们抵达河湖交界之处,划进礁岩之间的一个天然港湾,把船拖上了沙滩。麦考斯林当伐木工的时候就很熟悉这块营地,眼下便准确无误地找到了它,虽然说只有月光照明。左近传来小溪入湖的潺潺声响,告诉我们清凉的水源就在身边。我们的首要任务是生起篝火,这活计多少耽搁了一点儿时间,原因是这天下午暴雨滂沱,浇湿了柴火和地面。篝火是营地提供的主要慰藉,无论冬夏都是一样,无论冬夏都应该烧得同样旺,不光能带来温暖干燥,还带来喜气洋洋。它是营地必不可少的一面,至少是对想有光明一面的营地而言。一些同伴分头捡拾死树枯枝,乔治大叔则径直砍倒长在近旁的桦树榉树,没过一会儿,我们就有了一堆十尺长三四尺高的火,迅速烤干了火堆跟前的沙地。我们算好柴火,确保火堆通宵不灭,随即投入下一项任务,也就是支帐篷。这件活计的第一步是把两根铁尖篙子斜插在地,间隔大约十尺,这样就架好了椽子,然后把棉布覆在篙子上面,两边扎牢,前方敞开,像搭棚子那样。只不过这天夜里实在不巧,随风乱飘的火星把帐篷给点着了,我们只好赶紧把巴妥船拖进林子,扣在林子边缘靠近火堆的地方,再把一侧的船舷支高那么三四尺,把烧剩的帐篷铺在地上当床,然后扯起毯子的一角,或者随便什么能当被子的东西,往身上那么一搭,往地上那么一躺,脑袋和身子搁在船底下,腿和脚伸在火堆跟前的沙上。刚开始大伙儿都睡不着,躺在那里聊我们的行程,接着又发现目前这个姿势特别适合观察夜空,闪闪星月正对我们的脸,所以我们自然而然话题一转,你一句我一句,聊起了那些最有意思的天文发现。久而久之,我们还是力压谈兴,各自去寻梦乡。半夜醒来之时,有一件非常有趣的事情，那就是观看某个同伴诡异怪诞有似妖魔的身影和举止。只见他实在无法入眠，所以悄悄爬起来拨火添柴，换个花样打发时间，一会儿从黑暗里悄无声息地拖出一棵枯树，把枯树架上火堆，一会儿用木叉扒拉扒拉火灰，一会儿又蹑手蹑脚地走来走去，观察天上的星星，与此同时，躺着的人兴许得有半数正在观察他的动静，个个都屏声敛息，由于这些人都醒着，又都以为身边的同伴睡得正香，气氛便显得越发紧张。这样子被人弄醒之后，我也给火堆添了点儿柴，然后就趁着月色在沙滩上溜达，指望着碰见一只下山饮水的驼鹿，碰不见鹿的话，碰见只狼也行。淙淙的小溪愈显声喧，让我觉得整片荒野满布人烟，沉睡的湖泊水平如镜，轻抚一个崭新世界的涯岸，奇形怪状的黢黑礁岩，东一块西一块耸出湖面，此时景致，实难形诸文字。它将一种严厉却温柔的荒野况味深深刻进我的记忆，久久不会磨灭。午夜过后不久，我们一个接一个地被洒落腿脚的雨点打醒，一个接一个地通过寒冷或潮湿认识到下雨的事实，一个接一个地长叹一声，蜷起双腿，到最后，大伙儿都往旁边蠕动了一番，身体跟船的夹角从直角渐渐变成锐角，得到了完全的庇护，这样才再次入睡。再次醒来的时候，天空又是星月同辉，东方已现曙色微明。我写得这么详细具体，是为了让大家对丛林的夜晚有点儿概念。

我们迅速抬船下水，装好东西，没吃早饭就再次启程，任由篝火继续燃烧。原始森林既然如此潮湿，伐木工便很少费神扑灭自个儿点的篝火，不用说，这也是缅因州林火多发的一个原因，我们马萨诸塞人，在烟霾日子里听说了太多这样的灾害。白松砍光之后，森林不再是可贵的东西，木材探子和猎手从不祈祷下雨，除非是在空气中的烟尘需要清除的时候。话又说回来，这一天的森林特别潮湿，我们的篝火确实不可能蔓延成灾。[1]我们撑篙上溯，沿着河流或说"通道"走了半里，然后又划了一里，横越珀马达姆库克湖[2]的下缘。地图把这一连串湖泊统称为"珀马达姆库克湖"，就跟湖只有一个似的，可这些湖显然各不相连，湖与湖之间都有水急石多的狭窄河段作为隔断。珀马达姆库克湖向西北绵延十里，直抵远方的高阜低丘，面积在这个湖群中数一数二。麦考斯林指给我们看西北方的一片白松林，那片松林生长在远山之上，目前还遥不可及。西边的乔梅里湖群横亘在我们和驼鹿头湖[3]之间，那个湖群现在的情况不得而知，据说是最近都还"被本州最丰饶的木材产地团团包围"[4]。经由另一段"通道"，我们驶入珀马达姆库克湖的"深湾"，这个湖湾有两里长，往东北方向伸展。划过"深湾"之后，我们穿过又一段短短的"通道"，来到了安伯基吉斯湖[5]。

船到湖口之时，我们有时会看见一种严格说应该叫"水栅桩

---

[1] 1844年4月30日，梭罗在康科德林地起的篝火蔓延成灾，烧毁了三百英亩的林子。梭罗一直为这件事情内疚不已。

[2] 珀马达姆库克湖（Pamadumcook Lake）是珀马达姆库克湖群的一部分，南接北双子湖。

[3] 乔梅里湖群（Joe Merry Lakes）是珀马达姆库克湖群西边三个湖的合称，今名"Jo-Mary Lakes"；驼鹿头（Moosehead）湖在乔梅里湖群西边，为缅因州第一大湖，肯尼贝克河的源头。

[4] 引文出自海沃德《新英格兰地名索引》当中的"珀马达姆库克湖"条目。

[5] 安伯基吉斯湖（Ambejijis Lake）是珀马达姆库克湖群的一部分，今名"安巴杰尤斯湖"（Ambajejus Lake）。

子"的物事，也就是一些春天搭木堰用的原木，要么是拴在一起泡在水里，要么就码在岩石上，跟树系在一起。这些物事虽然粗糙，但看到文明人在这里留下如此明显的印迹，总是会让人非常吃惊。我记得返程途中，我一度感到一种莫名的震撼，因为我再次路过这荒凉冷落的安伯基吉斯湖，在湖的上端看见一根带环的螺栓，螺栓深深地嵌进岩石，钻孔还用了铅来加固。

显而易见，赶木头必定是一个既艰险又刺激的行当。整个冬天，伐木工一直忙着把砍倒的大树削去枝叶，拖到河源的某个干涸沟谷，让原木越堆越高，春天来时，他站上河岸吹起口哨，呼唤雨犬和消融之犬[①]，恨不得拧出他衬衫里的汗水，为春潮添点儿波澜，最后他突然之间高声发喊，闭上双眼，似乎要跟现时的境况一刀两断，于是乎，消融之犬和雨犬，春汛之犬和风犬，他忠实的犬群全体出动，开足马力帮他驱赶，而他冬季劳作的一大部分成果，立刻便争先恐后冲下山去，直奔奥若诺的一家家锯木厂[②]。每根原木都标着主人的名字，用斧子或手钻刻进边材[③]，深得足以抵御漂流过程中的磨损，但又不至于对木材造成破坏。原木的主人为数众多，要设计出一个简单新颖的标记，得有相当可

[①] "雨犬"和"消融之犬"原文分别是大写的"Rain"（雨水）和"Thaw"（解冻），是梭罗对自然现象的拟人化处理，下文中的"春汛之犬"（Freshet）和"风犬"（Wind）亦然。《瓦尔登湖》当中也有类似的写法："消融之神（Thaw）的温言劝解，比雷霆之神的大锤更有力量。"

[②] 据海沃德《新英格兰地名索引》"奥若诺"条目所说："（奥若诺）拥有为数众多的锯木厂，每年为班戈市场加工大量木材。"

[③] 边材（sapwood）是树皮和心材之间的部分，颜色比心材浅，质地比心材软。

观的创造力才行。这些标记用的是一套相当独特的字母表，只有经验丰富的人才能辨识。同伴之一掏出他的记事本，念出了他家原木使用的一些标记，其中包括十字形标记、条形标记、鸦足形标记和环形标记，如此等等，还可以组合使用，连成诸如"Y—环形—鸦足形"之类的图标。每一根原木都得靠自个儿的本事去"闯人关"①，挨过不计其数的急湍瀑布，落下或轻或重的挤伤撞伤。各有标记的各家原木混在一起漂向下游，因为它们都得赶趁同一场春汛，人们会在湖口截住原木，用漂浮原木连成的木堰来圈住它们，以防它们随风乱漂，然后就像驱赶羊群一样，借助我们时或看见的装置，也就是架在岛上或滩头的绞盘或吊臂，将它们拖过水静不流的湖面，条件允许的话，还可以让风帆船桨来帮忙。然而有些时候，原木照样会在短短几小时之内被大风和汛水卷走，散落在方圆许多里的湖面，还可能被抛上远处的湖岸，赶木人一次只能捡回一两根，然后把它们重新送进"通道"，他得经历许多次潮湿难挨的湖岸宿营，才能把他的"羊群"赶过安伯基吉斯湖，或者是珀马达姆库克湖。他必须具备把原木当独木舟划的本事，还得像麝鼠一样，无视寒冷和潮湿。他的工具非常好使，包括一根材质通常是岩枫②的撬杠，杠子长六七尺，上面安了颗粗短的尖钉，两端包着耐磨的铁箍，以及一根长长的铁尖篙子，铁尖用螺

---

① "闯人关"（run the gauntlet）是一种古老的刑罚，受罚者必须从站成两排的行刑者中间跑过，其间任由行刑者殴打辱骂。西方一些国家的军队和北美的一些印第安部族曾以此惩罚犯人。

② 岩枫（rock-maple）即原产北美的无患子科槭属落叶乔木糖枫（sugar-maple, Acer saccharum）。

钉铆得死死的。沿岸的孩子在漂浮的原木上练习走路，就跟城里的孩子在人行道上学步一样。原木有时会被抛上岩石，死死卡住，不来上一次同样高的汛水，就只能窝在那里无法取回，有时又会在急湍瀑布跟前挤作一团，堆积成山，赶木人要想让它们继续向前，就得拿自个儿的生命去冒险。木材生意便是如此，取决于许多偶然因素，比如说河流上冻的时间，时间早就能让牲口车及时上山，比如说春汛的水量，水量大就能让原木顺利下行，如此等等。[1] 以下我引用的是米肖[2]对肯尼贝克木业的记述，在他著书的那个年代，出口英国的上等白松都产自肯尼贝克河流域："干这个行当的通常是来自新罕布什尔的移民……夏天他们组成小队，在广袤的荒林里四处探查，摸清楚哪些地方白松最多。他们割来牧草，为干活的牲口备好草料，然后就启程回家。冬天一到，他们立刻重返森林，盖起一座座船桦[3]或侧柏树皮苫顶的木屋，在林中扎下根来。虽然说气温极低，有时候连着几个星期都比冰点低

---

[1] 梭罗原注："'汛水最好保持稳定的流量或说水位，既不要逐渐上涨，也不要逐渐下落，因为汛水要是快速上涨，河道中央的水面就会比岸边的水面高出不少，以至于岸上的观者靠肉眼都能看出明显的差别，就跟河中央竖起了一道纵向路障一样。这一来，伐木工始终面临从河道中央倒向两岸的危险。'——引自斯普林格。"这条原注中的引文出自斯普林格《林中生活及林中树木》。

[2] 米肖（François André Michaux，1770—1855）为法国植物学家，曾在北美采集植物标本，历时十余年，著有《北美林木志》（*Histoire Des Arbres Forestiers De L'amérique Septentrionale*，1810—1813）。

[3] 船桦（canoe-birch）又名纸皮桦（paper birch），学名 *Betula papyrifera*，为原产北美的桦木科桦木属乔木，树皮白似纸张，常用于制作独木舟。

四五十度（华氏），他们还是劳作不懈，永不退缩。"① 据斯普林格所说，伐木队的成员包括砍树工、开路工、剥皮工、装卸工、车把式和伙夫。"砍倒大树之后，他们把树截成十四到十八尺长的原木，随即驾轻就熟地控驭驮畜，把原木拉到河边，刻好标明物权的记号，再把原木滚进河流的冰封怀抱，待到春来冰消，原木便顺流而下……没有在砍伐当年锯解的原木，"米肖补充道，"会遭受一些大个儿虫豸的啃咬，以至于满布直径两线② 左右的虫眼，但要是树皮已经剥掉的话，搁上三十年也坏不了。"③

在这个宁谧的周日早晨，安伯基吉斯湖风光无限，照我的感觉，它是我此行所见最美的湖泊。听人说，它的深度也在这一带数一数二。从湖上远望乔梅里山、双峰山④ 和柯塔丁山，视野好得无以复加。柯塔丁的峰顶看着是一块格外平整的台地，好似一段短短的公路，没准儿会引动某个半神的仙灵，在某天下午从天而降，到峰顶遛上一两个来回，消化消化午餐。我们划着船走了一里半，来到北侧湖口附近，然后挤过一大片睡莲，在麦考斯林熟识的一块大岩石旁边登岸，开始做我们的早餐。早餐的内容包括茶水、压缩饼干和猪肉，此外还有煎鲑鱼，吃鱼的餐具是木叉，

---

① 引文出自米肖《北美林木志》1819年英译本第三卷，括号里的"华氏"是梭罗根据《北美林木志》英译本的注释加的。华氏零下四十度恰好等于摄氏零下四十度，华氏零下五十度约等于摄氏零下四十六度。

② 这里的"线"原文为"line"，即法国长度单位"Paris line"（巴黎线）。一巴黎线约等于二点三厘米。

③ 引文出自米肖《北美林木志》1819年英译本第三卷。

④ 双峰山（Double Top）在柯塔丁山西北不远处，有两个千米左右的山峰。

用此地生长的赤杨①枝丫精心削制，以及用桦树皮撕成的盘子。茶是红茶，没有加调色的奶，也没加提味的糖，茶杯则是两个马口铁做的长柄锅子。这种饮料对本国的碎嘴子老太婆来说不可或缺，对伐木工人来说也是如此，不用说，他们都从中得到了极大的享受。②麦考斯林记得这里原本是一处伐木营地，眼下则已经长满灌木杂草。透过一片密匝匝的灌木丛，我们看见一块完整的砖头，躺在一条小溪里的一块岩石上，干干净净、鲜红显眼、方方正正，跟摆在砖厂里一样，有人把它带到了这么偏远的地方，用作压实火药的材料③。后来，我们中有人为这块砖表示遗憾，因为我们没有把它带上山去，搁在峰顶做个纪念。当然喽，这块砖可以充当一件素朴的证物，表明有文明人上了峰顶。麦考斯林说，荒野里有时能找见一些大个儿的橡木十字架，保存得相当完好，树十字架的是天主教的一些开路先锋，他们率先穿越此地，为的是去肯尼贝克河传教。

接下来这段路程总计九里，耗尽了这天余下的时间，其间我们划过了几个小湖，逆水撑过了无数段急湍和"通道"，还曾经四次抬船绕行。我准备逐一列明沿途的地名和里程，为将来的旅人行个方便。船出安伯基吉斯湖之后，我们先是在急流中上溯四

---

① 赤杨（alder）是桦木科赤杨属（*Alnus*）各种乔木及灌木的通称。
② 梭罗倡导简单生活，对喝茶的习惯不以为然。他在《瓦尔登湖》当中对茶多有贬斥，比如说："以我之见，白水是适合智者的唯一饮品，酒却算不上什么高贵的液体，更别提咖啡和茶。"
③ 炸开岩石的时候，要先在岩石上打孔，然后把火药放进去，再用其他粉末压实火药，比如沙子、黏土或捣成粉的砖头。

分之一里，继而抬船行进九十杆①，绕过安伯基吉斯瀑布。接下来，我们划行一里半，穿过像河流一样狭窄的帕萨马加默特湖，到达与湖同名的瀑布，途中经过从右方流来的安伯基吉斯溪。接下来，我们划行两里穿过卡特普斯孔尼根湖，继而抬船行进九十杆，绕过卡特普斯孔尼根瀑布——"卡特普斯孔尼根"（Katepskonegan）的意思正是"抬船绕行之地"——途中经过从左方流来的帕萨马加默特溪。接下来，我们划行三里穿过坡克沃柯穆斯湖，这个湖其实是略有展宽的一段河道，继而抬船行进四十杆，绕过与湖同名的瀑布，途中经过从左方流来的卡特普斯孔尼根溪。接下来，我们划行四分之三里，穿过跟前一个湖差不多的阿波利亚卡米古斯湖，继而抬船行进四十杆，绕过与湖同名的瀑布。再下来，我们在急流中上溯半里，来到了索瓦德尼亨克死水，也就是阿波利亚克纳杰希克溪②的溪口。

　　溯河而上的途中，地名通常按以下顺序交替出现：首先是"湖"，水面没展宽的话就叫"死水"，接下来是"瀑布"，再下来则是在瀑布上游入湖或入河的"溪"，"湖""瀑布"和"溪"三个一组，共用一个名字。我们首先遇到帕萨马加默特湖，接下来是帕萨马加默特瀑布，再下来则是流来河里的帕萨马加默特溪。不难看出，照这样的顺序选用前后一致的地名，实可谓十分合理，因为河段一旦变成"死水"或"湖"，至少得部分归功于在上游入

---

　　① 这里的"杆"（rod）是长度单位，一杆约等于五米。
　　② 阿波利亚克纳杰希克溪（Aboljacknagesic Stream）今名阿波溪（Abol Stream）。为求文字俭省，后文中的"Aboljacknagesic"一律译作"阿波"。

河的"溪",所以说"湖"和"溪"应该同名,与此同时,"溪"下游的第一道"瀑布"既是"湖"的入水口,又是"溪"中的水第一次向下猛冲的地方,名字自然得跟"湖"和"溪"一样。

抬船绕过安伯基吉斯瀑布的路上,我看到岸边有一个装猪肉的桶子,一侧开了个八九寸见方的洞。开了洞的一侧虽然紧贴一块陡直的岩石,但还是没防住偷嘴的熊。熊既没有把桶转过来,也没有把桶打翻,而是从正对洞口的一侧下口,啃出一个跟巨型老鼠洞一模一样的洞,足够它们把脑袋伸到桶里。到这会儿,桶底还残留着几片咬得稀烂沾着口水的猪肉。伐木工常常把不便携带的给养留在营地,或者是需要抬船绕行的地方,后来者尽可随意取用,因为这些东西一般都是集体财物,不归个人所有,集体是有资本慷慨大方的。

为了让读者对船夫的生活有点儿概念,我准备举些例子,详细讲讲我们怎么抬船绕路,怎么闯过急湍。比如说,绕过安伯基吉斯瀑布的那条路,简直是想象范围之内最难走的林间小径。一开始是上山的坡道,仰角将近四十五度,路上有无数的岩石和原木,一眼望不到头。抬船绕行的方法是这样的:我们先把行李运过去,在目的地的岸边搁好,然后再回头搬运巴妥船,拽着缆索把船拖到山上,接着又继续往前拖,一路走走停停,好歹对付完一半的路程。但这条路实在糟糕,再拖下去船就会坏。巴妥船轻则三百磅,重则五六百磅,通常应该有三个人来头顶肩扛,得把船反扣过来,个子最高的站中间,两头各站一个,或者是船头站两个,人要是再多的话,那就不方便抓握了。可扛船不光需要力气,还需要一定的经验,怎么说也是一件极其辛苦的活计,特别消耗身体，而我们这帮人总体说来身体孱弱，帮不了船夫什么忙。无奈之下，两个船夫用折叠的帽子权充垫肩，把巴妥船扛上肩膀，我们中的两人则扶住船帮，免得船摇来晃去，把船夫的肩膀磨伤，大伙儿就这样勇敢前行，走完了剩下的路程，中间只停了两三次。其余几段陆运里程，也是靠两个船夫以同样的方式完成的。他俩得身负重荷跟跄前行，翻过大大小小的倒伏树木和溜滑岩石，脚下的小径又极其狭窄，走在船两边的人老是要被树枝挂到。不过我们还算幸运，至少不用自个儿在丛莽中砍出一条路来。再次下水之前，我们拿起刀子，把岩石刮花的船底重新削平，以便减小行船的阻力。

为了免除抬船的苦役，我们的船夫决定"牵上"①帕萨马加默特瀑布，于是乎，其他人拿上行李去走绕过瀑布的小路，我则留在船上，帮船夫牵船上瀑。我们很快进入一段急流，比我们之前撑船上溯的任何一段都更为汹涌迅疾，并且把船靠到河道的一侧，做好了牵船的准备。两个船夫一方面是对自个儿的本领颇为自许，另一方面呢，依我看，也是想办成一件非比寻常的事情，好让我开开眼界，只见他们略作沉吟，再次端详这段理当称为瀑布的急流，一个开口发问，我们能不能上得去，另一个应声作答，我觉得可以一试。于是我们再次冲到河道中央，开始与急流搏斗。我坐在船的中段，维持船体平衡，每当船擦过岩石，我便向右方或左方微微欠身。我们晃晃悠悠逆流而上，弯来拐去，连蹿带蹦，一直撑到了瀑布最陡的地方，船头高高翘起，比船尾高了足

---

① "牵上"原文为"warp up"，这个词组的通常意义是"用绳索牵引船只行进"。

足两尺。紧接着,在一切全靠头篙船夫用力撑持的危急关头,他手里的篙子"咔嚓"一声断为两截,可他没工夫接过我递上去的备用篙子,径直探出断篙,在一块岩石上猛力一撑,不光救下了他自个儿,也让我们在间不容发之际登上瀑顶。乔治大叔高声发喊,说这次的事情前无古人,他如果不知道头篙是谁,绝不会尝试这么蛮干,头篙如果不知道尾篙是他,同样不敢冒这种险。这附近的林子里有一条专门开辟的陆运通道,我们的船夫从未听说巴妥船逆水登瀑的事情。就我记忆所及,这段瀑布本来就是整条珀诺布斯科特河上的极险之地,其间还有一道垂直的跌水,至少得有两三尺高。两个船夫不交一语,默默完成了这桩壮举,他们的高超技艺和冷静头脑,我再怎么赞叹也不够。头篙从不回头瞻顾,但却对尾篙的举动了如指掌,所以就只管自行其是,就跟他是一个人撑船一样。只见他一会儿用篙子在十五尺深的水里徒劳探寻,怎么也够不到河底,小船由此倒退数杆,要靠他全副的本领和力气才能保持平稳,一会儿赶趁尾篙像乌龟一样坚守阵地的机会,在两侧船舷之间腾挪闪转,动作轻灵得令人叫绝,同时飞快地扫视急流和岩石,仿佛长着一千只眼睛,一会儿又终于扎牢篙子,铆足了劲儿放手一撑,直撑得篙子弯曲打颤,整条船也猛地一抖,往上游蹿出几尺。这当中的危险还不只是水深流急,因为篙子随时可能卡在岩石之间,挣脱他们的掌握,把两手空空的他们留给急流任意处置——这么说吧,河中的每一块岩石,都好比一只伺机而动的鳄鱼,不等你瞅准机会在它的上颚结结实实撑上一篙,它就可能一口咬住你的篙子,把篙子从你手里生生扯去。篙子始终紧贴船身,船头也做成了特殊的样式,以便越过重重障碍，在急流的血盆大口中堪堪躲过岩石的利齿。要不是因为巴妥船又长又轻，吃水极浅，他们压根儿不可能前行半步。头篙必须迅速选定前行的路线，完全没有思考的时间。船经常都得两侧擦岩硬挤过去，因为岩石两边都是如假包换的磨盘漩涡①。

从瀑布前行半里之后，我们中的两人一试身手，撑船上溯一段较比平缓的急流。我们本已成功在望，即将越过最后的一道障碍，却碰上一块招灾惹祸的岩石，一下子方寸大乱。眼看巴妥船在漩涡里不停打转，怎么也脱不了身，我们只好交出篙子，另请高明。

卡特普斯孔尼根是这一带水最浅杂草最多的湖之一，看样子应该盛产狗鱼②。同名的瀑布声势浩大，风景如画，我们在这里稍事停留，吃了午餐。乔治大叔见过别人在这里逮到成桶的鳟鱼，但在我们下钩的这个钟点，鳟鱼死活也不肯上来吃饵。我们已经在缅因荒野伸向外省③的路途中行进了这么远的距离，居然还是在抬船绕行的半路看见了一张橡木堂④传单，火红色的大传单长约两尺，裹在一棵松树的树干上，传单所在位置的树皮已被剥去，树脂刚好把传单牢牢粘住。这种打广告的方法优点众多，其中之一

---

① "磨盘漩涡"原文为"maelstrom"，指大而强劲的漩涡，"maelstrom"源自荷兰文词汇"maelstroom"，本义为"像磨盘一样旋转的水流"。

② 狗鱼（pickerel）是狗鱼科狗鱼属（*Esox*）鱼类的通称。狗鱼体型较大，长吻尖牙，主要以小鱼为食。

③ "外省"即加拿大各省，参见前文关于"外省人"的注释。

④ 橡木堂（Oak Hall）是十九世纪中叶的一家波士顿男装店，因大做广告而广为时人所知。

应予记录在案，也就是说，有了这样的广告，兴许连熊和狼，驼鹿和鹿，水獭和河狸，更别说还有印第安人，都能够借此了解，该去哪里挑选最时髦的衣帽，至不济也能了解，该去哪里找回自己失去的部分皮草。有鉴于此，我们把这条路命名为"橡木堂陆运段"。

这条林间野河的午前时光，又宁谧又安详，恰如我们想象中的马萨诸塞，在同一个夏季周日的通常情状。鸟儿的尖叫，偶尔会吓我们一跳，或是来自那只在我们船头河上翱翔的秃鹰，或是来自那些被它强征贡赋的鱼鹰[①]。河边间或出现一块几亩宽的小小草地，未经刈割的野草随风招摇，使我们的船夫心动不已，一边慨叹这里离他们的农场太远，一边计算这些野草能晒多少垛干草。有时会有两三个人来到这里，整个夏天埋头割草，到冬天就把草卖给伐木工，原因是就地卖草的价钱，比本州的任何市场都要高。河中的一个小岛长满了这类灯芯草或说刀子草[②]，我们登岛查看前行的路线，在湿软的地面看到一个新鲜的驼鹿脚印，那是个略呈圆形的大洞，足证留下脚印的动物又大又沉。驼鹿喜欢嬉水，会光顾所有这些岛屿草地，在岛与岛之间游来游去，跟穿越陆上丛莽一样自如。我们不时经过一处麦考斯林所说的"波克罗甘"（pokelogan），这是个印第安词汇，指的是与死胡同相似的小河湾，赶木人完全有理由称之为"拨开了赶"（poke-logs-in）。这样的河

---

① 白头海雕会自己捕鱼，有时也会惊吓鱼鹰，抢走鱼鹰捕到的鱼。
② "刀子草"原文为"cut grass"，指禾本科假稻属草本植物蓉草（*Leersia oryzoides*），这种草的叶子边缘有细小的锯齿。

湾前无去路，进去了只能原路折返。"波克罗甘"，以及频繁出现的"回头弯"，也就是绕了半天又回到河里的分汊，会把缺乏经验的航行者弄得狼狈不堪。

绕过坡克沃柯穆斯瀑布的这程陆运，道路格外地崎岖嶙峋，上岸时得把巴妥船直接提上四五尺高的岩石，重新下水时又得从差不多同样高的堤岸往下放。路上的岩石布满了伐木工靴钉扎出的孔洞，全都是他们扛着巴妥船跟跄前行的痕迹，你还能看见一些表面磨得相当光滑的大块岩石，这是因为他们曾经中途歇脚，把巴妥船搁在上面。实在说来，由于这时节水位较低，我们只扛着船走了通常陆运里程的一半，然后就把船放进即将冲下瀑布的平缓水波，准备挑战此行遭遇的最急湍流。其他人继续去走剩余的陆运里程，我则留下来帮船夫牵船。三人中得有一人把船拽住，另外两人才能上船，如其不然，船就会翻下瀑布。我们贴着河岸撑篙上溯，顶着急流尽量前行，等到再也撑不上去的时候，汤姆一把抄起缆索，跳上一块勉强露出水面的岩石，但饶是他靴底有钉，依然是立脚不稳，转眼便坠入急流，靠运气帮忙才浮了上来。他随即爬上另一块岩石，把缆索交给跟着他上了岩石的我，自个儿又回到船头。我游走在岸边的浅水地带，从一块岩石跳上又一块岩石，时不时把缆索绕在竖直的岩石上固定好，拽住船等其中一个船夫重新下篙，这之后，我们三人一同发力，我们的船便蹿向上游，无惧任何急流。这样子就叫"牵船"。经过这种地方的时候，我们中若是有人上岸绕行，通常得随身带走最贵重的行李，以防行李落水。

船过阿波利亚卡米古斯瀑布之后，我们顶着箭一般的急流撑了半里，其间某人有所发现，在一些巨大的原木上看到了自家的标记，这些原木高高地堆在两岸的岩石上，多半是今春大汛爆发之时，某一次漂木壅堵的遗迹。看样子，许多原木都得等下一场大汛才能脱困，如果它们到那时还没烂掉的话。在自个儿从来没到过的地方，碰上自个儿从来没见过的自家财产，发现它们被汛水和岩石扣在了奔向主人的半道上，着实是一种奇遇。依我看，我名下的全部家当，肯定也躺在这种地方，躺在某条未经探索的遥远河流边上，已经被高高地抛上岩石，正等着一场闻所未闻的大汛，来把它送到我的身旁。各位神明啊，动作快点儿吧，赶紧用你们的风雨化解壅堵，别让它白白烂掉！

撑船走过最后这半里路，我们就到了索瓦德尼亨克死水，死水的名字得自在上游一里处入河的索瓦德尼亨克河，后者是珀诺布斯科特河的一条重要支流，名字的意思是"奔流山间"。死水离水坝大约二十里，位于默奇溪和阿波溪①的溪口，在柯塔丁山西南四十五度方向，与峰顶相去十二里左右。这天我们已经赶了十五里路，于是决定就地宿营。

我们早就听麦考斯林说了，这里的鳟鱼为数众多，此时便分出几个人安营扎寨，剩下的都去逮鱼。我们捡起几根印第安人或白人猎手扔在岸边的桦木钓竿，给鱼钩挂上猪肉，钓到鳟鱼之后又改挂鳟鱼，竿子一抡，将钓线甩进阿波溪的溪口。浅浅的阿波溪水清流疾，发源于柯塔丁山。顷刻之间，来了一群白色的须雅

---

① 默奇溪（Murch Brook）今名柯塔丁溪（Katahdin Stream），阿波溪见前文注释。

罗鱼（*Leuciscus pulchellus*）①，这种鱼又叫"silvery roach"，又叫"cousin-trout"，还叫鬼知道什么名字。这群鱼有大有小，本来是在附近觅食，眼下则纷纷吞下我们的钓饵，一条接一条地掉进了灌木丛。不一会儿，它们的亲戚，或者说真正的鳟鱼，也开始前来报到，斑斑点点的鳟鱼和银光闪闪的须雅罗鱼轮番上阵，咬钩的速度跟我们甩线的速度一样快。钓上来的两种鱼都是我生平所见的最佳样本，最大的一条重达三磅。我们一起竿就往岸上甩，刚开始却做了一些无用功，因为我们是站在船里钓的，甩上岸的鱼又一扭一扭地蹿回了水里。不过我们迅速想出了补救之策，安排那个钩子叫鱼吞了的同伴站在岸上接鱼，说时迟那时快，湿答答、滑溜溜的鱼儿像雨点一样洒落在他的周围，有时还正中他的脸庞和胸膛，因为他双臂大张等着接鱼，来不及招架抵挡。还没死的时候，这些鱼体色鲜亮，像最美的花儿一样熠熠生光，不愧为原始河川造就的宝藏。俯瞰着自个儿的渔获，钓客简直不敢相信自个儿的感官，不敢相信这样的宝石，竟然在僻远的阿波溪里游弋了这么久远的时间、这么多个明珠暗投的世纪：这一些河川孕育的明艳花朵，以前只有印第安人有幸目睹，只有上帝才知道，此等美物为何要在此地游弋！这一次的经历，使我更加懂得神话

---

① "须雅罗鱼"原文为"chivin"。根据梭罗列出的学名，"chivin"是指鲤科须雅罗鱼属的小眼须雅罗鱼。这种鱼见于美国东北部及加拿大东部的溪流湖泊，拉丁现名 *Semotilus corporalis*，别名"silvery roach"的字面意思是"银色罗其鱼"，"cousin-trout"的字面意思是"鳟鱼亲戚"。梭罗曾在《两河一周》当中写道："须雅罗鱼（*Leuciscus pulchellus*）又名'Dace''Roach'或'Cousin Trout'，还有其他的种种别名。这种鱼体色有红有白，总是得靠偶然的运气才能钓上……"

66

的真谛,懂得关于普罗透斯①和所有那些美丽海怪的传说,实际上还更加懂得,为什么所有的历史,一旦服务于尘世功利,便始终只是区区的历史,一旦服务于天国福祉,却注定成为不朽的神话。

想着想着,耳边已经传来乔治大叔的粗犷声音,只见他手执煎锅发号施令,说你们赶紧把钓到的鱼送过来,然后才可以由着性子继续钓,钓到明儿早上都行。锅里的猪肉嗞嗞作响,呼唤鳟鱼快快下锅。对于蠢笨的鳟鱼种族,尤其是这个格外蠢笨的世代,幸运的是夜幕终于降落,柯塔丁的黢黑山崖又从阿波溪东岸巍然耸起,好似一道永恒的阴影,大大加深了夜幕之色。莱斯卡博②在一六〇九年的著作当中告诉我们,一六〇八年,尚多尔先生曾经跟德蒙茨先生③的一个手下一起,沿圣约翰河上溯了约莫五十里格④,发现河里的鱼极其丰富,以至于他们"把水壶架在火上,没等壶里的水烧热,便已经逮到了够吃一顿的鱼"⑤。那些鱼留在这里的后裔,数量也同样惊人。夜幕既已降临,我们便跟随汤姆走进林子,去砍些雪松枝丫来铺床。汤姆走在前头,找出叶子扁平

---

① 普罗透斯(Proteus)是古希腊神话中的一个海中神祇,以变化多端著称。

② 莱斯卡博(Marc Lescarbot, 1570?—1641)为法国作家及诗人,曾于1606至1607年间远航北美的法国殖民地,归国后根据北美见闻写成并出版了《新法兰西史》(*Histoire de la Nouvelle-France*, 1609)。

③ "尚多尔先生"(Sieur Champdoré)即曾于十七世纪初多次远航北美的法国水手皮埃尔·安吉博(Pierre Angibault,生卒年不详);"德蒙茨先生"(Sieur De Monts)即法国商人及探险家皮埃尔·杜加·德蒙斯(Pierre Dugua de Mons, 1558?—1628),加拿大境内第一个永久性法国殖民地的创建者。

④ 里格(league)为长度单位,一里格约等于四点八公里。

⑤ 引文原文为法文,出自莱斯卡博《新法兰西史》。

的雪松或说"庭园侧柏",用斧头劈下最细小的枝丫,我们跟在后面,把枝丫捡起来带回船上,直至满载而归。铺床的时候,我们跟苫盖房顶一样认真细致,精益求精,让雪松枝丫的颠梢冲上,从床尾渐次铺向床头,一行一行地铺,前一行枝丫的颠梢盖住后一行的断茬,就这样铺成一张平整的软床。我们六个人睡,铺好的床大概是十尺长,六尺宽。这次我们照例生了一堆旺火,支帐篷的时候又比较小心,考虑到了风与火的方向,所以就能够对着篝火,在帐篷底下安躺。晚餐的桌子是一根巨大的原木,不知道是哪一场春汛抛上来的。这天晚上的饮料是侧柏茶,或者说雪松茶,伐木工如果弄不到其他的药草,有时也会喝这种饮料:

> **喝下一夸脱侧柏茶汤,**
> 为了让自己身强力壮。[①]

不过我无意重复同样的实验。这东西药味儿太重,喝得我倒胃口。这里有一副驼鹿骨架,当年想必有一帮印第安猎手,就地剔去了这头驼鹿的肉。

夜里我又在梦中大钓鳟鱼,终于醒来的时候,恍惚觉得昨晚的一切只是传说,觉得这种斑斓的鱼并不曾游得离我的床铺这么近,更不曾浮上来咬我们的钩,以至于怀疑这些事情并未发生,

---

① 引文是梭罗对十七世纪英国民谣《旺特莱恶龙》(*The Dragon of Wantley*)相应语句的改写,民谣原句说的是"一夸脱蒸馏酒"。梭罗在《瓦尔登湖》当中也引用了这首民谣。夸脱(quart)为容积计量单位,美制一湿量夸脱约合零点九五升。

不过是我梦里的经历而已。于是我不等天色破晓，在同伴依然酣睡之时独自起身，去验证此事是否真实。月光之下，柯塔丁的无云剪影赫然矗立，万籁俱寂，唯急流淙淙有声。我站在岸边，又一次把钓丝投入小溪，便发觉梦境真实，传说不虚。斑斑点点的鳟鱼和银光闪闪的须雅罗鱼，像飞鱼一样疾速掠过月光下的夜空，在柯塔丁的暗影上画出一道道明亮的弧线，直至月色渐褪，曙光熹微，让我和随后起身的几个同伴，个个都看得称心满意。

早晨六点，我们把行李搬上船去，外加用毯子包好的满满一包鳟鱼，然后穿戴齐整，又把不想带的包裹和给养甩上一些小树的枝梢，好让熊没法够着，随即启程奔向柯塔丁的峰顶，路程嘛，乔治大叔说船夫们认为是四里左右，照我的判断则应该更接近十四里，事实也证明的确如此。他以前最远就到过我们出发时的位置，没再往柯塔丁山那边去过，周围也完全没有能指引我们前行的人迹。一开始，我们撑船驶向阿波溪亦即"旷野溪"的上游，撑出几杆便把船拴到一棵树上，沿北岸徒步上溯，穿过几片现已局部长满小杨树和其他灌木的火烧地，不久又依照一种在阿波溪几乎处处可行的横渡方法，也就是踩过挤作一团的原木和岩石，在一个溪宽五六十尺的地方再次渡水，随即向主峰①进发，走出了一里多的距离，脚下的土地相对开阔，坡度则依然十分平缓。走到这里，我义不容辞地担起了领头的责任，因为我爬山的经验最为丰富。我们仔细察看了一番，发现前方绵亘着七八里长的蓊

---

① 梭罗打算攀登的实际上是比柯塔丁山主峰巴克斯特峰（Baxter Peak）低几米的南峰（South Peak），当时的人们以为南峰是主峰。

郁山坡，山峰则依然看不出距离远近，于是决定直奔主峰的山脚，不走左手边那道巨大的滑坡，后来我才知道，以前的一些登山者就是从大滑坡上去的。[1] 按照选定的路线，我们先得与林中的一条幽暗裂缝齐头并进，那是急流奔泻的通道，然后攀上从山峰主体向南伸出的一个小山包，山包的顶部光秃秃的，离主峰很近，从那里可以俯瞰乡野风光，还可以直上峰顶。我们此时所在的地方，是开阔原野尽头的一道光秃山梁，从这里望去，柯塔丁山呈现一种独特的风貌，不同于我以前见过的任何山岭。耸出林子上方的裸露山崖，在整个山体中所占的比例格外地大，而我们仰观这堵蓝蓝的屏障，感觉它仿佛是一段残垣，属于远古时代那道标明北方地极的界墙。罗盘显示主峰南麓在我们的东北方，我们据此设定了东北向的路线，然后举步前行，不久便没入林中。

走了没一会儿，林中就有了熊和驼鹿出没的痕迹，野兔的脚印更是随处可见。毫不夸张地说，山峰四面每一平方杆[2]的土地，都可以见到多少还算新鲜的驼鹿足迹，十有八九，这一带的驼鹿比以往任何时候都要多，因为人们在山峰四面开辟了一些定居点，把它们赶进了这片荒野。成年驼鹿的脚印与奶牛相似，可能比奶牛蹄印大一点儿，小驼鹿的脚印则跟牛犊差不多。我们时或踏上驼鹿踩出的隐约小路，这些小路看着像是林中的牛径，但却远比

---

[1] 这里的"大滑坡"是1816年形成的阿波滑坡（Abol Slide），在柯塔丁山西南面。1819年，英国军官科林·坎贝尔（Colin Campbell）率领的考察队第一个从阿波滑坡登上柯塔丁山。查尔斯·杰克逊走的也是这条路线。

[2] 一平方杆（square rod，亦可省写为 rod）约等于二十五平方米。

牛径模糊难辨，与其说是一条条连续不断的蹊径，倒不如说是一个个稀稀落落的豁口，只能使密匝匝的灌丛局部通透。到处都能看见驼鹿啃过的嫩枝，断口整齐得有如刀切。树皮也被它们扯了下来，变成了一条条一寸宽的狭长带子，上面还留着清晰的牙印儿，连离地八九尺高的树皮也不例外。照我们的估计，我们随时有可能碰上整整一群驼鹿，我们的宁录①也紧握钢枪，做好了开火的准备，但我们并没有刻意搜寻，而驼鹿虽然为数众多，生性却十分机警，打猎的生手就算在林子里可劲儿转悠，没准儿还是一头也看不见。有些时候，驼鹿也是一种见者不祥的危险动物，不但不会给猎手带来收获，反倒会发狂似的猛冲过来，将猎手踩踏至死，除非猎手运气不错，能跑到树后躲过它们的蹄子。最大的驼鹿个头几乎跟马一样，体重有时可达一千磅，据说它们正常举步，便可以迈过五尺高的大门。按照人们的形容，驼鹿是一种长得很丑的动物，身短腿长，全力冲刺时姿势滑稽，速度倒是非常地快。我们实在想象不出，它如何能在这样的密林里自由穿梭，我们要想办到这件事情，都得把身体的柔韧发挥到极致才行，一会儿爬高伏低，一会儿左躲右闪。听人说，它们懂得压低通常能伸展五六尺的分叉长角，让角贴到自个儿的背上，靠体重撞出一条道路，轻松穿过密林。据我们的船夫所说，当然我不知真假如何，驼鹿睡觉的时候，长角往往会被害虫啃掉。②驼鹿肉是班戈市

---

① 宁录（Nimrod）是见于《旧约·创世记》及《历代志》记载的古代君王及勇武猎手。

② 鹿角是有感觉的，不会在鹿活着的时候被别的动物啃掉。鹿每年都会脱掉旧角长新角，老鼠之类的小动物会啃咬鹿脱下的角，借此补充钙质。

场上的大路货，吃起来却更像牛肉，不怎么像鹿肉。

我们就这样走了七八里路，直至近午时分，其间我们歇了好几次脚，好让累了的同伴恢复元气，还渡过了一条不小的山溪，估计是溪口位于我们昨夜营地的默奇溪①。整段路程之中，我们始终在林子里穿行，一次也没瞧见峰顶，高度又上升得十分缓慢，以至于两个船夫渐渐地有点儿灰心丧气，担心我们是在往山外走，因为他俩本来就对罗盘将信将疑。于是乎，麦考斯林上树瞭望，从树梢望见了主峰，这才认识到我们并没有偏离正确的路线，他用手臂指向峰顶的时候，树下的罗盘刚好跟他的手臂指向一致。林中有一条清凉的山涧，涧水已初显空气般的纯净透明，我们在涧边停住脚步，拿了些鱼出来烤。我们大老远把鱼带上山来，为的是节省压缩饼干和猪肉，这两样东西，我们已经对自个儿实行了限量供应。在冷杉和桦树聚成的阴湿林子里，我们很快生起熊熊的篝火，围着火堆站成一圈，人手一根三四尺长的削尖木棍，棍子上挑着在山下划好道抹好盐的鳟鱼，或者是须雅罗鱼，大伙儿的棍子从四方伸向同一个中心，好似车轮的辐条，个个都想让自个儿那条鱼挤进最可心的烤火位置，并不总是能真正顾及邻人的权益。就这样，我们一边畅饮清泉，一边大快朵颐，直到我们中至少一人负担大减，然后才重上征程。

前行许久，我们终于走上一片空旷得可以眺望峰顶的高地，但峰顶依然远远地泛着蓝色，仿佛打算从我们眼前遁去。我们先前渡过的那道急流，此时在我们前方滚滚泻落，看它的水脉，确

---

① 从梭罗对路线的描述和溪流的走向来看，他们渡过的仍然是阿波溪。

确实实来自云端。但我们很快重入林中,不再知晓自己的方位。林中树木主要是黄桦、云杉、冷杉和缅因人称为"圆树"的花楸,以及驼鹿木[1]。这段路难走得无以复加,往往像是在最为密集的矮橡树[2]丛里穿行。这里大量生长着又称"簇莓"的矮茱萸,六芒星和驼鹿莓也很多。[3]蓝莓与我们相随始终,有个地方的蓝莓丛挂满了压弯枝丫的累累果实,新鲜一如初结之时,尽管这天已经是九月七日。[4]这样的树丛供应可口的餐食,招引这疲惫的行旅继续前行。一旦有人掉队,一声"蓝莓!"便是催促他们跟上的无上妙诀。即便到了这么高的位置,我们还是路过了一片驼鹿场[5],也就是一处面积四五平方杆的平坦山岩,驼鹿群冬季踩雪的地方。到

---

[1] "花楸"原文为"mountain-ash",是蔷薇科花楸属各种植物的通称,此处所说为原产北美东部的北美花楸(American mountain-ash, *Sorbus americana*),这种树因树干浑圆而有"圆树"(round-wood)的别名;"驼鹿木"原文为"moose-wood",可以指多种树木,根据梭罗在本书附录列出的拉丁学名 *Dirca palustris*,此处的"moose-wood"是原产北美大陆东部的瑞香科狄耳刻瑞香属灌木沼泽瑞香。

[2] 矮橡树(scrub-oak)可以指几种植株较小、类似灌木的橡树,比如原产美国东部及加拿大东南部的冬青叶栎(*Quercus ilicifolia*),这种树往往长成十分密集难以通行的树丛。

[3] 又称"簇莓"(bunch-berry)的矮茱萸(cornel)即原产美加等地的山茱萸科山茱萸属草本植物加拿大草茱萸(creeping dogwood, *Cornus canadensis*);六芒星(Solomon's seal)可以指天门冬科舞鹤草属草本植物加拿大舞鹤草(*Maianthemum canadense*),也可指其他一些同属植物;驼鹿莓(moose-berry)即五福花科荚蒾属灌木桤叶荚蒾(alder-leaved viburnum, *Viburnum lantanoides*)。

[4] 北美蓝莓的盛果期是六月中至八月中。

[5] 驼鹿是现存体型最大的鹿科动物。冬天的时候,群居的驼鹿常常会在积雪里踩出一块坚实的地面,俗称"驼鹿场"(moose-yard)。

最后，考虑到如果继续直奔峰顶，宿营时恐怕找不到近便的水源，我们渐渐改走偏西的路线，在下午四点重遇上文说到的急流，这时候峰顶已在望中，一行人又已倦怠不堪，便决定就地扎营过夜。

同伴们忙着寻找合适的宿营地点，我则利用天黑之前的最后一点儿时间，独自向山上登攀。此时我们身处一道又深又窄的山谷，山谷斜斜地伸向云端，仰角将近四十五度，两侧都是壁立的山岩，山岩的植被起初是一些低矮的树木，到高处就变成桦树云杉的交错丛莽，密匝匝无法穿越，树干还覆满了苔藓，最高处则不生草木，只有地衣，几乎一直是云遮雾罩。我沿着谷底的急流通道上行——我确实想强调"上"这个字——拿冷杉桦树的树根充当把手，从侧面爬上一道二三十尺高的陡直瀑布，然后蹚水走过大概一两杆平路，因为整条道路都已被浅浅的溪水所占据，继而迎着逐级下泻的溪水，攀爬好似巨人楼梯的一级级高大石阶，不久便走出林子，次第登上一个个石台，上一层就停一停，回头望一望下方的山野。这道急流宽度从十五到三十尺不等，没有支流，似乎也没有越往上越窄的趋势，自始至终洪波滚滚，奔冲咆哮，从云端飞泻而下，越过或穿过光秃秃的成堆乱石，像一股刚从山间腾起的水龙卷。最后我终于撇开急流，开始自寻路径，攀登那座虽非最高却离我最近的山峰①，路途十分艰险，丝毫不逊于远古时代撒旦穿越混沌界的历程②。我先是手脚并用，爬到一些古

---

① 梭罗此处提及的山峰，其实正是柯塔丁山主峰巴克斯特峰。

② 根据弥尔顿经典史诗《失乐园》（*Paradise Lost*）第二卷的叙述，魔王撒旦（Satan）曾为窥探伊甸园而穿越混沌界（Realm of Chaos），过程十分艰险。

老黑云杉（*Abies nigra*）[①]的上方，这些树的年代恐怕跟大洪水一样久远，矮的只有两尺高，高的也不过十到十二尺，平展展的树冠四面摊开，蓝幽幽的树叶受冻萎缩，让人觉得它们受到了阴沉天空和凛冽寒气的压迫，已经有几百年不曾长高。我在这些树的正上方走了好多杆的距离，树上爬满了苔藓和山越橘，仿佛它们先是填满了巨大山岩之间的所有空隙，然后又被寒风抹得一溜儿平。植物生长的规律，在这里很难见诸实践。看样子，同样的植物带绕着这座山转了几乎一整圈，只不过，别处的景观可能不像此处这么典型。其间有一次，我一脚踏空，站到了一棵云杉的树冠上，仿佛脚踩一只草草编成的柳条筐子，看见十尺之下是一个黑黢黢如同洞穴的所在，云杉的树干就在洞里，贴地处的直径拢共九寸。这种洞穴是熊的老窝，熊当时在家也说不定。这段八分之一里的路程当中，我一直走在这样的庭园**之上**，尽管这确实意味着我随时有可能踩坏一些植物，只因为庭园**之中**无路可走。毋庸置疑，这是我到过的最为诡谲、陷阱最多的原野。

> 他脚踩这稀松之物，险些沉沦，
> 只能够半飞半走，勉力前行。[②]

话又说回来，论坚韧莫过于云杉枝丫——一根也没有被我压断，

[①] 黑云杉（black spruce）是广布于北美大陆北部的一种杉树，拉丁现名 *Picea mariana*。

[②] 引文出自弥尔顿《失乐园》第二卷，诗句描绘的是撒旦在流沙中穿行的情景。

因为它们长得很慢。我一会儿失足跌落，一会儿连滚带爬，一会儿蹦，一会儿走，穿过这片枝枝杈杈的原野，最终登上了一个山坡，确切说则是一个山包，山包上的牛羊是一群群灰白的岩石，在暮色中不声不响地凝神反刍，咀嚼它们的石头草料。它们瞪着灰白的眼睛，一瞬不瞬地看着我，羊不叫，牛也不鸣。来到这里，我已经够到云雾的裙裾，这一次傍晚散步，便只能到此为止。所幸我转身返回之时，业已饱看下方的缅因原野，看见它跌宕如浪，漫衍如流，起伏如波。

我回去的时候，同伴们已经在急流边缘选好一处营地，正在就地歇息，其中之一已成病号，身上裹了条毯子，躺倒在一个潮乎乎的石台。这周围着实凄恻蛮荒，地面崎岖得一塌糊涂，致使他们大费周章，半天才找到一块能支帐篷的空旷平地。更高的地方缺少燃料，不适合我们宿营，这里的树木则显得无比苍翠，无比水灵，以至于我们心生忧虑，怕它们无视火焰的威力，但火焰最终大获全胜，在这样的环境下熊熊燃起，不愧为优秀的世界公民。纵然身处这样的高度，我们还是时常看见驼鹿和熊活动的痕迹。营地附近没有雪松，我们只好拿羽绒较比粗糙的云杉来铺床，但不管怎么说，这些羽绒好歹是从活生生的树上拔下来的。作为过夜的地点，这里兴许比峰顶还要气派，还要孤绝，既有这些野树为邻，又有急流为伴。格外轻灵、格外敏感的风，整夜在谷中奔走叫号，时不时吹旺我们的篝火，将余烬四处抛撒。照我的感觉，我们似乎躺在了一股年轻旋风的窝里。午夜时分，一棵冷杉的青枝被火烤干，火苗一下子蹿上树梢，惊醒我一个同床的伙伴，他以为整个世界都着了火，于是便大叫一声，从床上一跃而起，拽跑了整个营地。

次日早晨，我们享用了一点儿生猪肉和一小块压缩饼干，外加一勺云雾结晶或说水龙卷，拿这些东西开了开胃，随即全体出动，沿着我上文说过的瀑布向上攀爬，这次走的是瀑布右边，目标则是主峰，不是我昨天尝试攀登的那个峰头。然而不久之后，同伴们就被我后方的山梁遮挡，身影不复可见，同一道山梁还在我前方不断延伸，似乎没有尽头，于是我独自爬过一块块七零八落的巨大岩石，前行了一里多，向着云层步步逼近，因为别处虽然天气晴好，峰顶却依然大雾笼罩。这座山似乎是一个硕大无朋的乱石堆，仿佛天上什么时候下过石头，石头掉落山坡就停在原地，却又没有完全停稳，而是你靠我我靠你搭在一起，个个都摇摇欲坠，石头之间多有洞穴，却几乎没有土壤，也没有相对平坦的石台。这些都是制作星球的原材料，从一个不为人知的采石场掉了下来，大自然的万钧神力，很快就会把它们锻造或说锻打成泥，变出一片片青葱明媚的平原谷地。眼前是地球的一节尚在发育的肢体，好比我们在褐煤①当中看到的煤炭雏形。

良久之后，我终于走进云雾的裙裾，云雾似乎在一刻不停地飘过峰顶，但却怎么飘也飘不完，因为这纯净的空气不断生成新的云雾，补充的速度跟飘走的速度一样快。前行四分之一里，我到了山梁顶上，据那些晴日来过这里的人所说，山梁顶上的台地长达五里，面积有一千亩，可我却被来势汹汹的云雾团团围住，

---

① 煤炭形成要经过泥炭、褐煤、烟煤和无烟煤几个阶段，褐煤是煤化程度最低的矿产煤。

什么也看不见。风一会儿吹开我立脚之处的云雾，将我送入一个阳光明媚的小院，一会儿又爱莫能助，只能为我展露一抹灰扑扑的熹微光线，风力时大时小，云层忽低忽高。有时候，峰顶似乎马上就要拨云见日，在阳光里绽出笑颜，只可惜云层此伏彼起，感觉好比坐在烟囱里等烟散。这里实实在在是一家云雾工厂，周围全都是云雾制品，风的作用，不过是把它们从光秃秃的清凉岩石上取走而已。风卷来的云柱偶或在我身上撞断，容我瞥见右方或左方的一堵黯黑巉岩，蒙蒙雾气，在我和湿漉漉的岩壁之间涌动不息。此情此景，让我想到古代史诗和戏剧里的种种形象，想到阿特拉斯、乌尔坎、独眼巨人和普罗米修斯。[①]这里就是高加索山，这巉岩就是普罗米修斯被缚之地，不用说，埃斯库罗斯肯定看见过同样的景象。[②]这里广袤无垠，好似泰坦[③]居所，人类永不能在此栖居。登山之时，你会觉得自己身上的某个零件，甚至是某个攸关生死的零件，从自己肋条之间的空隙溜了出去。你的孤

[①] 阿特拉斯（Atlas）是古希腊神话中的巨人，因反抗主神宙斯（Zeus）而被罚承担擎天苦役；乌尔坎（Vulcan）是古罗马神话中的火神和金工之神，以火山为打造器物的锻炉，相当于古希腊神话中的赫淮斯托斯（Hephaestus）；独眼巨人（Cyclops）是为赫淮斯托斯充当助手的一族巨人，曾为宙斯打造雷电；普罗米修斯（Prometheus）也是古希腊神话中的巨人，因帮人类盗取天火而被宙斯锁在高加索山的峭壁上，每日承受鹰啄五脏的酷刑。

[②] 埃斯库罗斯（Aeschylus，前525？—前456？）为古希腊剧作家，享有"悲剧之父"的美誉。埃斯库罗斯名剧《被缚的普罗米修斯》(*Prometheus Bound*)讲的是普罗米修斯在高加索山上的遭遇，梭罗曾把此剧译成英文。

[③] 泰坦（Titans）是古希腊神话中的一族巨人，曾经统治世界，后被以宙斯为首的奥林波斯众神推翻。

独之感，会超出你的想象。离开了人类栖居的平原，你不会再有同样多的严密思维与豁然领悟，你的理性会变得松松垮垮，昏昏沉沉，像山上的空气一样缥缈稀薄。广袤无垠的大自然母亲，像泰坦一样霸道无情，会一把攫住孤立无援的你，掠走你的一部分神圣禀赋。她不像在平原上那样笑脸相迎，倒像是正在厉声诘问：时机未到，你来做甚？这片土地，可不是为你开垦。我在谷地里笑意吟吟，你还嫌不够不成？我做出这方土壤，绝不是为了让你踏足，做出这团空气，绝不是为了让你呼吸，做出这些岩石，也不是为了让你有个邻居。在这里，我无法给你同情，无法给你爱抚，只能够无休无止、无情无义地驱赶你，赶你去我**确实**与人为善的地界。你为何不请自来，然后又抱怨我像个后娘？不管你冻死饿死，或者是活活吓死，通通与我了不相干，这里没有神龛，没有祭坛，你的求告我听不见。

> 混沌和古老黑夜啊，我来贵地，
> 不是充当探子，也无意旁敲侧击，
> 窃取你们王国的秘密，只是……
> ……因为我去往光明上界的道路，
> 碰巧穿过你们的辽阔国土。[①]

地球有不少尚未完工的部分，山顶便是其中之一，爬到山顶

[①] 引文出自弥尔顿《失乐园》第二卷，较原诗有所省略。这几句诗是撒旦对混沌界国王混沌（Chaos）及王后黑夜（Night）说的话。

刺探众神的秘密，以凡人之身挑战他们的神威，是一种略嫌不敬的渎神之举。也许只有胆大包天的无礼之徒，才会往山顶去。那些个淳朴种族，比如说野蛮土著，从来也不往山上爬——所有的山顶，都是他们从未踏足的神秘圣地。但凡有人爬上柯塔丁的巅峰，坡莫拉必然大发雷霆。

身为州府委任的地质勘测专员，杰克逊曾对柯塔丁山进行精密的测量，按照他的说法，这座山海拔五千三百尺，也就是一里多一点儿。他还补充说，"由此可见，它显然是缅因州第一高峰，也是整个新英格兰最陡峻的花岗岩山脉。"[1] 我脚下这片宽广的台地本来多有奇景，台地东边还有一处壮观的半圆形断崖或说盆地，此时却通通云遮雾掩，无由得见。上山时我背上了全部的行李，因为我决定随身带好全副的装备，以防自己无法原路返回，不得不独自下到河边，甚至得独自走出无人地带。到这时，考虑到同伴们肯定急于在天黑之前赶到河边，又想到山上的云雾没准儿连日不散，最终我还是别无选择，只能按原路立刻下山。下山路上，山风偶或为我吹开一扇窗口，把东边的原野呈现在我眼前，那里有连绵无际的森林，有星星点点的湖泊，还有在阳光下闪闪发光的道道河川，其中一些远远地流入了东支。极目东方，还可以看见一些新的山脉。不时有雀科小鸟从我前方匆匆掠过，无力掌控自个儿的飞行路线，活像一块碎石，被风吹下了灰白的山岩。

我下到主峰侧面跟同伴们走散的地方，发现他们还在那里，

---

[1] 引文出自杰克逊《缅因及马萨诸塞两州公共土地第二份年度地质学报告》。

正忙着采摘爬满每道石缝的山越橘,越橘之外还有蓝莓,蓝莓越到高处味道越冲,吃起来还是同样可口。等这里有了人烟,通了公路,这些越橘,也许会成为一种商品。这里的高度刚好与云的裙裾齐平,我们可以向西边和南边放眼眺望,俯瞰方圆百里的原野。喏,眼前便是我们在地图上见过的缅因州,但又与图上所见大有不同,眼前的缅因州是一片阳光照耀的无尽森林,长满了我们在马萨诸塞听说的那种东部**建材**。没有农场,没有房屋。看样子,这里连孤身旅人砍树枝削手杖的事情都不曾有过。湖泊不计其数,有西南边的驼鹿头湖,四十里长十里宽,像摆在桌子尽头的一只闪亮银盘,有奇森库克湖,十八里长三里宽,湖中没有岛屿,有南边的米利诺基特湖,湖中岛屿成百,此外还有百十个没有名字的湖。山峦也为数众多,但其中大多数的名字,恐怕只有印第安人知道。这一片广袤森林,看着像一块密实的草坪,至于说林中的这些湖泊,有个后来者给出了一个恰切的比喻,说它们好似一面"碎成了千百片的镜子,碎片被胡乱抛撒在草坪之上,反射出太阳的炽盛火光"[①]。要是有人能把这片土地开垦出来,不知道得是个多大的农场。《地名索引》出版于边界划定之前,据该书所说,单是我们此时所在的珀诺布斯科特县,面积就比拥有十四

[①] 引文出自美国医生约翰·拉斯基(John Kimball de Laski, 1814—1874)的文章《扬医生柯塔丁山植物考察之旅》("Dr. Young's Botanical Expedition to Mount Katahdin"),该文记述的是作者随同美国医生及植物学家埃伦·扬(Aaron Young, 1819—1898)于1847年8月攀登柯塔丁山的经历。

个县的佛蒙特州还要大①，而这还只是缅因境内的一部分野地而已。不过，眼下我们要探讨的是自然疆界，并不是行政区划。此时我们与班戈的距离，若是按鸟儿飞行的里程来算，大概是八十里，若是按我们坐车走路行船的里程来算，则是一百一十五里。事已至此，我们只能自我开解，先想想大体说来，此处的景色多半跟峰顶一样好，再想想山峰若无云雾缭绕，哪里还配得上山峰的称号？更何况，贝利和杰克逊登顶时也是视野朦胧，跟我们没有两样。

我们动身返回河边，眼见得时辰尚早，便决定追随我们估计是默奇溪的那道急流，跟着它往下走，前提则是它还没有把我们带得太偏。就这样，我们在急流当中走了四里左右，不停地渡过来渡过去，从一块岩石跳上又一块岩石，时而和溪水一起跃下七八尺高的瀑布，时而仰面躺在薄薄的一层溪水里，顺着石坡往下滑。急流所在的这道山谷，今春发过特别大的洪水，显然还伴有山体滑坡，那时候，谷中肯定涌动着一股水石混杂的洪流，水位至少得比现在高二十尺。河道两侧一两杆范围之内，树木全都是皮开木绽，伤痕一直延伸到树梢，桦树一棵棵弓腰驼背，树干扭曲，有的还裂成了细条，跟扫马厩用的扫帚一样，有的树直径一尺，照样是拦腰折断，还有的地方，堆积

---

① 海沃德《新英格兰地名索引》的"珀诺布斯科特县"条目说："本县管辖的土地比从事农业的整个佛蒙特州还大，尽管该州有十四个繁荣兴旺的大县……一八三七年，在部分属地被划给皮斯卡塔奎斯县（Piscataquis County）之前，本县土地面积为一万零五百七十八平方里。"梭罗攀登柯塔丁山的时候，这座山已经划归皮斯卡塔奎斯县，不再属于珀诺布斯科特县。

的岩石把整丛整丛的树木压弯了腰。我们在途中看见一块直径两三尺的岩石,架在一棵树的枝杈上,离地面将近二十尺。整整四里的路途当中,我们只看见一条小溪汇入急流,却不见急流的水量由此增长。我们借着下山的势头飞速前行,个个都变成了蹿岩跳石的行家里手,因为我们必须得跳,确实在跳,不管合适的距离之内有没有落脚的石头。走在头里的人若是回过身去,仰望苍崖翠树夹峙的蜿蜒山谷,便会看到白色的急流当中,每隔一两杆就有一个红衬衫或者绿外套,要么是身背行囊,正在顺着河道往下跳,要么是停在急流中央一块方便歇脚的岩石上,正在补衣服的裂口,要么是正在解下系在腰带上的长柄锅子,准备舀点儿水喝,这样的画面,实可谓赏心悦目。从溪边一小块沙质台地经过的时候,我们看到台地上有一个依然新鲜的人类脚印,一时间吃惊不小,立刻懂得了罗宾逊·克鲁索在类似情形之下的感受①,但我们最后还是想了起来,我们上山时也曾路过这道急流,虽然记不清具体的位置,可我们中的一员当时确实下到了谷底,为的是找点儿水喝。高处有清凉的空气,低处又有持续不断的山溪洗浴,足浴、坐浴、淋浴和浸浴交替进行,把这段旅程变得格外地醒脑提神。撇开急流之后,我们只走了一两里,全身衣物的每一根纱线就已经跟平常一样干爽,之所以如此,也许是因为此地的空气不同凡响。

---

① 在英国作家笛福(Daniel Defoe, 1660—1731)的经典小说《罗宾逊漂流记》(*Robinson Crusoe*, 1719)第十一章当中,流落荒岛的主人公罗宾逊·克鲁索在沙滩上看到了人类的脚印,感到极度惊恐。

撇开急流之后，我们担心走错方向，于是乎，汤姆走到附近最高的一棵云杉跟前，把行囊往树下一扔，顺着光溜溜的树干往上爬了约莫二十尺，钻进茂密树冠的葱绿塔楼，身影隐没不见，再次现身的时候，他已经把最顶上的细枝抓在手里。① 年轻时候，麦考斯林曾经随某将军麾下的一支部队穿越这一带的荒野，跟另一个人搭伴执行各种侦察任务。那位将军总是这么吩咐，"把那棵树最顶上的枝条扔下来"，赶上这样的情形，缅因森林里没有哪棵树高得足以逃过灭顶之灾。我听过一个故事，说两个人在这一带的丛林里迷了路，迷路时的位置比我们现在更靠近居民点，于是他们找了棵尽可能高的松树，那棵树贴地处的直径足有六尺，然后爬上树去，从树梢望见一片孤零零的农场，还有农场上的炊烟。树梢离地二百来尺，弄得他们中的一个头晕目眩，倒在了同伴的怀里，同伴只好使出吃奶的力气，带着这个时而昏厥时而苏醒的累赘，千辛万苦地爬下了树。我们冲汤姆喊道，"峰顶在哪个方向？那几片火烧地又在哪边？"后一个问题的答案他只能靠猜，但他望见了一片小草地和一个池塘，多半在我们应该走的路线上，我们便决定往那个方向走。走到那片幽僻草地的时

---

① 梭罗原注："一八五一年，斯普林格写道，'爬树时我们通常会选云杉，主要是因为这种树枝杈众多，方便攀爬。最低的云杉枝杈离地也有二十到四十尺，所以我们会砍倒一棵小树，把小树搭在云杉的树干上，以便爬上最低的枝杈，上去之后便可以一直爬到颠梢。需要爬特别高的时候，我们还会把砍倒的云杉搭在高耸入云的松树上，由此够到比周围林木高一倍的位置。'树上的人会把一根枝条扔到树下，指明他从松树颠梢看到的方向，让地面的人记下来。"注文中的引文出自斯普林格《林中生活及林中树木》。

候，我们看见池边有新鲜的驼鹿蹄印，池水兀自动荡不宁，仿佛驼鹿刚刚才逃去别处。草地非常小，面积只有几亩，坐落在山坡上，深藏在林子里，此前兴许从未被白人瞧见，一看就是个驼鹿吃草洗浴、悠然憩息的好地方。前行少刻，我们走进一片密林，似乎依然在追随驼鹿的路线。我们沿着这条路线往前走，不久便走进来时路过的开阔坡地，坡地绵延数里，伸向下方的珀诺布斯科特河。

也许是在这一段下山路途当中，我才算有了最为深切的体会，认识到这就是**自然**，原始未凿、未经驯化也永远无法驯化的**自然**，不管人类还给她起了些什么样的名字。我们穿行在一片又一片的"火烧地"，火烧兴许是雷电所致，但这些土地并没有新近过火的痕迹，地面连烧焦的残桩都难得一见，看起来更像是驼鹿和鹿的天然牧场，情状格外荒蛮，格外凄凉，其间偶有一条条横贯土地的狭长林带，一棵棵破土未久的低矮杨树，以及东一<u>丛</u>西一<u>丛</u>的蓝莓。我发现自己走得无拘无束，走得心安理得，只当脚下是某个现已抛荒或尚未完工的牧场，可当我暗自揣测，开垦建造这牧场的究竟是什么人物，是我们种族的哪一位兄弟姐妹，哪一位远亲近属，心里便忐忑不安，担心真正的地主突然现身，质问我凭什么擅自穿行。我们很难想象，世上竟然有无人居住的地域，因为我们习以为常，总以为人类无所不在，人类的影响无远弗届，何况我们从未看见纯粹的自然，除非我们曾经看见，繁华都市里同样有她的身影，同样是如此广袤、如此阴郁、如此冷漠无情。眼前的自然美则美矣，只可惜野性十足，令人畏惧。我诚惶诚恐地打量脚下的地面，想看清造化①在这里创制了什么作品，用的是什么形式，什么风格，什么材料。这便是传说中的原初大地，脱胎于混沌和古老黑夜②，不是任何人的园圃，是浑朴未琢的星球，不是草坪，不是牧场，不是草甸，不是林地，不是刍荛之所，不是耕耘之地，也不是荒废田畦。这是新鲜天然的地球表面，永永远远一如初建——我们声称，它是为人类居住而建——自然把它建成了这个样子，人类若是有利用它的本事，只管放手一试。人类没法跟它攀上交情。它是大写的"物质"，广大无边，慑人心魄，不是传说中的大地母亲，而是必然趋势与既定命运的归宿，既不容人类踏足，也不容人类埋骨——不，哪怕只是允许人类葬身于此，对它来说也是跟人类太过近乎。我们在这里感受到一股力量，一股不一定待见人类的力量。这里是异端信仰和迷信仪式的乐土，只适合另一些人居住，那些人与岩石和野兽的亲缘，并不像我们这么疏远。我们不无敬畏地走过这片土地，时不时停下来采摘蓝莓，这里的蓝莓味道辛冽，十分涩口。在康科德，**在我们的野松矗立之处**，在铺满落叶的林间土地，没准儿还有过割麦的耕者，有过种谷的农夫，但在这里，连土地的表层都不曾遭受人类的伤损，不啻为一个保存完好的样板，体现着上帝创世的本来意愿。去博物馆参观，去浏览林林总总的个别器物，哪能比得

---

① "造化"原文为"Powers"（可直译为"力量"），这个词还可以指在基督教天使等级中排名第六的"能天使"。此外，弥尔顿在《失乐园》第一卷当中讲述了反叛天使为撒旦建造宫殿的事情，其中多次用"Powers"来指称撒旦麾下的反叛天使。

② "混沌和古老黑夜"（Chaos and Old Night）的说法见于弥尔顿《失乐园》第一卷。

上亲眼目睹星球的表面,实地观察亘古不磨的物质!我站在原地,对自己的身体满怀敬畏,束缚我灵魂的这团物质,突然间显得无比陌生。我不怕精灵,不怕鬼怪,因为我自己也是其中之一——**那种恐惧**,我的身体才会有——可是我害怕身体,一遇到身体就会战栗。攫住我的这个泰坦,到底是什么东西?说什么不解之谜!想想吧,置身于自然的怀抱,我们的生活会是什么光景——日复一日地目睹物质,接触物质,接触岩石与树木,还有扑面的风!**坚实的大地**!**真实的世界**!**常识**!**接触**!**接触**!我们是**谁**?我们身在**何处**?

不久之后,我们认出上山时特意记在心里的一些岩石,以及其他的一些地貌特征,于是加快脚步,下午两点就到了巴妥船边。[①] 我们本打算钓点儿鳟鱼充饥,只可惜此时日光耀眼,鳟鱼不肯咬钩,所以我们只好拿出所剩无几的压缩饼干和猪肉,靠这点儿残渣尽量填填肚子。我们一边吃,一边商议要不要溯河一里,前往索瓦德尼亨克河边的吉布森农场,因为那里有一座荒废的木屋,我们可以去屋里找一柄孔径半寸的手钻,把我们的一根铁尖篙子修一修。我们周围有的是小云杉,手边还有个备用的铁尖,只缺少一件钻孔的工具。可我们并不确定,木屋里是否留有工具,所以就把断了的篙子尽量扎牢,凑合着对付下行的航程,反正下

---

① 梭罗原注:"熊没有动过我们的东西,尽管它们有时会把巴妥船撕成碎片,就因为船壳涂了焦油。"注文所说熊破坏船只的事情,原因应该是熊讨厌焦油的气味,据当代英国学者约翰·赖特(John Knight)《在日本守望狼:关于人与野生动物关系的人类学研究》(*Waiting for Wolves in Japan: An Anthropological Study of People-wildlife Relations*)一书所说,林场的人往往会在树上涂焦油,借此把熊拒之门外。

行途中基本用不上篙子，何况我们不想再有任何耽搁，怕的是船还没到大湖就起了风，使我们无法前行，因为在这些水域，小风也能掀起大浪，巴妥船连一秒钟也挺不了。有一次，麦考斯林在北双子湖的湖口耽搁了整整一个星期，尽管那个湖的宽度只有四里。我们的给养行将耗尽，万一船出了问题的话，我们兴许得沿着湖岸绕上一个星期，渡过不计其数的溪流，穿越无路可循的密林，而我们根本没有这方面的准备。

我们满心遗憾地放弃了奇森库克湖，那是麦考斯林曾经伐木的地方，一并放弃的还有阿拉加什湖①。上游有一些更长的急流，更长的抬船绕行路段，其中包括瑞坡吉纳斯（Ripogenus），麦考斯林说它是整条河上最艰险的一个陆运段，长度足有三里。珀诺布斯科特河总长二百七十五里，我们离它的上源还有将近一百里的路程。一八三七年，州聘助理地质学家霍奇溯河而上，抬船绕行区一又四分之三里就到了阿拉加什河，然后顺流进入圣约翰河，继而沿马达瓦斯卡河上溯，经由"大陆运段"②转入圣劳伦斯河。据我所知，关于从这个方向进入加拿大的探险旅程，仅有的记载便是霍奇的报告。霍奇在报告中记录了自己初次看见圣劳伦斯河的感受，如果不嫌大小不相称的话，那我们可以说，他当时

---

① 阿拉加什湖（Allagash Lake）为缅因州北部湖泊，原本是阿拉加什河的源头。

② 马达瓦斯卡河（Madawaska）在加拿大东南部，为圣约翰河支流；"大陆运段"（Grand Portage）是连接马达瓦斯卡河源头特米斯考塔湖（Lake Témiscouata）和圣劳伦斯河的一条小路。

的感受，与巴尔博亚从达连地峡①的山上初次看见太平洋的感受约略相同。"我们从高山顶上初次看见圣劳伦斯河的时候，"霍奇写道，"那景象真是惊心动魄，对我来说更是格外地引人入胜，因为之前的两个月里，我一直都在遮天蔽日的林子里穿行。宽广的圣劳伦斯河横亘在我们的正下方，绵延九里或十里，河面空阔无物，只有几座岛屿礁岩，以及两条泊在岸边的船。再往远处是一列列荒无人烟的山岭，与河流并排延伸。正在落山的太阳，放射出临别的余晖，给整幅画图抹上了金色。"②

这天下午四点左右，我们踏上了几乎不用撑船的返航之旅。乘着急流飞驶之时，船夫是用又大又宽的船桨来调整航向，不需要使用篙子。先前我们在河里艰难上溯，此时却可以飞速下滑，通常还滑得十分顺畅，可我们此时的航程，其实蕴含着比先前大得多的危险，因为我们身处千百块岩石的包围，一旦结结实实地撞上其中任何一块，我们的船就会瞬间翻沉。船若是翻沉在这样的河里，船夫通常可以在水面轻松漂浮一段时间，因为急流会托起船夫和货物，往下游跑出很远的距离，船夫会游水的话，需要做的不过是一点儿一点儿往岸边蹭而已。最大的危险是掉进大块岩石背后的漩涡，被水流裹挟着在水下不停打转，最后活活淹死，因为漩涡里的水流往上游冲的速度，比别处的水流往下游冲的速

---

① 巴尔博亚（Vasco Núñez de Balboa, 1475—1519）为西班牙探险家。1513年，他在达连地峡（Isthmus of Darién，巴拿马地峡的旧称）看见了太平洋，由此成为第一个看见太平洋东岸的欧洲人。

② 引文出自杰克逊《缅因及马萨诸塞两州公共土地第二份年度地质学报告》收载的霍奇报告。

度还要快。麦考斯林指了指几块岩石,说那里就发生过这一类的致命事故。有时候,漩涡要过上几个钟头才会把人吐出来。他自个儿也有过一次类似的惊险经历,身子在漩涡里打转,同伴们只能看见他的腿,好在漩涡很快就把他吐了出来,那时他还能喘过来气儿。① 顺着急流下行的时候,船夫必须解决一个难题,也就是说,他一方面得选出一条弯来拐去的安全路线,绕过散布在四分之一里或半里范围内的上千块暗礁,一方面还得以每小时十五里的航速稳步前行。停是停不下来的,唯一的问题是,朝哪边走才对?头桨船夫必须眼观六路,选好路线就照四十五度方向猛划一桨,硬生生把船扳进正确的航道。尾桨船夫则必须亦步亦趋,与头桨船夫保持一致。

没多久,我们来到了阿波利亚卡米古斯瀑布。瀑布旁边的陆运段耗时费力,我们的船夫想省点事儿,便跑到前方察看一番,然后决定让巴妥船随流下瀑,走陆运段的时候只扛行李。我们从一块岩石跳上又一块岩石,跳到接近河心的位置,准备好接住巴妥船,然后把它放下落差六七尺的第一段跌水。下一段跌水的落差大概是九到十尺,两个船夫站在跌水顶部的石梁上,站在一两尺深的水里,让船从他俩之间缓缓滑过,探到跌水之外,等船头伸入空中十到十二尺的时候,便让船随流直下,与此同时,一个

---

① 梭罗原注:"这是我从报纸上剪下来的消息:'十一日(说的是当月吗?是当月的话,那就是一八四九年五月),缅因州奥若诺的约翰·德兰提先生在赶木途中溺水身亡,遇难地点是瑞坡吉纳斯瀑布。他是奥若诺居民,年仅二十六岁。同伴们找回他的尸体,用树皮包好,埋在了阴沉肃穆的林子里。'"注文中的引文出处不详,从文意来看,括号里的文字是梭罗加的。

船夫拽住缆索,让另一个船夫一跃上船,自己也立刻跟上,任由急流载他们飞速俯冲,奔向又一段跌水,或是一片平静的水面。只用了一两分钟,他们便安然飞渡,尽管对生手来说,这简直跟冲下尼亚加拉瀑布一样鲁莽。看样子,只需要稍微熟悉一下地形,稍微多用一点技巧,安全闯过尼亚加拉之类的瀑布也不是什么问题。不管怎么说,他们表现得如此冷静,如此镇定,如此足智多谋,这样的人若是出现在"桌板岩"①上游的急流当中,我是不会感到担心的,要到看见他们实实在在冲下瀑布的时候,我才会为他们捏一把汗。兴许有人会想,这可是瀑布哩,瀑布可不是什么小泥坑,由得人逍遥自在地蹚来蹚去。说实在的,瀑布要是丧失了伤害我们的能力,没准儿也就丧失了庄严壮丽的威仪,正所谓"熟则不敬"。冲到瀑底之后,船夫也许会在某块桌板岩下方的石梁上滞留片刻,站在某个水深两尺的回水湾里,你可以听见他粗砺的嗓音,穿透水雾从下方传来,听见他若无其事地指示同伴,这次该如何推船下水。

抬船绕过坡克沃柯穆斯瀑布之后,我们迅速划到了卡特普斯孔尼根瀑布,也就是"橡木堂陆运段"所在之处,决定在这个半程地点扎营歇宿,明早再凭借焕然一新的肩膀,把巴妥船抬过这个瀑布。这次旅途当中,两个船夫都有一只肩膀让巴妥船给磨了,红了巴掌那么大的一块,红了的肩膀还明显要比另一只肩膀矮一

---

① "桌板岩"(Table-Rock)是尼亚加拉瀑顶一块形似屋檐的突出岩石,今已不存。这块岩石在十九世纪屡次发生局部坍塌,出于安全考虑,人们在 1935 年炸掉了它的残余部分。

截,因为他们一直没换过肩。这么艰苦的劳作,再好的身板儿也挺不了太长的时间。春天里,赶木人成天都在冰冷的水中干活,身上简直没有干的时候,就算是中途落水浑身湿透,通常也要等到晚上才换衣服,甚至是压根儿不换。备着衣服想随时换的人,要么会落下难听的绰号,要么就会被东家辞掉。要没有接近于两栖动物的本事,根本过不了这种日子。麦考斯林语气沉重地讲起了一件怎么着也算值得一提的事情,说他曾看见六个赶木人同时落水,整个身子没在水下,用肩膀顶住铁尖篙子,竭力推开壅塞河道的原木。疏通不了原木还是小事,他们好歹得弄出一点儿空隙,把脑袋伸出水面来呼吸。赶木人起早摸黑,天一亮就得干活,到晚上就一头倒进雪松叶子铺成的床,没工夫好好吃饭,好好把衣服烤干。这天夜里,我们搭帐篷用的就是一帮赶木人竖起的杆子,睡的也是他们铺好的床,只不过找了点新鲜的叶子,把这张潮湿变色的床重新铺了一下。

次日早晨,我们抬船过瀑,重新下水,一路快马加鞭,怕的是慢了赶上起风。船夫们驾船直下帕萨马加默特瀑布,稍后又直下安伯基吉斯瀑布,我们则带着行李徒步绕行。到了安伯基吉斯湖上端,我们拿剩下的猪肉对付了一顿早饭,不久便再一次操起船桨,横越这个湖的平静水面,这一天天清气朗,柯塔丁山清晰显现在我们的东北边,不再云遮雾罩。湖上虽然有风,倒还不足以阻碍船行,我们轮流划桨,飞快地驶过"深湾",驶过珀马达姆库克湖下缘,驶过北双子湖,航速高达每小时六里,中午就到了水坝。坝下有几条木材通道,其中一条落差十尺,船夫们从这条通道驾船过坝,然后又接上我们。接下来是整个旅途中最长的一段急流，顺流而下的危险与艰难，兴许不亚于任何一段行程。照我们的估计，我们的航速有时高达每小时十五里，要是以这样的速度撞上岩石，船就会瞬间解体，被岩石从头到尾劈成两半。我们时而在漩涡之间起起落落，活像是招引水怪的诱饵，时而朝着左岸或右岸疾速冲刺，又快又稳地滑向我们的毁灭，时而照四十五度方向猛划一桨，竭尽全力把船扳向左边或右边，为的是避开岩石。我觉得此番惊险，想必不逊于搏击苏必利尔湖口的圣玛丽急流[①]，而我们的船夫展露的身手，多半也不逊于那边的印第安人。我们很快走完这段一里的航程，开始在夸基什湖上悠然浮泛。

经历过这样一段航程，种种急湍乱流不再有凛然不可冒犯的气势，全部都显得驯良温顺，服服帖帖，它们都在自个儿的水道里被人揪住了胡子，卡住了脖子，在铁尖篙子和船桨的戳刺抽打之下服软认输，由着人逍遥自在地穿来穿去，所有的气焰和獠牙都被人铲除干净，从此以后，就连那些最汹涌最张狂的河川，看起来也与玩具无异。于是我终于明白，船夫为何与急流熟不拘礼，为何对急流毫无敬意。"富勒家的这些小伙子啊，"麦考斯林太太是这么说的，"十足是天生会水的鸭子。"听她说，他们曾经驾着一条巴妥船，一口气夜航了三四十里，去下游的林肯镇请医生，当时天黑得看不见一杆之外的东西，河水也几乎涨成了一段连续不断的急湍，以至于次日白天，他们带医生上来的时候，医

[①] 圣玛丽急流（Sault de St. Marie）是圣玛丽河（St. Marys River）的一段。圣玛丽河为美加界河，从苏必利尔湖流入休伦湖。

生禁不住失声**惊叫**,"哎呦,汤姆,昨晚你是怎么看方向转弯的啊?""我们没怎么转弯,只顾着让船保持直行。"尽管如此,他们并没有遭遇任何事故。确实,更难对付的急流都在上游,与他们的航程无关。

我们走到汤姆家对过的米利诺基特河岸,等他的家人划船来接我们,因为我们把巴妥船留在了大瀑布的上游。等着等着,我们看见了两条各载两人的独木舟,从鲱鱼池那边溯河而上,一条贴着我们前方一座小岛的背侧前行,另一条则贴着我们这一侧的河岸驶来,两条船都在沿岸搜索,仔细寻找麝鼠的踪迹。后一条船上坐的不是别人,正是路易·尼普顿和他的同伴,到现在,他俩可算是踏上了去奇森库克打驼鹿的征程,可他俩伪装得非常好,我们差点儿没认出来。他俩一身都是从班戈弄来的货色,头上戴着宽边的帽子,外套还带有宽大的披肩,远看像两个贵格会士,正准备来这片"夕法尼亚"[①]定居,近看又像两个晨间出门的时髦绅士,一副宿醉未醒的样子。面对面交流的时候,这些印第安人虽然身处家乡的林地,看着却像是城市街头那些捡拾绳子废纸的懒散恶棍。事实上,堕落的野蛮人和大城市的底层居民十分相似,简直叫人预想不到。两种人谁也不比谁强,都不是大自然的孝子贤孙。堕落的过程,能够快速抹去种族之间的差异。一开始,尼

---

① "夕法尼亚"原文为"Sylvania",意为"林地",但这个词同时是美国州名"Pennsylvania"(宾夕法尼亚)的后半截。1681年,英王查理二世(Charles II, 1630—1685)为偿债而把北美的一大片土地授予英国贵格会士(贵格会是新教的一个派别)威廉·宾(William Penn, 1644—1718),并把这片土地命名为"Pennsylvania"(意为"宾家林地"),宾夕法尼亚州的名字由此而来。

普顿光想着探听我们"打"了些什么，因为他看见我们中有个人手里拎了几只榛鸡[①]，可我们已经气得不行，压根儿不回答他。这之前，我们还觉得印第安人讲点儿信用哩。不过——"我病了，唉，现在还病着呢。你开个价吧，我马上跟你走。"其实呢，他们之所以耽搁了这么久，是因为他们在五岛上喝得一塌糊涂，到现在还没缓过劲儿来。他们的独木舟里装着一些小麝鼠，是他们用锄头从河岸上掘出来的，不是为了剥皮，是为了用来充饥，因为麝鼠是他们沿河远行时的主要食物。这么着，他们继续沿米利诺基特河上溯，我们则去汤姆家喝了点儿啤酒，然后跟汤姆作别，继续沿珀诺布斯科特河岸下行。

人可以遁居此地，住在荒野边缘，住在印第安的米利诺基特河畔，住在一个崭新的世界，住在一片大陆的幽暗僻地，随身携一管长笛，夜晚让笛声从狼嚎之中升起，响彻星光熠熠的天际。这么说吧，人可以住进世界的原始时代，做一个原始的人。与此同时，这样的原始人可以挑一个阳光灿烂的日子，来这个世纪做我的同代人，没准儿可以读几页残章断简的诗文，时不时跟我聊上几句。既然所有的世纪和世代都在当下，干吗还要读什么历史？这样的原始人，本来就生活在三千年前的时间深处，生活在诗人尚未叙写的远古。你还能回溯比这更久远的历史吗？可以！可以！——因为此刻就有一个更古老、更原始的人，正在驶入米

[①] "榛鸡"原文为"partridge"，根据梭罗在本书附录所列学名"Tetrao umbellus"，他说的"partridge"是广布于北美大陆的雉科披肩榛鸡属唯一物种披肩榛鸡（ruffed grouse，学名亦作 Bonasa umbellus）。

利诺基特河口,他的历史早已湮灭,连三千年前的古人也不得而知。他驾着用云杉树根缝合的树皮船,舞着用鹅耳枥[①]削制的木桨,在水面颠簸行进。隔在树皮船和巴妥船之间的漫漫岁年,遮蔽了我的视线,他在我的眼里,只是个晦暗朦胧的影子。他不修筑原木房屋,只搭建树皮窝棚,不吃热面包和甜饼,吃的是麝鼠肉、驼鹿肉和熊脂。他悠然上溯米利诺基特河,消失在我的视野之外,好似远处的一片轻云,从近处的一片浓云背后倏忽掠过,转眼便无影无踪。就这样,他,人类的红色脸面[②],追寻着他的宿命。

看到主人回家,乔治大叔的狗儿高兴得可劲儿撒欢,差点儿没把乔治大叔给吞了。我们在他家歇宿一晚,给靴子上了最后一次奶油,次日便沿河步行,往下游走了八里左右,然后雇了条巴妥船,外加一个撑船的船夫,又往下游走了十里,一直走到马塔瓦姆基格。长话短说,我们在当天午夜赶到老镇,在百千钢锯永不休歇的嚣杂声里走下马车,把车撂在了那座尚未完工的桥上,次晨六点,我们中的一人便乘上汽船,往马萨诸塞去了。

缅因荒野最让人叹为观止的特质,便是森林连绵不绝,间断

[①] 鹅耳枥(horn-beam)是桦木科鹅耳枥属植物的通称,该属植物木质坚硬,原产北美的鹅耳枥属植物只有美洲鹅耳枥(American hornbeam, *Carpinus caroliniana*)。

[②] 因为北美印第安人的肤色,欧洲殖民者曾把他们称为"红人"(red man)或"红皮"(redskin),这些称谓往往包含贬义。"人类的红色脸面"(the red face of man)无疑与这些称谓有关,以致一些学者认为这里的"红色脸面"暗含"醉酒"或"羞愧"的意思;但译者以为,梭罗此处的"他"已经不再是上文中的路易·尼普顿,而是抽象的印第安人,"红色脸面"的说法应该没有贬斥之意,仅仅指涉一种异于甚或优于白人(文明人)的质朴生活方式。

和空地少得超出你的想象。除了寥寥几片火烧地、河道形成的狭窄间断、高山的光秃峰顶和湖泊溪涧以外，森林没有丝毫破绽。它比你预想的还要严酷，还要野性，十足是一座潮湿的荒凉迷宫，一到春天就到处淌水，遍地泥泞。事实上，这片原野的面貌一概冷峻，一概荒蛮，只有从山头望见的森林远景，以及点缀林间的湖泊风光，多少可算是温文尔雅。这里的湖泊，着实让人意想不到，它们身居如此高绝的地方，尽揽辉煌灿烂的阳光，使森林退居次席，化作环绕它们的一圈精美边框，散落湖畔的蓝色山岭，则好比一颗颗的紫水晶，镶嵌在这些一水[①]宝石的周围——它们如此夺目，如此超绝，使湖畔将有的一切变化望尘莫及，现在就已经极度文明，极度优雅，极度美好，永远无以复加。这些可不是英国君王的人造森林，后者受的仅仅是王权的保护。这里是自然法则的天下，不受森林法律[②]的管辖。这里的土著，从不曾流离失所，这里的自然，从不曾林毁山童。

这片原野长满各种各样的常青树木，长满苔痕斑驳的银桦、水珠滴答的枫树，地面点缀着滋味寡淡的细小红莓，散落着青苔覆盖的潮湿岩石，原野中镶嵌了不计其数的湖泊急流，住满了鳟

[①] "一水"（first water）为珠宝业行话，相当于"一等""最优"。珠宝业以净度衡量钻石的品质，钻石越是纯净如水，品质就越好，品质最佳的钻石即为"一水钻石"。在《瓦尔登湖》当中，梭罗曾如此形容瓦尔登湖："它是颗一水的宝石，镶嵌在康科德的王冠。"

[②] 这里的森林法律（forest law）可以指英国君主威廉一世（William I, 1028?—1087）为保护猎物及其栖息地而制定的法律，也可泛指人类为管理林地制定的各种律法。

鱼和各种鲦鱼①，还有鲑鱼、鲱鱼、狗鱼和其他鱼类，零星的林间空地萦绕着山雀、蓝松鸦②和啄木鸟的鸣啭，幽僻的河流则回荡着鱼鹰和秃鹰的尖叫、潜鸟的怪笑和野鸭的啸声，夜里还有猫头鹰的哀号和狼的嚎叫，夏季来时，千千万万的墨蚊和蚊子遮天蔽日，对白人来说比狼群还要可怕几分。这便是驼鹿、熊、驯鹿、狼、河狸和印第安人的家园。在这片严酷的森林，大自然到隆冬依然春光骀荡，长满苔藓的腐朽树木全无老态，仿佛拥有永远的青春，在这片严酷的森林，大自然喜气洋洋，天真烂漫，像一个安安静静的婴孩，开心得不吵不闹，只偶尔发出银铃般的啁啾鸟鸣，还有琤琤淙淙的溪声，这严酷的森林啊，谁能描摹你无法描摹的款款柔情，描摹你永恒不朽的勃勃生机？

生于斯，死于斯，葬于斯，该是何等况味！住在这里，人肯定能得到永生，嗤笑死亡，嗤笑坟墓，肯定不会有什么关于乡村墓园的思绪——面对这些亘古常青的潮润山丘，哪会有把其中一座变成坟墓的念头！

愿死愿埋，悉由尊意，

---

① "鲦鱼"原文为拉丁词汇 "*leucisci*"，这个词是 "*leuciscus*" 的复数形式，在这里是泛指各种淡水小鱼，比如前文提及的须雅罗鱼（梭罗给出的须雅罗鱼学名是 *Leuciscus pulchellus*）。

② "山雀"原文为 "chickadee"，是山雀科高山山雀属一些鸟类的通称，根据梭罗在本书附录列出的拉丁学名，他说的 "chickadee" 是指这个属的黑顶山雀（black-capped chickadee, *Poecile atricapillus*）；蓝松鸦（blue jay）学名 *Cyanocitta cristata*，是鸦科冠蓝鸦属的一种美丽禽鸟，原产北美。

> 我将在此，长生不离；
> 我居我游，原始松林，
> 我之心性，历久弥新。①

  这次旅行提醒了我，这个国家依然是多么地崭崭簇新。哪怕是在许多历史较长的州，你照样可以在短短几天之内走进偏远内陆，探访北欧水手、卡博、戈斯诺尔德、史密斯和罗利②当年探访的原初美洲。如果说哥伦布第一个发现了美洲的岛屿，那我们可以说，亚美利克斯·韦斯普修斯③也好，卡博也好，清教徒④也好，我们这些清教徒后裔也好，发现的都只是美洲的沿海地带。合众国虽已拥有举世皆知的历史，美利坚却依然荒无人烟，未经探索。

---

 ① 这首诗为梭罗自作。
 ② 一些北欧水手曾于公元十世纪探索北美，有些人认为他们才是最先发现北美大陆的欧洲人；卡博（Sebastian Cabot, 1474?—1557）为意大利探险家，他声称他和父亲约翰·卡博（John Cabot, 1450?—1500?）一起，于1494年率先发现北美大陆，但这个说法广受质疑；戈斯诺尔德（Bartholomew Gosnold, 1571—1607）为英格兰律师及探险家，曾于1602年探索北美；史密斯即约翰·史密斯上尉（Captain John Smith, 1580—1631），英格兰陆军军官、探险家及作家，弗吉尼亚殖民地奠基人，新英格兰的命名者；罗利即沃尔特·罗利爵士（Sir Walter Raleigh, 1554?—1618），英格兰作家、诗人及探险家，亦曾探索北美。
 ③ 亚美利克斯·韦斯普修斯（Americus Vespucius）即意大利探险家及制图师亚美利哥·韦斯普契（Amerigo Vespucci, 1454—1512），美洲（America）因他而得名。
 ④ 这里的"清教徒"（the Puritans）特指美国历史上的"朝圣先民"（Pilgrims），亦即从英国移居北美大陆的早期殖民者，尤其是1620年乘坐"五月花号"（*Mayflower*）抵达北美的英国清教徒。

我们就好比移居新荷兰①的英国人,生活范围至今局限在大陆的海滨,我们的海军游弋海面,我们却不知汇入大海的江河源自何方。我们的房舍使用的木料、板材和木瓦,昨天都还在荒野里生长,那片荒野至今仍是印第安人的猎场,是驼鹿自由奔跑的地方。哪怕是纽约州,境内也有荒野,尽管欧洲的水手熟知哈德森河的水深,富尔顿也早已在这条河上试航他发明的汽船,可纽约州的科研人员还是得借助印第安向导的指引,才能到达位于阿第伦达克山野的河源。②

即便是仅就沿海地带而言,我们就真的已经发现了吗,垦殖了吗?你不妨沿着海岸来一次徒步旅行,从帕萨马科第河走到沙宾河,或者是布拉沃河③,又或是本国海岸尽头目前所在的任何位置,如果你速度跟得上国界推移的话——你得踏着涛声的鼓点,一丝不苟地绕完海岸各处湾澳岬角形成的每一个弯,每周能遇见一个冷冷清清的渔业小镇,每月能遇见一座城市港口,可供你稍事休整,振作精神,倘或遇见灯塔,也可去灯塔投宿——完成这次旅行之后,你再来告诉我,我国的海岸,到底是像一块业已发

---

① 新荷兰(New Holland)是澳大利亚的旧称,因为最先为该地命名的欧洲探险家是荷兰人阿贝尔·塔斯曼(Abel Tasman,1603—1659)。

② 哈德森河(Hudson River)是纽约州东部一条由南向北流入大西洋的河流,发源于阿第伦达克山脉(Adirondack Mountains);富尔顿(Robert Fulton,1765—1815)为美国发明家,1807年,他发明的汽船在哈德森河上完成首航。

③ 帕萨马科第河(参见前文注释)为美加界河;沙宾河(Sabine)位于得克萨斯州,在美国和墨西哥边界附近流入大西洋,曾经是美墨界河;布拉沃河(Rio Bravo)即格兰德河(Rio Grande),现为美墨界河;梭罗这话的意思是沿美国的大西洋岸从北端走到南端。

现、业已垦殖的疆土，还是在很大程度上更像一座荒岛，像一片无人地带。

我们一步三跃地挺进到太平洋岸，身后留下许多个未经探索的小型俄勒冈，小型加利福尼亚。缅因海岸虽已架起铁路线和电报线，印第安人却依然站在缅因内陆的山峦之上，越过这些施设眺望大海。班戈这座城市，矗立在珀诺布斯科特河口上游五十里处，矗立在最大吨位船舶溯河航路的尽头，充任着这片大陆首要的木材中转站，人口一万二千，好似挂在夜幕边缘的一颗星星，眼下依然在抡起大斧，砍向它赖以建城的森林，它一方面业已塞满欧洲舶来的奢侈物件和精巧器用，一方面还在派船前往西班牙，前往英国，前往西印度群岛，继续采办各色货品，然而迄今为止，只有寥寥几个伐木工人去过"河的上头"，去过那片野兽嘶吼的荒野[①]，那片哺育这座城市的土壤。今时今日的班戈境内，依然有熊和鹿出没，畅游珀诺布斯科特河的驼鹿，依然会陷入班戈港口的航船迷阵，成为外国水手的猎物。十二里之外的腹地，十二里铁路旅程的尽头，便是奥若诺和印第安岛，便是珀诺布斯科特人的家园，巴妥船和独木舟，还有军用公路，都是从那里起步；再往上游走六十里，便是地图未载人迹未至的浑朴原野，新大陆的处女林海，依然在那里漾漾生波。

---

① "野兽嘶吼的荒野"（howling wilderness）出自新英格兰早期殖民者纳撒尼尔·莫顿（Nathaniel Morton，1616—1685）编著的《新英格兰忆往》(*New England's Memorial*, 1669)："（新英格兰殖民者）把这片野兽嘶吼的荒野变成了安全惬意的休憩之所……"此外，《旧约·申命记》当中也有"人烟不见、野兽嘶吼的荒野"（waste howling wilderness）的说法。

奇森库克湖①

一八五三年九月十三日，下午五点，我乘汽船离开波士顿，沿外侧航道前往班戈。这个夜晚温暖宁谧——水上的天气，多半比陆上还要暖和——大海平静得好似一个夏日池塘，海面只有微微的涟漪。乘客纷纷跑上甲板唱歌，一直唱到十点，跟在私家客厅里一样兴致勃勃。汽船刚刚开到港口诸岛外面，我们就与一艘严重倾侧的船擦肩而过，那艘船靠在一块岩石上，甲板几乎与水面垂直，我们船上的一些乘客以为，它就是那艘"灵魂出窍的船"，

> 倾斜得如此危殆，
> 以至于船身进水，龙骨跷上了天。②

却不想此时海上无风，那艘船并没有升帆。③我们迅速把港口诸岛

---

① 本篇首次发表于1858年下半年的美国杂志《大西洋月刊》（*The Atlantic Monthly*）。
② "灵魂出窍的船"及此处两行引文均出自英格兰剧作家、学者及诗人乔治·查普曼（George Chapman, 1559?—1634）的悲剧《拜伦公爵查尔斯的悲剧》（*Tragedy of Charles, Duke of Byron*）第三幕第一场。
③ 梭罗这句话的意思是，"一些乘客"想得不对，他们看见的船并不是查普曼剧中的"船"，因为后者是在风暴中失事的，剧中的相关语句是："爱会用恣肆狂风涨满他的风帆，/直至他帆樯颤抖，桅杆折断，/使他那艘灵魂出窍的船，倾斜得如此危殆，/以至于船身进水，龙骨跷上了天。"

抛在身后，行驶到纳罕特半岛①附近。发现者们当年目睹的种种地貌，次第呈现在我们眼前，看上去一如往昔。我们遥遥望见安妮岬灯塔，继而近距离驶过许多捕捞鲭鱼的渔船，这些渔船泊在一起，像一个小小的村落，它们停靠的位置，多半是格洛斯特的海滨。②渔船上的人站在低矮的甲板上高声喊叫，以此向我们致意，只不过照我的理解，他们喊的"晚上好"，意思其实是"先生啊，你可别撞上我们"。我们饱览深深大洋的种种壮观，然后下到舱室，沉入更深的梦乡。没承想，半夜里居然有人把你叫醒，想揽下给你的靴子上黑鞋油的活计，简直是滑天下之大稽！这种事情比晕船还难以避免，没准儿也是晕船的原因之一，就跟初次跨越赤道时的沉水仪式③一样。本来我还以为，这一类的陈规旧俗已经废除了哩。搞不好，他们还会摆出一副同样理直气壮的架势，硬要给你的脸上点儿黑鞋油呢。我听见一个男的在那里抱怨，说他的靴子夜里叫人偷了，找回来的时候已经面目全非，所以他很想知道，他们到底对他的靴子干了些什么。他说他们糟践了他的靴子，还说他绝不会往靴子上抹那种玩意儿。船上的那个擦鞋匠，

---

① 纳罕特（Nahant）半岛在波士顿东北边，为海滨度假胜地。

② 安妮岬（Cape Ann）是马萨诸塞州东北部的一个海岬，在纳罕特半岛东北边，安妮岬灯塔（Cape Ann lights）由两座灯塔组成，位于安妮岬旁边的撒切尔岛（Thacher Island）；格洛斯特（Gloucester）为马萨诸塞城镇，位于安妮岬南侧，以渔业闻名。

③ 沉水仪式是西方的一种航海习俗，亦即让初次跨越赤道的船员和乘客接受一系列半开玩笑的考验，考验的主要形式是把他们浸入海中或装有海水的大桶中。完成仪式之后，初次跨越赤道者便正式得到海神尼普顿（Neptune）的接纳，成为"尼普顿之子"。达尔文于1832年初次跨越赤道，当时也接受了这种考验。

险些没躲过照价赔偿的惩罚。

我急于逃出鲸鱼肚子[1],所以就早早起身,到甲板上跟几个老水手厮混,他们正借着昏暗的光线,躲在一个背风的地方抽烟。这时我们即将驶入珀诺布斯科特河,当然喽,他们都对这条河了如指掌。我心里不无自豪之感,因为我这次旅行状态上佳,一点儿没觉得日子难挨。我们脚步轻快地爬到船顶,透过一个开着的舷窗,寻觅曙光初现的迹象,曙光却似乎有意拖延,迟迟不肯绽放。我们相互打听时间,只可惜谁也没有表。到最后,一个非洲王子[2]从我们旁边匆匆走过,顺口答了一句,"现在是十二点,先生们!"一下子扑灭了我们的希望。我们看到的天光,原来是升起的月亮。没办法,我只好轻手轻脚地走下甲板,回到了海怪的肚子里。

我们一路前行,遇见的第一块陆地是天亮前经过的蒙黑根岛,然后是圣乔治群岛,其间只看见两三点灯火。白岬岛上有光秃的岩石和阴沉的丧钟,看起来有点儿意思。[3]照我的记忆,接下来的

---

[1] 梭罗用"鲸鱼肚子"比拟憋闷的舱室,暗用了《圣经》中约拿(Jonah)的典故。据《旧约·约拿书》所载,约拿不听耶和华的差遣,由此受到惩罚,掉到海里被鲸鱼吞吃,在鱼肚里待了三天三夜才得救。

[2] 此处的"非洲王子"是梭罗对黑人小伙子的戏谑称谓。

[3] 蒙黑根岛(Monhegan Island)和圣乔治群岛(St. George's Islands)都是大西洋上邻近珀诺布斯科特河口的岛屿。白岬岛(Whitehead)属于圣乔治群岛,因岛上的白色花岗岩而得名。"阴沉的丧钟"实指白岬岛灯塔配备的雾钟。雾钟的作用与雾号相同,在雾天里以声音向过往船舶提示危险。

醒目景物是卡姆登丘陵，再下来还有法兰克福周围的群山[①]。正午前后，我们到了班戈。

我到班戈的时候，我接下来的旅伴[②]已经去上游找好了一个印第安人，也就是总督的儿子乔·埃蒂昂[③]，请他陪我们去奇森库克湖。前一年，乔曾经领着两个白人去那边打驼鹿。这天傍晚，乔坐火车来了班戈，一起来的还有他的独木舟，以及他的同伴萨巴蒂斯·所罗门，后者准备下周一和乔的父亲一起离开班戈，溯河前往奇森库克湖，叫上乔去打驼鹿，因为到那个时候，乔跟我们的事情应该已经办完了。他俩在我朋友家吃了晚饭，然后就在我朋友的牲口棚里过夜，说棚子的条件虽然不怎么样，总归比林子里强。只不过，他俩夜里到门边取水的时候，看门狗吠了那么几声，因为它不喜欢印第安人。

第二天早上，乔带着他的独木舟坐上公共马车，先行前往六十多里外的驼鹿头湖，他走了一小时之后，我们才坐敞篷马车出发。我们带上了似乎够一个团过活的给养，压缩饼干、猪肉、熏牛肉、茶叶、白糖，等等等等，这些东西堆在一起，使得我油然想到，我们在自己的阵地固守至今，靠的是一些多么龌龊的手

[①] 卡姆登丘陵（Camden Hills）是缅因城镇卡姆登境内的一片丘陵，在圣乔治群岛北边，法兰克福（Frankfort）为珀诺布斯科特河口的缅因城镇，在卡姆登北边。

[②] 即乔治·撒切尔，参见前文注释。

[③] 这里的总督（Governor）是指珀诺布斯科特印第安部族的总督。乔·埃蒂昂（Joseph Aitteon，1829—1870）的父亲约翰·埃蒂昂（John Aitteon，1778—1858）是珀诺布斯科特部族的末代世袭总督。

段。①我们走的是"林荫公路",这条路相当直,修得也非常好,往西北伸向驼鹿头湖,穿过十好几个繁荣城镇,几乎每个城镇都有自个儿的学校。但是,我用的这本《通用地图集》②上面,这一带连一个镇子也没有,图集出版的时间呢,居然是不久之前的一八二四年!这些镇子可真是超前,要不就是我太落后了!可想而知,《通用地图集》扛在肩上的地球,肯定比现时的地球轻得多。③

大雨不停,一直下到第二天的半上午时分,几乎将沿途风景彻底遮蔽,可我们还没驶出班戈的街道,我已经透过雨雾瞥见地平线上的野林颠梢,瞥见冷杉和云杉,还有其他一些原始状态的常青树木,一下子觉得眼前一亮,好比学童看到了蛋糕,闻到了蛋糕的味道。坐着车走老路的人,研究的主要是路边的栅栏。班戈近郊土质黏软,霜冻会使栅栏桩子松动,所以人们不把桩子打进土里,而是在地面搁根横木,用榫卯把桩子竖在横木上。再往

---

① 梭罗曾在《瓦尔登湖》中说,"茶、咖啡、黄油、牛奶和牛肉"都是奢侈品,对这些东西的贪欲滋长了掠夺和奴役,并且说:"真正的美国只应该是这样的一个国家,在这个国家里,你可以自由地追求一种足以摆脱这类东西的生活方式,政府也不会千方百计地强迫你承担维持奴隶制和打仗所需的经费,以及其他的多余花销,这些经费和花销,全都是直接或间接地衍生于消费这类东西的习惯。"

② 即美国出版商安东尼·芬莱(Anthony Finley, 1790?—1840)1824年出版的《新版通用地图集》(*A New General Atlas*)。

③ "通用地图集"原文为"General Atlas",可另解为"阿特拉斯将军",阿特拉斯是肩扛天空的神话巨人(参见前文注释),但他在西方艺术品中也常常以肩扛地球的形象出现。梭罗的意思是旅途中这些地方发展很快,城镇增多,地球比《通用地图集》出版的时候重了。

前去，栅栏普遍由原木扎成，有时是弗吉尼亚栅栏①，有时是交叉木桩支撑斜搭横木的式样，或是曲折蛇行，或是玩着跳山羊的游戏，一路延伸到驼鹿头湖，总是比我们领先一点点。车出珀诺布斯科特河谷之后，原野变得出奇地平坦，接下来二三十里路途当中，地面的起伏十分均匀，十分平缓，形成一个个一般高的低丘，没有突起的峰峦，倒是有据说非常不错的晴日视野，可以时常看见柯塔丁山，看见笔直道路和如带远山构成的画面。房舍十分稀落，通常是只有一层的小屋，用的却是框架结构。耕地少之又少，但森林并不经常紧贴道路，路边的树木残桩往往有一人高，表明了冬季积雪的深度。田地里有一小堆一小堆的菜豆或玉米，上面盖着防雨淋的白色干草帽②，这样的一种景象，我还是头一回看见。我们看见了大群大群的鸽子，有几次还与榛鸡狭路相逢，开到了离它们只有一两杆的地方。我同伴说，有一次，他和他儿子从班戈去外地，父子俩坐在马车上打猎，打到了六十只榛鸡。这时节的花楸十分漂亮，又称"行者树"的"绊脚丛"③也是如此，半熟的红果与熟透的紫果相映成趣。去往驼鹿头湖的整段路途，最常见的杂草始终是外来的加拿大蓟④，许多地方的道路两侧，加上

---

① 弗吉尼亚栅栏（Virginia fence）是一种之字形栅栏，架设简单，但需消耗大量木材。

② "干草帽"（hay-cap）是用来遮盖干草垛的帆布雨篷。

③ "行者树"（wayfarer's-tree）和"绊脚丛"（hobble-bush）都是桤叶荚蒾的别名，可参看前文注释。

④ 加拿大蓟（Canada thistle）即菊科蓟属植物田蓟（*Cirsium arvense*），原产欧洲及亚洲北部。

一些开垦未久的田地,都被它盖得严严实实,就像是长满了某种庄稼,使其他任何植物无处容身。此外还有一片片覆满野蕨的原野,野蕨如今锈红点点,正在凋残,在那些历史较长的国家,这种植物通常只会在湿地出现。即便考虑到岁暮的因素,野花仍然是太过稀少。这时节的马萨诸塞,紫菀开得漫山遍野,可我这天一路走来,竟然有整整五十里没看见开花的紫菀,只是在一个地方看见了一两朵 *Aster acuminatus*[①],一枝黄花也是到离蒙森不足二十里的地方才看见,看见的是一株三棱一枝黄[②]。话又说回来,这一带倒是有许多晚毛茛,外加两类火草,也就是 *Erechtites* 和 *Epilobium*,最后还有珠光长生草。[③] 我留意到此地偶有长长的水槽,把水引到了路边,我同伴告诉我,州政府每年向每个学区拨款三元[④],要求每个学区出一个人,负责建造并维护一条路边水槽,以便旅人取饮——同伴介绍的这个情况,对我来说跟清水本身一样爽心怡神。这个州的立法机构,并没有尸位素餐。这是一条东方

---

① "紫菀"原文为"aster",是菊科紫菀属及其他几属形近植物的通称;"*Aster acuminatus*"即菊科轮菀属植物轮叶紫菀,拉丁现名 *Oclemena acuminata*。

② "一枝黄花"原文为"golden-rod",是菊科一枝黄花属(*Solidago*)各种植物的通称;三棱一枝黄(three-ribbed golden-rod)即该属植物大一枝黄(*Solidago gigantea*),因叶片有三条突起叶脉而得"三棱"之名;蒙森(Monson)为缅因城镇,位于驼鹿头湖南边不远处。

③ 晚毛茛(late buttercup)即毛茛科毛茛属植物匍枝毛茛,学名 *Ranunculus repens*;"火草"原文为"fire-weed",泛指各种土地过火后最先长出来的野草,主要指菊科菊芹属(*Erechtites*)和柳叶菜科柳叶菜属(*Epilobium*)的植物;珠光长生草(pearly everlasting)即前文提及的长生草,可参看前文注释。

④ 按商品真实价格计算,1853 年的一美元相当于 2019 年的三十四点一美元。

法规，使我想往下风向的东方走得更远[①]，是又一条值得借鉴的缅因法律，我希望马萨诸塞也能施行。这个州不但禁止在路边开设酒馆，还把山泉引到了路边。

出班戈二十五至三十里，进入加兰和桑格维尔[②]之后，原野初显清晰的山地特征。半下午的时候，我们在桑格维尔停下来暖暖身子，烘烘衣服，主人家告诉我们，他来这个镇子的时候，镇子还是一片荒野。阿伯特[③]和蒙森之间有个岔路口，离驼鹿头湖约莫二十里，我在这里看见一个路标，杆子顶上挑着一对驼鹿角，向两侧伸开四五尺，一只角上面写着"蒙森"，另一只写的是其他某个城镇的名字。人们有时会把驼鹿角和鹿角做成帽架，摆在前厅里面做装饰，不过，经历过我后面要讲的事情之后，我觉得我要是去打驼鹿的话，可不会光为了把帽子往它的角上挂，怎么也得有点儿更说得过去的理由。天黑之后，我们到了与班戈相去五十里的蒙森，离驼鹿头湖还有十三里。

第二天凌晨四点，我们摸黑冒雨，再度登程。蒙森的学校近旁竖着一架器械，供学生们锻炼身体之用，看着跟绞架差不多。要我说，在这儿还需要这种锻炼的学生，倒不如直接绞死了事，因为这儿的乡野如此崭新，学生们尽可以充分享受户外生活。最

[①] 这句话里的第一个"东方"原文为"Oriental"，用来形容宝石时兼有"品质上佳"之意；"下风向的东方"（down East）指缅因，因为在适合航海的温暖季节，新英格兰地区盛行西南风，缅因在马萨诸塞东北，也就是下风向。

[②] 加兰（Garland）和桑格维尔（Sangerville）是两个相邻的缅因城镇，桑格维尔在加兰西北边。

[③] 阿伯特（Abbot）为缅因城镇，在蒙森南边，桑格维尔西北边。

好是撇开布莱尔的讲义,多呼吸新鲜空气。[1]驼鹿头湖南端的原野相当崎岖,公路也开始体现地形的影响。路上有座小山,我们算了算,登上去足足用了二十五分钟。很多路段都处于所谓"**修补完毕**"的状态,也就是刚刚用铲子和刮斗弄成了规定的半圆柱形,路中间到处是极其松软的鼓包,活像是刚毛耸起的猪背,还要求耶户[2]骑在上面不掉下来。你要是向这个光秃拱背的两边极目远眺,眼前的沟壑会叫你胆战心惊——又宽又深,好似土星和土星环之间的空隙[3]。左近一家客栈的马夫殷勤招呼我们的马儿,跟故友重逢一样亲热,但却对赶车的人没有印象。他说一两年之前,他曾在基尼奥山客栈[4]短期照料这匹小母马,还说他觉得这匹马状态不佳,跟那个时候没法比。各人有各人的专长。我跟这世上哪匹马都不熟,踢过我的那匹也是一样。[5]

从一座小山顶上经过的时候,我们看见大片雾气铺满远处的

---

[1] 布莱尔即苏格兰教士及修辞学家休·布莱尔(Hugh Blair,1718—1800),著有《论修辞与美文演讲集》(*Lectures on Rhetoric and Belles Lettres*)。另据克莱默所说,梭罗曾在日记当中批驳布莱尔,此处的两句韵文可能是回应英国作家塞缪尔·霍尔(Samuel Hoole,1757—1839)《当代礼仪》(*Modern manners*)中的诗句:"叔叔去呼吸新鲜空气,/婶婶则研读布莱尔博士的讲义。"

[2] 耶户(Jehu)是《圣经》中的以色列王,这里代指赶车很快的车把式,典出《旧约·列王记下》:"赶车赶得飞快,像宁示的孙子耶户一样。"

[3] 土星环与土星表面相距六千多公里。

[4] 基尼奥山客栈(Mount Kineo House)位于基尼奥山,后者是驼鹿头湖东岸一个半岛上的一座小山。

[5] 由梭罗1857年10月4日的日记可知,在瓦尔登湖生活期间,梭罗曾被一匹马踢伤,之后几年都干不了太重的活计。

低地，满以为那就是驼鹿头湖，结果是弄错了。直到离湖的南端只有一两里的时候，我们才越过初具雏形的格林维尔湖港[①]，第一次瞧见了湖的模样。好一片本色当行野性十足的湖水，水中点缀着一座座低矮小岛，岛上长满蓬乱云杉和其他野树，湖东湖西山岭夹峙，北边也有远远峰峦，一艘汽船的烟囱，耸出一户人家的房顶。我们把马儿托付给一家客栈，客栈一角挂着一对充作装饰的驼鹿角，几杆之外就泊着金船长的那艘小汽船，"驼鹿头号"。照我们现在的方向走下去，前面既没有村落，也没有夏季道路，倒是有一条冬季道路，或者说只有在深雪抹平路面凹凸时才能通行的道路，那条路沿驼鹿头湖东岸向北延伸，从格林维尔通到百合湾[②]，大概有十二里长。

就是在这家客栈，我同伴介绍我认识了乔。前一天，为了给女士们腾地方，乔一整天都冒雨坐在公共马车外侧，淋得浑身精湿。到这时，眼看雨依然下个不停，乔便问我们打不打算"冒雨上路"。他是个相貌英俊的印第安人，今年二十四岁，一看就知道血统纯正，身材矮小健壮，脸膛宽大，肤色发红，至于他的双眼，照我看要比我们细一点儿，外眼角也比我们挑得高一点儿，符合人们对他那个种族的描述。他穿了内衣，外衣则是一件红色法兰绒衬衫、一条毛纺长裤和一顶黑色科苏特帽[③]，这一身不但是伐木

---

① 格林维尔（Greenville）为缅因城镇，位于驼鹿头湖南端，1836年建镇。

② 百合湾（Lily Bay）是驼鹿头湖的一个湖湾，因水边生长的野生百合而得名。

③ 科苏特帽是一种宽檐呢帽，因匈牙利独立运动领袖科苏特（Lajos Kossuth，1802—1894）而得名。1851至1852年，科苏特曾在美国巡回演讲，为独立运动募集资金，他戴的帽子在美国风靡一时。

工人的常规装束，在很大程度上还是珀诺布斯科特印第安人的典型衣着。后来有一次，他因故脱掉了鞋子和袜子，于是我惊讶地看见，他的脚居然那么地纤小。他干过不少伐木的活计，看样子也以伐木工人自居。我们一行人当中，只有他带了橡胶雨衣。他那条独木舟在公共马车上磕碰了一路，顶边或说上沿都快磨穿了。

早上八点，"驼鹿头号"敲钟鸣笛，用这些吓跑驼鹿的声响招呼我们上船。船不大，设施却相当齐全，船长也颇具绅士风范，船上配有救生座椅和金属救生艇，两样都是专利产品，乘客们如果愿意，还可以在船上享用正餐。这艘船的主顾主要是伐木工人，他们依靠它往返湖上，运送小船和给养，当然喽，猎手和游客也是它服务的对象。湖上另有一艘名为"安菲特赖"的汽船，就泊在我们近旁，只不过显而易见，那艘船名字起得特赖①，船本身也强不到哪里去。除此而外，港湾里还停着两三艘大帆船。荒野湖泊里这些个商业萌芽，可说是饶有趣味，好似几只白色的大鸟，飞来这里跟海鸥做伴。"驼鹿头号"的乘客寥寥无几，而且都是男的，其中包括一个携着独木舟和驼鹿皮的圣弗朗西斯印第安人②，两个寻找木材的探子，三个在沙洲岛下船的人，外加一个绅士，这个绅士家住上行十一里处的鹿岛，糖岛也是他名下的产业，

---

① 安菲特赖（Amphitrite）是古希腊神话中的海洋仙女，海王波塞冬（Poseidon）的妻子；后一个"特赖"原文为"trite"（意为"陈腐的""破旧的"），恰好是"Amphitrite"一词的后半部分。

② 圣弗朗西斯印第安人（St. Francis Indian）是新英格兰人对西阿布纳基印第安人（Western Abenaki）的称谓，这个称谓源自加拿大的圣弗朗索瓦河（Saint Francois River）。

汽船就从这两个岛之间穿过。[1] 我没记错的话,除了我们一行以外,船上就只有这么些乘客。汽船的大厅里摆着一件乐器,不知道是切拉宾还是色拉芬,作用大概是安抚怒涛[2],并且理所应当地钉着一张"缅因及马萨诸塞公共土地地图",这样的地图,我兜里也揣着一张。

大雨持续了一阵,我们只能在大厅里待着,于是我跟糖岛的主人聊了聊,探讨《旧约》时代的世界是什么光景。聊来聊去不得要领,对方便撂下这个话题,开始讲他自个儿的经历,说他在这个湖周围生活了二三十年,却已经有二十一年没去过湖的上端。说到这里,他把脸转到了另一边。两个木材探子带了条漂亮的桦树皮独木舟,新崭崭的,比我们的大,他们划着它从豪兰出发,溯皮斯卡塔奎斯河[3]来到这里,路上已经饱餐了好几顿鳟鱼。他们要去老鹰湖和张伯伦湖一带,换句话说就是圣约翰河的上源[4],

---

[1] 沙洲岛(Sandbar Island)、鹿岛(Deer Island)和糖岛(Sugar Island)都是驼鹿头湖中的岛屿,糖岛是湖中第一大岛,鹿岛居于次席;此处提到的"绅士"是原籍马萨诸塞的艾伦·卡朋(Aaron Capen, 1796—1886),他于十九世纪三十年代买下了鹿岛和糖岛。

[2] 切拉宾(cherubim,或译智天使)和色拉芬(seraphim,或译炽天使)分别是基督教天使等级中排名第二和第一的天使。梭罗用这两个名称来调侃,是因为"seraphim"一词与"seraphine"(一种键盘管乐器)音形皆近。

[3] 皮斯卡塔奎斯河(Piscataquis)是珀诺布斯科特河的主要支流之一,上源离驼鹿头湖很近,在缅因城镇豪兰(Howland)汇入珀诺布斯科特河。

[4] 老鹰湖(Eagle Lake)和张伯伦湖(Chamberlain Lake)是缅因北部两个相邻的湖泊,为圣约翰河支流阿拉加什河的河源。这两个湖在奇森库克湖北边,比梭罗要去的地方远。

并且自告奋勇，要陪我们走到目的地。今天的驼鹿头湖比我印象中的大洋还要汹涌，湖水时或滔滔而去，时或滚滚而来，乔说他的独木舟要是下水，肯定会被打沉。百合湾附近的湖面宽逾十里，但却被岛屿分割得支离破碎。湖上的风光不仅粗犷，而且富于变化，引人入胜。除了西北边以外，四面八方都能看见远远近近的山峦，峰顶皆已隐没云间。不过，基尼奥山才是这个湖的绝胜之处，更有资格算作它专属的风物。湖南端的格林维尔是一个仅有八到十年历史的小镇胚芽，离开这个镇子之后，你纵向走完整个湖，约莫四十里的路途中只能看见三四座房屋，其中还有三座是广告里列为汽船站点的客栈，不算这些房屋的话，湖岸便是一片连绵不断的荒野。至于说湖边的树木，似乎以云杉、冷杉、桦树和岩枫为主。哪怕隔着老远的距离，你也可以一眼看出，哪一片是硬木林，哪一片又是软木林，亦即所谓的"黑林子"[1]，因为硬木长着边缘光滑的圆形树冠，颜色浅绿，有一种人工修剪的凉亭风韵。

汽船在基尼奥山停了片刻，这座山是个半岛，大致位于湖东岸的中点，经由一段狭窄的瓶颈与湖岸相连。那道闻名遐迩的断崖在山的东侧，也就是靠近湖岸的一侧，十分高峻，十分陡直，所以你可以从几百尺高的崖顶一跃而下，直接跳到瓶颈背侧的水里。同船的一个人告诉我们，有人曾在崖底把船锚往下放，放了九十英寻[2]才够到湖底！十之八九，人们很快就会发现，从前曾有

---

[1] 黑林子（black growth）指以针叶树为主的林子。

[2] 英寻（fathom）为英制长度单位，一英寻约等于一点八米。

印第安姑娘在这里纵身跳崖,为爱舍身,因为真爱永远也找不到比这更可心的道路。①这里的湖岸陡似刀削,所以我们是挨着山岩驶过,我看见岩壁有涨水的痕迹,比现在的水面高四五尺。同船的圣弗朗西斯印第安人计划在这里接上他的儿子,儿子却没在汽船停靠的地方。好在做父亲的眼睛尖,看到山脚远处有条独木舟,儿子就在上面,虽然说别的人都看不见。"你说的独木舟在哪儿?"船长问道,"我没看见啊。"话是这么说,他还是朝那个方向开了过去,开着开着,独木舟进入了我们的视野。

正午前后,我们到达湖的上端。这时候天已放晴,虽然说群山依然云雾盖顶。从现在这个位置看去,基尼奥山和另两座同为东北走向的山岭面貌相似,呈现出十分显著的家族遗传,仿佛脱胎于同一个模具。这里有一个长长的码头,从北面的荒野伸入湖中,建造码头所用的原木,也是从那片荒野取来。汽船驶近码头,鸣响汽笛,眼前却没有房屋,不见人影。湖岸相当低矮,地面有一些扁平的岩石,上方则是黑梣②侧柏之类的树木,刚开始全都纹丝不动,似乎不乐意簌簌作声,对我们表示欢迎。这里连一个马车夫也没有,没有人跑来冲我们吆喝"坐车嘞!"或是诓我们去住什么"合众国酒店"。良久之后,终于来了一个姓辛克莱的先

---

① 梭罗这么说,是因为美国许多地方都有印第安姑娘为爱跳崖的传说。美国作家马克·吐温(Mark Twain,1835—1910)曾在《密西西比回忆录》(*Life on the Mississippi*,1883)当中写道:"密西西比河沿岸有五十处殉情崖,处处都曾有绝望的印第安姑娘一跃而下。"

② 黑梣(black ash)为原产于北美大陆东北部的木犀科梣属乔木,学名*Fraxinus nigra*。

生。这个湖是肯尼贝克河的源头之一，湖边林子里有一条简陋的原木轨道，可以通到珀诺布斯科特河。辛克莱家住轨道另一头的伐木营地，眼下是赶着一辆一头牛和一匹马拉的货车，循着这个"陆运段"到了码头。接下来要做的事情，便是经由同一个陆运段，把我们的独木舟和行李从湖边运到河里。这条轨道铺在一片两三杆宽的林间空地中央，笔直地穿过林子。我们徒步穿越空地，行李则放在后面的货车上，让牛马去拉。我同伴抢在头里，看见榛鸡就好下手，我跟在他的后面，边走边观察沿途的植物。

对一个来自南方的人来说，这可真是个上手观察植物的有趣场所，原因在于，许多种马萨诸塞东部难得一见的植物，外加一两种那边根本见不到的植物，全都在木轨之间繁茂生长，比如说拉布拉多茶、*Kalmia glauca*、加拿大蓝莓（树上还挂着果，花也开到了第二茬）、*Clintonia borealis* 和 *Linnaea borealis*（伐木工人把后一种植物称为"莫克菘"）、匍匐雪果、彩延龄草和大铃铛花[1]，如

---

[1] 拉布拉多茶（Labrador tea）可以指西方用来制作草药茶的三种杜鹃花科杜鹃属灌木。从生境来看，此处的拉布拉多茶应指该属的格陵兰杜鹃（*Rhododendron groenlandicum*）；"*Kalmia glauca*"即杜鹃花科山月桂属灌木沼泽月桂，学名今作 *Kalmia polifolia*；加拿大蓝莓（Canada blueberry）为杜鹃花科越橘属灌木，学名 *Vaccinium myrtilloides*；"*Clintonia borealis*"即百合科七筋姑属草本植物北方七筋姑，英文名"blue-bead lily"（蓝珠百合）；"*Linnaea borealis*"即忍冬科北极花属草本植物北极花，英文名"twinflower"（双生花），梭罗列出的俗名"莫克菘"（moxon）意义不详；匍匐雪果（creeping snowberry）为杜鹃花科白珠树属匍匐灌木，学名 *Gaultheria hispidula*；彩延龄草（painted trillium）为黑药花科延龄草属草本植物，学名 *Trillium undulatum*；大铃铛花（large-flowered bellwort）为秋水仙科颚花属草本植物，学名 *Uvularia grandiflora*。

此等等。*Aster radula*、*Diplopappus umbellatus*、*Solidago lanceolata* 和红色的喇叭草①,还有其他许多种植物,亮丽地开在这里的湖边,开在这个陆运段,照我看比在别处更具野韵,更显天然。云杉和冷杉拥挤在木轨两旁,夹道欢迎我们;侧柏披着正在变色的叶子,催促我们加快脚步;船桦的秀美身姿,则使得我们精神抖擞,健步如飞。途中时或出现一棵刚刚倒下的常绿树,球果累累的树干横卧木轨,看上去依然充满生机,胜过我们那边生长条件最好的树木。你万万料想不到,野林里也会有这么**利落的云杉**②,可你一望而知,哪怕是到了这样的地方,这些树依然没忘了天天早上梳妆打扮。便是经由这样的一个前院,我们踏进了莽苍原野。

从湖边往北走,地势有非常缓慢的抬升——脚下的原野看起来像,兴许也确实是,部分由沼泽构成——最终又逐渐下降,直到珀诺布斯科特河边,而我惊讶地发现,这里的珀诺布斯科特河仅仅是一条大型的溪涧,宽度只有十二到十五杆,流向则是从西往东,或说是与驼鹿头湖成直角,河湖之间的距离至多不过两里半。然而,不管是缅因及马萨诸塞公共土地地图,还是科尔顿的

---

① "*Aster radula*"即菊科北美紫菀属草本植物刮刀紫菀,学名今作 *Eurybia radula*;"*Diplopappus umbellatus*"即菊科东风菜属草本植物伞花东风菜,学名今作 *Doellingeria umbellata*;"*Solidago lanceolata*"即菊科金顶菊属草本植物草叶金顶菊,学名今作 *Euthamia graminifolia*;喇叭草(trumpet-weed)为菊科紫泽兰属草本植物,学名 *Eutrochium dubium*。

② "利落的云杉"原文为"spruce trees",可译为"云杉树",也可译为"利落的树",因为"spruce"兼有"云杉"和"利落的"二义。正因如此,梭罗才把"spruce"变成斜体以示强调。

缅因地图①，都把河湖之间的距离标成了实际的将近两倍，还把拉塞尔溪②的位置标得太靠下游。经杰克逊测定，驼鹿头湖比波特兰港的高水位线高九百六十尺。③这个湖比奇森库克湖高，原因是按照伐木工人的说法，我们此时进入的这段珀诺布斯科特河，一方面是比驼鹿头湖低二十五尺——尽管上游八里处据说是这条河的最高点，河在那里往哪边流都可以———方面又比下游的奇森库克湖高了许多。陆运段管理员说，按珀诺布斯科特河的流程计算，眼下我们是在班戈上游约一百四十里处，离大洋两百里，又在希尔顿农场下游五十五里的位置，那个农场在加拿大公路④旁边，离珀诺布斯科特河源四里半，是上游开辟的第一个农场。

陆运段北端是一片面积六十亩以上的空地，空地里有一个常规样式的伐木工棚，工棚旁边是一座较比像样的房子，供管理员一家和过路的伐木工人居住。工棚里的床是冷杉枝叶铺的，枝叶虽已干枯，气味却非常好闻，只不过脏得不行。河岸上还有一座仓房，储藏着猪肉、面粉、铁器、巴妥船和独木舟，房门是锁着的。

到了河边，我们一边备办我们的正餐，一边跟两个木材探子

---

① 即美国地图出版商乔治·科尔顿（George Woolworth Colton，1827—1901）印行的《缅因州铁路及城镇地图》（*Railroad and Township Map of the State of Maine*）。

② 梭罗一行从驼鹿头湖转入的是珀诺布斯科特西支（参见前文注释），拉塞尔溪（Russell Stream）为西支支流，在梭罗此时所在位置附近汇入西支。

③ 这个说法见于杰克逊《缅因及马萨诸塞两州公共土地第二份年度地质学报告》（参见前文注释）。波特兰（Portland）在缅因州西南角，为美国东岸主要海港之一。

④ 据缅因历史学会刊行的《缅因历史》（*Maine History*）杂志1994年夏季刊所说，加拿大公路（Canada road）是始建于十九世纪初的一条连接加拿大南部和缅因北部的公路，美国人伊利舍·希尔顿（Elisha Hilton）于1831年移居路边。

一起刷独木舟，说是正餐，到头来次次都是茶点，刷船倒是方便，因为河岸长年摆着一口大铁锅，就是用来干这个的。印第安人也好，白人也好，用的都是松香油脂的混合物，我说"用"意思是用来刷船，不是用来佐餐。乔借火堆引燃一个小火把，把热气和火焰吹向糊在独木舟上的松脂，让松脂熔化铺开。他时不时把嘴凑到刷过松脂的地方，使劲儿地吸一吸，好知道漏不漏气。后来有一次，我们停下来歇息的时候，他还把独木舟高高地架上交叉的木桩，灌水进去检查。我仔细观察他的一举一动，认真聆听他的一言一语，因为我们之所以要雇一个印第安向导，主要是为了给我提供一个研究印第安生活方式的机会。做饭刷船的过程当中，我听见他轻声骂了一句脏话，抱怨他的刀子钝得跟锄头一样，据他说，这句脏话他是跟白人学的。他还说，"出发之前，我们得吃点儿点心才行。不等打来驼鹿，我们就该饿了。"

半下午的时候，我们在珀诺布斯科特河上登船启航。我们的独木舟长十九尺半，最大宽度两尺半，内部深十四寸，两头形状一致，船身刷成了绿色，虽说乔认为颜料会影响松脂的密封效果，导致船体渗漏。我们这条独木舟的尺寸，照我看应该算是中等。那两个探子的独木舟比我们这条大得多，长倒是可能没长多少。这条船装上我们三个，再加上我们的行李，总重在五百五十至六百磅之间。我们有两只尺寸不大分量却不轻的船桨，都是岩枫材质，其中一只还是鸟眼枫[①]。乔在独木舟底部铺了些桦树皮，让

---

① 鸟眼枫（bird's-eye maple）即木纹间杂鸟眼形斑点的岩枫，鸟眼斑点据说是生长条件艰苦所致。

我们坐在上面,还把几根雪松木条斜搭在横档上,给我们充当靠背,他自个儿则径直坐上了船尾的一根横档。独木舟的中段,或者说最宽的一段,全都让行李给占了。乔在船尾划桨,我们也在船头轮流划,一会儿伸直两腿坐着划,一会儿蹲着划,一会儿又直起腰杆跪着划,可我发现哪种姿势都不能持久,不由得想起了早年那些耶稣会传教士的抱怨,他们说,在从魁北克到休伦地界的漫长航程中,他们不得不挤在独木舟里,长时间保持手脚拘挛的姿势,简直是苦不堪言。[1]还好,后来我也坐到了横档上,要不就站起来划,没觉得有什么不便。

航程头几里,我们一直是在静水中前行。大雨把河面抬高了两尺左右,伐木工人巴望着洪水暴涨,把春汛没带走的原木送到下游。河岸高七到八尺,密匝匝长满黑云杉和白云杉,我估计云杉是这一带最常见的树,沿河并有冷杉,侧柏,船桦、黄桦和黑桦,岩枫、山枫和几棵红枫,榉树,黑栲和花楸,普通杨树和零星散布的大齿杨,以及许多仪态文雅的初黄榆树,航程之初,岸边还出现了几棵铁杉。[2] 刚划了没多远,我便看见岸上有一个红

---

[1] 休伦地界(Huron country)指休伦印第安人(Hurons)生活的地方。休伦印第安人生活在休伦湖一带,休伦湖因他们而得名。1637年,法国耶稣会传教士艾萨克·约格(Isaac Jogues, 1607—1646)曾在写给母亲的信中如是描述他与休伦印第安人同乘独木舟的航程:"在独木舟里,人只能保持很不舒服的拘挛姿势。你根本伸不开腿,因为船上的空间又窄又挤。"

[2] 白云杉(white spruce)为原产北美的松科云杉属乔木,学名 *Picea glauca*;黑桦(black birch)为原产北美东部的桦木科桦木属乔木,学名 *Betula lenta*;山枫(mountain maple)为原产北美的无患子科槭属乔木,学名 *Acer spicatum*;红枫(red maple)为原产北美的无患子科槭属乔木,学名 *Acer rubrum*;大齿杨(large-toothed aspen)为原产北美大陆东北部的杨柳科杨属乔木,学名 *Populus grandidentata*;其余各种见前文注释。

旗覆盖的所在，满以为那是一处印第安营地，一时间吃惊不小，禁不住冲同伴们嚷了一声，"营地！"半天我才反应过来，那原来是一棵霜染的红枫。邻水的滩涂也是林木荫郁，密匝匝长满斑点赤杨、红山茱萸和灌木柳①，如此等等。岸边残留着几片半没水中的黄莲，偶尔也有一片白的②。水浅之处，可以看到许多新鲜的驼鹿蹄印，滩涂之上，可以看到一些刚被驼鹿咬断的睡莲梗子。

划了大概两里之后，我们别过两个木材探子，转而沿龙虾溪上溯。龙虾溪从东南方流来，在我们右手边汇入珀诺布斯科特河，溪宽六到八杆，看样子几乎与河平行③。乔说，这条溪之所以如此命名，是因为溪中有淡水小龙虾④。从地图上看，这条溪的名字是"玛塔哈姆基格"（Mattahumkeag）。我同伴想在溪边找找驼鹿的踪迹，计划是一旦发现猎鹿有望，晚上就在这里扎营守候，因为我们的印第安向导就是这么建议的。由于珀诺布斯科特河涨水的缘故，龙虾溪正在倒流，几乎够到了一两里之外的同名

---

① 斑点赤杨（speckled alder）为桦木科赤杨属乔木，学名 *Alnus incana*；红山茱萸（red osier）为山茱萸科山茱萸属灌木，学名 *Cornus stolonifera*；灌木柳（shrubby willow）等同于矮柳（dwarf willow），指杨柳科柳属的一些植株较小的品种。

② 参照本书附录，梭罗这里说的黄莲（yellow lily）应该是睡莲科萍蓬草属的黄池莲（yellow pond-lily, *Nuphar advena*），白莲（white lily）应该是又名北美白莲（American white waterlily）的睡莲科睡莲属植物香睡莲（sweet waterlily, *Nymphaea odorata*）。

③ 从现在的地图上看，西支流龙虾溪（Lobster Stream）大致与西支成直角。

④ 这里的"淡水小龙虾"（small fresh-water lobster）就是我国餐桌上常见的小龙虾。

湖泊。驼鹿头湖北端东面的斯宾塞双山[1]，此时已清晰展现在我们的前方。翠鸟从我们面前飞过，扑翅鸳身姿入目，鸣声入耳，劈果鸟[2]和山雀伸手可及。乔说在他的语言里，山雀叫作"克康尼勒苏"（kecunnilessu），这个词兴许从来都没人写过，我也不敢担保我写对了，可我当时确实跟着他念了又念，直到他说念对了为止。我们从一只丘鹬[3]近旁划过，它一动不动地站在岸边，羽毛蓬乱，跟生了病似的。乔说，他们管这种鸟叫"尼普斯克科霍苏斯"（nipsquecohossus）。在他的语言里，翠鸟是"斯库斯卡蒙苏克"（skuscumonsuk），熊是"瓦苏斯"（wassus），印第安恶魔[4]是"伦克苏斯"（lunxus），花楸则是"乌帕希斯"（upahsis）。这一带的花楸非常多，而且非常漂亮。溪边各处的驼鹿蹄印不像河边的那么新鲜，除了溪口上游里许的一条小水沟以外，沟里有一根春天卡住的大原木，上面的标记是"W-十字形-环形-鸦足形"。我们看到岸上有一对驼鹿角，于是我问乔，角是不是驼鹿脱在那里的，乔却说，那对角下面还连着一个脑袋呢，当然我也明白，驼鹿活一辈子，至多只能脱一次脑袋。

---

[1] 斯宾塞双山（Spencer Mountains）是大斯宾塞山（Big Spencer Mountain）和小斯宾塞山（Little Spencer Mountain）的合称。

[2] 扑翅鸳见前文注释；劈果鸟（nuthatch）是䴓科䴓属（*Sitta*）鸟类的通称。这些鸟有把坚果卡在树缝里啄开的习性，所以有"劈果鸟"的俗名。

[3] 丘鹬（woodcock）是鹬科丘鹬属（*Scolopax*）鸟类的通称，美国常见的丘鹬是北美丘鹬（American woodcock, *Scolopax minor*）。

[4] 印第安恶魔（Indian devil）即美洲狮（mountain lion, *Puma concolor*），为广布于美洲的大型猫科动物。

溯溪约一里半，离龙虾湖已经不远，我们又折回了珀诺布斯科特河。刚划到溪口下游，河里就出现了急流，河面也展宽到了二三十杆。这里的驼鹿蹄印比比皆是，而且相当新鲜。我们在许多地方看见了蹄印杂沓的狭窄小径，全都是驼鹿下河时踩出来的，还看见了它们在黏土陡岸上失足打滑的印迹。蹄印要么是在水边，小鹿的蹄印与大鹿判然有别，要么就在浅水里，鹿蹄踩出的圆坑印在松软的河底，很长时间都清晰可辨。每当河道形成小小的湾澳，也就是所谓的"波克罗甘"①，湾澳边缘又有一溜草地，或者跟中流隔着一个长满蔍草②之类粗硬杂草的低矮半岛，就可以看到格外多的蹄印，因为驼鹿曾在这些地方涉水来去，啃食浮水植物的大叶。就是在这样的一处湾澳，我们看到了一头驼鹿的尸骸。途中某处，我们上岸捡拾我同伴打到的夏鸭③，乔便借机剥下一棵船桦的树皮，用来做一把猎号。之后他问我们，要不要把另一只鸭子也捡回来，因为他眼睛尖，看到还有只鸭子掉进了河边稍远处的灌木丛。我同伴走了过去，果然捡到了鸭子。到了这里，我初次留意到树越橘④的艳红浆果，这种灌木高八到十尺，跟赤杨和矮茱萸混生岸边。沿河的硬木，已经不像航程之初那么多了。

---

① "波克罗甘"可参看前篇相关记述及注释。
② 蔍草（wool-grass）为原产美国及加拿大东部的莎草科蔍草属植物，学名 *Scirpus cyperinus*。
③ 夏鸭（summer duck），又名木鸭（wood duck），为羽色艳丽的鸭科鸳鸯属水禽，分布于北美，学名 *Aix sponsa*。
④ 树越橘（tree-cranberry）即五福花科荚蒾属灌木三裂荚蒾，浆果形似越橘，学名 *Viburnum trilobum*。

我们从龙虾溪口下行一又四分之三里,在日落时分抵达一座小岛。小岛位于乔所说的"驼鹿角死水"上端(他准备当晚前去打猎的驼鹿角溪,则是在下游约三里处汇入河中),我们把小岛上端选为扎营地点。小岛下端的一个岬角上撂着一具驼鹿尸骸,看样子是一个多月以前被人猎杀的。我们决定简单拾掇一下营地,把行李放在这里,这样等我们猎鹿归来,就不用再做什么准备。我来这边并不是为了打猎,陪别人打猎也难免心生歉疚,但我确实想近距离看看驼鹿,而且乐于了解印第安人的猎鹿方法。我跟两位猎手同去,权充他们的随行记者,或者是随行牧师——大伙儿都知道,牧师本人也是扛过枪的。① 我们在茂密的云杉冷杉丛中辟出一小块空地,给潮湿的地面铺上一层冷杉枝叶。接下来,乔开始做他的桦树皮号角,刷他的桦树皮独木舟,只要我们歇脚的时间长得足够生起篝火,刷独木舟就是一件不干不行的活计,也是乔在歇脚期间主动承担的首要工作。与此同时,我们拾来了夜里要用的柴火,也就是卡在小岛上端的一些粗大原木,都是些湿漉漉的烂朽木头,因为我们的短斧太小,砍树不中用。但我们并没有生起篝火,怕的是驼鹿闻见篝火的味儿。乔支起几根交叉的木桩,又备好六七根杆子,夜里要是下雨的话,便可以把毯子绷在上面做雨篷,但在第二天晚上,他却省去了这一项预防措施。除此之外,我们还把打来的鸭子拔了毛,充作明天的早饭。

---

① 梭罗曾在《瓦尔登湖》当中写道:"我这个时代的新英格兰小伙子,十到十四岁的阶段几乎个个都扛过鸟枪……我早已对打鸟产生了不同的感受,迁居林中之前就卖掉了我的鸟枪……如今我倾向于认为,研究鸟类还有比打鸟更有效的方法。"

我们正在暮色里忙活，却听见下游远处传来两声轻响，似乎是伐木工人的丁丁斧声，在阴沉凄清的荒野中隐隐回荡。身在林中，我们很容易把远处传来的许多声音听成斧声，因为在这样的环境之下，这些声音听上去都差不多，而斧声又是我们在这一带常常听见的声音。我们跟乔讲了声音的事情，乔立刻大叫起来，"老天爷，我打赌那是一头驼鹿！驼鹿的声音就是那样的。"听见这些声音，我们感触莫名，它们跟一种熟悉的声响那么地相像，来源却多半是那么地不同，使这片荒野平添了几分岑寂，几分苍凉。

我们借着星光放船下河，前方三里都是静水，直到驼鹿角溪口为止。乔提醒我们保持安静，他自己也划得悄无声息，同时又力道十足，推动独木舟稳步向前。这个夜晚宁静无风，正适合我们此行的目的——有风的话，驼鹿就能闻见人的气味——所以乔坚信不疑，这一趟绝不会空手而归。收获之月①刚刚升起，平射的月光照亮我们右侧的森林，而我们迎着渐渐吹起的习习微风，在同一侧的阴影里滑向下游。云杉冷杉的树冠，紧贴在这条林荫大道两边，像尖塔一般高高耸起，被夜空映得黑黢黢的，比白日里还要分明，月上林梢之时，美景难以言传。一只蝙蝠从我们头顶飞过，我们时或听见两三声隐约的鸟啭，其中兴许有杨梅鸟②的歌声，时或听见麝鼠跳水的扑通闷响，时或看见麝鼠从我们前方渡

---

① 西方传统中的"收获之月"（harvest moon）通常指时间离秋分最近（在秋分前后均可）的那个满月。

② 杨梅鸟（myrtle-bird）为森莺科橙尾鹟莺属小型鸣禽，学名 *Setophaga coronata*，因冬季喜食杨梅浆果而得"杨梅鸟"之名。

河，时或又听见雨水添注的新涨溪涧，潺潺入河的声音。船到小岛下游约一里处，孤寂的况味似乎一秒浓似一秒，眼看要浓到十分，正在这时，我们突然看到了岸上的火光，听到了篝火的噼啪，发现了两个木材探子的营地。两个探子都穿着红衬衫，正站在篝火跟前，高声谈论这一天的奇遇，这一天的收获。我们经过的时候，他俩刚好说到一笔买卖，靠着那笔买卖，我没听错的话，某个人赚了二十五块钱。我们一声不吭，贴着河岸从他俩旁边滑过，离他俩的距离不到两杆，乔却拿起他的猎号，开始模仿驼鹿的叫声，直到我们提醒他，他俩没准儿会冲我们开火，他才算善罢甘休。这两个探子，后来我们再没有见过，所以我们始终不知，当时他俩有没有发现我们，有没有觉察什么动静。

  这次遭逢之后，我时常暗自怀想，当时真应该跟他俩同行。他俩奉命在指定的区域寻找木材，所以得不停地登山瞭望，经常得爬上高高的树梢，得考察适合放木下山的河流，以及与此相关的种种条件，得在林子里待上五六个星期，就他俩自个儿，得在方圆百里没有城镇的野地里东跑西颠，天一黑就幕天席地，倒头睡觉，路上主要靠随身携带的给养维持生活，当然也不会放过送上门来的猎物，最后还得在秋天里回去复命，告诉东家，冬天来时，该派出多少大车进山伐木。干他俩这行的熟手，一天能挣三四块钱。[①]他们的行当又孤独又危险，兴许跟设阱捕兽的西部猎手最为接近。他们干活时枪不离身，斧不离手，胡子不刮，独处无邻，居所不在开阔平原，而在荒野深处。

[①] 当时美国普通工人的日薪是一美元左右。

看到这两个探子，我们一方面明白了先前听见的声响是怎么回事，一方面也断掉了马上看到驼鹿的想头。我们又划了好一会儿，把两个探子远远地甩在身后，乔这才放下船桨，抽出他的桦树皮猎号——猎号是直的，长约十五寸，喇叭口直径三四寸，捆扎用的也是桦树皮，只不过撕成了条——然后站起身来，吹起猎号模仿驼鹿的叫声，先是一连串"呜——呜——呜"，接着是一声拖长的"呜——"，吹完就侧耳细听，几分钟没有作声。我们问他，要听的是什么样子的动静，他回答说，要是有驼鹿听见了猎号，我们自然会知道动静是什么样子。他还说，驼鹿跑来的声音，隔着半里都听得见，它有可能跑到水边，也可能下到水里，我同伴得等看清楚了再动手，瞄着它的后脖根儿打。

驼鹿习惯借着夜幕的掩护，到河畔吃草喝水。时令早一些的话，猎手就用不着靠猎号来引出驼鹿，趁它们水边进食时偷袭就行，这种情形之下，猎手据以判断驼鹿来了的第一个信号，往往是驼鹿嘴巴滴答淌水的声音。我听过另一个印第安人模仿驼鹿、驯鹿和鹿的声音，用的猎号比乔用的长得多，那人告诉我，有些时候，驼鹿的叫声隔着十里八里都能听见，那是种格外响亮的咆哮，既比牛叫清晰，又比牛叫浑厚。那人还说，驯鹿的叫声有点儿像是闷哼，鹿的叫声则与羊羔相似。

到最后，我们终于转进了驼鹿角溪。之前在驼鹿头湖陆运段，我们碰见了一些印第安人，他们说头天夜里，他们在这条溪边打到了一头驼鹿。这条溪弯来拐去，宽度不过一两杆，溪水却相对较深，它从我们右手边入河，名字起得恰如其分，贴合它曲折的水道，还有它哺育的生灵。溪岸有东一溜西一溜的狭窄草地，铺展在溪水与无尽森林之间,为驼鹿提供了一座座理想的食堂,招引它们走出密林。我们溯溪半里,仿佛穿行在一条弯弯绕绕的狭窄运河,月光之下,伟岸黢黑的云杉、冷杉和侧柏耸立两岸,形成两道高绝陡直的林地围篱,又像是一个个尖塔,排布在某座林间的威尼斯。途中有两个地方,岸上各有一小垛伐木工人备着过冬的干草,干草码在这样的地方,看起来十分格格不入。我们暗自遐想,没准儿哪一天,这条溪会成为某个绅士庭园里的一条小河,在修剪整齐的草地里蜿蜒,**那时**它在月光下的容颜,除了没有森林环抱之外,想必也看不出什么改变!

乔选好一片驼鹿乐于盘桓的草地,把独木舟靠到草地近旁,一次又一次召唤驼鹿,只可惜他听了又听,始终没听见驼鹿穿林奔来的动静,于是他得出结论,这一带的驼鹿已被人猎捕太甚。一次又一次,我们看见想象中的巨型驼鹿,看见它的双角探出森林边缘,然而这个夜晚,我们仅仅看见了森林,并没有看见森林里的居民。到最后,我们不得不打道回府。此时的水面起了一层轻雾,虽然说举头望去,夜空依然清朗澄明。深林阒寂,几乎没有声响的搅扰。有那么几次,我们跟在家乡的时候一样,听见了大雕鸮[①]的号叫,于是就告诉乔,大雕鸮叫得挺像猎号的,肯定能帮他把驼鹿唤出来,乔却回答说,驼鹿听过无数遍大雕鸮的叫声,绝不会上这个当。麝鼠跳水的扑通声响,比大雕鸮的号叫还要频繁,次次都能吓我们一跳。有一次,乔刚刚吹完猎号,我们都在

---

① 大雕鸮(great horned owl)是广布于美洲的一种大型猫头鹰,学名 *Bubo virginianus*。梭罗曾在《瓦尔登湖》当中详细描写这种鸟的叫声。

仔细倾听驼鹿的动静，结果却听见了另外一种声音，从远处隐约约地飘过来，或者说是溜过来，穿过青苔铺地的林中走廊，模模糊糊，沙沙哑哑，匆匆促促，虽不是彻底的空虚缥缈，却还是像被繁茂有如菌菇的森林捂住了一半，听上去好似潮湿丛莽的某个遥远入口，突然间关了一扇门。若不是我们恰好在场，这声音便无人听闻。我们压低了嗓门儿问乔，这会是什么声音，乔回答说，"树倒了。"在万籁俱寂的深夜听见树倒的声音，感觉格外宏壮，格外震撼，情形就像是推倒树木的种种力量压根儿用不着勃然作色，只需要像红尾蚺[①]一样，借一种绵里藏针、慢条斯理、老谋深算的力道来达到目的，这样的力道用在这样的夜晚，甚至比用在狂风大作的白天还要见效。倘若白天和夜晚果真存在这方面的区别，区别兴许在于夜晚的树木沾满露水，比白天重一些。

十点左右，我们回到营地，点起篝火，上床就寝。我们一人裹一条毯子，躺在冷杉枝叶上面，双脚冲着火堆，脑袋却没有遮盖。丰茂得容你生起这等旺火的原野，确实值得来躺一躺，这样的熊熊火焰，不但是我们这个世界的一个完整侧面，而且是仅有的一个光明侧面。我们先是滚来一根长十尺径十八寸的大原木，拿它充当维持整夜的垫底柴火，再把树木往这根大原木上面堆，全不管枝杈多青多湿，堆到三四尺高才停手。说实在的，我们这天夜里烧掉的木头，如果搁在密闭的炉灶里，省着点儿烧的话，都够我们城市里的贫苦人家过一冬了。像这样躺在露天，让篝火

[①] 红尾蚺（boa constrictor）是蚺科蚺属（*Boa*）的一种大蟒，拉丁学名与英文名相同，拉丁词汇"*constrictor*"意为"绞杀者"。

为我们没有遮盖的肢体保暖，感觉十分惬意，十分自在。耶稣会的传教士们常常说，在加拿大，与印第安人同行的途中，他们睡卧的床铺十分安稳，自创世以来从未摇晃，只有地震的时候除外。叫人惊讶的是，一个人哪怕惯于在密不透风的公寓里睡暖床，惯于殚精竭虑地躲避风吹，照样能在霜冻的秋夜里，在长时间的暴雨刚刚停歇之时，躺倒在无遮无掩的地面，裹张毯子睡在篝火跟前，而且能睡得无灾无病，舒舒坦坦，甚至能迅速领略新鲜空气的好处，睡得不亦快哉。

我躺在那里，一时间没有入睡，默默地看着火星溅起，穿过冷杉枝叶袅袅上升，时或变成半亮半灭的余烬，落到我的毯子上面。这些火星，跟烟花一样迷人，每一声毕剥都会炸出一簇火星，汇成一个连绵无尽的队列，迫不及待地蜿蜒向上，其中的一些持续上升，到高出树梢五六杆的地方才熄灭。我们不曾想到，自家的烟囱掩藏了多少火星奇景，如今又有了密闭的炉灶，将烟囱落下的部分悉数掩藏。夜里我起了一两次，给火堆添柴加火，同伴们感觉到温度升高，都把腿蜷了起来。

晨间醒来（九月十七日，星期六），枝头已结上厚厚一层白霜。我们听见了红松鼠[①]的叫声，还有几声微弱含混的鸟鸣，以及野鸭在小岛周围水面弄出的动静。趁着朝露未晞，我盘点了一下我们这片领地的植物库存，发现岛上的灌木主要是矮铁杉，也就

[①] 红松鼠（chickaree）即北美红松鼠（American red squirrel），为松鼠科美洲红松鼠属动物，广布于北美的针叶林，学名 *Tamiasciurus hudsonicus*。

是"北美红豆杉"①。我们就着茶水吃了些压缩饼干和野鸭肉,对付完了早餐。

雾气尚未彻底消散,我们已再次划向下游,不久便把驼鹿角溪口抛在身后。驼鹿头湖和奇森库克湖之间的珀诺布斯科特河段长二十里,水流相对平缓,大部分都是静水,但也不时出现岩石或砂砾铺底的浅水急湍,浅得可以涉水渡河。河面从不展宽,森林从不间断,草地则只是河岸的一溜窄边,东一片西一片。河道近旁没有丘阜,远眺也不见峰峦,只在寥寥几处能望见一两座远山。河岸高六到十尺,也有一两处形成了高一些的缓坡。途中许多地方,岸边只有一条窄窄的林带,阳光可以从林子背后的赤杨沼泽或草地穿过来。沿岸长着各种浆果累累的灌木乔木,格外地引人注目,有果子灰白的红山茱萸,有绊脚丛、花楸、树越橘和现已熟透的苦樱桃,还有互叶山茱萸和裸荚蒾。②我跟着乔吃了点儿裸荚蒾的果子,绊脚丛的果子也尝了尝,两种都味道寡淡,籽儿还特别多。我们是在河岸近旁滑行,所以我一直在仔细观察岸上的植被,经常还叫乔贴到岸边,好让我采摘植物,以便参照对比,看看家乡河畔③的植物有哪些属于原生品种。紧邻水边的柳树

---

① 又名"北美红豆杉"(American yew)的矮铁杉(ground-hemlock)即红豆杉科红豆杉属灌木加拿大红豆杉,学名 *Taxus canadensis*。

② 苦樱桃(choke-cherry)即蔷薇科李属灌木或小乔木美国稠李,学名 *Prunus virginiana*;互叶山茱萸(alternate cornel)为山茱萸科山茱萸属灌木或小乔木,学名 *Cornus alternifolia*;裸荚蒾(naked viburnum)为五福花科荚蒾属灌木,学名 *Viburnum nudum*;其余各种见前文注释。

③ 梭罗家乡的河流是马萨诸塞州东部的康科德河(Concord River)。梭罗在《两河一周》当中详细叙写了这条河。

赤杨下方长着地笋、马薄荷和敏感蕨，岛上则长着蘆草[1]，情形与康科德的阿萨贝河[2]沿岸相同。花时已过，所见只有几朵紫菀和一枝黄花，如此等等。我们几次看见伐木工人或猎手曾经过夜的营地，都是些摇摇欲倒的帐篷架子，支棱在河边的树林里，款式跟我们原来准备搭的一样，有一些营地傍着泥质或黏土质的河岸，河岸上挖了几级台阶。

我们路过一条名为"拉格慕夫"（Ragmuff）的小溪，在溪口停下来钓鳟鱼，这条溪在驼鹿角溪下游两里左右，从西边汇入河中。溪口有一处仅余残迹的伐木营地，还有一小块烧荒清理出来的空场，如今已密匝匝长满红樱桃和树莓[3]。我们正忙着钓鳟鱼，乔却依照他的印第安习惯，顾自溯溪而上，干他自个儿的事情去了，到我们准备启程的时候，他已经远得不见踪影，叫也叫不应。为了不耽误时间，我们只好点起篝火，就地解决我们的正餐。几只深红色的小鸟，雌鸟的颜色较比灰暗（可能是紫雀[4]），外加几只身披夏装的杨梅鸟，在我们周围跳来跳去，离我们的炊烟只有

---

[1] 地笋（horehound）是唇形科地笋属（*Lycopus*）植物的通称；马薄荷即唇形科薄荷属植物野薄荷，学名 *Mentha arvensis*；敏感蕨（sensitive fern）为球子蕨科球子蕨属植物，学名 *Onoclea sensibilis*，因对霜冻十分敏感而得名；蘆草见前文注释。

[2] 阿萨贝河（Assabet River）为康科德河支流。

[3] 红樱桃（red cherry）即蔷薇科李属灌木或小乔木宾州樱桃，学名 *Prunus pennsylvanica*；"树莓"原文为"raspberry"，是蔷薇科树莓属植物的通称，尤指红树莓（red raspberry, *Rubus idaeus*）。

[4] 紫雀（purple finch）为燕雀科美洲朱雀属鸟类，学名 *Haemorhous purpureus*。

六到八尺，兴许是闻见了煎猪肉的味道①。之前我在森林里听见的含混旋律，可能是出自后一种鸟的歌喉，也可能是这两种鸟的合唱。看它们的表现就知道，荒野里仅有的几种小鸟跟伐木工人和猎手相当熟络，不像果园农场里的小鸟跟农夫那么生分。后来我发现，这里的加拿大松鸦、黑榛鸡和普通榛鸡②也很驯顺，似乎还没有学会对人类保持彻底的戒心。不管是身在原始森林，还是在我们那边的林地，山雀都一样地如鱼得水，哪怕是到了城里，它依然能保持相当程度的自信。

一个半钟头之后，乔终于尽兴归来，说他之前是在上游两里处考察周围的环境，其间还看见了一头驼鹿，可惜他没带枪，所以打不了。我们嘴上没说什么，心里却暗暗嘀咕，下次可得把乔看好才行。话又说回来，这次的事情兴许只是误会，原因是在此之后，乔的表现确实是无可挑剔。我们继续顺流而下，而我惊讶地听见乔一边划桨，一边吹起了口哨，吹的还是《噢，苏珊娜》③

---

① 据克莱默所说，鸟类几乎没有嗅觉，梭罗同时代的一些博物学家已经指出了这一事实，但十九世纪早期的许多博物学著作仍持鸟类嗅觉灵敏之说。

② 加拿大松鸦（Canada jay）即鸦科噪鸦属鸟类加拿大噪鸦，学名 *Perisoreus canadensis*；黑榛鸡（black partridge）即雉科镰翅鸡属鸟类加拿大榛鸡，学名 *Falcipennis canadensis*；普通榛鸡（common partridge）即披肩榛鸡，见前文注释。

③ 《噢，苏珊娜》（"O Susanna"）是美国作曲家斯蒂芬·福斯特（Stephen Foster，1826—1864）于1847年创作的乡村民谣。这首歌曾经风靡世界，为美国白人流行乐经典作品。

之类的曲子。有次他说了句"好的,您哪"①,他的口头禅则是"没问题"②。跟大家一样,他驾船的方式是单侧划桨,以船帮作为支点,推动独木舟前行。我问他,独木舟的肋条是用什么方法固定到船舷上的,他回答说,"不知道,没注意过。"我跟他说,人可以只靠鸟兽、鱼类、浆果之类的山林物产维持生活,并且提醒他,他的祖先就是这么过的,他却说他过不了这种日子,因为他成长的环境不同以往。"没错,"他说,"他们确实是这么过的,过的是野人的生活,野得跟熊一样。老天爷!我进林子可不会不带给养,不带压缩饼干猪肉之类的东西。"这次他就带了桶压缩饼干,寄存在陆运段,打猎时好当干粮。另一方面,他虽然贵为总督之子,却还是不会读书识字。

拉格慕夫溪口下游,河东有一段较比高峻干爽的河岸,从水边向陆地缓缓抬升,形成一片小小的山坡,某人已砍倒坡上二三十亩的树木,还把砍倒的树木留在了原地,晒干了之后好烧。驼鹿头湖陆运段和奇森库克湖之间,就只有这么一个兴造家宅的迹象,但这个地方连木屋都还没有,更没有什么住户。拓荒者的房址,正是以这种方式选定,随后建起的房子,没准儿会是一个镇子的始基。

---

① "好的,您哪"原文为"Yes,sir-ee",是"Yes,sir"(好的,先生)的一个变体。据克莱默所说,美国语言学家约翰·巴特莱特(John Bartlett,1805—1886)在1877年的《美国方言词典》(*Dictionary of Americanisms*)中说,"Yes,sir-ee"是"源自纽约的粗鄙俚语,现已流行全国"。

② "没问题"原文为"Sartain",可能是发音不标准的"certainly",意为"当然""没问题"。

一路之上，我眼睛一直盯着各种树木，探究黑云杉、白云杉和冷杉之间的区别。当时我泛舟狭窄水道，穿行在一片无尽的森林，如今我的心灵之眼，依然能看见那些高耸入云的冷杉云杉，那些宝塔一般的侧柏，看见它们簇拥两岸，各种硬木错杂其间，看见它们又小又尖的暗绿树巅。这里的一些侧柏，少说也有六十尺高。硬木偶尔聚成品种单一的林子，在我看来便稍欠野韵，使我疑心它属于人工点缀的庭园，庭园的背后藏有农家。船桦黄桦，榉树枫榆，好比撒克逊人和诺曼人①，云杉冷杉，以及大部分的松树，却是地道的印第安人。光是看那些装饰文学年刊的铜版插画，你根本想象不到，世上有一条穿行在如此荒野的河流。杰克逊的缅因地质学报告②所附的简略速写，反倒比那些插画形象得多。有个地方长着一小片瘦伶伶的小白松，是我此行所见唯一一处成片的松林。落单的松树倒是随处可见，一棵棵高挑修长，都已经完全长成，只可惜都不成材，都属于伐木工人口中的"孔楚斯树"（konchus），他们这个判断是用斧子试出来的，要不就是从节疤看出来的。我始终没搞清楚，"konchus"是英语还是印第安语。这个词让我想起希腊文 κόγχη，意思是"海螺"或"贝壳"，还让我浮想联翩，觉得它没准儿是个象声词，模拟的是斧头敲击树干的空洞声响。除了这些不成材的以外，所有松树都已经被人运走。

为了给自家的房屋搞点儿建材，人们可真是不远万里！不管是在哪个时代，最文明城市的居民都会派人越出本族文明的疆界，

---

① 撒克逊人和诺曼人都是欧洲古代民族，英美人的祖先。
② 即杰克逊《缅因及马萨诸塞两州公共土地第二份年度地质学报告》。

深入遥远的原始森林，深入驼鹿、熊和野蛮人的家园，为的是弄来日常使用的松木板子。野蛮人呢，则迅速收到城市炮制的铁质箭镞、短斧和枪支，使自身的野蛮变本加厉。

冷杉的树冠紧致密实，轮廓分明，宛如一个个形状规则的锋利矛尖，被天空映得黑黢黢的，给森林添上一种深沉阴郁的特异风韵。云杉的树冠与冷杉形状相似，边缘却不是那么整齐，支撑树冠的矛柄则跟冷杉一样，枝叶的羽饰十分稀疏。冷杉比云杉繁茂一些，更经常长成规整致密的金字塔。林间常绿树木这种高耸凌云的普遍倾向，深深地打动了我。这里的风尚是长出形如尖塔的修长树冠，让树身下部保持比树冠还要苗条的状态。所有的云杉冷杉，甚至还包括侧柏白松，全都不与我在此地未曾看见的次生林木为伍，不像后者那样伸着柔条平铺四面，全都在不顾一切直上云霄，将致密的锥形矛尖高高举起，去迎接阳光和空气，任由次生林木的枝丫，在它们下方肆意蔓延，好比投身于那种激烈比赛①的印第安人，要把球举过众人的头顶。从这个方面来看，它们与小草相似，棕榈也大致如此。铁杉的树冠则通常从地面向颠梢逐渐收窄，形成一座有似帐篷的金字塔。

我们穿越几段长长乱流，划过一座大岛②，进入一个名为"松

---

① "那种激烈比赛"指北美印第安人的一种传统球类运动，印第安人称之为"巴嘎提维"（Baggatiway）。这种运动是现代长曲棍球（lacrosse）或称"袋棍球"的前身，参与者以顶端有袋的棍子为运球工具，以将球送入对方球门为胜，比赛场地可长达好几公里，每方选手可多达千人，一场比赛可长达数天。

② 从现今的地图上看，这个岛的名字与其体量相符，叫作"大岛"（Big Island）。

溪死水"的奇妙河段。这地方在拉格慕夫下游六里左右,河道展宽到了三十杆,水中洲屿众多,岸边长满初黄的榆树船桦,走到这里,我们第一次望见了柯塔丁山。

两点左右,我们从松溪死水转入一条三四杆宽的小河汊,河汊从南边流来,名字正是"松溪",溪口在我们的右手边。我们缘溪上溯,寻找驼鹿的踪迹。刚划出没几杆,我们就看见水边有驼鹿新近留下的印迹,鹿蹄翻起的淤泥很是新鲜,于是乔立刻宣布,它们刚刚才来过这里。我们很快划到溪流东侧的一小片草地,草地斜斜地伸入溪中,几乎覆满了茂密的赤杨,灌丛中只有一小块空地。适才看到的驼鹿印迹着实新鲜,所以我们顺着草地边缘往前划的时候,动作兴许要比平常轻悄几分,想的是倘若猎鹿有望,今晚就在溪边宿营。划着划着,我听见赤杨深处传来枝条折断的轻微声响,赶紧提醒乔采取行动,于是他用力划桨,让独木舟快速后退。退了六杆之后,我们突然看见两头驼鹿,站在我们刚才路过的那块空地边缘,离我们至多只有六七杆,正隔着赤杨窥视我们。它们支棱着长长的耳朵,神情半是好奇,半是恐惧,让我想起了受到惊吓的巨型兔子。它们是正宗地道的林地居民(我一眼就看出了这一点),为我填补了我此刻才意识到的一个认知空白:名字据说意为"**食木者**"的**驼鹿族**[①],原来是这副模样,身上

[①] "驼鹿族"原文是"*moose*-men",是梭罗生造的拟人词汇。"食木者"原文为"*wood-eaters*",梭罗这么说是因为驼鹿的英文"moose"源自印第安语,本义为"撕树皮者",来由是驼鹿喜欢啃咬树皮。

穿的是一袭土布灰衣,出自佛蒙特的家庭作坊。[1]由于独木舟正在倒退,我们的宁录[2]落在了离猎物最远的位置,不过他得知猎物就在左近,还是忙不迭站了起来,我们一伏下身子,他就从我们头顶放了一铳,瞄的是最靠前的一头猎物,因为他只看得见那一头,虽说他尚未弄清,那究竟是什么动物。说时迟那时快,那头猎物立刻冲过草地,跑上了东北边的一处高岸,快得让我无法看清,留给我的印象也只是一个模糊的轮廓。与此同时,另一头猎物,一头年纪幼小却已经跟马一般高的驼鹿,猛一下跳到水里,完全暴露在我们眼前,半蹲着在水里站了片刻——其实它并没有下蹲,只是后半身低得不成比例,看着像是蹲了下去——发出两三声响亮的尖叫。我依稀记得,当时那头大鹿在高岸顶上的树丛中停了一停,望了望瑟瑟发抖的小鹿,然后才继续奔逃。猎手又放了一铳,这次是冲着小鹿,我们满以为它会应声倒下,可它只是稍有踌躇,跟着便像大鹿一样,跳出水来,冲上山去,只不过方向跟大鹿略有不同。所有这一切,仅仅是几秒钟的事情,我们的猎手以前从没有见过驼鹿,眼下呢,他既不知道自己见到的并不是普通的鹿,因为它们的身体有一部分没在水中,也不知道自己究竟是冲同一头猎物放了两铳,还是冲两头猎物各放了一铳。有鉴于驼鹿逃走时的矫健身姿,再加上我们的猎手不习惯站在船上射击

---

[1] 梭罗这是用手工纺织品来比拟驼鹿的灰色毛皮。十八、十九世纪,佛蒙特以家庭作坊生产的纺织品闻名北美。在《瓦尔登湖》当中,有个伐木工人说自己"身上穿的是佛蒙特家庭作坊做的手纺灰布外套,质量很不错"。

[2] "宁录"即猎手,亦即乔治·撒切尔,参见前文注释。

的事实，我当即断定，我们再也见不到这两头驼鹿了。我们的印第安向导说，这两头鹿是母子，小鹿兴许只有一两岁，岁数再大的话，小鹿就不会跟在妈妈身边了。不过，让我来看的话，两头鹿的个头并没有太大的差别。穿过草地去到高岸脚下，只需要走两三杆的距离，岸上密林覆盖，跟这一带所有的地方一样，但我惊讶地发现，驼鹿刚跑到那道树木帘帷背后，跑上铺满湿软苔藓的林中地面，我们便再也听不见它的蹄声，不等我们靠岸，周遭早已万籁俱寂。乔说，"驼鹿要是真叫你打伤了的话，我肯定能给你找出来。"

我们即刻出动，全体下船。我同伴重新装弹，向导则拴牢木船，丢开帽子，理好腰带，抄起短斧，跟我们一起出发。后来，向导随口跟我说了一句，说我们还没靠岸的时候，他已经看见两三杆外的岸上有一滴血。这会儿他飞速爬上高岸，穿行林间，迈着一种特异的步伐，轻快无声，鬼鬼祟祟，边走边扫视左右两边的地面，紧紧追随受伤驼鹿留下的依稀印迹，时不时默默指向一株遍地都有的 *Clintonia borealis*[①]，让我们瞧瞧它光鲜叶片上的一滴鲜血，或是指向一株干枯的野蕨，让我们瞧瞧它刚刚折断的茎干，嘴里还一直嚼着东西，要不是某种植物的叶子，要不就是云杉胶[②]。我跟在他的后面，看的更多是他的一举一动，而不是驼鹿的印迹。他循着印迹往前走，走的基本是一条直路，遇见倒树就

---

① "*Clintonia borealis*" 即北方七筋姑，见前文注释。
② 云杉胶（spruce gum）即天然或经过简单加工的云杉树脂，北美印第安人用它充当口香糖，也可用作药物及黏合剂。

迈过去，没倒的则绕过去。走了约莫四十杆之后，他终于跟丢了，因为前方出现了其他许多驼鹿的印迹。于是他折回最后一点血迹所在的地方，循着它找了一小段，再次跟丢之后，便彻底放弃了搜索，弄得我心里嘀咕，好猎手应该不会这么快放弃吧。这之后，他还循着小鹿留下的印迹走了几步，但也是早早地打了退堂鼓，因为没看见血。

他追踪驼鹿的过程当中，我留意到他身上有一种缄默或说谦抑的特质。他没有像白人那样，当场显摆途中的一些有趣发现，虽然说事过之后，这些发现没准儿也会泄露出来。后来有一次，我们又听见枝条折断的轻微声响，于是他上岸查探，一路走得轻盈优雅，穿过灌丛的声音小得不能再小，而且办到了一件哪个白人也办不到的事情，也就是说，步步都落在坚实稳当的地方。

看见驼鹿大概半小时之后，我们继续向松溪上游进发，不久便划到一处水浅流急的所在，不得不扛起行李上岸绕行，留下乔一个人划船溯流。这个陆运段就快走完的时候，我正在全神贯注观察植物，赞叹 *Aster macrophyllus*[①] 十寸宽的大叶，采集大圆叶玉凤兰[②]的种子，却听见乔在溪中大声嚷嚷，说他打到了一头驼鹿。原来啊，他发现刚才那头母鹿倒在中流，已经死了，身子却

---

① "*Aster macrophyllus*" 即菊科北美紫菀属草本植物大叶紫菀，拉丁现名 *Eurybia macrophylla*。

② "大圆叶玉凤兰"原文为 "great round-leaved orchis"，其中 "orchis" 是兰科红门兰（*Orchis*）、玉凤兰（*Habenaria*）等属植物的通称，但根据梭罗在本书后文及附录列出的拉丁学名 "*Platanthera orbiculata*"，他说的 "great round-leaved orchis" 是广布于加拿大及新英格兰的兰科舌唇兰属植物圆叶舌唇兰。

还是暖的，溪水非常浅，所以母鹿一沉到底，只有不到三分之一的身体露在水面。这时距离它中枪已经有一个钟头左右，尸身被水给泡胀了。中枪之后，它跑了大概一百杆，然后又折返溪边，拐了个小小的弯。不用说，要是换成一个更高明的猎手，肯定能当场追踪到这个地点。它的个头大得像马，让我很是吃惊，乔却说，这在母鹿里还不算大的。我同伴见此情景，又找那头小鹿去了。我抓住母鹿的双耳，乔则把船划向下游一处合适的滩涂，我俩就这么分工协作，成功地把它拖到了更浅的水里，虽然说它的长鼻子常常卡在溪底，让我俩颇费了一番力气。它背脊腰身都是棕黑色，说是深铁灰色也行，前胸下腹的颜色却比较浅。我拿上乔用来拖独木舟的绳子，在乔的帮助下仔细量了量它的尺寸，从最大的长度开始量，量一次就在绳子上打一个结。绳子乔还得用，所以我当晚就拿出同样的耐心细致，整理我记录在绳子上的测量结果，把它们换算成我雨伞长度的倍数和分数，从最小的测量结果开始换算，边算边解绳子上的结。第二天到达奇森库克湖之后，我找到一把两尺的尺子，把这些倍数分数换算成了具体的尺寸，不但如此，我还弄来一块又窄又薄的黑桦木，自个儿做了一把两尺的尺子，这尺子折起来只有六寸长，携带非常方便。我之所以如此这般大费周章，是因为我不希望自个儿光会说驼鹿很大，说不出究竟多大。当时我量了许多尺寸，这里就说两个好了。把母鹿的前蹄拉直之后，从蹄尖量到它两肩之间的脊背顶端，长度是七尺五寸。我简直不敢相信自己测得的结果，因为这比一匹高头大马的高度多了两尺左右。（说实在的，如今我断定这个数字测得不准，不过我敢担保，我在此给出的其他数字都是对的，因为我之后又来过这片林地，验证过这些数字。）这头母鹿的最大身长是八尺二寸。后来我在这片林地用卷尺量过另一头母鹿[1]，它蹄尖到肩部的长度刚好六尺，躺地上的身长则是八尺。

后来我又经过驼鹿头湖陆运段，在那里问一个印第安人，公驼鹿能比母驼鹿高多少，他回答说"十八寸"，还让我瞧瞧火堆里一根离地四尺多的十字桩，说那根桩子有多高，公鹿的胸脯就有多厚。在老镇的时候，另一个印第安人告诉我，公鹿的脊背顶端离地九尺，而他称过的一头公鹿足有八百磅重。公鹿的两肩之间，脊背隆起特别高。我有机会讨教的最权威猎手是个白人[2]，他跟我说公鹿比母鹿高不了十八寸，不过他也认为，公鹿的脊背有时能高达九尺，体重可达一千磅。驼鹿只有公的长角，角比肩膀高两尺以上，向两侧伸展三四尺乃至六尺，由此可知，公鹿的总高有时可达十一尺！照这样的算法，驼鹿就算没有远古的爱尔兰大角鹿（*Megaceros Hibernicus*）[3]那么大，好歹也有大角鹿那么高，曼特尔说后者"体型远超任何现存品种，其骨架……从地面到鹿角顶端高逾十尺"。[4] 按乔的说法，驼鹿虽然年年都会把自己的角整

---

[1] 可参看本书下篇"阿拉加什与东支"当中的相关记述。

[2] 可能是本书下篇提到的狩猎领队，亦即美国狩猎专家及枪械鱼竿制造专家海芮姆·刘易斯·伦纳德（Hiram Lewis Leonard，1831—1907）。梭罗在下篇中说此人"多半可算是缅因州的首席白人猎手"。

[3] 爱尔兰大角鹿是体型最大的鹿，生活在更新世晚期及全新世早期的欧亚大陆，早已绝灭，仅存化石。

[4] 曼特尔即英国地质学家及古生物学家吉迪恩·曼特尔（Gideon Mantell，1790—1852），引文出自他撰著的《地质奇观》（*The Wonders of Geology*，1838）第一卷。

个儿脱掉，新长的角却总是会比先前多一个杈，不过我发现，驼鹿两只角的枝杈数目有时并不相同，一只比另一只多。驼鹿的蹄子精致柔软得叫我吃惊，鹿蹄开叉开得很高，一个脚趾几乎可以别到另一个脚趾后面，十有八九，正是由于这种构造，驼鹿才可以稳稳当当地跑过原始森林的崎岖地面，跑过苔藓覆盖的溜滑原木。我们的牛马长着坚硬光滑的蹄子，驼鹿与它们大不相同，它前蹄上的无毛角质部分只有六寸长，两个脚趾叉开的时候，趾尖的间距可达四寸。

驼鹿的长相异常古怪，很不中看。它肩膀干吗耸那么高？脑袋干吗长那么长？尾巴又干吗短得不值一提？我观察驼鹿的时候，压根儿没留意到它还有尾巴，博物学家倒是说了，它的尾巴长一寸半。看到驼鹿，我立刻想起了前高后低的驼豹①。它像驼豹，当然也不足为奇，因为它跟驼豹一样，长成这样是为了吃树叶。为了同一个目的，它的上唇还比下唇前突了两寸。驼鹿一族，才是这地方真正的主人，原因是据我所知，这地方从未成为印第安人的定居之所，仅仅是他们的猎场而已。也许有一天，驼鹿会归于灭绝，然而到得那时，尽管驼鹿仅余化石，甚至连化石也不为人知，诗人或雕塑家还是会创造一种神话生物，安排它来做如斯茂林的居民，它同样会头顶枝繁叶茂的双角，头顶骨质的海藻或说地衣，这样的创造，该是多么地顺理成章！

此时此刻，在淙淙急流上端，乔开始用折刀剥驼鹿的皮，我

---

① "驼豹"原文为"camelopard"，由"camel"（骆驼）和"leopard"（豹子）组合而成，实指长颈鹿，因为长颈鹿形如骆驼，斑纹如豹。

则在一旁观看。这事情真叫人心里不是滋味,看着那依然温热颤抖的躯体被刀子剖开,看着那暖暖的奶水汩汩流出割裂的乳房,看着那怵目惊心的殷红血肉渐渐袒露,脱离那件原本为血肉充当**皮甲**①的漂亮衣袍。猎枪的弹丸沿对角线穿过驼鹿的肩胛骨,嵌在鹿身另一侧的毛皮下面,有一部分已经撞瘪了。我同伴留下了这粒弹丸,准备以后向孙辈展示。他还收藏了后来打到的一头驼鹿的几条小腿,剥了皮塞了填料,将来好把厚厚的皮制鞋底接在下面,做成几只靴子。乔说,驼鹿面朝你站着的时候,你千万不能开枪,必须得向着它走过去,这样它就会慢慢转身,亮给你一个不错的射击角度。在这条荒蛮小溪乱石嶙峋的河床上,在溪水穿林形成的这道区区裂缝里,在云杉冷杉筑起的两堵高墙之间,这桩剥皮的活计久久持续。到最后,乔终于剥下鹿皮,把鹿皮倒拖上岸,说这张皮足有一百磅重,只不过十之八九,还是说五十磅靠谱一些。他割下一大块鹿肉,准备随身带走,然后又割了一块,把它跟鹿舌、鹿鼻和鹿皮一起撂在岸上,打算搁一整夜,等我们回来的时候取。当时我觉得有点儿奇怪,因为他居然选择这种最省事的办法,就这么把鹿肉敞放在尸骸旁边,也不怕别的动物来捡现成,然而事实证明,并没有谁来捡这个现成。这样的好事,可不会发生在我们马萨诸塞东部的河边,不过我估计,原因是在这边潜行觅食的小动物,比我们那边少。话又说回来,这一次的旅途当中,我确实两次瞥见了某种大个儿的老鼠。

这小溪如此幽僻,驼鹿印迹又如此新鲜,所以我两位同伴猎

---

① "皮甲"原文为"*hide*",兼有"兽皮"及"掩护、隐藏"二义。

兴不减，决定去更上游的地方宿营，夜里好沿溪行猎。上行半里，走到一个我看见了 *Aster puniceus* 和长喙榛①的地方，乔听到赤杨丛中传来轻微的窸窣响动，看到约莫两杆之外闪出一个黑影，一下子跳了起来，悄声喊道，"熊！"只不过，我们的猎手还没来得及扣动扳机，乔已经改了口，"河狸！"然后又是"豪猪！"中弹身亡的确实是一只大豪猪，身长足有两尺八寸。它后半个脊背的刚毛散开倒伏，就跟它曾经仰面躺倒似的，脊背和尾巴之间的刚毛却直挺挺地竖着，而且特别长。仔细一看，我发现它刚毛的尖端附有细细的倒钩或说倒刺，整体的形状则与钩针相似，换句话说就是带点儿弧度，好让倒刺物尽其用。划过大约一里的静水之后，我们在右岸登陆扎营，位置刚好在一道相当大的瀑布脚下。当晚我们没怎么砍树，怕的是吓跑驼鹿。晚餐我们吃的是烤鹿肉，口感跟嫩牛肉差不多，味道则似乎比牛肉浓，有时感觉像小牛肉。

晚餐之后，月已当空，我们溯溪一里继续打猎，第一件事情则是扛着东西绕过瀑布。我们三人排成一路纵队，沿着溪岸蜿蜒前行，爬过一块块岩石和一根根原木，形成一道怪异的风景。乔走在队伍末尾，把手里的独木舟翻来转去，仿佛他拿的是根羽毛，然而实在说来，这样的路空着手都不好走。我们从瀑顶的石梁放船下水，开始在适合打猎的静水中划行，半里之后却再次遭遇急流，不得不上岸绕行，留下乔独自勉力上溯。船虽然分量减轻，

---

① "*Aster puniceus*"即菊科联毛紫菀属草本植物紫茎紫菀（purplestem aster），拉丁现名 *Symphyotrichum puniceum*；长喙榛（beaked hazel）为桦木科榛属乔木或大灌木，学名 *Corylus cornuta*，因果实有喙状突起而得名。

可要在夜里的乱石丛中找出航道，对他来说仍然是十分困难。我们两个走岸上的，碰到的也是再糟糕不过的道路，地面到处是倒树和漂木，以及远远探到水上的灌丛，活脱脱是一座十足的迷阵，小溪还不时有支流汇入，我们得踩着赤杨枝丫编成的网格，渡过支流和小溪的交汇处。我们走的是月光照不到的一侧，所以只能跌跌撞撞摸黑前行，周围就算有驼鹿和熊出没，肯定也早已被我们的动静吓得逃之夭夭。最后我们停了下来，让乔去前面查探一番，乔回来说他往前走了半里，看到的依然是连续不断的急流，情况丝毫没有改善的迹象，因为这条溪似乎是从山上流下来的。于是我们掉头折返，划过静水回到营地，一边走一边打猎。这是个美不胜收的月夜，我因为无事可做，夜深便渐渐犯困，简直弄不清自己身在何处。这条溪沿岸的伐木工作已经中断，所以说远比干流人迹罕至。它只有三四杆宽，相形之下，它淙淙穿过的冷杉云杉便显得越发高大。我本已半梦半醒，月光又照得我更加迷糊，所以我看不清溪岸何处，大多数时候都依稀觉得，自己是浮泛在一座人工点缀的庭园，因为冷杉长着规整的树冠，让我联想到人造的景致。我恍惚觉得，眼前是一条类似百老汇[①]的通衢，通衢上的极远之处，冷杉的树冠下方或树冠之间，排布着鳞次栉比无穷无尽的门厅列柱、飞檐立面、游廊教堂。我不光产生了这样的幻想，还在朦胧之中看到了这样的幻象。其间我睡着了好几次，睡梦里依然想着那些建筑，想着建筑里那些随时可能走出门来的达官显贵。不过，每当乔开始召唤驼鹿，桦树皮猎号从寂静之中

---

① 百老汇（Broadway）是纽约的著名街道。

响起,"呜——呜——呜呜呜呜呜呜",我就会立刻醒来,回到现实当中,期待着听见一头狂奔的驼鹿摧枝折叶穿林而来,期待着看见它突然现身,冲上我们身旁这一溜小小草地。

然而,由于种种原因,我已经对猎鹿失去了兴趣。我来林地不是为了猎鹿,事先也没想到会有这一出,尽管我原本有些好奇,想知道印第安人如何打猎。但是,一头鹿惨遭杀戮,就算不像一打鹿被杀那么糟糕,对我来说也一样是够看了。这天下午的惨剧,还有我在其中扮演的角色,使得我身染罪孽,游兴阑珊。没错,我自个儿也过过跟猎手只差一步的日子,更何况实在说来,我认为我可以在林子里过一年捕鱼打猎的生活,还可以过得舒心惬意,当然渔猎得以生活必需为限度。在我看来,这样的日子仅次于我同样向往的哲人生活,也就是躬耕陇亩,只靠大地的果实维持生计。可是,这样的猎鹿行动甚至不是为了鹿皮,纯粹是以杀戮本身为乐,既不需要费什么力气,也不需要冒什么风险,几乎等同于趁夜溜进邻居的林边牧场,射杀邻居的马匹。这些驼鹿是上帝亲自豢养的马匹,不过是一些又可怜又胆小的生灵,一闻到人的气味就会飞速逃开,尽管它们身高**足足**九尺。乔跟我们讲起了几名猎手,说一两年之前,这些人在缅因林地某处射杀了几头牛,因为当时夜色昏暗,他们把牛认成了驼鹿。所有的猎手都可能干出这样的事情,再者说,除了名字不同以外,猎物与猎物有何分别?猎鹿的时候,你杀死的是上帝的牛,也是**你自个儿的牛**,接着你剥下牛皮——因为牛皮是大家都乐意保留的战利品,你又听说做软皮靴的人会买——再从后臀上割块牛排,然后就撇下庞大的尸骸,任由它替你散发熏天臭气。这样的行径,往好里说也跟在屠场帮工一样下作。

　　这天下午的经历让我明白，驱使人们走进荒野的普遍动机，究竟有多么卑劣，多么粗鄙。木材探子和伐木工人通常都是受雇于人，干一天活挣一天钱，他们的野性自然之爱，多不过锯木工人的森林之爱。来这里的其他白人和印第安人，大多数无非猎手，目的不外乎屠杀尽量多的驼鹿，以及其他的野生动物。但是，请问，假使我们要在这片广袤岑寂的荒野待上几周或几年的时间，难道就不能干点别的，就不能干点纯良仁善、陶冶情操的事情？带着笔来写生或歌吟的人，只有带枪带斧头的千分之一。印第安人和猎手，对待自然的方式何其粗暴、何其低俗！他们的族类转眼殄灭，我看也不足为奇。当时我就深有触动，之后的几个星期也一直如此，感觉这一段林中经历使我的天性沦于粗鄙，并且提醒了我，我们过日子应该像采撷花朵那样，动作轻柔，举止优雅。

　　我心里装着这些思绪，回到营地便决定原地留守，备办过夜所需，让两个同伴自个儿去下游继续猎鹿，可他们要求我别砍太多的树，也别生太大的火，免得吓跑他们的猎物。九点左右，他们走了以后，在这个月华皎洁的夜晚，在遍生苔藓的溪岸高处，在潮乎乎的冷杉林子里，我点起一堆篝火，然后坐到冷杉枝丫上面，伴着瀑水的轰鸣，借着火光查看我这天下午采集的植物标本，写下我在本文中铺陈的点滴感想[①]，或者是缘岸散步，凝望小溪来

　　[①] 梭罗的写作习惯是先把零碎的见闻感想记在随身携带的笔记本上，晚间再誊录整理到日记里，日后再把日记整理成讲稿和文章。

处，瀑布上游的整片天地，全部洒满柔美月光。我坐在篝火跟前的冷杉座席，上方无顶，四面无墙，禁不住想到这片荒野何等辽阔，向四方八面不断延伸，你必须走过很长的路程，才能见到经过清理或耕耘的土地，一边想一边暗自嘀咕，附近有没有熊或驼鹿，正在窥视我点燃的火光，因为大自然谴责我们谋杀驼鹿的勾当，此时正对我怒目相向[①]。

奇怪的是，很少有人来林子里看松树如何生活，如何成长，如何耸入云天，将常青的臂膀擎向阳光，概言之，很少有人来看松树取得的圆满成就，与此相反，大多数人满足于看它变形为许多块宽大的板子，被人送上市场，还觉得**这**才是它真正的成就！然而，正如人不是木材，松树也不是，正如人最恰当的用场，并不是砍成几截来做肥料，松树最恰当最完满的用场，也不是充当盖房子的板材。人与松树的关系，跟人与人的关系一样，要接受一种高等法则的制约。砍倒的死树算不得树，正如死人的尸身算不得人。人若是只了解鲸骨鲸油的些许价值，怎可说了解鲸鱼的真正用场？为了象牙杀死大象的人，怎可说真正地"见过大象"[②]？攫取鲸骨象牙，只能让这些动物派上微不足道的附带用场，情形好比某个更强大的种族杀死我们，就为了拿我们的骨头去做纽扣和短笛。世间万物之用，无不可大可小。人也好，驼鹿也好，

---

① 梭罗反对任意伤害动物，因此把猎鹿称为"谋杀"。他曾在《瓦尔登湖》当中写道："一旦告别了没心没肺的少年时代，没有哪个人还会无缘无故地谋杀任何生灵，因为它们跟人一样，也珍惜自己的生命。"

② "见过大象"原文是"seen the elephant"，为美国习语，实际意思是"见过世面/上过战场"。

松树也好，所有生灵都是活着比死了好，真正了解某种生灵的人，只会着意维护它的生命，绝不会痛下杀手。

既然如此，伐木工算不算松树的朋友和爱侣，算不算跟它走得最近，最懂得它的性情？剥树皮的鞣皮匠①，或者是钻树干取松脂的人，后人会不会为他们编织传说，说他们最终变成了松树？②不！不！诗人才是松树的知己，唯有他能让松树派上最恰当的用场，他不会用斧头来爱抚它，不会用锯条来撩拨它，也不会用刨子来摩弄它，他自然知道它心里的虚实，用不着劈开它的心房，他不曾找上它所在的城镇，买来砍伐它的权利。**这个人一旦踏上林中的土地，所有的松树都会微微颤抖，发出喜悦的叹息。**不，诗人才是松树的知己，他爱它，当它是自己在天空里的影子，任由它卓然挺立。我去过伐木场，去过木匠铺，去过鞣皮厂，去过松烟厂，也去过松油场，但当我终于远远看见林中松树的颠梢，看见它秀出众木，婆娑的身影映着阳光，这才意识到工厂作坊，并没有让松树派上最大的用场。我最爱的不是松树的骨架，不是松树的皮肤，也不是松树的脂膏。我不爱松脂炼制的精油，爱的是松树的蓬勃精神，这样的精神能激发我的共鸣，疗治我的伤创。③松树跟我一样不朽，兴许还会跟我升入同一座天堂，到那里，

---

① 松树皮含有可用于鞣制皮革的丹宁酸。
② 根据古希腊神话，松树是山林女仙皮提斯（Pitys）所化。她急于逃脱山林之神潘（Pan）的追逐，众神便把她变成了松树。
③ 梭罗这么说，是因为松节油（松脂炼制的精油）可以治疗外伤。此外，这句话里"精油"和"精神"的原文都是"spirit"。

它依然凌云直上，使我翘首仰望。①

没多久，两个猎手回到了营地，他俩一头驼鹿也没瞧见，倒是听了我的建议，把那头死鹿带回了四分之一。这四分之一驼鹿，再加上我们三个，够我们的独木舟装的了。

吃过鹿肉早餐，我们转头划向松溪下游，继续前往约五里外的奇森库克湖。远在将近半里之外，我们就看见了溪中那头驼鹿的殷红尸骸。溪口下游一点儿是两湖之间最壮观的急湍，名为"松溪瀑布"，瀑顶有一些大块大块的扁平岩石，被河水冲刷得十分光滑，一年中的这个时节，你可以踩着石头轻松过河。乔独自划船下瀑，我们两个上岸绕行，我同伴沿路采集云杉胶，准备带给家乡的友人，我则忙着寻觅野花。我们渐渐走近前方的湖泊，满怀参观大学的期待与仰慕，因为我们的生命之河，鲜少展宽到这样的广度。将近湖口有一些岛屿，低矮的河岸青草丛生，还长着东一棵西一棵的白桦、黄桦和枫树，桦树斜斜地探到水面上方，许多白桦已经死去，显然是洪水泛滥的恶果。这里的本地野草②十分丰茂，甚至有几头牛在吃草，我们光听见牛的动静，没看见牛

---

① 本篇在《大西洋月刊》发表的时候，该刊主编、美国诗人詹姆斯·洛厄尔（James Lowell，1819—1891）删去了这句话（也许是不喜欢这句话的泛灵论色彩），梭罗为此致信抗议，信中写道："我并不要求任何人接受我的观点，但我确实认为，既然你们要拿去印，那就该照样印，要改也该事先征得我的同意……我觉得这是一种侮辱，虽然说不是故意为之，因为这等于是说我可以被人收买，由此压制自己的观点。"

② 梭罗特意点出"本地野草"，可能是因为当时的新英格兰大量引种人称"英国干草"（English hay）的外国牧草。《瓦尔登湖》数次提及英国干草，本篇后文也有提及。

的身影,一开始还以为是驼鹿呢。

划进东南流向的奇森库克湖之时,以及进湖之前的一段时间里,我们可以看见柯塔丁周围的一众山峦(有个人说这些山名为"柯塔丁瑙廓"[①]),浮现在我们东南二十五里或三十里处,好似一丛蓬勃生长的蓝色蘑菇,峰顶全都笼着云雾。乔把其中几座称为索瓦德尼亨克山,那些山附近的一条河[②]也叫这个名字,另一个印第安人后来告诉我们,这个名字的意思是"奔流山间"。有几座比较矮的山峰,后来为我们显露真容,但我们身在林地之时,始终没见到柯塔丁山更完整的面貌。我们要去的农场在河口右侧,绕过一个低矮的岬角就到了,那里水很浅,到离岸很远的地方都是如此。奇森库克湖从西北向东南延伸,号称长十八里宽三里,湖中没有岛屿。我们是从西北角进湖的,船近湖岸时看不见湖的南端,只能看见南侧湖面的局部。从湖岸能看见的主要山峦如前所述,方位在东南和正东之间,北边偏西虽然也有几座山峰,然而总体说来,正北和西北方向,也就是圣约翰河和英美边界[③]一带,地势要比别处平坦一些。

安塞尔·史密斯[④]的农场是湖边最老也最大的一座,看上去已

---

① 格林利夫(参见前文注释)在《缅因州概览》(*A Survey of the State of Maine*,1829)中说,"柯塔丁瑙廓"(Katahdinauguoh)是印第安名字,意思是"柯塔丁周围的山"。

② 索瓦德尼亨克河见前文注释。

③ "英美边界"即美加边界,当时的加拿大仍是英国的一部分。

④ 安塞尔·史密斯(Ansel Smith,1813—1879)是今日缅因州奇森库克村(Chesuncook Village)的第一个居民,他家农场的遗址至今犹存。

经很像一个停靠巴妥船和独木舟的港埠，四周也确实泊着七八条巴妥船，以及一条运干草的方头平底小驳船，此外还有个架在平台上的绞盘，眼下是待在干爽的高处，但随时准备下水锚定，拖曳漂流的木排。这是个非常原始的港口，船只都泊在树桩之间，我心里想，"阿耳戈号"①就是从这种港口下水的吧。湖对岸另有五座附带小块田地的木屋，全都在湖的这一端，从史密斯家就可以看见。史密斯家的一个人告诉我，这一带开荒已经开得十分红火，所以他们四年前来到这里，盖起了目前这座房子，不过，他们举家搬来还只有几个月的时间。

我很有兴趣了解，在本国的这一片边疆，拓荒者究竟如何生活。从某些方面来说，来这里定居的拓荒者，承担的风险比闯荡西部的同胞还要多，因为他不光得对付荒野，还得对付严冬，何况他来了以后，不一定能等来后继的大部队，就算是能够等来，等待的时间也会更加漫长。②这里的移民势头好比潮水，一旦卷走了所有的松树，没准儿就会潮退水落，西部移民却不是潮水，而是滚滚向前的洪水，洪水后面还有稳步跟上的公路，以及其他的配套设施。

史密斯家的木屋离湖只有十几杆，地势比湖面高得多，我们走到近处，便看见屋角那些交错搭接的原木，参差不齐地码了几尺高，端头支棱在外面，给人一种颇堪入画的阔绰感觉，跟那种小里小气的板壁大不一样。这是座十分宽敞的低矮建筑，长约

---

① "阿耳戈号"见前文注释。
② 梭罗这么说，是因为十九世纪中叶的淘金热吸引大批美国人前往西部，声势比缅因拓荒浩大得多。

八十尺，里面隔出了许多个大房间。墙缝用黏土封得严严实实，砌墙用的原木粗大浑圆，只有顶面和底面是平的，屋里屋外都可以看得清清楚楚，好似一个个鼓鼓的腮帮子，越往上越小，靠斧子撮合在一起，合起来看就像潘神的排箫①。十之八九，喜好音乐的林中众神还没有抛弃这些原木，因为众神对原木不离不弃，除非它们已经被锯成板子，或者被扒了皮。要我说，这房子的建筑风格在维特鲁威的书里是找不着的②，俄耳甫斯的传记里倒可能有相关的暗示③；这房子压根儿没有你们那些雕花刻槽的柱子，那种柱子透出一种无比虚假的浮华，支撑的仅仅是一截山墙，以及建造者的自我标榜，也就是说，在庸众面前自我标榜；至于说"装饰"，这个词拖着一截僵死的尾巴，各位建筑家用它来形容自己的花架子，倒也算恰如其分④，眼前这房子却没有什么装饰，有

---

① 排箫由逐渐缩短的芦管或竹管编成，古希腊神话说它是山林之神潘的发明。

② 维特鲁威（Vitruvius，前80?—前15?）为古罗马作家及建筑家，著有共计十卷的《建筑十书》（De Architectura）。

③ 根据古希腊神话，传奇乐师俄耳甫斯（参见前文注释）能以音乐令树木和岩石起舞。此外，古希腊神话中还有宙斯之子安菲翁（Amphion）以音乐驱使石头筑起城墙的故事（另一种说法是俄耳甫斯和安菲翁合力以音乐筑城）。

④ 这句话是暗讽美国雕塑家霍雷肖·格里诺（Horatio Greenough，1805—1852）。格里诺是建筑功能主义的先驱之一，认为建筑的形式应当以功能为依归。梭罗曾在《瓦尔登湖》当中如是揶揄格里诺："……本国有一些所谓的建筑师，据我所知，其中至少有一位认为，建筑装饰应该以真理为内核，以必要为尺度，这样才算是美。他狂热地信奉这种观点，把它捧得跟天启一样神圣。照他自个儿的看法，这种观点兴许已经十全十美，其实呢，这也比庸众的艺术见解高明不了多少。他是个扭扭捏捏的建筑改良派，改良建筑不从基础开始，反倒从飞檐入手……但却不曾考虑，房屋的居者该如何撇开花巧的装饰，合理地建造房屋的里里外外。"

的只是苔藓地衣，外加树皮流苏，不需要任何人费心打理。不用说，我们总是把最漂亮的涂料和壁板撇在林中，光知道在城里剥树皮，用铅白①毒害自己。我们掠夺森林，却只得到了它一半的好处。美观起见，还是给我连皮带毛的树吧。这房子的设计与建造，靠的是林地居民那自由挥洒的斧头，用的是大自然自个儿用的圆规曲尺，没借助别的工具。门窗隔断原木的地方，换句话说就是原木无法交错搭接的地方，固定原木用的是特大号的楔子，先在原木两侧挑一个或许长过枝杈的部位，把楔子沿对角线方向砸进去，然后仔细地修齐楔子的上下两端，使它不至于探出原木的弧面，这一来，上下堆叠的原木就像是伸开双臂抱在了一起。这些原木既是立柱又是龙骨，既是隔板又是壁板，同时还是板条、灰泥和钉子，集各种建材于一身。城里人只舍得用一根木条或一块板子的位置，拓荒者用的是整根的树干。这房子带有几个巨大的石砌烟囱，房顶苫的是云杉树皮，窗子的材料则都是从外头运来的，只有窗框除外。房子的一头盖得跟通常的伐木工棚一样，用来安置寄宿的客人，里面照例配有冷杉地垫，以及原木凳子。这样看来，这房子基本类同于一棵空心的树木，类同于熊至今仍在使用的那种住所，因为它也是用树木堆出来的一个空洞，外面还包着原汁原味的树皮。

这房子的地窖是一座单独的建筑，好似一间冰屋，这个季节可以充作冷库，正好搁我们的驼鹿肉。它其实是个贮藏土豆的大坑，只不过带有永久性的顶盖。这里的架构施设，桩桩件件都十

---

① 铅白（white-lead）即碱式碳酸铅，可用作涂料、化妆品及颜料，有毒。

分原始,让人可以一眼看清它们的本源,我们的建筑呢,通常是材质不清不楚,功能也莫名其妙。这里有一座宽大的牛棚,农夫们看了保准儿会夸漂亮,牛棚用的一些板子是拿鞭锯[①]锯出来的,屋子跟前的锯木坑尚未填平,里面积了一大堆木屑。一部分的棚顶铺了足足一尺厚的长条木瓦,为的是应付这里的天气,由此不难想见,他们要应付的究竟是什么样的天气。听人说,驯鹿湖[②]格兰特家的牛棚比这还大,长一百尺宽五十尺,是这一带林中最大的牛棚。想想吧,原始森林里突然出现一座硕大无朋的牛棚,灰色的背脊拱得比树还高!人类为自家的牲畜苦心经营,用枯草和秸秆铺成这样的一个窝巢,做到了松鼠和其他许多野生动物自己为自己做的事情。

这里还有一爿铁匠铺,一看就知道活计繁忙。伐木工地的牛马是在这儿钉掌,木橇等工具所需的一应铁件,也是在这儿修理或打制。接下来的星期二,我在驼鹿头湖陆运段看见别人给一条巴妥船装货,其中包括大概一千三百磅铁条,都是这间铺子订的。于是我油然想到,乌尔坎的行当何等古老,何等荣耀,反观木匠和裁缝,我可没听说哪位神祇干的是这两个行当。[③]不管是在奇森

[①] 鞭锯(whip-saw)又称"坑锯"(pitsaw),是一种两头都有手柄的狭长锯子,通常用于纵向锯解原木,用的时候把原木架在锯木坑里,两人合力拉锯,一人站在坑里,一人站在原木上。

[②] 驯鹿湖(Caribou Lake)在奇森库克湖西南,与奇森库克湖相连。

[③] 乌尔坎是古罗马神话中的火神和金工之神(参见前文注释),古希腊罗马神话当中没有木匠之神和裁缝之神。

库克,还是在奥林波斯①,金工的地位似乎都高于木匠和裁缝,高于其他的所有技工,除此而外,金工家族散布得最为广远,不管他取名"安塞尔"还是"约翰"。②

史密斯拥有沿湖往南两里长半里宽的土地,清理完毕的大概有一百亩。今年他从这块地收割了七十吨英国干草,还从另一块地收割了二十吨,所有干草都供他自个儿的伐木工地使用。他家的牛棚里堆满了压实的干草,并且有一台专门压草的机器。他还有一个种满块根作物的大园子,芜菁、甜菜、胡萝卜、土豆什么的应有尽有,全部都长得特别大。他们说,这些菜蔬在这儿的价钱,跟在纽约不相上下。我建议他们种点儿醋栗③,这东西可以用来做酱料,何况他们没种苹果,种醋栗就显得更有必要。我还给他们演示了一下,这种植物是多么容易找到。

他家门口有一把原始林地常见的长柄斧,长度是三尺半——我那把新做的黑桦尺子用得挺勤的——还有一只满身乱毛的大狗。听他们说,这只狗的鼻子里扎满了豪猪的刚毛,而我可以在此作证,它的神情确实是格外冷峻。拓荒者的狗儿往往摊上这种命运,原因是它必须为自个儿的种族冲锋陷阵,在无意中扮

---

① 奥林波斯(Olympus)是希腊第一高峰,古希腊神话中的诸神居所。

② "金工"的原文"smith"同时也是英美常见姓氏,即"史密斯",铁匠铺的主人正好名叫安塞尔·史密斯。此外,梭罗这句话还暗指约翰·史密斯上尉(参见前文注释),此人远航北美,可以照应"散布得最为广远"的说法。

③ 醋栗(currant)是茶藨子科茶藨子属(*Ribes*,亦称醋栗属)一些植物的通称,这些植物通常是小型灌木,浆果可食。

演阿诺德·温克瑞德①的角色。它若是邀请城里的朋友上这边看看，拿驼鹿肉和无限的自由来做噱头，朋友没准儿会问它一个切中肯綮的问题，"你鼻子里扎的是什么玩意儿？"开初一两代狗儿把敌人的标枪消耗殆尽之后，后继者才能过上相对轻松的生活。我们的父辈，也为我们留下了类似的福祉。依我看，发给许多老人的养老金，并没有任何其他理由，仅仅是为了补偿他们很久以前的苦日子。毋庸置疑，我们的城镇狗儿至今还在抽着鼻子，谈论那些考验狗鼻子的艰难岁月。他们还养了只猫，我可想不出他们是怎么把它带来的，因为猫儿跟我婶婶一样，死也不肯上独木舟。我只是纳闷，它居然没有半道上爬树逃跑，话又说回来，这也许是因为爬树的机会太多，它不知道该怎么选了吧。

二三十个伐木工在史密斯家来来往往，扬基人和加拿大人都有，其中一个名叫阿勒克。隔三岔五，还会有个把印第安人到访他家。冬天里，他家的住客有时可以多达百人。这些人口口相传的小道消息当中，最有意思的一则似乎是一周之前，史密斯家的四匹马儿，总共价值七百块，跑到林子深处不见了。

白松是所有这一切的基础，或者说最高的目标。这是向松树发起的一场战争，也是唯一一场真正意义上的阿鲁斯杜克战争或

---

① 阿诺德·温克瑞德（Arnold Winkelried，?—1386）为瑞士民族英雄，传说他挺身冲向敌人的长矛阵，以致身上扎满了敌人的矛枪。他以牺牲自己为代价把敌阵撕开一个缺口，帮助战友赢得了胜利。

珀诺布斯科特战争[1]。我绝不怀疑，荷马时代[2]的古人过的差不多也是这种生活，因为人类想得多的从来都不是战斗，而是吃食，那时跟现在一样，大家脑子里装的主要是"热面包和甜饼"，更何况毛皮生意和木材生意，在亚洲和欧洲也有悠久的历史。至于说英雄壮举，我倒怀疑它从未成为人类的一个行当。哪怕是在阿喀琉斯的时代[3]，人们照样追捧大号的牲口棚，没准儿还追捧压实的干草，谁名下的牲口价值最高，谁就是最了不起的人物。

我们本打算这天傍晚继续赶路，从一两里外的考孔戈莫克河口上溯，前往约莫十里外的同名湖泊，可我们碰上了几个在考孔戈莫克河边做独木舟的印第安人，他们都是乔的熟人，刚好从那边过来，说那边最近打驼鹿打得太多，眼下很不好打，所以我的同伴们当即决定，不往那边去了。这天余下的时间，还有接下来的夜晚，乔都跟他的熟人混在一起，就这么打发掉了这个周日。伐木工人告诉我，这一带驼鹿很多，但没有驯鹿和鹿，有个从老镇来的人一年就打了十头或十二头，打猎的地方离史密斯家非常近，每一声枪响都传进了他们的耳朵。我估摸这人没准儿名叫

---

[1] 阿鲁斯杜克战争见前文注释，珀诺布斯科特战争泛指英国殖民者和珀诺布斯科特流域印第安人之间的战争。

[2] 这里的"荷马时代"指的是公元前八世纪希腊诗人荷马（Homer）在《荷马史诗》中叙写的时代（不是荷马生活的时代），亦即下文中的"阿喀琉斯的时代"。

[3] 阿喀琉斯（Achilles）是古希腊神话中的大英雄，特洛伊战争中希腊联军的第一勇士。"阿喀琉斯的时代"即古希腊的英雄时代（Heroic Age）。公元前八世纪的希腊诗人赫西俄德（Hesiod）把人类历史划分为五个时代，依次为黄金时代、白银时代、青铜时代、英雄时代和诗人自己所在的黑铁时代。英雄时代以希腊奠基为开端，以特洛伊战争为结束。

"赫剌克勒斯",只不过我觉得,大家听见的应该是他抡棒子的声音[1],话又说回来,赫剌克勒斯无疑也懂得与时俱进,所以现在用上了夏普斯步枪[2],他一身的铠甲,多半都是在史密斯的铺子里制作修理的。过去两年当中,就在这房子视线范围之内,人们射杀了一头驼鹿,还有一头射而不中。由于湖冰早早消融,史密斯家的牲口不得不在林子里过夏,我不清楚他有没有请个诗人来看牲口[3],不过我打算去找我那些又爱写诗又爱放枪的熟人,向他们推荐这份工作。

这天的正餐乏善可陈,照我看最奢侈的内容也只是苹果酱而已,我们带来的驼鹿肉,反倒成为了伐木工们最欢迎的食物。吃完之后,我穿过农场走进南边的森林,然后又沿着湖岸走了回来。我享用了一大块奇森库克林地,又用我全部的感官畅饮奇森库克湖水,以此作为饭后的甜点。林地像雨天的地衣一样清新,一样充满植物的生机[4],并且孕育着为数众多的有趣植物,在这里却被人视同霉菌,得不到任何眷顾,除非它是块白松林地,可它要真是白松林地的话,结局也只是更快地遭到砍伐而已。湖岸全是粗

---

[1] 赫剌克勒斯(Hercules)是古希腊神话中的大英雄,死后成为神祇。他曾经在疯狂之中杀死自己的妻儿,清醒之后希望赎罪,由是按照提任斯国王欧律斯透斯(Eurystheus)的命令完成了十二件极其艰难的任务,世称"赫剌克勒斯十二苦役"。赫剌克勒斯的武器是双手和棍棒,对付的是狮子、九头蛇之类的猛兽和怪物。

[2] 夏普斯步枪(Sharps rifle)是美国人克里斯蒂安·夏普斯(Christian Sharps,1810—1874)设计制造的一种大口径单发步枪。

[3] 根据古希腊神话,掌管音乐与诗歌的太阳神阿波罗(Apollo)曾经触怒主神宙斯,因此被贬下凡尘,为希腊城邦菲莱(Pherae)的国王阿德米托斯(Admetus)放牧。

[4] 地衣是多种真菌和藻类共生的复合体,故有此说。

糙扁平的青灰岩石，往往是一块块的石板，承受着水浪的拍击。岩石和业已褪色的漂木，从岸边排到了枝叶髫髯的林子里，说明湖水有六至八尺的涨落，涨落的原因之一，自然是下游湖口的水坝。他们说冬天来时，这里的平地会积雪三尺，有时还可以达到四五尺，又说湖冰会有两尺厚，连冰层带积雪则是四尺。装在瓶瓶罐罐里的水，现在就已经结冰了。

当晚我们歇宿此地，住的是一间相当舒适的卧房，显然是这里最好的一间。这天夜里一切如常，我只留意到一件不寻常的事情——因为我仍在坚持做笔记，好似打入敌营的间谍——那便是我身旁的人只要一动，薄薄的床板就会嘎吱作响。

这便是一个城镇因陋就简的最初萌芽。他们纷纷议论，有没有可能修一条通往驼鹿头湖陆运段的冬季道路，修这种路要不了多少钱，却可以使他们连上汽船，连上公共马车，连上一整个熙来攘往的外部世界。我简直有点儿怀疑，等湖岸各处变成农地，有了人烟，湖恐怕就不再是现在的这个湖，不再有现在的形态和身份，而且我怀疑，木材探子们报告上去的这些湖泊河流，多半是从来不曾企盼城里人的到来。

看到这种用巨型原木搭建的边疆房屋，看到房子的住户在荒野中坚守阵地，历经几多寒暑，我油然想起泰孔德罗加和王冠角之类的著名要塞，它们都遭遇过值得铭记的围攻。[1] 这种房屋主要

---

[1] 泰孔德罗加（Ticonderoga）和王冠角（Crown Point）是位于纽约的两座要塞。美国独立战争期间，美军于1775年5月10日及12日先后夺取这两座要塞。夺取泰孔德罗加是美军转守为攻的开端。

是人们的冬季居所，所以在眼下这个季节，史密斯的房子看起来已经部分废弃，情形仿佛是冰雪铁桶阵消融之后，要塞的围困有所纾解，要塞里的驻军，自然也相应减员。在我的想象当中，这些住户每天的食物，好比定量配给的军粮（他们本来就把食物叫作"给养"），《圣经》和厚大衣，好比作战用的枪支弹药，而那个在房子周围独自转悠的家伙，则好比军营里值勤的岗哨。这岗哨肯定会要求你对口令，没准儿还会把你认成伊森·艾伦，以为你要以大陆议会的名义，喝令他交出要塞。[①] 这些移民干的是游骑兵[②]的活计，天天都得投入阿诺德的远征[③]。他们完全能够证明，自己几乎时时刻刻出门在外[④]，所以我认为，这些第一代拓荒者都应该领到养老金，比参加过墨西哥战争[⑤]的任何将士更有资格。

---

① 伊森·艾伦（Ethan Allen, 1738—1789）为美国独立战争中的美军军官，率领民兵夺取了泰孔德罗加要塞。要求英军交出要塞之时，艾伦声称这是"以主耶和华和大陆议会的名义"。大陆议会（Continental Congress）是英属北美殖民地在独立战争前夕组建的代表大会，美国国会的前身。

② 游骑兵是北美殖民时期的一种正规或非正规部队，主要担负巡逻及侦察任务。

③ 阿诺德即本尼迪克特·阿诺德（Benedict Arnold, 1741—1801），美国独立战争中的美军军官，1780 年转投英方。他曾于 1775 年率部远征，穿越缅因林地进攻魁北克，但以失败告终。

④ 梭罗赞赏户外劳作，曾在《两河一周》当中写道："你会看见一些粗野壮健、练达睿智的人，他们或是在守卫自家的城堡，或是在赶着牲口驴运夏天采办的木材，或是在林子里独自砍树……一生之中，他们天天都会出门闯荡，绝不只是在一七七五和一八一二年才挺身而出。"这句话里的 1775 年是美国独立战争开始的年份，1812 年则是英美"一八一二年战争"（War of 1812）开始的年份。

⑤ 墨西哥战争是美国和墨西哥之间因美国兼并得克萨斯而爆发的战争，从 1846 年持续到 1848 年。梭罗对这场战争持反对立场。

第二天一早，我们起身返程，划船上溯珀诺布斯科特河，因为驼鹿头湖陆运段上游约二十五里有个地方，正好是两条河汊汇流之所，我同伴想去那附近的一处营地猎鹿。临行之前，主人家回赠了我们一些东西，因为他笑纳了我们带去的四分之一驼鹿。两个从张伯伦湖来的木材探子，也跟我们同时出发。他俩同乘一条桦树皮独木舟，在前方远处的急流中撑篙上溯，两人的身影与森林相映成趣，使得我欣然想到，身在林地，确实该穿红色法兰绒衬衫，哪怕是不为别的，只为让这种色彩与常青树木和水面交相烘托，形成悦目的对比。除此而外，红色还是勘测员的色彩，在任何环境下都比其他色彩醒目。跟来时一样，我们在拉格慕夫溪口停下来吃午餐，只不过这一次，溯溪游荡寻找驼鹿的人换成了我的同伴，乔选择了躺在岸边睡觉，我们不用再担心找不着他了。借着这段空闲，我考察了一下周围的植物，顺便洗了个澡。再次启程没多久，乔便划着船回去拿落在溪口的煎锅，而我们一边等他，一边摘了几夸脱[①]树越橘，准备用来做酱料。

乔居然向我询问，到驼鹿角死水还有多远，着实让我吃了一惊。话又说回来，他虽然对这条河相当熟悉，但却注意到我对里程远近格外上心，身边又带了几张地图。他也好，跟我聊过的大多数印第安人也好，全都搞不清我们的计量单位，没法用这些单位来精确地描述大小或距离。他兴许说得出我们几点钟能到那里，却说不出那里离我们有多远。我们看到了几只木鸭、秋沙鸭和黑

[①] 夸脱（参见前文注释）为容积计量单位，美制一干量夸脱约合一点一升。

鸭①，但在这个时节，这条河上的野鸭并不像我们家乡那条河那么多。来时我们曾惊起一家子木鸭，眼下则又一次惊得它们在前方飞逃。我们还听见了一只鱼鹰的叫唤，声音跟扑翅䴕有点儿相似，不久便看见它停在一棵枯死白松的颠梢附近，枯树戳在我们第一晚宿营的那个岛上，树下是一个低矮狭长的沙岬，沙岬上有一大群斑腹矶鹬②，正围着一具驼鹿尸骸蹦蹦跳跳，叽叽喳喳。接下来好几里的航程中，我们撵得这只鱼鹰不停地逃向前方，换了一根又一根栖木，换一次就发出一声尖叫或尖啸。返程我们逆水行船，划桨不得不加倍卖力，经常还得使上篙子。有时我们得三人合力，站在船上划，因为我们的独木舟很小，负载又很重。离驼鹿头湖还有大概六里的时候，湖北端东面的山峦映入我们的眼帘，下午四点，我们到了驼鹿头湖陆运段。

我们先前碰见的那些印第安人，此时依然在陆运段宿营。他们一共三个人，其中之一是跟我们同乘汽船的那个圣弗朗西斯印第安人，还有一个名叫"萨巴蒂斯"③。乔和那个圣弗朗西斯印第安人，一看就拥有纯正的印第安血统，另外两个呢，显然是印第安

---

① 木鸭即夏鸭，见前文注释；"秋沙鸭"原文为"sheldrake"，这个词通常指鸭科麻鸭属（Tadorna）鸟类，但根据梭罗在本书附录列出的学名"Mergus merganser"，他说的"sheldrake"是鸭科秋沙鸭属常见水禽普通秋沙鸭（common merganser）；根据梭罗在本书附录列出的学名"Anas obscura"，黑鸭（black duck）指的是鸭科鸭属的北美黑鸭（American black duck），学名亦作 Anas rubripes。

② 斑腹矶鹬（peetweet，亦作 spotted sandpiper）为鹬科矶鹬属小型涉禽，学名 Actitis macularius。

③ 据缅因作家及梭罗研究者范妮·埃克斯托姆（Fannie Eckstorm, 1865—1946）所说，这个人是老镇居民萨巴蒂斯·达纳（Sabattis Dana）。

人和白人的混血,但要说他们之间的区别,我能看出来的仅仅是五官和肤色而已。我们在这里把鹿舌做了,充作这天的晚餐,鹿鼻虽然是人们心目中的精华部位,加工起来却特别麻烦,所以我们把它留在了奇森库克,走的时候还在锅里煮着呢。我们还把路上摘的树越橘(*Viburnum opulus*[①])熬了,往果酱里加了点儿糖。伐木工人有时会用糖浆来熬树越橘,阿诺德远征途中也吃过这种果子。我们吃了一路的压缩饼干、猪肉和驼鹿肉,这会儿就觉得树越橘果酱真是好吃极了,树越橘的籽儿虽然特别多,我们三个还是一致认定,它跟普通的越橘一样可口。当然喽,考虑到我们已经养出了一种森林口味,我们这个说法可能得打点儿折扣。树越橘值得种植,好看也好吃。后来在班戈的一个园子里,我确实看到了这种植物。乔说,印第安人管这种植物叫"厄比米纳"(ebemena)。

我们开始张罗晚餐,乔则动手拾掇鹿皮,之前的很大一部分航程当中,这张鹿皮一直是我的坐垫。还在考孔戈莫克河的时候,乔已经用刀子剃掉了大部分的毛,这会儿便在岸上支起两根敦实的丫杈木桩,沿东西方向排开,木桩高七八尺,间距也是七八尺,接着就按八到十寸的间距,在鹿皮的两个侧边拉了一些八到十寸长的口子,把两根木杆从这些口子穿进去,然后把一根木杆架上丫杈木桩,另一根则牢牢拴在木桩底部。他还在鹿皮的头尾两端各挖了几个间距很小的小洞,把头尾两端也绑到木桩上,照例是

[①] 梭罗列出的学名对应的是原产欧亚非的欧洲荚蒾。按照一些植物学家的分类,原产北美的三裂荚蒾(即树越橘,参见前文注释)是欧洲荚蒾的变种或亚种。

用雪松树皮充当绳索。鹿皮就这样绷得紧紧的,而且向北方微微倾斜,为的是让贴肉的一面领受太阳的曝晒,绷好之后的最大长度是八尺,最大宽度则是六尺。鹿皮上有些地方还连着肉,乔便毫不客气地一刀刮掉,把下面的皮亮给太阳。眼下看来,这张皮多少有一点儿霰弹造成的污损。走进这一带的丛林,你会在许多营地里看见绷过鹿皮的陈旧支架。

由于这样那样的原因,我们没有前往珀诺布斯科特上游那个河汊汇流之所,转而决定留在陆运段,我同伴打算当晚顺流而下,沿河打猎。印第安人邀请我们与他们同住,我同伴却想住进陆运段的伐木工棚。这个工棚又憋闷又肮脏,还有股难闻的味道,所以我觉得,如果我们不自个儿搭帐篷的话,倒不如接受印第安人的邀请,他们虽然说同样邋遢,营地却比较敞风透气,更何况跟伐木工人相比,他们不光是好打交道得多,甚至可以说更有教养。这些伐木工人最感兴趣的话题,无非是谁能在陆运段称王称霸,把其他的人"攥在手里",与此同时,从整体上说,他们并不具备任何一种你攥不住的品质。这么着,我们还是住进了印第安人的营地,或者说窝棚。

这天风相当大,所以乔决定后半夜再去打猎,希望到那时风会小一点儿,其他印第安人却认为风不会变小,因为它是从南边刮来的。尽管如此,两个混血印第安人依然是不等我们到达他们的营地,天一黑就到上游猎鹿去了。他们的营地只是个七拼八凑的小玩意儿,倒也已经在原地撑持了几个星期,取的是窝棚样式,敞口开在西面,对着篝火,风向有变的话,窝棚的朝向还可以相应调整。窝棚的骨架是两根丫杈木桩加一根横木,斜搭的橡条从横木伸到地面，棚子的苫盖一部分是旧船帆，一部分是桦树皮，三面都是从棚顶苫到地面，虽然说很不严实，绑扎得也算牢靠。权充床头板的是他们滚到窝棚后侧的一根大原木，地板则是两三张铺开的驼鹿皮，有毛的一面朝上，各色衣物都塞在窝棚的边边角角，要不就塞在棚顶。他们正在熏驼鹿肉，熏肉用的架子正如怀特在一五九二年刊行的德布里《航海总集》当中的描绘[1]，巴西土著把这种架子叫作"boucan"（"buccaneer"一词就是这么来的）[2]，在以前的图版当中，这种架子上常常挂着人肉，跟其他东西一块儿熏。他们的架子是一个长方形的框子，支在窝棚门口，下方照例生着旺火，具体说就是火塘两端各有两根打进地里的丫杈木桩，木桩十分敦实，高五尺，间距四五尺，四根木桩上架了两根横跨火塘的十尺木杆，两根木杆上又横放着一些间距一尺的细木杆，细木杆上挂着一块块切得又大又薄的驼鹿肉，正在经受烟熏火烤，只不过没有挂满，火塘中央的一块地方是空着的。整个儿的驼鹿心脏就挂在架子一角，黑得跟一颗三十二磅炮弹[3]似的。他们说，驼鹿肉得三四天才能熏好，熏好之后至少能放一年。

---

[1] 德布里（Theodor de Bry，1528—1598）为比利时雕刻家及出版商，出版的大多数书籍都是航海见闻，书中附有他自己雕版印制的插图，梭罗此处提及的《航海总集》（即《东西印度航海总集》，*Collectiones Peregrinationum in Indiam Orientalem et Indiam Occidentalem*）也是如此。德布里雕印的一些插图以曾远航北美的英国艺术家约翰·怀特（John White，梭罗写作 With，1540?—1593?）所绘的水彩画为母本。

[2] "boucan"是巴西土著图皮族（Tupi）对一种烧烤架子的称谓，"buccaneer"指十七世纪在西印度群岛劫掠西班牙船只的一些海盗。

[3] 炮弹重三十二磅的大炮是十九世纪英国战舰的常见配备。

不要的肉块扔得满地都是，腐败的程度各有不同，火塘里也有一些肉块，半埋在灰烬之中，烤得嗞嗞作响，跟旧鞋子一样又黑又脏。我起初以为，火塘里这些都是弃物，后来才发现，它们竟然是正在烤制的肉食。火塘边还烤着一块巨大的肋排，一根竖直的尖桩从两根肋条之间穿过，将肋排挑在火上。他们这儿也有一张绷在木杆上晾晒的鹿皮，跟我们那张一样，旁边还有一大堆晒好了的皮。之前的两个月里，他们杀死了二十二头驼鹿，可他们只能消耗很少一部分驼鹿肉，剩下的尸骸便撂在地上了事。一句话，这几乎是我见过的最最野蛮的场景，把我一下子送回了三百年前。窝棚外的一个树桩上备着许多桦树皮火把，形状与直筒的铁皮号角相似，随时可以取用。

我们怕他们的鹿皮不干净，所以把自个儿的毯子铺在上面，这样就完全碰不到了。刚开始只有圣弗朗西斯印第安人和乔在，我们仰面躺下，跟他俩一直聊到午夜。他俩很是健谈，哪怕是在没跟我们聊的时候，也会换用他们自己的语言，两个人继续聊个不停。天刚黑透的时候，我们听见一只小鸟的叫声，乔说这种鸟的夜曲有固定的钟点，据他所知是十点钟。我们还听见雨蛙和树蛙[1]的鸣叫，伐木工人的歌声也从四分之一里外的工棚传了过来。我告诉他俩，我看过一些老书的插图，上面画着用他们这种架子熏人肉的场景，他俩便人云亦云地讲起了莫霍克人[2]吃人肉的传

---

[1] 雨蛙（hylodes）即雨蛙科雨蛙属的十字雨蛙（*Hyla crucifer*），学名亦作 *Pseudacris crucifer*（十字拟蝗蛙）；树蛙（tree-toad）是雨蛙科一些树栖品种的通称。

[2] 莫霍克人是与乔所属的珀诺布斯科特部族敌对的印第安部族，参见前篇相关记述及注释。

说，讲起了莫霍克人喜欢吃哪些部位，如此等等，还讲起了他们跟莫霍克人在驼鹿头湖附近打的一场仗，说他们当时杀死了许多莫霍克人。不过我发现，他俩对本族历史知之甚少，而且很爱听他们祖先的故事，兴致大得无以复加。刚开始我差点儿被烤得逃出窝棚，因为我躺卧的位置紧靠棚子侧壁，热气两面夹攻，从上方的桦树皮棚顶和身侧的棚壁同时袭来，使得我又一次想起了耶稣会传教士经历的磨难，想起了印第安人不惧酷热严寒的传说。我内心挣扎了很长一段时间，一会儿想留在棚子里跟他们聊天，一会儿又想冲到棚外，在清凉的草地上舒展自个儿的身体。就在我即将采取后一项行动的时候，乔要么是听见了我的嘀咕，要么是自个儿也觉得不舒服了，总之他站起身来，出去把篝火搅散了一些。照我看，生这么旺的火是印第安人的习惯——要懂得保护自己。

我躺在那儿听两个印第安人聊天，试着根据手势来猜测他俩谈论的话题，或者是他俩提到的一些专有名词，借此自娱自乐。印第安种族跟我们截然不同，而且相对原始，听一听他们这种未曾变改的语言，便可以得到再醒豁不过的证据。他们这种语言，白人既不会说也听不懂。他们生活的方方面面，几乎都有我们或可察觉的变化和退化，但这种对我们来说不啻天书的语言，到现在还是一如往昔。虽说我找到过那么多的印第安箭镞，他们的语言仍然让我吃了一惊，还让我最终确信，印第安人并不是历史学家和诗人虚构的种族。印第安语言跟红松鼠的叫声一样，是一种十足野性、十足原始的美洲之声，我一个音节都听不懂。当然喽，要是鲍古斯①在的话,他肯定能听明白。这些阿布纳基人东拉西扯,说笑逗乐,用的是艾略特书写印第安《圣经》②的语言,这语言在新英格兰使用了多长的时间,谁能说得清楚?早在哥伦布出生之前,这声音便已在此土的窝棚里响起,时至今日,它依然余响不绝,除了极少数特例以外,他们祖先的语言,对他们来说依然足敷应用。这天夜里,我感觉我站得,确切说是躺得,离美洲大陆的原始人特别近,所有那些美洲大陆的发现者,都不曾比我凑得更近。

他俩聊着聊着,乔突然问了我一句,驼鹿头湖究竟有多长。

我们躺着休息,乔则一直忙着做猎号,试猎号,后半夜打猎的时候好用。圣弗朗西斯印第安人也拿乔做的猎号来玩儿,可他与其说是在吹号,倒不如说是在用猎号喊话,因为他的号声是吼出来的,并不是吹出来的。他似乎是个驼鹿皮贩子,还花两块两毛五买下了我同伴的生皮,照乔的说法,这张皮在老镇能卖两块五。驼鹿皮的主要用途是制作软皮靴,我们遇见的这些印第安人,有一两个就穿着这种靴子。我听人说,根据缅因州新近颁布的一项法令,外国人任何季节均不得在本州猎杀驼鹿,美国白人猎鹿也只能在特定的季节,缅因印第安人则不受季节限制。③有鉴于此,圣弗朗西斯印第安人要求我同伴给张"维格希根"(wighiggin),

---

① 鲍古斯(Paugus)是生活在缅因地区的皮夸基特族(Pequawket,阿布纳基人的一支)印第安酋长,1725年在与白人作战时阵亡。

② 艾略特即约翰·艾略特(John Eliot, 1604?—1690),移居马萨诸塞的英国清教传教士。他致力于向北美印第安人传教,并把《圣经》译成了马萨诸塞印第安语。

③ 据克莱默所说,当时缅因州的法律并未赋予印第安人全年任意猎鹿的权利。

也就是凭据，以便应付检查，因为他是外国人，家住索雷尔①附近。我发现他能把自个儿的名字写得非常工整，"塔蒙特·斯瓦森"。来时我们曾路过驼鹿头湖南端附近的吉尔福德②，镇上有个姓埃利斯的白人老汉③，是这一带最出名的驼鹿猎手，印第安人也好，白人也好，说起他来都是赞不绝口。塔蒙特说这里的驼鹿比纽约的阿第伦达克一带④多，他在那边打过猎，还说三年以前，这里的驼鹿特别多，现在呢，林子里的驼鹿依然不少，可它们已经不到水边来了。半夜是打不着驼鹿的，它们不会半夜出来。萨巴蒂斯回到营地之后，我问他有没有遭到过驼鹿的攻击，他回答说，你不能冲驼鹿连着开枪，那样会激怒它。"我开一枪，打中它的要害，早上去捡就行了，它跑不远的。可你要是不停地开枪，它就会疯狂发作。有一次我连开五枪，枪枪正中心脏，可它就跟没事儿一样，枪子儿没摞倒它，仅仅是使它更加疯狂。"我又问他，猎鹿的时候带不带猎狗，他说冬天带，夏天从来不带，因为猎狗在夏天派不上用场，驼鹿一见猎狗就会飞奔而去，一口气跑上一百里。

另一个印第安人说，驼鹿一旦受惊逃窜，跑一整天都不会停。扑上去的猎狗会吊在驼鹿的嘴唇上，被驼鹿带着一路狂奔，要到被驼鹿甩上树干，才会被撞得掉下来。驼鹿虽然能在四尺厚的积

---

① 索雷尔（Sorel）为魁北克西南部港口城镇。
② 吉尔福德（Guilford）为缅因城镇，得名于在该地出生的第一个白人孩子。
③ 梭罗这里说的是约翰·埃利斯（John Ellis, 1784—1867），此人生平可见《皮斯卡塔奎斯县历史学会资料汇编》(*Collections of the Piscataquis County Historical Society*, 1910) 第一卷收载的《猎手约翰·埃利斯小传》("Sketch of Hunter John Ellis")。
④ 阿第伦达克是纽约州东北部的一座山脉，参见前篇相关记述及注释。

雪里奔跑，遇上"玻璃似的地面"却跑不动，驯鹿倒有在冰面上跑的本事。他们捕猎驼鹿的时候，通常都是看到两三头一起出现。为了躲避蚊虫叮咬，驼鹿会整个儿没到水里，只有鼻子露在外面。这个印第安人有对鹿角，来自他所说的"那种在低地活动的黑驼鹿"。这种鹿的角向两边伸开三四尺。"红驼鹿"则是另外一个品种，"在山上跑"，鹿角向两边伸开六尺。① 这便是他区分两种鹿的方法。他还说，两种鹿的角都会动。② 驼鹿角宽大的板状部分覆着绒毛，驼鹿还活着的时候，这个部分非常软，用小刀都可以拉开。他们会观察鹿角往哪边转动，借此判断吉凶。他搁在自家窝棚里的驯鹿角让老鼠给啃了，不过他认为，不管是驼鹿还是驯鹿，活着的时候都不像有些人一口咬定的那样，角会被别的动物啃咬。后来我在老镇碰见一个印第安人，这个人带了一头熊，还有其他一些缅因动物，准备拿去搞展览。他告诉我，三十年前，缅因的驼鹿还没有现在多。他还说，驼鹿很好驯养，喂过一次就知道再来找你，鹿也好养，驯鹿却跟它们大不相同。这一带的印第安人世世代代跟驼鹿打交道，熟悉驼鹿跟我们熟悉牛差不多。在拉斯列神父的《阿布纳基语词典》③ 当中，不光是公驼鹿（aïañbé）和母

---

① 这个印第安人说的"红驼鹿"（red moose）可能是加拿大马鹿（wapiti, *Cervus canadensis*），这种鹿毛色比驼鹿浅，角比驼鹿大。不过，马鹿角和驼鹿角的形状有明显的区别。

② 驼鹿和马鹿的角都不能动。

③ 拉斯列神父（Father Sébastian Rasles, 1652—1724）为法国耶稣会传教士，曾向缅因地区的阿布纳基人传教，后被英国殖民者杀死。他编写的《阿布纳基语词典》（*Dictionary of the Abnaki Language*）到1833年才得出版。

驼鹿（hè ʻrar）各有专名，连驼鹿心脏中央那块骨头都有单独的名称（!），左后腿也是一样。

这么靠北的地方没有小型的鹿，小鹿在定居点周围比较常见。两年以前，一头小鹿跑进了班戈城，先是一跃穿过一扇价值不菲的平板玻璃窗，接着就蹿过一面镜子，以为镜子里那个是自己的同类，然后又从镜子那边蹿回来，继续闯各式各样的祸，跳过一个又一个围观者的头顶，直到被捉住为止。班戈居民说起它来，用的称呼是"那头逛商店的小鹿"。[1]搞展览的那个印第安人跟我讲到了"伦克苏斯"，也就是印第安恶魔（我认为他指的应该是美洲狮，不是 Gulo luscus[2]），说它是缅因境内唯一一种不怕不行的动物，因为它会跟在人的背后，而且不怕火。他还说，在我们去的那个地方，河狸又变得相当多了，但河狸皮现在卖不起价，打河狸是没钱可赚的。

躺下之前，我把我们那头驼鹿的双耳挂在了火塘上，跟驼鹿肉一起烘干，驼鹿耳朵有十寸长，我想留着做个纪念。萨巴蒂斯却告诉我，我得把耳朵的皮剥下来晾晒，要不然毛会掉光。他还说，有些人拿驼鹿耳朵的皮来做烟草袋，把两只耳朵的皮缝在一起，没毛的一面对着没毛的一面。我问他平常怎么取火，他掏给

---

[1] 根据1850年7月18日缅因报纸《东部邮报》（The Eastern Mail）的相关报道，这头小鹿闯进的是班戈主街上的赫门威及赫西皮草店（Hemenway and Hersey），这家店的玻璃窗每块价值七十五美元。

[2] "印第安恶魔"即美洲狮，见前文注释；"Gulo luscus"即鼬科貂熊属动物貂熊的美洲亚种，学名亦作 Gulo gulo luscus。貂熊是体型最大的陆栖鼬科动物，以性情凶暴著称，能杀死比它大很多的动物。

我看一个圆柱形的小盒子,里面装的是火柴。他同时也带着火石火镰,以及一些潮乎乎的引火朽木,我估计是黄桦的木头。"可是,比方说你们的船翻了,所有这些东西,加上你们的火药,全部都打湿了,那该怎么办呢?""那样的话,"他回答说,"我们就只能等着,到有火的地方再说。"于是我从兜里掏出一支小玻璃管,管子里装着火柴,管口有防水的塞子,然后告诉他,就算是船翻了,我们照样有干燥的火柴可用。听了这话,他直愣愣盯着我的管子,一个字也没说。

我们就这么躺着聊了好一阵子,听他们讲了许多印第安河湖名字的含义,塔蒙特讲得最多。我问他们,驼鹿头湖的印第安名字是什么,乔说是"锡巴穆克"(Sebamook),塔蒙特则念成"锡伯穆克"(Sebemook)。我又问他们,这个名字是什么意思,他们回答说,意思是"驼鹿头湖"。费了好一番唇舌,他们终于弄懂了我的意思,于是便摆出历史语言学者的架势,翻来覆去地念叨这个词,"锡巴穆克"——"锡巴穆克",时不时还用印第安语相互切磋,对比这个词的发音,因为他们的方言与方言之间存在细微的差别。到最后,塔蒙特嚷了一句,"啊哈!我想出来了",跟着就从驼鹿皮上支起身子,一边冲鹿皮上的不同位置指指点点,一边说,"好比这儿有个地方,那儿又有个地方,你从那个地方取水,灌到这个地方,然后呢,水留在这个地方不走了,这就叫'锡巴穆克'。"我明白他是想说,"锡巴穆克"指的是水量不会减少的水库,河从水库的一边流进来,又从很近的地方流出去,形成一个永久的河湾。另一个印第安人说,"锡巴穆克"的意思是"大湾湖",另外两个湖的印第安名字,也就是"锡巴戈"

（Sebago）和"锡伯克"（Sebec）[1]，都跟"锡巴穆克"这个词同宗同族，同样是指大片的开阔水域。乔又说，"锡布依斯"（Seboois）的意思是"小河"。我由此留意到他们那种经常见于著述的特质，也就是缺乏表达抽象概念的能力。脑子里有了模模糊糊的概念之后，他们便搜索枯肠，竭力寻找可以表达这个概念的词汇，结果是徒劳无功。塔蒙特认为，白人之所以把这个湖称为"驼鹿头"，原因是湖边的基尼奥山看着像驼鹿的脑袋，"驼鹿河"[2]得名则是"因为这座山隔着湖直指河口"。[3]一六七三年前后，约翰·乔斯林[4]写道，"距离卡斯科湾[5]十二里的地方，有一个人马皆可到达的湖，印第安人称之为'锡巴格'（Sebug）。湖一端的岸边便是那座著名的山岩，形状玲珑精致，好似一头驼鹿，由此得名'驼鹿

---

[1] 锡伯克湖（Sebec Lake）是驼鹿头湖东南边的一个小湖，锡巴戈湖（Sebago Lake）见下文注释。

[2] 驼鹿河（Moose River）位于缅因州，发源于美加边界，流入驼鹿头湖。

[3] 驼鹿头湖的英文名字"Moosehead"意为"驼鹿头"，原因是这个湖从地图上看像个驼鹿头。这段文字里的"锡巴穆克"（Sebamook）应该是"锡布穆克"（Seboomook）的变体，"Seboomook"这个名字如今属于驼鹿头湖西北边的一个湖。有些学者认为，"Seboomook"就是"形如驼鹿头"的意思，但据缅因州环保部园林土地局发布的《锡布穆克管理计划》（*Seboomook Unit Management Plan*, 2007）所说，"Seboomook"是阿布纳基语，意思是"在大河边或大河附近"。

[4] 约翰·乔斯林（John Josselyn，1638至1675年间在世）为英格兰旅行作家，曾于1638及1663年两度造访新英格兰，并以《新英格兰猎奇》（*New England's Rarities*）及《两游新英格兰航行记》（*An Account of Two Voyages to New-England*）等书记述自己的新英格兰见闻。

[5] 卡斯科湾（Casco Bay）为缅因州南部海湾，前文提及的波特兰港就在这个海湾里。

岩'."① 看样子,乔斯林是把"锡巴戈"跟"锡巴穆克"搞混了,锡巴戈湖比较近②,湖边却没有什么"玲珑精致"的山岩。

我打算再列几个他们提供的词义,且不管这些词义价值几何,我这么做,一部分正是**因为**它们时或与公认的说法相左。在此之前,他们从来没分析过这些词汇。经过耗时费力的思考和翻来覆去的念叨——因为这事情确实劳神——塔蒙特说"奇森库克"(Chesuncook)意为"众河汇入之地"(?),还把汇入此湖的各条河流数了出来,珀诺布斯科特,昂巴茹克斯库斯,库萨贝斯塞克斯,红溪③,等等等等。我问他,"'考孔戈莫克'(Caucomgomoc),这个词是什么意思?"他反问,"那种白色的大鸟叫什么?"我说,"海鸥。""啊哈!意思是'鸥湖'。"乔认为,"珀马达姆库克"(Pammadumcook)意思是"湖底或湖床铺满砾石的湖"。至于说"肯杜斯基格"(Kenduskeag)④,塔蒙特说他不怎么熟悉那条河,于是就问了问,桦树皮独木舟会不会上溯那条河,然后便得出结论,这个词大概是这个意思:"你沿着珀诺布斯科特河上溯,一直走到'肯杜斯基格'和珀诺布斯科特河交汇的地方,然后你会径直驶过,不会去上溯'肯杜斯基格'。'肯杜斯基格'就是这个意思。"

---

① 引文出自乔斯林《两游新英格兰航行记》。
② 锡巴戈湖是缅因州第二大湖及最深湖泊,在驼鹿头湖南边很远的地方,离卡斯科湾比较近。
③ 昂巴茹克斯库斯(Umbazookskus)今名昂巴茹克苏斯(Umbazooksus),库萨贝斯塞克斯(Cusabexsex)今名库萨贝西斯(Cuxabexis),红溪(Red Brook)今名如旧。
④ 肯杜斯基格是珀诺布斯科特河的一条小支流。

(?)不过,后来我们遇见一个比较了解那条河的印第安人,这个人告诉我们,"肯杜斯基格"的意思是"小鳗鱼河"。"马塔瓦姆基格"(Mattawamkeag)是"两河交汇之处"(?),"珀诺布斯科特"(Penobscot)则是"乱石河"。有个作者指出,"珀诺布斯科特"这个名字"原本只代表这条河干流的一个部分,亦即从海潮尽头到老镇上游不远处的河段。"①

后来我们遇见尼普顿的女婿②,一个非常聪明的印第安人,他为我们提供了如下词义:"昂巴茹克斯库斯"(Umbazookskus),草地溪;"米利诺基特"(Millinocket),群岛之地;"阿波利亚卡米古斯"(Aboljacarmegus),平台瀑布(及死水);"阿波利亚卡米古斯库克"(Aboljacarmeguscook),汇入前面这道瀑布所在河段的溪流(他之所以说到这个词,是因为我向他询问"阿波利亚克纳杰希克"是什么意思,可他不知道③);"玛塔哈姆基格",沙溪池;"皮斯卡塔奎斯"(Piscataquis),河的支流。

我问两位主人,马萨诸塞州康科德河的印第安名字"马斯克塔奎德"(Musketaquid)是什么意思,可他们先是把这个词改成

---

① 引文出自斯普林格《林中生活及林中树木》(参见前文注释)。由该书记述可知,"海潮尽头"是指海潮溯河而上的极限,亦即班戈所在的地方。

② 由本篇后文可知,这个尼普顿不是前篇提及的路易·尼普顿,而是约翰·尼普顿(John Neptune,1767—1865),此人是珀诺布斯科特部族的副总督,亦即乔的父亲约翰·埃蒂昂(参见前文注释)的副手。由本书附录可知,尼普顿的女婿名叫尼科莱(Nicholai)。

③ 梭罗在前篇中提到了"Aboljacknagesic"(阿波利亚克纳杰希克溪),亦即汇入阿波利亚卡米古斯瀑布所在河段的溪流,可参看前篇记述。

"马斯克提库克"(Musketicook),然后才反复念叨。塔蒙特说这个词的意思是"死水河",他的说法多半是对的。[①]"库克"(Cook)似乎是指河流,"奎德"(quid)则可能代表地方或土地。我又向他们打听我们那里两个山名的含义,他们说那不是印第安语。塔蒙特说过他是在魁北克做生意,我同伴就问他"魁北克"(Quebec)的词义,因为这个词的含义众说纷纭,莫衷一是。他表示不知道,但还是开始大胆推测。他先是问我们,那种载着士兵的大船叫什么。听我们回答说"战舰",他便说,"好了,当时那些英国船沿河上溯到魁北克,然后就没法再往上走了,因为河道太窄。所以他们只能'go back'(往回走)——'go-back'——'Quebec'就是这么来的。"[②] 我提到他这个说法,为的是让大家看看,他给出的其他词义能有多大的可信度。

深夜里,另两个印第安人两手空空地猎鹿归来,把篝火重新拨旺,点起烟斗抽了会儿烟,喝了点儿烈性的玩意儿,吃了些驼

[①] 在《两河一周》当中,梭罗认为"马斯克塔奎德"意为"草地"。书中写道:"跟梅里迈克河的其他支流相比,这条河从印第安人那里得来'草地河'的名号,似乎是一件合情合理的事情。这条河的大部分河段都在宽广草地之间轻悄流淌,草地上点缀着东一丛西一丛的橡树……"梭罗还曾在《马萨诸塞自然史》("Natural History of Massachusetts",1842)一文中写道:"在梅里迈克河的众多支流当中,唯有康科德河是船夫们心目中的死水河。印第安人称它为'马斯克塔德',亦即'草原河'。"据当代美国学者吕贝卡·布鲁克斯(Rebecca Brooks)《康科德史》(*History of Concord, Massachusetts*)所说,"Musketaquid"为阿尔冈昆印第安语词汇,意为"草原"。

[②] "go back"和"Quebec"发音略有相似,塔蒙特这个说法属于牵强附会。现今的学者普遍认为,"Quebec"源自阿尔冈昆印第安语词汇"Kébec",意思是"河道变窄的地方",原因是圣劳伦斯河在魁北克附近变窄。

鹿肉，然后便尽可能找了块宽敞地儿，往驼鹿皮上一倒。我们就这样过了一宿，两个白人和四个印第安人，肩膀挨肩膀挤在一起。

早上醒来的时候，正下着蒙蒙细雨。同宿的一个印第安人已经裹上毯子，躺到了窝棚外面火塘对过的位置，想必是因为里面太挤。乔忘了把我同伴叫醒，所以我同伴昨夜没打成猎。塔蒙特拿着一把奇形怪状的刀子，正在为他的独木舟做一根横档儿，同样款式的刀具，后来我还看别的印第安人用过。这把刀刀刃很薄，刀身宽约四分之三寸，长八九寸，形状却像个压扁了的弯钩，据他说，这种款式刨东西比较方便。极北和西北偏远地区的印第安人也用着同一种刀子，所以我觉得，它应该出自土著的设计，虽说一些白人工匠也有类似的工具。印第安主人家把一条面包架在一口三脚煎锅的沿儿上，就着篝火烤了当早餐。趁着我同伴煮茶的工夫，我从珀诺布斯科特河里钓来了十几条相当不小的鱼，其中包括两种胭脂鱼和一种鳟鱼。早餐我们是跟他们分开吃的，吃完之后，我们的一个同床伙伴走了过来，他也已经吃过了早餐，但还是应我们的邀请喝了杯茶，末了还抄起我和我同伴共用的大盘子，把盘子舔了个干干净净。话又说回来，这个印第安人的食量可比不了一个白人伙计，后者是一名伐木工人，昨晚一直在没完没了地猛吃印第安人的驼鹿肉，由此成为其他伐木工人的笑柄。看他当时的表现，似乎是以为自己坐上了一桌"吃光光"筵席[①]。大伙儿都说，假以时日，白人终将在印第安人自个儿的行当胜过

[①] "吃光光"是北美印第安人的一种筵席，要求就餐者把摆在面前的东西全部吃完，吃不完就得拿礼物去请别人帮忙。

印第安人,从前面这个例子来看,这句话确实不假。我说不准他夜里干了些什么,可我确实看见,天一亮他就卷土重来,又开始大吃特吃,尽管他为了这一口,得走上四分之一里的路程。

因为下雨,继续待在林子里也没意思,所以我们把一部分给养用具送给印第安人,与他们就此作别。这天刚好有汽船,于是我即刻动身,向湖边走去。

我独自走过陆运段,在湖的北端等船。见我走到近处,一只老鹰,也可能是别的什么大鸟,从岸边的栖木惊起,尖叫着飞了开去。我到了之后,湖边整整一个钟头不见人影,眼前的浩渺烟波,全归我一人独享。汽船尚未在开阔的湖面冒出头来,我便依稀听见了它的声音。汽船靠岸的时候,我突然发现,昨夜出去打过驼鹿的一个同床伙伴也在码头,这会儿穿的是一件干净的白衬衫,配一条挺括的黑裤子,打扮得格外精神,十足一副印第安公子哥儿的模样,显然是特意从陆运段那头赶了过来,打算向驼鹿头湖北岸的所有来客展示自个儿的风采,跟纽约那些专门跑上百老汇酒店台阶亮相的花花公子一样。

渡湖中途,我们接上了两个长相阳刚的中年人,他俩是带着巴妥船上来的,之前六个星期一直在探寻木材,足迹远达加拿大边界,一路都没顾上刮胡子。他俩前些天打到了一只河狸,河狸皮还留着,绷在一个椭圆形的箍子上,虽然说时令不好,河狸皮的品质不怎么样。我跟其中一个聊了聊,跟他说我大老远跑这儿来,部分是为了看看白松,也就是我们盖房子用的东部木料,生长的地方是何光景,只可惜我发现白松难得一见,这一次旅行是这样,前一次去缅因别处的旅行也是这样。接着我问他,到哪里才能看见白松。他微微一笑,回答说无可奉告,只是说他在一个大家都认为白松已经绝迹的地方,找到了数目可观的白松,接下来这个冬天,得用上两拨人马才能砍完。他还说,现在那些号称"尖上拔尖"的树,要是放在二十年前他刚入行的时候,大家连看都懒得看,可是呢,眼下他们就靠那些按当年的标准根本不入流的木材,照样把生意做得风生水起。以前的木材探子检验一棵树是否糟心的时候,下斧子的位置越来越高,一旦发现糟心的部分有人的胳膊那么粗,这棵树就不要了,现在可好,这种树他们照砍不误,锯的时候绕开糟心的部分,就可以做出顶好的板材,因为这样的板材没有裂纹①。

一个在班戈从事木业的人②告诉我,最大的一棵松树属于他的公司,那棵树是去冬砍的,在林中"量出来的"体积是四千五百板尺③,按照老镇班戈木堰④的估算,未加工的原木就值九十块钱。就为那一棵树,他们专门开辟了一条三里半的路。他认为,就眼下的情况来说,在珀诺布斯科特河里顺流而下的白松,主要来自东支和阿拉加什河的源头,也就是韦伯斯特溪、老鹰湖和张伯伦

---

① "没有裂纹"原文为"never shaky",为木业行话,意思是木材内部没有因风吹或霜冻造成的裂纹(shake)。

② 由梭罗1853年9月25日的日记可知,这个人是查尔斯·洛厄尔(参见前文注释)。

③ "板尺"原文为"feet"(英尺),在这里是"board feet"(板尺)的省写。板尺为木材体积单位,一板尺木材即一英尺见方一英寸厚的木材。

④ 早在1818年,马萨诸塞议会(1820年之前,缅因是马萨诸塞的一部分)即已批准成立班戈木堰公司(Bangor Boom Corporation),允许该公司在珀诺布斯科特河上修建木堰,向顺流而下的木材收费。

湖一带①。在属于公众的土地上，大量的木材遭到了盗伐。（你倒是说说看，公众本身，究竟能算哪门子的护林员？）我听说有个人找到一些品质绝佳的树，地点刚好在公共土地的范围之内，所以他没敢请人，自个儿把树给砍了，然后也没使牲口，靠滑轮把这些树滚进了一条河，就这么盗采成功，什么帮手也没用。当然喽，靠这种法子盗采松树，倒不像偷鸡摸狗那么下流。

我们当晚抵达蒙森，第二天乘车前往班戈，又一次赶上全程下雨，不得不略微调整路线。这条路上有一些特别脏的客栈，显然还处于从营地到住房的过渡阶段。

第二天②上午，我们去了老镇。走到老镇河边，我们遇见一个身材瘦削的印第安老者，他认出了我的同伴，一下子高兴得手舞足蹈，跟个法国人似的。我们坐巴妥船渡河上岛③，同船还有个天主教神父。岛上的印第安房屋用的都是框架结构，大多数只有一层，在岛南端排成两排，另有几座分散各处。我数了数，一共有大概四十座房屋，不算教堂，也不算我同伴所说的议事厅。他们的议事厅，照我看就相当于我们的镇公所，但也是框架结构加木瓦苫盖，跟别的房屋没有两样。有几座房屋是两层，外观相当整洁，每一座都有围起来的前院，至少有一座装了绿色的百叶窗。房屋四周，可以看见东一张西一张绷好晾晒的驼鹿皮。岛上没有

---

① 韦伯斯特溪（Webster Stream，亦作 Webster Brook）是缅因北部的一条小河，邻近老鹰湖和张伯伦湖（参见前文注释）。

② 从梭罗的日记来看，这个"第二天"是他们到达班戈的第二天，即 1853 年 9 月 22 日。

③ 即前篇提及的印第安岛，可参看相关记述及注释。

马车道，也没有马蹄印，有的只是人走的小径。地几乎全部荒着，野草倒是四处疯长，本地的外来的都有。外来的杂草多过有用的菜蔬，情形正如他人所说，印第安人光知道效仿白人的恶习，却不知效仿白人的美德。话又说回来，这村子好歹比我想象的干净一些，更比我见过的一些爱尔兰移民村落干净许多[①]。村里的儿童并不是特别地褴褛肮脏，小男孩看见我们就弯弓搭箭，大声叫喊，"交一分钱。"说实在的，如今的印第安人弓都快拉不开了，白人却怀着永无餍足的好奇，一上来就急于见证这门山林技艺。这一根施放羽翎飞镖的柔韧木条，一接触文明便注定弓弦松脱，但依然可以充作象征符号，充作蛮族的盾徽。可怜的猎手种族啊！白人赶跑了他们的猎物，代之以一分钱的钢镚儿[②]。我看见一个印第安妇人，站在河边的岩石上洗衣服，先是把衣服浸到水里，然后捞起来铺在岩石上，用一根短棍捶捶打打。这里的墓园坟头林立，杂草丛生，其中一座竖了块木板墓碑，上面写着些印第安碑文。岛上还有个巨大的木制十字架。

我同伴认识尼普顿总督，所以我们登门拜访，总督住的是一座小之又小的"十尺屋"[③]，差不多是整个岛上最寒酸的房子。说

[①] 梭罗著作中多有贬斥爱尔兰人的文字，背景是爱尔兰在十九世纪四十年代发生严重饥荒（参见前篇关于"土豆瘟"的注释），大批爱尔兰人到美国逃难，新英格兰也有不少，这些爱尔兰移民通常从事体力劳动，生活贫困，受人轻蔑。

[②] 此处"一分钱的钢镚儿"指上文中小孩子讨钱的事情。巧合的是，在本篇首次发表的第二年（1859年），美国开始铸行新的一美分硬币，亦即"印第安人头分币"（Indian Head cent），分币正面的图案是戴着印第安羽冠的自由女神头像。

[③] "十尺屋"原文为"ten-footer"，指面积十英尺见方（约等于九平方米）的小屋，尤指新英格兰农场里一种充当制鞋作坊的小屋。

道公众人物的是非,算不得什么罪过,所以我打算不加修饰,把这次访问的细节公之于众。总督当时还没起床,我们走进他房间的时候,他正在床边坐着。他的房间占去了整座屋子的一半,房间的一角有个挂钟。他身穿一件黑大衣和一条相当破旧的黑裤子,里面是一件棉质的白衬衫,脚上穿了袜子,脖子上围着一条红丝巾,头戴一顶草帽。他满头的黑发仅仅是略见斑白,脸膛非常宽大,五官与我见过的那些自命不凡的本土美国人党①成员截然不同,使人耳目一新,至于他的肤色,倒并不比许多白人老者深。他说他已经八十九了②,可他这个秋天还是会去打驼鹿,跟去年秋天一样。十有八九,他只是去看同伴猎鹿吧。我们看到几个印第安妇人,在屋里躲躲闪闪地走动。总督床上也有个妇人,坐在他的身边,为他的讲述提供必要的协助。这些妇人长得格外丰满,脸蛋光洁圆润,一看就十分开朗和顺。不用说,我们这种备受诟病的气候,并没有抽干她们的脂肪。我们在总督家待了好一阵子,其间一个妇人过河去老镇买了布料,回来就在房间里另一张床上裁裁剪剪,做了一条裙子。总督说,"我还记得,以前的驼鹿比现在大得多。以前它们不住林子里,是从水里跑出来的,各种鹿都

---

① 本土美国人党(Native American Party)是活跃于十九世纪四五十年代的一个美国政党,主要政纲是反对天主教和严格限制外来移民。这个党俗称"啥也不知道党"(Know Nothing Party),因为它起初带有秘密性质,成员往往用"我啥也不知道"来回答外人的问询。

② 尼普顿总督墓碑上写的生年是1767年,此时应该是八十六岁。但据克莱默所说,一些相关资料表明,他有可能生于1764年。

是这样。驼鹿原本是鲸鱼。就在南边的梅里迈克①一带，一头鲸鱼来到岸边，游进了一个浅浅的海湾。大海顾自退走，撇下了岸边的鲸鱼，鲸鱼就干脆上岸，变成了一头驼鹿。人们之所以知道它原本是鲸鱼，是因为它刚刚上岸，还没开始在丛林里奔跑的时候，肚子里压根儿没有肠子，只有——"说到这里他卡了壳，坐在他旁边当助手的妇人，之前就时不时帮他添补词句，或者是随声附和，这时便开口问我，我们管海滩上那种软乎乎的东西叫什么。我回答说，"水母。""没错，"总督接口说道，"没有肠子，只有水母。"

总督说以前的驼鹿长得比现在大，没准儿还真有几分道理，原因是十七世纪之时，身为医师的老古董约翰·乔斯林在缅因的这个地区待了好些年，并且告诉我们，两只驼鹿角的尖端"间距有时可达两英寻"，还特意提醒我们一英寻等于六尺②，又说"（驼鹿）从前蹄尖端到脊背顶端的高度是十二尺，我有些爱起疑心的读者，认为这两个数字都是弥天大谎"。乔斯林还补充说，"任何一种生物都有一些超乎寻常的个体，这些个体恰恰是不容抹杀的证据，向我们揭示了上帝的存在。"③他说的巨型驼鹿，弄得人们信也不是不信也不是，给人们出了一道难题，有甚于伦敦上布鲁

---

① 梅里迈克（Merrimack）为美国东部河流，流经马萨诸塞及新罕布什尔两州，在缅因湾注入大西洋。康科德河为其支流。

② 乔斯林给出的这个数字，显然比前文中塔蒙特说的驼鹿角"向两边伸开三四尺"大多了。

③ 前几处引文均出自乔斯林《两游新英格兰航行记》。

克街的托马斯·斯蒂尔收藏的那个头骨,头骨来自一头贝专纳[①]小公牛,后者显然是又一个**超乎寻常的个体**,因为它"两只角如果沿着角本身的弧线来量,从一只角尖端到另一只角尖端的长度是十三尺五寸,两个尖端之间的直线长度则是八尺八又四分之一寸"。[②] 话又说回来,根据我的观察,人们对驼鹿和美洲狮的个头,通常是低估而非夸大,所以我确实该节录一段乔斯林的文字,以补大众认识之阙。

这次访问的大部分时间里,我们的交谈对象其实是总督的女婿,一个十分通情达理的印第安人,总督则因为年老耳背,所以任由我们把他晾在一边,转而跟他女婿打听他本人的事情。他女婿说,印第安人分为两个政治派别,一派支持建立学校,另一派反对建校,确切说则是不愿跟反对建校的神父唱反调。前一派刚刚选举获胜,在州议会派驻了自己的代表。尼普顿和埃蒂昂,还有他本人,都赞成建立学校。他说,"印第安人要是接受了教育,就能把自个儿的钱看住了。"我们问他,乔的父亲埃蒂昂现在在哪里,他说埃蒂昂虽然很快就要去猎鹿,眼下却肯定是在林肯,因

---

① 贝专纳(Bechuana)是博茨瓦纳(Botswana)的旧名。
② 引文出自瑞士探险家查尔斯·约翰·安德森(Charles John Andersson,1827—1867)撰著的《恩加米湖》(*Lake Ngami*)。恩加米湖是博茨瓦纳卡拉哈里沙漠北边的一个湖泊。托马斯·斯蒂尔(Thomas Steele,1820—1890)为英国军官,曾往非洲探险,曾在伦敦的上布鲁克街(Upper Brook Street)居住。梭罗的引文与《恩加米湖》原文存在差异,主要是把原文的一个复数"horns"(角)写成了单数"horn",由此造成歧义,译文依据的是《恩加米湖》原文。此外,梭罗引文中的直线长度是"8 ft. 8 1/2 in."(八尺八寸半),也与原文不符。

为有个信使刚刚才拿着几份文件，去那里找埃蒂昂签字。我问尼普顿，你们还养不养那种品系古老的狗①。他回答说，"养。"于是我指着一条刚跑进房间的狗说，"可这是一条扬基狗啊。"他说确实是。我又说，这条狗看着不怎么样。他反驳说，"咳，它挺厉害的！"然后就兴高采烈地跟我形容了一番，一年之前，这条狗如何如何逮住一只狼，死死咬住了狼的咽喉。总督穿的是长筒袜，两条腿搭在床沿晃荡，一只非常小的黑色狗崽冲进房间，跑向他的脚边，他便摩拳擦掌地逗弄小狗，叫小狗放胆一试，兴致勃勃地跟小狗玩了起来。照我的记忆，在我和总督的这次交谈当中，再没有发生别的什么重要事情。这是我平生第一次拜访一位总督，然而我并未问他讨要一官半职，所以我说起此事，自然可以畅所欲言。

一个印第安人在一座屋子背后做独木舟，察觉我们走近便停下活计，乐呵呵地抬起头来，向我介绍说他名叫老约翰·英钱②，因为他认识我的同伴。我久闻他的大名，这时便跟他打听，与他同时代的乔·四便士半③近况如何，没承想，唉！四便士半已经不

---

① 梭罗问的这个问题，可参看前篇记述："我们走向最近的一座木屋，十几只长得像狼一样的狗向我们冲了过来，这些狗没准儿是古代印第安狗的直系后代，第一批法裔船户把这种狗称为'他们的狼'，要我说还挺形象。"

② 人名"英钱"原文为"Pennyweight"，是一种英制金衡重量单位，一英钱等于二十分之一盎司，约合一点五克。梭罗紧接着说，"我久闻他的大名"，实际意思可能是他早就听说过这种重量单位。

③ 人名"四便士半"原文为"Four-pence-ha'penny"，是新英格兰地区对一种西班牙小银币的称谓。这种银币价值四点五便士，合六点二五美分，曾在新英格兰地区流通。

再中用。① 我忠实记下了制作独木舟的过程②，心想我不妨当一阵子学徒，学学这门手艺，跟着"老大"去林中寻找桦树皮，就地制作独木舟，最后就划着自个儿的作品，尽兴而归。

巴妥船来接我们走的时候，我在岸边拾起了几块箭镞残片，还有一把断折的石凿，这些东西对现今的印第安人来说，比对我还要新奇。这之后，我依据一些人提供的线索，前往班戈上游三里珀诺布斯科特河转弯的地方，登上老要塞山去寻找一个印第安村镇的遗址③，结果呢，我在火塘的灰烬里找到了又一些箭镞，还有两小块黑黢黢行将粉碎的印第安陶器残片。看样子，印第安岛的印第安人过得相当快活，老镇的白人居民待他们也不错。

我们参观了维齐锯木厂④，厂子就在印第安岛下游一点儿的地方，配备了十六组锯子，其中一些还是排锯，一排十六把，圆锯就不用说了。这边厢，他们正在借助水力，把一根根原木拖上一个倾斜的平台，那边厢，他们正在把薄板厚板和锯好的其他木材

---

① "中用"原文为"circulate"，含义之一是"（货币）流通"。这里的"四便士半"可能是梭罗根据"英钱"这个名字臆造出来的人物，因为"英钱"和"四便士半"都是北美殖民时代的过时事物。

② 梭罗在1853年9月22日的日记里详细记述了制作独木舟的过程，但没有把这些文字收入本篇。

③ 曾任缅因州长的美国政客及历史学家威廉·威廉森（William Durkee Williamson，1779—1846）著有《缅因州史》（*The History of the State of Maine*，1832），其中写到了要塞山（Fort Hill）上的印第安村子，说那个村子于十八世纪初毁于英国人之手，印第安人被迫迁居老镇。

④ 即塞缪尔·维齐（Samuel Veazie，1787—1868）的锯木厂。维齐是当时美国的木业大亨，1853年从班戈独立出去的维齐镇因他而得名。

传送出去,码成一个个木筏。在这家厂子里,树木实实在在遭到了"开膛分尸"①。堆码木筏的时候,他们会使上一些硬木小树基部三尺的树干,树干的端头弯弯曲曲、疙疙瘩瘩,靠这些树干来把板材拢住,具体说就是在木筏四角和侧边钻一些孔,然后把树干戳在这些孔里,用楔子固定好。另一个车间里的人正在用边角料制造栅栏板条,也就是整个新英格兰到处都有的那种东西,我家门前的那道尖桩篱笆,没准儿也是从这里来的。一个少年正在收集锯板子锯下来的长长边子,把边子扔进车间底下的一个料斗,而我惊讶地发现,他归置边子的速度居然跟锯子锯下边子的速度一样快。扔进料斗的边子会被**磨碎**,这样才不会碍事,如其不然,边子就会在车间旁边堆积成山,不光会加重火灾隐患,还可能顺流漂走,阻塞河道。如此说来,这里不光是一座锯木厂,还是一座磨木厂。老镇、止水镇和班戈的居民,铁定缺不了引火的燃料。有一些本地人,完全靠捡拾漂木为生,平常不停地捡,到冬天论柯度②卖。有个地方有个爱尔兰人,专门为这件事情备了一套牲口,请了一个帮手,我看见他捡来的漂木堆成一个个规整的垛子,排满了好长一段河岸,又听说他卖漂木收入不菲,有一次一年就挣了一千二。另一个河边居民告诉我,他搭棚子修栅栏的材料,全都是从河里弄来的。我还发现,这一带居民填坑的时候,常常

---

① "开膛分尸"原文为"drawn and quartered",源自英国古代酷刑"hanged, drawn and quartered"(绞颈开膛分尸)。这是对叛国罪犯施加的一种刑罚,先将犯人绞得半死,然后开膛掏去肚肠,最后分尸。

② 柯度为木柴体积计量单位(参见前文注释)。

用这一类的废弃木头代替沙子,显而易见,木头的价值连尘土都不如。

为了眺望柯塔丁山,我特意爬上班戈西北约两里处的一座山冈,最终也如愿以偿,在此行途中第一次看清了这座山的模样。这一来,我已经心满意足,可以回马萨诸塞了。

洪堡就原始森林写过一个有趣的章节①,然而迄今为止,并没有谁为我讲述,作为我国最古老城镇前身的不羁野林,以及如今我在同一些地方看到的驯顺林地,两者之间有何区别。两种森林的差异,值得我们加以留意。文明人不仅在很大程度上永久改变了新拓土地的性质,耕犁出一片片开阔的田畴,还在某种程度上驯服并耕犁了森林本身。几乎是仅靠身处林中,文明人就影响了林木的本性,造成了其他任何生灵都无法造成的改变。他把阳光和空气,兴许还有烈火,引入了林木立脚的土地,并且在那些地方种上了谷物。森林失去了朴野狂放、潮湿润泽、鬅鬙凌乱的面貌,曾经不计其数的腐朽倒树不知所踪,寄居朽木的厚厚苔藓也随之销形匿迹。跟从前相比,大地显得贫瘠不毛、平整划一、干燥枯槁。沼泽是文明留给我们的最原始所在,那里的云杉依然松萝②垂挂,蓬乱蒙茸。缅因森林的地面,每一处都饱含水分,软如海绵。我留意到,为那边的林子铺墁地板的植物,在我们这边

---

① 洪堡(Alexander von Humboldt, 1769—1859)为普鲁士地理学家、博物学家及探险家,著述众多。根据洪堡著作英译的《自然奇观》(*Views of Nature*)一书于1850年出版,其中一章题为"原始森林动物的夜间生活"("Nocturnal Life of Animals in the Primeval Forest"),亦即梭罗此处所指。

② 松萝(usnea)是梅衣科松萝属(*usnea*)地衣的通称。

通常只在沼泽出现，比如 *Clintonia borealis*、各种玉凤兰和匍匐雪果[1]，如此等等。此外，那边的紫菀主要是 *Aster acuminatus*[2]，而在我们这边，这种紫菀只长在阴湿的林地。*Aster cordifolius* 和 *Aster macrophyllus*[3] 在那边也很常见，都是些颜色浅淡甚或没有颜色的品种，有时候连花瓣都没有。由于伐木工人的存在，我在那边没看见材质柔软、树冠舒展、树皮光滑的次生白松，在那边，就连小白松也长得树皮粗糙、又细又高，一棵也不例外。

缅因的森林，跟我们马萨诸塞的森林有着本质上的不同。在缅因，绝不会有任何事物使你蓦然省觉，你穿行的原野看似荒凉，终归不过是某个村民名下的寻常林地，是某个寡妇承继的三分之一产业[4]，是她祖祖辈辈用木橇拖走燃料的地方，有古老的地契载明这原野的详况，主人手里还有这原野的地图，你乐意找的话，甚至能在这原野中找到一些古老的界标，每隔四十杆就有一个。确实，缅因的地图没准儿会告诉你，你立脚之处是州政府拨给某所学院的土地，或者是宾厄姆的产业[5]，但这些地名进不了你的脑

---

[1] "*Clintonia borealis*"即北方七筋菇，见前文注释；"玉凤兰"原文为"orchis"，见前文注释；匍匐雪果亦见前文注释。

[2] *Aster acuminatus* 即前文曾提及的轮叶紫菀，参见前文注释。

[3] *Aster cordifolius* 即菊科联毛紫菀属草本植物心叶紫菀，学名亦作 *Symphyotrichum cordifolium*; *Aster macrophyllus* 即前文曾提及的大叶紫菀，参见前文注释。

[4] 据克莱默所说，当时的英美法律规定，在亡夫没立遗嘱并有子嗣的情况下，寡妇可以继承亡夫三分之一的个人财产。此外，梭罗曾在《瓦尔登湖》当中写道："人类对这类实验是有兴趣的，虽说有些老太婆会为此惶惶不安，她们或者是老掉了牙，或者是从亡夫那里继承了三分之一的磨坊股份。"

[5] 十八世纪八十年代末，美国富商及政客威廉·宾厄姆（William Bingham, 1752—1804）先后买下了二百万英亩（约合八千平方公里）的缅因土地。

子，因为你眼前一片荒蛮，没有任何事物能让你想起学院，想起宾厄姆。相较于缅因的森林，英格兰的"森林"能算什么？有个作家叙写过怀特岛[①]的景致，说在查理二世时期[②]，"岛上还覆盖着极其完整、极其广袤的森林，以至于有人声称，岛上有那么几处地方，松鼠可以在树顶连续奔跑好多里格，用不着下到地面。"[③]但在缅因，要不是因为河流阻隔（其实河流也可以从河源绕过去），松鼠是可以在树顶横越整片原野的。

迄今为止，我们尚未对原始松林做出公允的评价。我留意到，马萨诸塞新近出版了一本本地学堂使用的自然地理地图册[④]，图册里的北美"林地"，几乎全部集中在俄亥俄和五大湖区的一些山谷，而我们星球上的广袤松林，在其中完全没有反映。举例来说，从这本地图册上看，离我们不远的新不伦瑞克和缅因，情状跟格陵兰一样荒芜。很有可能，在驼鹿头湖南端的格林维尔，那些想必对猫头鹰见惯不惊的学童，会被学堂要求去了解俄亥俄的山谷，以便对森林有个概念，可他们肯定想不明白，家乡有这么多驼鹿、熊、驯鹿、河狸之类的动物，不是森林又是什么。难不成，我们非得让英国人来告诉我们，"北美的美国和加拿大，拥

[①] 怀特岛（Isle of Wight）在英吉利海峡中，为英格兰第一大岛。

[②] 即英王查理二世（参见前文注释）执政时期（1660—1685）。

[③] 引文出自英国艺术家、作家及教士威廉·吉尔平（William Gilpin，1724—1804）撰著的《英格兰西部漫笔》(Observations on the Western Parts of England, 1798)。

[④] 即美国教师及图书馆员科尼利厄斯·卡蒂（Cornelius Cartée，1806—1885）编著的《学堂用自然地理地图册》(A School Atlas of Physical Geography, 1856)。

有全世界最宽广的松林"？^①直到今天，新不伦瑞克的大部分地区，缅因的北半部，毗邻缅因的加拿大国土，更别说还有纽约的东北部，以及一些更加遥远的土地，依然覆盖着几乎绵延不断的松林。

然而，即便是缅因，没准儿也会迅速堕落到马萨诸塞的田地。缅因境内的一大部分土地，业已像我们周遭的大部分地区一样光秃，一样平平无奇，缅因的村镇就更别提了，通常还不像我们的村镇这么荫凉。我们似乎以为，大地必须先接受被绵羊啃掉植被的痛苦考验，然后才适合成为人类的居所。想想纳罕特半岛的遭遇吧，当时我乘着汽船，驶过这个汇聚波士顿所有时髦人物的度假胜地，暮色中看不真切，还以为它跟刚被人发现时一模一样哩。^②一六一四年，约翰·史密斯把纳罕特称为"马塔亨特双岛，两座布满树林、园圃和玉米田的迷人小岛"^③，其他一些人也告诉我们，纳罕特一度林木蓊郁，甚至曾向波士顿供应修建码头所需的木材。现在呢，这半岛种树都很难种活，来这里的游客离去之时，记得的仅仅是都铎先生家的一道道丑陋篱笆，篱笆高达一杆，用

---

① 引文出自苏格兰植物学家、园艺家及作家约翰·劳登（John Claudius Loudon, 1783—1843）撰著的《不列颠乔木及灌木》（*Arboretum et Fruticetum Britannicum*, 1838）第四卷。

② 可参看本篇开头部分的记述："我们迅速把港口诸岛抛在身后，行驶到纳罕特半岛附近。发现者们当年目睹的种种地貌，次第呈现在我们眼前，看上去一如往昔。"

③ 引文出自约翰·史密斯上尉（参见前文注释）的《新英格兰概况》（*A Description of New England*）。

来保护寥寥几棵灌木似的矮小梨树。[1] 你要是造访我们米德尔塞克斯县[2]的各个城镇,又能看到些什么呢?我能看见的无非是一座无遮无掩、赫然耸立的镇公所或教堂,外加一根无叶无果的自由标杆[3]。从今往后,我们连树标杆也得去外地弄木材,要不就得把我们仅有的木棍拼接起来,而我们的自由理念,也会跟拼接的标杆一样贫乏可怜。成排成行的柳树,长到三年就会遭人剪伐,做成燃料或火药[4],每一棵稍微大点儿的松树橡树,或者是其他的林中树木,全都在这代人犹有记忆的短暂时间之内,被人砍了个精光!看情形,投机商贩即将获得允准,可以一朵一朵地出口天空中的云彩,一颗一颗地出口苍穹里的星星。到最后,我们恐怕不得不纡尊降贵,靠啃啮地壳本身来获取养分了。

他们甚至放下身段,开始拿更小的猎物开刀。我听说,最近他们发明了一种机器,可以把佳露果[5]灌木切成碎片,好用来做燃料!然而这些灌木,单是看果子的价值,就已经比本国所有的梨

---

① "都铎先生"即新英格兰冰业大亨、号称"冰王"的弗雷德里克·都铎(Frederic Tudor,1783—1864),《瓦尔登湖》写到了此人在瓦尔登湖采冰的事情。都铎拥有纳罕特半岛的一些土地,毕生致力于在这个没有树木的半岛上种树,还向愿意种树的当地居民免费提供树苗。

② 米德尔塞克斯(Middlesex)是马萨诸塞州的一个县,梭罗的家乡康科德镇在该县境内。

③ 在美国独立战争前夕及期间,北美殖民地城镇(比如康科德)的中心广场往往树有自由标杆(liberty pole),标杆顶上挂着自由帽(liberty cap)之类的自由标志。自由帽是一种顶端弯垂的锥形软帽,在古罗马时期即已成为自由的象征。

④ 柳木炭可以用来制造火药。

⑤ 佳露果(huckleberry)是杜鹃花科佳露果属(*Gaylussacia*)及越橘属(*Vaccinium*)一些植物的通称。

树贵重许多倍。(你要是想知道的话,我可以给你列出最好的三种佳露果。)照这种速度发展下去,肯定会逼得我们大家竭力找补,至少得蓄起一把大胡子才行,好歹掩盖这片土地的裸露丑态,制造一种郁郁葱葱的假象。农夫们动不动就说什么"扫除干净",显然是认为地面穿着衣服,也就是它天然的植被,还不如光着好看,显然是认为农场里野长的树篱,跟**尘垢**没有分别,尽管这对他们的孩子来说,兴许胜过农场里的其余一切。我知道这么个人,此人不光有资格获得"树木冤家"的名号,没准儿还可以把这个名号传给儿孙。看他的所作所为,你肯定会以为他领过神谕,警告他将会被倒下的树木压死,所以他下定决心,必须得先下手为强。新闻记者们觉得,农艺方面的这类"改良",再怎么吹捧都不为过,因为这是个安全的话题,跟吹捧宗教虔诚一样,但说到这类"模范农场"的美,我脑子里浮现的场景,无非是有人在摇新型的搅乳机。① 一般而言,所谓的"模范农场",指的不过是某某人正在大赚其钱的地方,赚钱的手段呢,没准儿只是弄虚作假而已。让先前只长一片草叶的土地长出两片草叶,此等进步还不足以使人超凡入圣。②

---

① 当时的"模范农场"(model farm)主要是就生产率而言。当时的新英格兰农场用上了几种装有曲柄的新型搅乳机,由此提高了奶油的生产率。

② 梭罗此处暗用了爱尔兰作家乔纳森·斯威夫特(Jonathan Swift, 1667—1745)《格列佛游记》(*Gulliver's Travels*, 1726)当中的典故。在该书第二卷第七章,一个国王认为:"哪个人能让先前只长一个谷穗、一片草叶的土地长出两个谷穗、两片草叶,就算是为人类带来了巨大的福祉,为国家做出了不可或缺的贡献,所有的政客加在一起,功劳也没有这个人大。"

话又说回来，回到我们这片平整却依然不乏变化的土地，终归是一件舒心惬意的事情。照我看，作为永久的居所，荒野跟我们这种土地是没法比的，尽管荒野是必不可少的资源和背景，是构建我们整个文明的原材料。荒野实在简朴，简朴得近于贫瘠。局部开垦的乡野，才是曾经滋养并将继续滋养诗人血脉的首要源泉，任何民族的文学，主体都是这一脉诗人的创作。我们这边的树林是田园的，住的是林地居民和村夫，那边的树林却是**荒蛮的**，住的是**野蛮人**。通常意义上的文明人，总有一些通常的观念与挂牵，要是住到那样的地方，最终肯定会憔悴枯槁，就像一株人工栽培的植物，徒然用根须盘绕一块顽固不化的粗糙泥炭。到了极北苦寒之地，航行者不得不跳舞演戏，借此打发时间。我们这边的树林和田野——我这个说法只适用于林木最为翁郁的各个城镇，大伙儿不至于为佳露果发生争执的地方——再加上一片片散布其间却并不喧宾夺主的原始沼泽，或许就是最完美的园林、苗圃、凉亭、小径和游廊，就是最完美的景观地带。这些所在是我们本族艺文的自然产物，是每个村子的公共游乐场，也是每个村子货真价实的天堂乐园，与之相比，那些挖空心思重金打造的精致苑囿，不过是一文不值的赝品而已。或者我应该说，这是我们的园林二十年前**曾有**的模样。诗人走的通常已经是林地居民的路，与伐木工人的路不同。伐木工人和拓荒者比诗人先行一步，扮演的是施洗者约翰的角色；他们兴许以野蜂蜜为食，但也得吃蝗虫[①]；

[①] 典出《新约·马太福音》，其中说基督教圣徒施洗者约翰（John the Baptist）在荒野里传道，"吃的是蝗虫和野蜂蜜"。施洗者约翰是比耶稣"先行一步"的犹太先知，预见了耶稣的降临，后来还为耶稣举行洗礼，由此获得"施洗者"的称号。

他们放逐朽木,以及寄生朽木的绵软苔藓,为诗人营建壁炉,以及一个较比宜人的自然。

但那边还有一些精灵,属于一个更加开明的品系,对这些精灵来说,再怎么简朴也不算贫瘠。那边不仅有堂皇伟岸的松树,还有玉凤兰之类的纤弱花朵,它们通常被形容为娇气得无法栽培,却能从最粗糙的泥炭里汲取养分。这些花朵提醒我们,诗人应该时不时踏上伐木工人的小路,追随印第安人的足迹,深入荒山野岭的幽僻秘境,啜几口未曾品尝、加倍醒神的缪斯之泉①,不光可以获得力量,还可以获得美的体验。

英格兰的各位君王,曾经用森林"来蓄养王家猎物"②,借此满足消遣娱乐及猎取野味之需,有时不惜摧毁整个整个的村庄③,就为了营造新林,或者是扩展旧林。依我看,他们干的这件事情,倒算是受了一种真确直觉的驱遣。既然如此,我们这些摈除了君王威权的人,为何不建立我们的国家保护区,建在那些用不着摧毁村庄的地方,让熊和美洲狮④,乃至猎手种族的一些成员,在那

---

① "缪斯之泉"即灵感来源。根据古希腊神话,希腊有几处文艺女神缪斯(Muses)的圣泉,比如帕纳索斯山(Parnassus)和赫利孔山(Helicon)山上的泉水。

② 据克莱默所说,英国词典编纂家托马斯·布朗特(Thomas Blount, 1618—1679)为"forest"(森林)一词给出的定义是:"一大片受保护的树木,用来蓄养王家猎物。"

③ 1079年前后,英格兰王威廉一世(William I, 1028?—1087)营建了名为"新森林"(New Forest)的王家苑囿,为此摧毁了二十多个小村和农庄。

④ 此处的"美洲狮"原文为"panther",这个词通常是指豹子,在美国则是美洲狮的别称。

197

些地方继续生存,不至于"被文明逐出大地的表面"①,为何不善用我们的森林,不只为蓄养君王的猎物,还蓄养并保护君王亦即万物之主②本身,不为满足无聊消遣或猎取野味之需,只为获取灵感,获取我们真正的重生?难不成,我们应该凶神恶煞,将所有的树木连根刨掉,在我们自己的国土偷猎盗伐?

---

① 引文出自英国作家狄更斯(Charles Dickens,1812—1870)的文章《高贵野蛮人》(*The Noble Savage*,1853)。狄更斯写这篇文章是为了驳斥时人美化印第安人的倾向,文章中说:"我一点儿也不相信'高贵野蛮人'这种说法……要我说,野蛮人就是野蛮人,完全应该被文明逐出大地的表面。"

② 这里的"万物之主"(lord of creation)兼指造物主和人类。

阿拉加什与东支

一八五七年七月二十日，星期一，我由一名旅伴[1]相陪，踏上第三次探访缅因森林的旅程，于次日中午抵达班戈。刚刚走下汽船，我们就在大街上碰见了莫利·莫拉西斯[2]，只要她依然在世，珀诺布斯科特种族便算是气数未尽。我有个熟识珀诺布斯科特人的班戈亲戚[3]，我前两次探访缅因森林都是由他作陪，第二天早晨，他用自己的马车载我去了老镇，为的是帮我请一个印第安向导。

我们在老镇坐上一条巴妥船，渡河前往印第安岛。船夫的儿子带走了系船锁链的钥匙，但身为铁匠的船夫只是稍有踌躇，随即拿一块岩石权充铁砧，用冷錾[4]凿断了锁链。船夫告诉我们，眼下恐怕请不到合适的向导，因为岛上的印第安人几乎全部去了海

---

[1] 这名旅伴是梭罗的多年好友、出身于康科德名门的爱德华·霍尔（Edward Hoar，1823—1893）。

[2] 莫利·莫拉西斯（Molly Molasses，1775—1867）又名玛丽·佩拉吉（Mary Pelagie），是一名富于传奇色彩的印第安女子，约翰·尼普顿（见前文叙述及注释）的情人，据称懂得巫术。

[3] 即乔治·撒切尔，参见前文注释。

[4] 冷錾（cold-chisel）是用淬火钢制成的坚硬凿子，用于切割冷金属（即未经加热软化的金属）。

滨，要不就去了马萨诸塞，原因之一是老镇暴发了天花疫情，他们非常害怕这种疾病①，只不过，老酋长尼普顿还留在岛上。上岛之后，我们首先瞧见的是一个名叫约瑟夫·坡利斯的印第安人，我亲戚管他叫"乔"②，口气十分熟络，因为他还是小孩子的时候，我亲戚就认识了他。他正在自家院子里忙活，双手握着一根棍子，用它刮一张摊在倾斜原木上的鹿皮。他体格敦实，个头兴许算是中等偏上，脸膛很宽，至于他的五官和肤色，照别人的说法都堪称印第安人的样板。他家是一座两层的白房子，装了百叶窗，是我在岛上看见的最漂亮的一座，比得上新英格兰村镇街上的普通人家。环绕房子的是一片园圃和一些果树，园圃里种着菜豆，豆苗之间稀稀拉拉戳着几根玉米秸。我们问他，能不能介绍一个靠得住的印第安向导，陪我们去林子里，我们的打算是从驼鹿头湖前往阿拉加什湖群③，然后从珀诺布斯科特东支返回，途中也可能临时起意，对路线做些调整。他一边继续刮他的鹿皮，一边回答说，"我自个儿就乐意去，我想去打驼鹿"，脸上却是一种漠不关心的古怪神情，在白人面前，印第安人永远是这副神情。短短一

---

① 天花是由欧洲人带到美洲大陆的疾病，曾导致美洲原住民人口急剧减少，因为他们对这种传染病缺乏免疫力。

② 根据 1858 年的印第安岛人口普查结果，约瑟夫·坡利斯（Joseph Polis，亦作 Joseph Porus）生于 1811 年，"乔"（Joe）是"约瑟夫"的昵称。根据缅因议会的相关记录，坡利斯曾多次担任珀诺布斯科特人在缅因议会的代表。

③ 据约翰·海沃德（参见前文注释）《美国地名索引》（*A Gazetteer of the United States*，1843）所说，阿拉加什湖群（Allagash Lakes）是阿拉加什河上众多湖泊的合称，包括前文提及的老鹰湖和张伯伦湖。

两年之前，他兄弟曾经陪我亲戚到林子里去，这时他开口质问，我亲戚到底把他兄弟怎么了，弄得他兄弟一去不回，因为打那以后，他一直没看见他兄弟，也没听见他兄弟的音讯。

说了半天，我们终于把话头转回了更有意思的那个主题。之前我们听船夫说了，坡利斯是个印第安贵族，除了他以外，岛上最出色的印第安人都已经去了别处。船夫还说，坡利斯无疑是眼下最合适的向导人选，可惜他多半不乐意去，就算他乐意去，肯定也会狮子大开口。所以说，本来我们没指望他会陪我们去。

坡利斯起初开价两块钱一天①，最后让到一块五，外加他那条独木舟的船钱，五毛一周。他说他会带上独木舟，坐当晚七点的火车来班戈跟我们会合，还说他绝不食言，叫我们只管放心。这个人肯做我们的向导，我们觉得很是幸运，因为大家都说他为人特别稳重，特别可靠。

这天下午，我跟留在班戈的旅伴一起备办行装，买来了压缩饼干、猪肉、咖啡、糖之类的给养，外加一些橡胶衣物。

我们原本打算去圣约翰河探险，从河源走到河口，或者沿珀诺布斯科特东支上溯，走到圣约翰河的湖区②，然后从奇森库克湖和驼鹿头湖返回。我们最终选择了后一条路线，只不过把去程和回程掉了个个儿，从驼鹿头湖去，从东支回，原因是如其不然，我们就得全程逆水，多花一倍的时间。

---

① 按商品真实价格计算，1857年的一美元相当于2019年的三十点二美元。

② 结合上下文可知，此处"圣约翰河的湖区"就是上文中的阿拉加什湖群，因为阿拉加什河是圣约翰河的支流。

这天傍晚，坡利斯坐火车到了班戈，于是我头前带路，走向四分之三里外的朋友家，他跟在我的后面，桦树皮独木舟顶在头上，因为他没带平常用的搬船工具。这条路我自个儿也不太熟，只能根据地形判断方向，跟在波士顿找路的时候一样。路上我想跟他聊几句，可我跟他搭话，就好比敲击他那条独木舟的船底，引不来什么回应，这一方面是因为他被独木舟压得呼呼直喘，没力气搭理我，但是呢，主要还因为他是个印第安人。我一路东拉西扯，想打开他的话匣子，可他只是含含糊糊地哼哼了一两声，让我知道他还在独木舟底下。

第二天（七月二十三日），公共马车一早就过来接我们。车来的时候，印第安向导已经跟我们一起吃过早餐，并且把行李搁进独木舟，试好了码放的方法。我和同伴各带了一个大背包，两个包都塞得满满当当，我俩还带了两个大胶袋，装的是大伙儿的用具和给养。向导呢，除了斧头猎枪之外，全部的行李仅仅是一张毯子，就那么松松垮垮地拎在手里。不过，他还为这次旅行准备了好些烟草，外加一只新的烟斗。我们把独木舟沿对角线牢牢绑在马车顶上，还往船舷下边垫了点儿毯子，免得独木舟磨坏。车夫很乐意提供方便，看样子是习惯了车顶绑着独木舟，觉得这跟绑着硬纸盒一样平常。

我们在班戈酒店[①]接上一支狩猎队伍，他们一行四人，其中之一是随行的伙夫。他们还带了条狗，一条中等个头的斑纹杂种狗，

---

① 班戈酒店（Bangor House）于1834年开业，为美国早期高档酒店之一，现已改建为公寓。

在马车旁边跟着跑，主人则时不时探出头去，冲着它打个唿哨。可是，马车刚走出三里左右，狗突然不见了，两个狩猎队员赶紧回头去找，载满了乘客的公共马车，只好在原地等候他们。我提醒他们，狗可能是原路返回班戈酒店去了。过了好一会儿，找狗的人回来了一个，另一个还在接着找。这帮猎手一致声明，不找到狗坚决不走，车夫也十分乐于助人，愿意陪他们再等一阵。显而易见，车夫不想失去这么多的乘客，虽然说后者完全可以改坐私家马车，或者第二天再走，坐另一条线的公共马车。这天我们得赶六十多里的路程，暴风雨又即将来临，可我们刚走这么点儿路就停下了。当时我们等在那里，聊狗和狗的本能，一直聊到无话可说，班戈郊区的景色，渐渐刻进我的脑海，到今天依然历历如新。整整半个钟头之后，另一个人终于牵着狗回来了，他撑上狗的时候，狗正在往班戈酒店里走。于是他们把狗拴在车顶，可狗在车顶又湿又冷，一路上好几次往下跳，然后就被勒着它脖子的绳索吊在车边，在我眼前晃悠。他们还指望这条狗帮他们挡住熊哩。这之前，它在新罕布什尔某处挡过一头熊，而我可以作证，它还在缅因挡过一辆车。他们一行四人，多半没有为他们的狗掏一分钱车费，也没有为它逃跑造成的耽误赔偿损失，我们一行三人，却不光付了九块钱的车费，还为老老实实待在车顶的轻便独木舟付了四块。

很快就下起雨来，雨势还越来越大。算上这次，我已经在这条路上走了三次，次次都赶上全天下雨。可想而知，我们看不到什么乡野景致。公共马车全程拥挤，我的注意力更多地交给了同车乘客。你要是朝马车里面瞅一瞅，肯定会以为我们正在闯一帮强盗设下的人关,因为马车前排有四五杆猎枪,印第安向导那杆也在其中,后排也有一两杆,每一杆都被各自的主人当作心肝宝贝,紧紧地抱在怀里。[①]其中一个人的猎枪,装的还是十二粒一磅的大号铅弹。这帮猎手似乎与我们同路,目的地却比我们远得多,他们要去六个星期,从阿拉加什河和圣约翰河顺流而下,然后上溯别的某条河,继而越过国界,前往瑞斯提古什河和沙勒尔湾[②]。他们把独木舟、斧头和给养存在了前路上的某个地方,随身带着面粉,每天都要做新鲜的面包来吃。他们的领队[③]是一个三十岁上下的英俊男子,个子相当高,看上去却不是格外健壮,言谈举止斯斯文文,一身打扮干干净净,跟百老汇大街上常见的那一类人差不多。实际上,从"绅士风度"这个词的通俗意义来说,不管是在这辆马车的乘客当中,还是在我们这一路看见的人当中,这个人都算得上最有绅士风度的一个。他肤色白得跟没晒过太阳似的,又长着一张知识分子的脸,再加上沉静安详的做派,完全可能被人当成一个见过些世面的神学院学生。我在这天的旅途中跟他聊了聊,这才惊讶地发现,他真的是个猎手——之前没发现,是因为他的猎枪藏得比较严实——更叫我惊讶的是,他多半可算是缅因州的首席白人猎手,这一路无人不知他的大

---

① "闯人关"是一种刑罚,可参看本书首篇的相关记述及注释;当时美国的公共马车(比如1827年问世的"康科德大马车")一般有三排座位,依型号不同可载六人、九人或十二人。

② 瑞斯提古什河(Ristigouche)流经加拿大的新不伦瑞克省及魁北克省,在加拿大东南部的沙勒尔湾(Bay of Chaleur)注入大西洋。

③ 即美国狩猎专家海芮姆·刘易斯·伦纳德(参见前文注释)。

名。除此而外，他还在南边和西边的一些州打过猎。后来我听人说，他属于那种饱经风霜劳碌也丝毫不显沧桑的人，不光是使枪的好手，还是个造枪的良匠，从事着枪械师的行当。这年春天，就在这条路上的福克斯克罗夫特[①]，在皮斯卡塔奎斯河的回水湾里，他救下了一名公共马车车夫和两名乘客。当时他乘的公共马车不幸坠河，而他在冰冷的河水中游上河岸，做了个筏子，不顾自己也面临巨大的危险，帮助那三个人脱离了险境，只不过没救下拉车的马匹，车上仅有的另一个会水乘客呢，却躲到最近的房子里防冻去了。现如今，他在这条路上坐车都是免费的。他认识我们的印第安向导，说我们请的是一个不赖的印第安人，还是个不赖的猎手，跟着又补了一句，说我们这个向导据说有六千元的身家。我们的印第安向导也认识他，并且跟我说，他就是"那个了不起的猎手"。

这个猎手领队告诉我，他打猎用的是一种伏击战术，在这一带算是新鲜事物，至少是用得不多。他给我举了个例子，说驯鹿总是反反复复去同一片草地吃草，吃完又走同一条路返回，所以他总是躲在半道，打它们的埋伏。

我们的印第安向导坐在前排，谁也不搭理，神色木讷，仿佛对身边的一切无知无觉。在马车上也好，客栈里也罢，但凡有人跟他搭话，他总是给出那种特异的含糊应答，再一次让我诧异不已。说实在的，赶上这一类的场合，他等于什么也没说，仅仅是

[①] 福克斯克罗夫特（Foxcroft）是皮斯卡塔奎斯河畔（参见前文注释）的缅因城镇，1922年与多佛镇（Dover）合并为多佛-福克斯克罗夫特镇。

像野兽那样动活儿了几下,被动地发出了几声没有意义的咕哝。他在这些时候给出的回答,从来也不是活跃思维的产物,全都像他喷吐的烟雾一样模糊,不招揽任何**责任**,你一琢磨就会醒过味儿来,他没有告诉你任何事情。他这种言谈跟白人惯有的胡吹神侃截然不同,但一样没有内容。大多数人从印第安人口中所得不过如此,因此便宣称印第安人生性木讷。我惊讶地看见,同车的一个缅因乘客居然用一种十分愚蠢、十分粗鲁的方式跟他搭话,简直是拿他当小孩子对待,结果他不理不睬,仅仅是眼睛冒了冒火花而已。后来在一家客栈,一个多喝了几口的加拿大人,长声吆吆地问他抽不抽烟,他含含糊糊地答了一声,"抽。"加拿大人又问,"把你的烟斗借我用一小会儿怎么样?"只见他带着一副神游万里的古怪表情,目光直直地掠过加拿大人的脑袋,回了一句,"我没带烟斗。"但在那天早上,我明明看见他往兜里揣了一个新烟斗,外加够抽一天的烟草。

我们的独木舟虽然小,但却又漂亮又结实,以至于沿途客栈里那些卖弄聪明的闲汉,个个都给出了中听的品评。我在车上看见,路边有一株艳丽的大流苏紫玉凤兰[①],穗状的花序大得跟柳叶菜[②]一样,就长在车轮近旁。我很想下车去采,可这种花卉从不曾留下挡熊的美名,比不了车上那条杂种狗,我要求停车的话,车夫多半会嫌我浪费时间。

[①] 大流苏紫玉凤兰(great purple fringed orchis)即兰科舌唇兰属植物大花舌唇兰,学名 *Platanthera grandiflora*,亦作 *Habenaria fimbriata*。

[②] 柳叶菜属(参见前文注释)植物均为大型草本植物或亚灌木。

晚上八点半左右,我们到达驼鹿头湖边,雨依然下个不停,雨势还大了些。湖畔的空气清新凉爽,雨蛙齐声低吟,蟾蜍竞相高唱,跟我们那边春天的情形一样。这里的时令,仿佛倒退了两三个月,如其不然,便是我来到了永恒春天的住所。

我们本打算立刻进湖,先划个两三里路,然后再找个岛屿扎营,但面对越下越大的雨,我们最终决定去客栈过夜,尽管让我自个儿选的话,我还是会选择露宿野外。

第二天(七月二十四日)凌晨四点左右,天上虽然阴云密布,但我们还是借着熹微晨光,在客栈东家的陪伴下来到水边,站上一块岩石,把独木舟送上了驼鹿头湖的水面。四年前来这里的时候,我们是三个人挤一条相当窄小的独木舟,这次出发之前,我本打算找一条大点儿的,结果呢,眼下这条比上次那条还小。我量了量,这条独木舟长十八又四分之一尺,中段宽二尺六寸半,内部深一尺,至于说它的重量,我估计是在八十磅上下。船是我们的印第安向导不久之前亲手做的,小归小,但却崭崭簇新,再加上它用的是很厚的树皮和肋条,做得又牢固又坚实,多少弥补了尺寸的缺憾。我们的行李重约一百六十六磅,这样算来,独木舟的总载重量是六百磅左右,相当于四个成人的体重。大部分行李照例是搁在船的中段,也就是最宽的部位,我们则在行李前后见缝插针,连腿都伸不直,至于那些零碎的物品,通通塞在了船的两端。这么着,独木舟装得跟菜篮子一样满满当当,就算翻了个底朝天,里面的东西兴许也不会洒出来。向导坐在船尾的一根横档儿上,我们则直接坐在船底,背后垫上木条或木片,免得横档儿硌着我们,大部分的时候,我们中的一个都会跟向导一起划船。照向导的预计,要走到昂巴茹克斯库斯河[①],我们才需要使上篙子,在那之前,一路都是死水或顺水,风向有利的话,他还准备把他的毯子挂到船头当帆使。只不过,我们一直没用上他的这个点子。

之前四天都下了或大或小的雨,所以我们觉得,轮也该轮到好天气了。一开始,湖上刮的是西南风。

静寂的清晨,我们沿着东岸划向前方,不久便在乱石嶙峋的湖滨看见几只秋沙鸭,向导管它们叫"舍柯尔维"[②],以及几只斑腹矶鹬,向导称之为"纳拉米克楚斯"(Naramekechus)。我们还看见了几只潜鸟,听见了它们的叫声,向导把它们唤作"米达维斯拉"(Medawisla),还说它们的叫声是起风的预兆。船桨好似我们的鱼鳍或鸭蹼,起起落落地拍击水面,我聆听着节奏整齐的桨声,意识到我们终于踏上盼望已久的航程,一下子觉得精神一振。之前在公共马车上,在客栈里,我们都感觉自己只是外人,此时却突然宾至如归,领到了尽情享受湖光林景的特权。划过几座离湖南端两三里的岩石小岛之后,我们简短商量了一下接下来的路线,最后决定沿西岸走,原因是西岸背风,要不然风大了的话,我们就到不了基尼奥山。那座山大致是在东岸的中点,但却位于驼鹿头湖最狭窄的部分,如果走西岸,我们多半还可以在那里横渡回

---

① 昂巴茹克斯库斯河是流入奇森库克湖的一条河,可参看前文相关记述及注释。

② "舍柯尔维"原文为"Shecorways"。据美国学者约翰·哈登(John Huden, 1901—1963)《新英格兰印第安地名》(*Indian Place Names of New England*, 1962)一书所说,秋沙鸭的印第安名字是"shecorway",可见梭罗这个"Shecorways"末尾的"s"只表示复数,并不是名字的一部分。

东岸。风是渡湖的最大障碍,尤其是对这么小的独木舟而言。向导说了好几次,他不喜欢"划小不点儿独木舟"渡湖,尽管如此,"照你们的话来讲,大点儿小点儿对我没什么影响"。在以前,如果赶上无风的天气,他有时会沿直线穿过湖心,从糖岛和鹿岛之间划过去。

照地图测算,驼鹿头湖的最大宽度是十二里,直线长度则是三十里,实际的路程还要长些。湖上的汽船船长曾说,他纵贯这个湖的时候,航线长三十八里。我们要走的路线,多半得有四十里左右。向导说,印第安人管这个湖叫"'姆斯帕米'(Mspame),因为它水面宽广"。我们左手边耸立着黑黢黢的印第安妇人山,邻近肯尼贝克河的出口,东边则是向导所说的斯宾塞湾山[①],北边的基尼奥山,此时也已经遥遥在望。

我们在岸边划行,时常听见绿背霸鹟的"哗哗"啼鸣,以及绿霸鹟[②]和翠鸟的叫声,天还这么早,它们就起了身。向导提醒我们,他不吃东西是干不了活的,于是我们登上鹿岛西南方向的湖岸,准备吃个早餐,停船的地方长着许多 *Mimulus ringens*[③]。

[①] 印第安妇人山(Squaw Mountain)今名大驼鹿山(Big Moose Mountain);驼鹿头湖是肯尼贝克河的源头;斯宾塞湾山(Spencer Bay Mountain)即前篇提及的"斯宾塞双山"之中的大斯宾塞山。

[②] 绿背霸鹟(olive-sided flycatcher)为霸鹟科绿霸鹟属鸟类,学名 *Contopus cooperi*;绿霸鹟(wood pewee)指霸鹟科绿霸鹟属鸟类东绿霸鹟(eastern wood pewee, *Contopus virens*)。

[③] "*Mimulus ringens*"即透骨草科沟酸浆属植物蓝花沟酸浆,英文俗名"square-stemmed monkey flower"(方茎猴面花)。

我们拿出装食品的袋子，向导在一根巨大的漂白原木下方生起篝火，烧的是他从一个树桩上扒下来的白松树皮——不过他说，还是铁杉树皮比较好烧——引火则用的是船桦树皮。我们的餐桌是一大块新鲜剥下的桦树皮，反面朝上摆着，餐食则是压缩饼干、煎猪肉和浓咖啡，咖啡里加了许多糖，没加牛奶也不觉有所欠缺。

我们做早餐的时候，来了一窝子半大的黑色牛头鸭①，一共有十二只，它们在离我们至多不过三四杆的地方游来游去，一点儿也没有害怕的意思。我们在岸边停留了多久，它们就在一旁晃荡了多久，一会儿彼此贴近，挤在一个直径十八寸的小圆圈里，一会儿又分头散开，排出一个长蛇阵，十分地慧黠可爱。②然而，即便是它们这么小的生灵，照样在浩瀚的驼鹿头湖拥有自个儿的一席之地，可以在这个大湖的怀抱里畅游，而且我觉得，它们是受这个大湖保护的。

从这里举目北望，前方似乎是一个宽广的湖湾，所以我们有点儿犹豫，不知道是应该改变路线，划到视野中一个岬角的外侧，还是该设法找出一条通道，从岬角和湖岸之间穿过去。我使上了随身携带的地图和望远镜，向导也凑过来看了看，可

---

① "牛头鸭"原文为"dipper"，这个词通常指河乌科河乌属（*Cinclus*）鸟类，但根据梭罗在本书附录列出的拉丁学名"*Fuligula albeola*"，他说的"dipper"是鸭科鹊鸭属的白枕鹊鸭，学名亦作 *Bucephala albeola*，英文俗名"bufflehead"（牛头鸭）。

② 这句话和下一句话的语气略显不连贯，在梭罗当天（1857年7月24日）的日记里，这句话后面还有一句："P.（即坡利斯）说，这些小鸭的妈妈可能被人给杀死了。"

我们始终一筹莫展，既不能在地图上找出自己所在的确切位置，又不能在前方的湖岸找出任何缺口。我问向导该怎么走，他回答说"我不知道"，使得我颇感意外，因为他之前说过，他对这个湖非常熟悉。话又说回来，他好像没来过湖的这一侧。这是个酷热的雾天，路上我们已经闯进过一个小一点儿的类似湖湾，并且成功地粉碎了它的包围，虽说我们不得不越过岛屿和湖岸之间的一道小小沙洲，沙洲的宽度和沙洲上方的水深勉强可容独木舟通行，向导当时还说了一句，"在这儿修座桥，倒是挺容易的。"可是，看眼下的情形，如果我们继续前行的话，肯定会陷在湖湾里脱不了身。好在是没过多久，尽管我们啥也没干，雾气却多多少少散了一点，于是我们看见，北边的湖岸出现了一个缺口，说明前方的岬角属于鹿岛，并不是湖岸的一部分，我们应该走岬角的西边。刚才用望远镜看也浑然一体的湖岸，现在用肉眼就能看清，其中的一段湖岸，比另一段看似与之相连的湖岸远得多，光是看两段湖岸上的雾气，就可以明白这一点，远的那段湖岸依然笼着浓雾，近的一段其实是岛岸，相对而言翠色较深，雾色较浅。两段湖岸之间的断口，十分清晰地呈现在我们眼前，向导立刻说，"我看你们和我应该走那边——我看那边够宽，我的独木舟过得去。"他总是说"你们和我"，一般不说"我们"，而且从来不叫我们的名字，尽管他很是好奇，想知道我们的名字怎么拼写，意思又是什么；我们呢，倒是管他叫"坡利斯"。之前他非常准确地猜出了我们的年纪，并且告诉我们，他今年四十八。

早餐之后，我把煎软了却没吃完的猪肉倒到湖里，弄出一片水手所说的"浮油"①,然后仔细观察,看浮油能扩散多宽,能把泛着涟漪的水面变得多平。向导看了片刻,开口说道,"这东西会妨碍划船,把独木舟粘住。老话是这么说的。"

我们匆匆忙忙地重新装船,将杯盘碗盏散放船头,用的时候好拿,然后便再次启航。我们贴近西岸划行,身旁的湖岸缓缓抬升到相当的高度,到处都密匝匝覆满林木,硬木在其中占了相当大的比例,为比比皆是的冷杉云杉增添了生气,使树色不至于千篇一律。

向导说,我们看见的那种挂在树上的松萝,印第安语叫"柯尔柯尔克"(chorchorque)。于是我们问他,晨间听见的几种小鸟都叫什么名字。这一带相当常见的棕林鸫②,他说叫"阿狄朗夸穆克塔姆"(Adelungquamooktum),还学了学这种鸟的叫声,但他有时也说不上来,我听见叫声且知道名字的某种小鸟叫什么,不过他一口咬定,"我认得本地所有的鸟,我是说这一带。鸟叫声小了我可能分辨不了,可要是看见了的话,我准保能认出来。"

我说我愿意拜他为师,跟他去印第安岛住一阵子,学一学他

---

① "浮油"原文为"slick",指平滑光亮的水面。梭罗的《鳕鱼海岬》(*Cape Cod*, 1865)当中也有相关记述:"丹尼尔·韦伯斯特写有一封信函,记述他在玛莎葡萄园岛附近捕捉蓝鱼的经历,信中他提到这种被渔夫和水手称为'浮油'的平滑水面。他写道:'昨天我们遇见了几处浮油,只要一看到它,我们的船夫就会把船划过去。他说,浮油是蓝鱼咬嚼猎物造成的。也就是说,这些贪吃的家伙冲进了一群油鲱,但油鲱个头太大,一口吞不下去,所以它们就把油鲱咬成小块,这样才好下咽。屠杀油鲱产生的油脂浮上水面,水面就有了浮油。'"

② 棕林鸫(wood thrush)为鸫科森鸫属鸣禽,学名 *Hylocichla mustelina*。

的语言,这样子行不行?"噢,当然行,"他回答道,"很多人都是这么做的。"我又问他,他估计这需要多长的时间,他回答说,一个星期就够了。于是我跟他说,这次旅行期间,我所知的一切我都会告诉他,希望他也能对我知无不言,听了我这个提议,他立刻满口应承。

这里的鸟啭,跟我们那边大体相似,鸣禽包括红眼绿鹃、橙尾鸲莺、棕夜鸫[①]和绿霸鹟,如此等等,但我们全程不曾看见蓝鸟[②],班戈倒是有几个人跟我说过,这一带是没有蓝鸟的。渡湖途中,我们几乎一直能看见基尼奥山,偶尔才会被前方的岛屿或湖岸挡住视线,但天上有一条横亘的云带,遮没了基尼奥山的峰顶,这个湖周围的所有山巅,皆已在同一个高度被云截断。秋沙鸭夏鸭之类的各色野鸭相当常见,在我们前方的水面上冲刺,快得跟小跑的马儿一样,一会儿就没了踪影。

向导向我询问某个英文词汇的意思,说我们中有人用过这个词,我只能根据他的发音,猜测他问的是"reality"(现实)。他还问我"intelligent"(聪明的)是什么意思,发音却是"*interrent*"。我发现他几乎发不出"r"字母的音,总是以"l"音代替,有时又用"r"代替"l"。比如说,他会把"road"(道路)念成"*load*",

---

[①] "红眼绿鹃"原文为"red-eye",应为"red-eyed vireo"的省写,指绿鹃科绿鹃属一种学名 *Vireo olivaceus* 的鸣禽;橙尾鸲莺(redstart)为森莺科橙尾鸲莺属小型鸣禽,与前文提及的杨梅鸟同属,学名 *Setophaga ruticilla*;棕夜鸫(veery)为鸫科夜鸫属鸣禽,学名 *Catharus fuscescens*。

[②] 蓝鸟(bluebird)是北美大陆鸫科蓝鸲属(*Sialia*)多种蓝色鸣禽的通称,美国东部常见的品种是东部蓝鸲(eastern bluebird, *Sialia sialis*)。

"pickerel"（狗鱼）念成"*pickelel*"，"Sugar Island"（糖岛）念成"*Soogle* Island"，"rock"（岩石）念成"*lock*"，如此等等。不过他跟着我念的时候，倒也能把"r"的颤音发得相当准确。[①]

只要能加得上，他总爱在单词末尾加上"um"这个音节，比如把"paddle"（船桨）念成"padd!*um*"，如此等等。我听过一个奇普瓦人[②]发表演讲，这个人本没有调侃的意思，却逗得听众哄堂大笑，因为他在"too"的末尾加了个"m"音[③]，并且翻来覆去、画蛇添足地使用这个词，还把"m"音加重拖长为浑厚洪亮的"m-ah"，仿佛他必须把这么多的方言特色塞进自个儿的话语，才能够减轻他发音器官的负担，补偿他把下巴努来努去、让舌头跑遍嘴里每个角落的劳累，照他自个儿的抱怨，讲英语的时候，他少不了要受这样的罪。他讲的英语缭绕着这么多的印第安口音，散发着这么多我邻居所说的"弓箭味儿"[④]，所以我坚信不疑，他保准儿是觉得，"too"是他发音发得最好的一个词。他这样的发音，听起来又野性又清新，就好像穿松风吟，拍岸涛声。

我问向导，康科德河的印第安名字"马斯克提库克"

[①] 梭罗有法国血统，"r"字母在法语中通常发颤音。梭罗的挚友钱宁曾在梭罗传记《博物诗人梭罗》(*Thoreau: The Poet-Naturalist*，1873)当中写道："亨利（梭罗的名字）念'r'字母的时候发音很怪，带有明显的法国口音。"

[②] 奇普瓦人（Chippeway，亦作 Chippewa）是北美印第安人的一支。

[③] 英文词汇"too"（也）加了"m"音，听起来就与"tomb"（坟墓）相同。

[④] "弓箭味儿"原文为"bow-arrow tang"。梭罗曾在《野苹果》(*Wild Apples*，1862)一文中说，邻家的一个老农夫喜欢用这个短语来形容野苹果，说它们"有一种弓箭味儿"。

（Musketicook）是什么意思。他先是把"Musketicook"念成"Muskéeticook"，用一种古怪的喉音重读第二个音节，然后告诉我，这个词的意思是"死水"。词义确实如他所说，他给出的解释，跟我一八五三年请教过的那个圣弗朗西斯印第安人完全一致。

沙洲岛西南数里，湖岸有个岬角，我们在此登陆，伸伸腿脚，看看花草。我往内陆方向走了几步，便看见一堆余烬未熄的篝火，有人刚刚在这里做过早餐，又看见一张枝叶铺成的床，有人准备当晚在这里歇宿，于是我不光知道这伙人刚刚离开，而且知道他们打算返回，还从床的宽度推知这不是一个人，而是一伙人。不留心观察的人，哪怕走到离这些痕迹不到六尺的地方，没准儿也会视而不见。这里长着一些长喙榛，我此行看见的唯一一种榛树，此外还有 *Diervilla* 和高达七尺的唐松草，后一种植物在湖滨河畔十分多见，以及俗称"红山茱萸"的 *Cornus stolonifera*[①]。向导说，红山茱萸的树皮可以当烟抽，名为"马廓克希基尔"（maquoxigill），"白人没来的时候，我们就抽这种烟草，印第安烟草。"

靠岸的时候，向导总是格外小心，每次都会让独木舟慢慢转到侧对湖岸的角度，生怕它被岩石碰坏，我们上船的时候，他更是千叮咛万嘱咐，绝不允许我们踏进还在岸边的独木舟，要等它

[①] 长喙榛见前文注释；"*Diervilla*"即忍冬科黄锦带属，根据梭罗在本书后文及附录列出的学名"*Diervilla trifida*"，他说的"*Diervilla*"是黄锦带属的丛生忍冬（Bush Honeysuckle），学名亦作 *Diervilla lonicera*；"唐松草"原文为"rue"，可以泛指毛茛科唐松草属（*Thalictrum*）的各种植物，根据梭罗在本书附录列出的学名"*Thalictrum cornuti*"，他说的"rue"是大草地唐松草（greater meadow-rue），学名亦作 *Thalictrum aquilegiifolium*；红山茱萸见前文注释。

完全漂上水面才行，到那时也得轻手轻脚，免得踩裂它的接缝，或是把船底踩出窟窿。他说，得等他招呼我们，我们才能往船里跳。

离开这个岬角不久，我们划过肯尼贝克河的始端，或者说驼鹿头湖的出口，看见了那里的大坝瀑水，听见了那里的瀑水轰鸣，因为即便是驼鹿头湖，照样没逃脱被阻滞的厄运。[1] 划过鹿岛之后，我们看见了从格林维尔开来的小汽船，它行驶在东边远处的湖心，看上去几乎一动不动。有时我们简直觉得，它跟一座长了几棵树的小岛没有区别。到了这个位置，我们得承受横扫整个湖面的风，多少面临着一点儿翻沉的危险。一条大鱼跃出水面，就在我目不转睛盯着鱼跃之处的时候，我们的独木舟进了一两加仑[2] 水，浇透了我的膝盖。好在我们迅速划到沙洲岛的岸边，把船拖过只有几尺宽的沙洲，节省了相当长的一段路程。我们让一个人从一个较比背风的地方率先上岸，再让他绕回来拽住船头，以防岛岸把船碰坏。

到达基尼奥山脚下的狭窄地峡之前，我们在正对驼鹿河口的地方[3] 划过又一个宽广湖湾，完成了一次法裔船户所称的"横渡"，其间发现湖湾里的水浪相当不小。在诸如此类的浩渺湖面，一丁

---

[1] 梭罗这里说的大坝，应该是建于1835年的驼鹿头湖东出口水坝（East Outlet Dam）。此外，"被阻滞"的原文"dammed"（直译为"被筑上水坝"）与"damned"（被诅咒）音形皆近。

[2] 美制一加仑约等于三点八升。

[3] 驼鹿河（参见前文注释）流入驼鹿头湖的地方大致与基尼奥山隔湖相对。但从文中叙述来看，梭罗此时划过的应该是位置更靠南的一个湖湾，湖湾对着的不是驼鹿河，而是驼鹿头湖西出口（West Outlet）。

点儿风就可以掀起足可吞没独木舟的狂澜。从背风的湖滨眺望一里之外的湖面,你可能觉得它波澜不惊,简直可说是水平如镜,视野中就算有几个白花花的浪尖,看上去也比周围的水面高不了多少,可等你划过去再看,却会发现那里波涛汹涌,用不了多久,不等你有时间思考对策,一个浪头已经悄然爬过独木舟的船舷,浇透你的膝盖,好比一头怪兽,特意用它的黏液包住你的身体,好把你吞下去①,又或者,浪头会狠狠地打上独木舟,甚至破船而入。风起得很陡的时候,同样的事情也会发生,哪怕在短短几分钟之前,水面还不见一丝涟漪。遇上这样的情况,什么也救不了你,除非你有游上岸去的本事,因为独木舟一旦倾翻,再爬进去就是不可能的事情。鉴于你直接坐在船底,一点点水虽然算不上什么燃眉之急,却也会造成极大的不便,更别说还会打湿你的给养。有风的时候,我们很少从湖湾一侧的岬角径直划向对过一侧的岬角,沿直线横越湖湾,通常都会稍微绕点儿弯路,沿一条与湖岸曲线大致对应的弧线前进,以便在风力转强时迅速靠岸。

假使风向有利,风力又不是太猛,向导会把毯子挂起来,权充一面斜杠帆②。依靠这种方法,他可以轻轻松松掠过湖面,在一天之内纵贯驼鹿头湖。

向导在一侧划桨,我们中的一个在另一侧划,好让独木舟保持平稳。想换手的时候,向导就会招呼一声,"去那边"。我们问

---

① 据克莱默所说,西方一些早期博物学著作把红尾蚺(参见前文注释)称为"怪兽"(monster),说它会用黏液包裹猎物的身体,为的是帮助消化。

② 斜杠帆(spritsail)是一种靠一根桅杆和一根斜搭帆杆支撑的四角纵帆。

他有没有翻过船,他坚称他自个儿从来没弄翻过,但可能碰上过被别人弄翻的情形。

想想吧,我们这条蛋壳一般的小独木舟,在这个烟波浩渺的大湖里颠簸辗转,在翱翔湖上的老鹰看来,不过是一个微乎其微的黑点!

我们划桨的时候,我同伴开始拖钓鳟鱼,向导却警告他,湖里有非常大的鱼,大鱼没准儿会把船掀翻,于是他答应向导,一旦有鱼咬钩,他就会立刻把钓线交到船尾,让向导来处理。除了鳟鱼之外,我听说这湖里还有江鳕和白鲑①,如此等等。

横渡这个湖湾的时候,黑黢黢的基尼奥山在我们前方巍然耸立,离我们只有两三里。见此情景,向导讲起了那个老掉牙的传说,说这座山在远古时代是一头母驼鹿,那时有一位了不起的印第安猎手,名字我记不得了,历尽千辛万苦,终于杀死了驼鹿族的这位女王,母鹿的幼崽呢,也在珀诺布斯科特湾②的某座小岛被人杀了。他还说,在他的眼里,这座山到现在依然像一头侧卧的驼鹿,山边的断崖则呈现驼鹿头的轮廓。这传说没什么意思,可他仍然絮絮叨叨讲了半天,显然是对它深信不疑,讲完还问我们,照我们的估计,那位猎手是怎么杀死这么大一头驼鹿的,换作是我们的话,我们又会怎么下手。我们回答说,可以开一艘战舰过

---

① 江鳕(cusk)为鳕科江鳕属鱼类,是仅有的一种长得像鳕鱼的淡水鱼,学名 *Lota lota*;"白鲑"原文为"white-fish",是鲑科白鲑属(*Coregonus*)和柱白鲑属(*Prosopium*)各种鱼类的通称。

② 珀诺布斯科特湾(Penobscot Bay)即珀诺布斯科特河入海处的海湾,是缅因湾(Gulf of Maine)的一个部分。

来，用舷炮冲它来一通齐射，等等等等。讲这种故事的时候，印第安人总是劲头十足，仿佛是觉得故事十分精彩，值得大讲特讲，可惜又讲不出什么名堂，所以只好拖长声调，拉长篇幅，讲个没完没了，然后摆出一副目瞪口呆的惊叹神情，希望这可以感染听众。

穿过波涛汹涌的水面，我们又一次靠近陆地，然后便在这个湖最狭窄的部位直线横渡，划向湖的东侧，很快就到了斜对基尼奥山背风面的位置，南距基尼奥山客栈①一里左右。时将正午，我们已经划了约莫二十里。

我们决定在这儿逗留过夜，于是沿湖岸向北划了半个钟头，寻找合适的扎营地点。其间我们一度把所有行李搬上了岸，结果是白费工夫，因为那地方石头太多，坑洼不平，寻找过程当中，我们还初次尝到了驼鹿蝇②的厉害。往北划出半里之后，我们钻进山边的云杉冷杉林子，在黑得好似地窖的丛莽里走了六七杆，这才找到一块够宽够平可容我们躺下的地方，要躺下还得先砍掉几丛灌木。其实我们铺床只需要一块七尺长六尺宽的平地，再就是得在离床四五尺的地方弄个火塘，火塘的地面平不平都无所谓，但在这一带的林子里，这么点儿地方也并不总是那么好找的。印第安先导走在头里，用斧子开出一条从岸边通往营地的小路，接下来，我们把全部的行李搬到营地，支好帐篷铺好床，以便抵挡

---

① 基尼奥山客栈（参见前文注释）位于基尼奥山南麓，建于 1848 年，几经兴废，于 1995 年彻底拆除。

② 驼鹿蝇（moose-fly）指的是双翅目虻科（Tabanidae）昆虫。这类昆虫叮咬吸血，因叮咬对象不同而得"鹿蝇"（deer-fly）、"牛虻"（buffalo-fly）、"马蝇"（horse-fly）、"象蝇"（elephant-fly）等多个异名。

看天色多半会来的恶劣天气，做好过夜的准备。向导弄来一大抱冷杉枝丫，然后一根根掰断，说这是最好的铺床材料，不过我心里暗想，还有个原因是冷杉枝丫最大，收集起来最为便捷。之前下了四五天或大或小的雨，木头比平常还要潮湿，但他还是从一棵枯死倒伏的铁杉底侧弄来了生火用的干树皮，他说，他次次都能找到这种东西。

这天中午，他老是在琢磨一个法律问题，于是我告诉他，不妨请教我这位身为律师的同伴①。事情大概是他最近在跟人商谈买一块地（我记得是一百亩），但这桩买卖多半会引起纠纷，原因是另一个人从中作梗，自称已经买下了那块地今年出产的牧草。眼下他想要知道，草究竟该算谁的，我同伴告诉他，如果那个人能够证明，买草的事情发生在他买地之前，草就归那个人所有，不管他知不知情。听了这个回答，他别的没说，只是念叨了一句，"奇怪！"他把这件事情翻来覆去捋了好几遍，背倚着一棵树，一副从长计议的架势，似乎这个话题不聊个水落石出，他就不会再跟我们聊什么别的。可他始终没理出任何头绪，我们的每一次解释都只能使他回到起点，再一次感叹白人的制度为什么这么奇怪，我们无法可想，只好放弃了这个话题。

他说他在老镇上游有五十亩地，种的是牧草土豆之类的作物，他自己家的房前屋后，也种了同样的一些庄稼。他还说，他很多活计都是请人来干，比如说锄地，而且不欢迎印第安帮工，更喜欢请白人，因为"他们干活踏实，知道该怎么干"。

---

① 梭罗的旅伴霍尔出身于律师家庭，本人也是律师。

吃过午餐，为了避开攀爬岩石倒树的麻烦，我们先是坐进独木舟，沿湖岸划回南边的山麓，然后才上岸步行，沿断崖的边缘登山。正在这时，阵雨噼里啪啦兜头打落，向导赶紧钻到独木舟下面，我们因为穿了橡胶雨衣，所以继续前行，观察山上的植物，并且打发他回营地躲雨，天快黑的时候再划着船来接我们。鉴于午前也下了一点儿雨，我们断定这会儿下的是天气转晴之前的收场雨，事实也的确如此，可我们的双脚和双腿，还是被灌丛蹭得精湿。攀山路上，云层稍稍消散，壮丽的荒野呈现眼前，波涛汹涌的广阔湖面，携着它身披绿装的无数岛屿，向南北两边伸展到视线之外，无边无际的森林翻起绿浪，从四面八方的湖岸涌向远方，像黑麦地一样密密层层，包围了一座座连绵起伏的无名山峦，纵目西望，视线掠过一座大岛，所见尤为壮观，那是一片十分遥远的湖面，虽说我们当时并不知晓，那也是驼鹿头湖的一部分：一开始只是一道透出岛上树梢的断续白线，好似一顶顶干草帽[①]，等我们渐次登高，断线便连成一个湖泊。我们还看见了西边更远处的一座山，离我们大约二十五里，靠近珀诺布斯科特河源，似乎是地图上标的"秃山"[②]。眼前所见，真是个十全十美的林中湖泊。可惜这美景转眼消逝，因为雨尚未彻底下完。

---

① 干草帽是用来遮盖干草垛的帆布雨篷，可参看前篇记述："田地里有一小堆一小堆的菜豆或玉米，上面盖着防雨淋的白色干草帽，这样的一种景象，我还是头一回看见。"

② 基尼奥山大致是东西走向，山西北边的大岛是农场岛（Farm Island），再往西去的"秃山"（Bald Mountain）邻近美加边界，今名"边界秃山"（Boundary Bald Mountain）。

放眼南方，天空一片阴沉，山峰顶戴云冠，大部分湖面风雨交加，水色幽暗，但在糖岛北边一点儿，离我们六到八里的地方，湖面却映照视野之外的遥远穹苍，将来自另一个纬度的一抹亮蓝，透过雾气反射到我们眼前。由此可见，这个湖南端的格林维尔，此时多半是丽日蓝天。身处湖中山顶，该向何处寻觅晴好天气的最初征兆？看样子不该望天，应该去看湖面。

隔着"毛毛雨"[①]，我们又一次两眼昏花，看到一座顶了几根光杆儿高树或残桩的岩石小岛，便以为它是那艘带烟囱的汽船，好在它半个钟头没有挪窝，使我们最终摆脱错觉。人类的作品，跟大自然的作品真是相像。驼鹿完全可能把汽船当成一座浮岛，要等它听见汽船排汽或者鸣笛，才会被这个东西吓一大跳。

我要是想看某座山或其他景物的最佳姿态，就会趁天气恶劣的时候出发，这样的话，云收雨霁的时候，我已经身临其境。这种情形之下，我们自身最有赏景的兴致，大自然也最为容光焕发，最使人精神振奋。刚收住泪水的眼睛里，浮现的是世间最美的晴天。

在一八三八年的缅因地质学报告[②]当中，杰克逊如是描述这座山："可充燧石的角岩遍布本州各处，成因是暗色岩作用于硅质板

[①] "毛毛雨"原文为"drisk"，是梭罗从绰号"内德大叔"（Uncle Ned）的马萨诸塞州普利茅斯镇克拉克岛（Clark's Island）居民爱德华·沃森（Edward Watson）那里听来的俚语。梭罗曾在1851年7月29日的日记中写道："下午我冒着蒙蒙细雨，也就是内德大叔所说的'drisk'，坐船前往三里外的普利茅斯。"

[②] 即杰克逊《缅因及马萨诸塞两州公共土地第二份年度地质学报告》（参见前文注释）。

岩①。驼鹿头湖边的基尼奥山,是已知世界上最大的角岩,这座山高出湖面七百尺,似乎纯由角岩构成。我在新英格兰各地都见过印第安人用这种角岩制作的箭镞、短斧和凿子,如此等等,这些器具的原材料,多半是这一带的土著居民从基尼奥山采来的。"这种材质的箭镞,我自己也找到了几百个。角岩通常是铅灰色,杂有白色斑点,经受日晒风吹,则变为纯然一白,破裂时断口呈贝壳状,形成一道参差不齐的锐利边缘。在这座山上,我看到了一些直径超过一尺的贝壳形凹坑。我拾起一小片薄薄的角岩,发现它边缘十分锋利,便拿它当把钝刀使,想试试它的威力。我把一棵一寸粗的杨树苗扳弯,用石片拉了又拉,生生地拉断了这棵树苗,只不过与此同时,我自个儿的几根手指也惨遭重创,被石片的背侧拉出了深深的口子。

基尼奥山的断崖是这个山丘半岛最特异的名胜,构成了半岛的南壁和东壁,据记载高达五六百尺。我们从断崖顶上俯瞰下方,差点儿没纵身跳向下方的湖水,或是跳向连接断崖和湖岸的狭窄地峡,跳向地峡上那些看似低矮的树木。这是个危险的地方,可以考验你神经是否坚强。据霍奇所说,这道断崖深入水下,"垂直延伸了九十尺"②。

在这座山上,最吸引我们注意的植物包括:山委陵菜

---

① 角岩(hornstone)是一种变质岩,亦称角页岩。暗色岩(trap rock)是一种火山岩。板岩(slate)也是一种变质岩。

② 引文出自杰克逊《缅因及马萨诸塞两州公共土地第二份年度地质学报告》收载的霍奇(参见前文注释)报告。

(*Potentilla tridentata*)，它繁茂地生长在山脚湖边，这时节还在开花，虽说在我们那个纬度，它通常只在山顶出现；垂挂断崖的野兔铃，看起来煞是美丽；熊果；加拿大蓝莓（*Vaccinium canadense*），它与我们那边最早熟的 *V. pennsylvanicum* 相似，但长着全缘的叶子，茎干和叶子都毛茸茸的，我在马萨诸塞没见过这个品种；*Diervilla trifida*；*Microstylis ophioglossoides*，我们前所未见的一种兰科植物；野冬青（*Nemopanthes canadensis*）；刚开花不久的大圆叶玉凤兰（*Platanthera orbiculata*）；长在山顶的 *Spiranthes cernua*；簇莓，山脚果青，渐高渐红，山顶红透；以及一丛一丛的 *Woodsia ilvensis*，这是种小型蕨类，眼下正在结果。① 除此而外，我还收到过别人在这座山上采集的 *Liparis liliifolia*②，或者说"双叶兰"。③ 看过了山上的美景，天气也彻底放晴，我们便

---

① 山委陵菜（mountain cinquefoil）指蔷薇科银莓草属唯一物种银莓草，学名今作 *Sibbaldiopsis tridentata*；野兔铃即圆叶风铃草，参见前文注释；熊果（bear-berry）为杜鹃花科熊果属灌木，学名 *Arctostaphylos uva-ursi*；加拿大蓝莓见前文注释；"*V. pennsylvanicum*" 即杜鹃花科越橘属灌木矮丛蓝莓（lowbush blueberry），学名亦作 *Vaccinium angustifolium*；"*Diervilla trifida*" 即丛生忍冬，参见前文注释；"*Microstylis ophioglossoides*" 即兰科沼兰属植物单叶沼兰，学名今作 *Malaxis unifolia*；野冬青（wild holly）即冬青科冬青属灌木山冬青，学名今作 *Ilex mucronata*；大圆叶玉凤兰即圆叶舌唇兰，参见前文注释；"*Spiranthes cernua*" 即兰科绶草属植物垂花绶草；簇莓即加拿大草茱萸，参见前文注释；"*Woodsia ilvensis*" 即岩蕨科岩蕨属植物岩蕨。蕨类植物不结通常意义的果实，这里的"结果"应指长出了孢子囊。

② "*Liparis liliifolia*" 即兰科羊耳蒜属植物百合叶羊耳蒜。

③ 根据梭罗的日记和本书附录，向梭罗赠送羊耳蒜标本的是他的友人乔治·布拉德福德（George Bradford，1807—1890）。

开始往山下走。下山路上,我们碰见了来找我们的向导,只见他呼呼直喘,上气不接下气,刚走完约莫三分之一的上山路程,却觉得他已经接近山顶,还说爬山爬得他无法呼吸。依我看,他的疲乏之感应该跟迷信有关,兴许他认为,自己是在一头巨型驼鹿的背脊上爬。据他说在此之前,他从来没爬过基尼奥山。到了独木舟跟前,我们发现,我们在山上游逛的时候,他钓来了一条重约三磅的湖鳟[①],是从二十五或三十尺的深水里钓来的。

回到营地,我们把独木舟拖上岸来,反扣在地,再压上一根原木,免得它被风吹跑。向导砍来几根潮湿腐朽的粗大硬木,把它们塞到火堆里闷烧,好维持篝火整夜不灭。湖鳟就着篝火煎了,充作这天的晚餐。我们的帐篷用的是薄棉布,尺寸相当小,跟地面一起组成一个后端封闭的三棱柱,长六尺,宽七尺,高只有四尺,所以我们哪怕是在帐篷中央,还是有点儿坐不直身子。搭帐篷的材料还包括两根丫杈木桩,一根光滑的顶杆,外加十几枚帐篷钉。这帐篷能够屏风隔露,抵挡不出格的雨水,足可满足我们的需要。就寝之前,我们或是头枕自个儿的行李,斜倚在帐篷里,或是坐在篝火旁边,篝火跟前架了根杆子,上面挂着我们的湿衣服,以便趁夜烤干。

入夜时分,我们坐在那里,透过昏暝的林子张望远处,正在这时,向导听见了一个声音,说那是蛇的动静。我请他学给我们听一下,他便发出一种低低的哨声,重复了两三次,"啡嘚"——"啡嘚",多少有点儿像雨蛙的鸣叫,只不过没那么响。我问他蛇

[①] 湖鳟(lake trout)即鲑科红点鲑属鱼类突吻红点鲑,学名 *Salvelinus namaycush*。

是怎么发出这种声音的,他说他从没有当场看见蛇发出这种声音,但是他每次循声而往,看到的都是一条蛇。这种声音,据他后来所说,预示着雨水将临。之前我选定这个宿营地点的时候,他就说这里有蛇,他亲眼看见的。当时我回答说,有蛇也伤不着咱们,于是他说,"对,是伤不着,你说得没错。我无所谓的。"

向导选择躺在帐篷右侧,说他有只耳朵是半聋的,躺下时得让好使的那只耳朵朝上。我们躺在帐篷里的时候,他问我听没听过"印第安唱"①。我说我听得不多,问他能不能赏个薄面,唱首歌给我们听。他欣然应允,然后便换成仰卧的姿势,毯子依然裹在身上,开始用他自己的语言吟唱,歌声节奏缓慢,略带鼻音,却不失悦耳动听,多半是天主教传教士很久以前教给他族人的。唱完之后,他一句一句给我们翻译了歌词的含义,想看看我们能不能想起歌名。原来他唱的是一首非常简单的宗教献歌,或者说赞美诗,主旨无非是真神独一无二,主宰整个世界。这首歌被抻得(也可能是被他唱得)十分单薄,以至于有些片段几乎不表达任何意思,作用仅仅是烘托上帝至大的概念而已。接下来,他提议给我们唱一首拉丁语歌曲,可我们没听见任何拉丁字眼儿,只听见一两个希腊词汇,至于说歌曲的其余部分,大概是印第安口音的拉丁语吧。

他的歌声把我带回发现美洲的时代,带回圣萨尔瓦多岛和印加人的时代,那时候,欧洲人初次见识了印第安人的简单淳

---

① "印第安唱"原文为"Indian sing",是坡利斯使用的不规范英语,正确的说法应该是"Indian song"(印第安歌)。

朴。[1]他的歌声，确实有一种朴素的美，充满了温柔和纯真，不包含一丝蒙昧野蛮，歌声传达的意绪，主要是谦恭与虔敬。

我们躺卧之处是一片云杉冷杉混生的潮湿密林，除了我们的篝火以外，周遭一片漆黑。夜里醒来的时候，我听见的要不是后方深林的鸱鸮哀号，要不就是远处湖面的潜鸟叫声。午夜过后不久，同伴们都在酣睡，我起身归置木柴散乱的将灭火堆，却看见一个标准椭圆形的光环，光环有一部分伸在火堆里，椭圆的短轴长约五寸，长轴长六七寸，宽度则是八分之一至四分之一寸。这光环跟篝火一样明亮，呈现的却不是炭火那种绯红或暗红，而是一种沉静的白色，与萤火相仿佛，我能把它跟篝火区别开来，完全是因为它的颜色。我立刻意识到，眼前一定是一段磷光木[2]，以前我常有耳闻，却不曾有缘目睹。此时我虽然稍有犹豫，但还是把手指放到了木头上，随即认出这是一段驼鹿木（*Acer striatum*）[3]，是向导昨晚从一棵枯树上斜着劈下来的。我掏出小刀划拉了几下，发现光来自紧贴树皮的一圈儿边材，所以在截面呈现为一个标准的环形，实在说的话，光环看着还比截面高一点儿，

---

[1] 圣萨尔瓦多岛（San Salvador）属于巴哈马群岛。人们普遍认为，这个岛是哥伦布1492年首航美洲期间看见的第一块美洲陆地；1526年，西班牙征服者弗朗西斯科·皮萨罗（Francisco Pizarro，1471？—1541）率先发现印加人（南美印第安人）建立的帝国。

[2] 磷光木（phosphorescent wood）的成因是一种生物发光现象，由寄生朽木的一些真菌造成。这种现象在英文中又叫"foxfire"（狐火）或"fairy fire"（仙火）。

[3] 驼鹿木即沼泽瑞香，见前文注释。但从梭罗列出的学名（与附录所列驼鹿木学名不同）来看，他此处说的是俗名亦作"驼鹿木"（moosewood）的条纹枫，条纹枫学名如文中所列，亦作 *Acer pensylvanicum*。

像凸雕一样。我剥掉树皮，刀子切进边材，便使得整段木头发起光来。叫我惊讶的是，这段木头相当坚硬，看起来完全没有糟朽，话又说回来，边材部分多半已经开始腐坏。我切下几个三角形的小块，放在我的掌心，然后钻进帐篷，叫醒我的同伴，让他瞧瞧这个奇观。木片照亮我的手掌，映出我掌中的纹路和皱褶，看着跟烧得白炽的木炭一模一样，于是我恍然大悟，十有八九，印第安江湖术士就是用这种东西来愚弄族人和路人，让观者以为他嘴里含着炽热的木炭。

我还留意到，离火堆四五尺远的一个腐朽树桩，有一部分也闪着同样明亮的磷光，发光的部分软得掉渣，一寸宽，六寸长。

我忘了探究，我们的篝火是否与木头的磷光有关，不过我可以断言，前一天的雨，还有持续多日的潮湿天气，肯定跟磷光脱不了干系。

这奇观使得我兴味盎然，当即感觉此行不虚。即便磷光呈现为字母的形状，或者是人脸的模样，我的兴奋也不会有所增添，假使我独自摸索林间，远离任何篝火，在那种情形下遇见光环，倒可能使我的惊喜愈发强烈。我万万没有想到，荒野黑暗之中，竟会有如此光华为我闪耀。

第二天，向导告诉我，这种光的印第安名字是"阿图索丘"（artoosoqu）。接着我又跟他打听磷火，以及诸如此类的现象，他说他"族人"时或看见漂移空中的火光，有的高有的低，甚至可能跟树一般高，并且伴有声响。这次的经历使我满怀期待，希望听他说起"他族人"目睹的种种最惊人最不可思议的现象，因为他们不分时辰季节，总是奔波在白人绝少踏足的原野。可想而知，大自然早已为他们揭示,千万个我们不曾知晓的秘密。

以前没见过磷光,我并不觉得遗憾,原因是此时此刻,我在无比相宜的条件下见到了它。我此时的心情恰好适合观瞻奇妙的事物,这种现象又恰好配衬我此时的境况与期望,并且使得我加倍警醒,准备迎接更多的类似奇观。我欣喜若狂,像"一名异教徒,受某种信条哺育"①,这信条从未过时,历久弥新,正是为这种情形预备。我把科学置诸脑后,沉醉于眼前的光华,仿佛它是个同类的生灵。我认识到它的卓越不凡,心中欢喜无限,因为我知道,我可以毫不费力地得到它。所谓的科学**解释**,压根儿就跟它沾不上边,那样的东西,只适用于苍白的白昼光线。**纠缠辩难**的科学论证②,只会使我昏昏欲睡,此刻我欣然领受的恩赐,其实是一个捐弃知识的机会。这光华让我明白,只要你长着眼睛,便不怕没有东西可看,还让我比以往更加坚信,森林绝不是没有住客,而是时刻住满跟我一样良善的诚笃精灵,绝不是一间全凭化学作用主宰的空屋,而是一个人烟稠密的家园。片刻之间,我邂逅林中住客,与他们畅叙同胞之谊。你们口中的聪明人,千辛万苦地想要说服自己,这里只有他和他的机关伎俩,再没有别的事物,

---

① 引文原文为"a pagan suckled in a creed",出自英国诗人威廉·华兹华斯(William Wordsworth,1770—1850)的十四行诗《俗世太多诱惑》("The World Is Too Much with Us")。华兹华斯在这首诗里谴责世人沉湎物质,对大自然无动于衷,说自己宁愿做"一名异教徒,受某种过时信条哺育"(A pagan suckled in a creed outworn),以便体会大自然的美好。

② "纠缠辩难的科学论证"原文为"Science with its *retorts*","retort"兼"反驳"与"曲颈甑(化学试验器皿)"二义。

可要是让我来说，他不如坦然接受真理，可以省好多力气。与此同时，这光华告诉我，同样的体验，总是催生同样的信仰或宗教。上天给了印第安人一种启示，给白人的是另一种。印第安人有很多东西值得我学习，传教士什么也没有。我说不准，不过我想，假使有什么东西能诱使我走进印第安人当中，向他们传授我的宗教，那东西就不会是别的，只会是他们的承诺，承诺向我传授**他们的宗教**。不相干的教义，我已经听得耳朵起了茧子，此刻我终于三生有幸，结识这栖居朽木的光明。你所有的知识，全部都去了何处？全部都蒸发得干干净净，因为它没有深度。

我留着我切下来的这些小木片，次日夜里又把它们弄湿，然而这一次，它们没有放射光明。

七月二十五日，星期六

这个周六的早餐桌上，向导显然很是好奇，想知道他第二天会有什么差事，我们要不要继续赶路，所以他开口询问，我在家的时候，周日都是怎么过的。我告诉他，上午我一般是坐在房间里，看看书什么的，下午则出去散步。听了这话，他摇着头说，"呃，那可真没意思。"于是我问他，"你又是怎么过的呢？"他说他周日从不工作，在家的话就会去老镇的教堂，一句话，他是按白人的教导来安排周日的生活。[①] 这个话题引发了一场辩论，其间

[①] 据《旧约·出埃及记》所载，上帝在西奈山上向以色列先知摩西（Moses）颁布了十条诫命，是为"十诫"，其中第四条是："当纪念安息日，守为圣日。"基督教据此把周日定为安息日，禁止人们周日工作。梭罗对这条规矩持反对态度。

我发现自己处于少数派的阵营。向导说他是新教徒，还问我是不是。我一开始不知道如何作答，不过我想，平心而论，我可以回答说"是"。①

我们在湖里洗盘子的时候，许多看着像须雅罗鱼②的鱼儿浮上水面，凑到了我们跟前，想沾点儿残余的油腥。

今晨的天气似乎较比稳定，所以我们一早动身，想赶在起风之前完成渡湖的航程。刚出发不久，向导遥遥一指，说那是东北陆运段③，那地方从地图上量在我们东北十三里左右，实际距离据说还要长得多，可我们确实能看得清清楚楚。东北陆运段是一条粗陋的木制轨道，长约两里，南北向笔直延伸，从驼鹿头湖通到珀诺布斯科特河，穿过一片低洼地带，两侧空地宽三四杆。低洼只是相对而言，木轨穿过的其实是这一带地势最高的土地。④从湖上看去，林中那道口子仅仅是地平线上的一个清晰亮点或说光斑，闪烁在湖的边缘，光斑的宽度十分有限，搁得离眼睛相当远的一缕发丝都可以将它遮没，高度更是无从谈起。要不是向导给我们指出来的话，我们肯定料想不到，从这么远的地方就能看见它。

---

① "新教徒"原文为"Protestant"，这个词不大写的时候可以表示"抗议者/叛逆者"的意思。爱默生曾在《梭罗小传》（"Biographical Sketch"）中说，梭罗是一个天生的"protestant"。

② 须雅罗鱼见前文注释。

③ 东北陆运段（Northeast Carry）在驼鹿头湖东北角，梭罗上次坐汽船到达的也是这个陆运段，只是没有给出具体的地名（参见前篇记述）。

④ 可参看前篇记述："经杰克逊测定，驼鹿头湖比波特兰港的高水位线高九百六十尺。"

那是一种值得奔赴的非凡亮光，虽然是透过林中廊道窥见的白昼光线，但却跟寻常的夜间灯塔一样远远可见。

我们横越基尼奥山北边一个向东延伸的深广湖湾，划过左手边一座岛屿，沿东岸驶向湖的北端。换条路线走的话，我们就可以到达短斧溪或者索卡廷溪①，两条溪都曾是向导的猎场，也都是我很想寻访的地方。然而，后一个地名我听着格外刺耳，因为它发音太像"sectarian"（偏狭的，拘泥宗教门户的），就跟被传教士动过手脚似的，当然我也知道，印第安人其实十分开明。现在想来，当时我确实该绕点儿路，先去短斧溪看一看。

接下来，我们穿过又一个湖湾，湖湾宽得让我们看不清湖岸，所以就有了充裕的交谈时间。向导说，他的钱是打猎挣来的，猎场主要在珀诺布斯科特西支上游，再就是圣约翰河源附近。他从少年时就在那些地方打猎，那一带的情况他无所不知。他打的是河狸、水獭、黑猫（或称"渔貂"）、紫貂②和驼鹿，如此等等。据他说，直到现在，那些火烧地里仍然有许多 *Loup-cervier*（或者说加拿大猞猁③）出没。至于说林子里的伙食，他是靠榛鸡、野鸭、

---

① 短斧溪（Tomhegan Stream）和索卡廷溪（Socatarian Stream，亦作 Socatean Stream）都是流入驼鹿头湖西北部的小河，两条河相去不远。短斧溪的名字源自印第安语"tamahaac"（短斧），索卡廷溪因一位印第安勇士而得名。

② "黑猫"原文为"black cat"，指鼬科渔貂属唯一物种渔貂，学名 *Pekania pennanti*；紫貂（sable）为鼬科貂属动物，学名 *Martes zibellina*。

③ 加拿大猞猁（Canada lynx）为猫科猞猁属动物，分布于加拿大、阿拉斯加及美国北部的一些地区，学名 *Lynx canadensis*。"*Loup-cervier*"是加拿大猞猁的法语名字。

驼鹿肉干和豪猪之类的东西充饥。潜鸟也挺好吃，就是得"好好煮煮"。他还跟我们絮叨了半天，讲他的一次挨饿经历，那时他还是个半大小子，跟着两个成年印第安人在缅因北部打猎，结果是冬天突然来袭，水面冰封，他们不得不弃舟步行。

向导指向湖湾深处，说这个湖湾可以通到其他几个湖，他认得路。顺着他手指的方向望去，视野中只有一些熊罴出没的肃穆山峦，雄伟的山坡覆满林木，照我们的估计，那些地方既然没有人类，想必盘踞着别的什么势力。在我的想象当中，那些山坡变成了一个又一个巨人，单凭自身的长度就可以把你截在半途，使你无法在天黑之前翻山他往，不得不扎营歇宿，那些树上则埋伏着一些看不见的貂熊①，会跳下来袭击孤身穿林的猎手，啃啮他的心脏。尽管如此，我还是心痒难耐，想去那些山上走一走。向导说，那一带他以前去过几次。

我问他，在林中如何辨别方向。"噢，"他应了一句，"我的办法多得很哩。"我请他讲详细点儿，他回答说，"有时我看山坡"，然后望向东岸的一座高丘或说山岭，接着说道，"北坡跟南坡大不一样，主要看哪边太阳照得多。所以说树木——树木的大枝都是朝南弯的。有时我也看石头。"我继续追问，石头上能看出些什么名堂，可他压根儿不说什么具体的，只是换上一种长声吆吆的神秘腔调，含含糊糊地答道，"湖岸上的光秃石头——东南西北四面大不一样，可以告诉你太阳照射的情况。""假如说，"我又问，"我找个伸手不见五指的夜晚，把你带到这儿来，往森林深处走

---

① 貂熊以性情凶暴著称，参见前文注释。

一百里，然后把你放下，再让你原地快速转圈，连转二十次，你还能沿直路走回老镇吗？""噢，当然能，"他说道，"我干过跟这差不多的事情，这就说给你听。几年前，我在米利诺基特遇见一个白人老猎手，一个顶呱呱的猎手。他说他在林子里哪都能去，绝对不会迷路。那天他要我陪他打猎，我们就一起去了。一上午我们都在追一头驼鹿，追了一圈又一圈，到半下午才把它给放倒。这之后，我跟他说，'现在啊，你试试直接走回营地，不许像我们刚才那样兜圈子，必须得走直路。'他说，'这我可办不到，我都不知道自个儿在哪了。'于是我问他，'你觉得营地在哪边呢？'他伸手比画了一下，惹得我哈哈大笑。跟着我头前带路，走的方向跟他指的恰恰相反，路上好几次横穿我们之前踩出的足迹，就这么直接走回了营地。""这你是怎么办到的呢？"我问他。"噢，我跟你可讲不清楚，"他这么回答。"我跟白人大不一样。"

看情形，他获取信息的途径实在是太过多种多样，以致他不会对其中任何一种产生清晰的自觉，所以到别人问起他的时候，他也就说不清自己判断的依据，实在说来，他找路的方法与动物十分相似。就这件事情而言，我们通常所说的动物直觉，或许只是一种训练得来的敏锐感知。谈论该走哪条路的时候，印第安人口中的"我不知道"，意思往往与白人口中的同一句话大不相同，因为他说不知道的时候，他的印第安直觉依然可以为他提供许多参考，因此他掌握的情况，丝毫不逊于自以为最有把握的白人。他不会像白人那样把信息装在脑子里，也不会仔仔细细地记路，靠的是随机应变的现场判断。他从不觉得自己需要另一种知识，一种分门别类井然有序的知识，可想而知，他不曾习得这种知识。

跟我在公共马车上聊过的那位白人猎手，对印第安人的方法略有所知。据他说，印第安人是靠风来辨别方向，有时则是靠观察铁杉的枝丫，因为朝南的枝丫最为粗壮，还有的时候，在知道附近有个湖泊的情况下，印第安人会鸣枪听声，靠湖上传来的回音判断方向和距离。

无论是在驼鹿头湖，还是在后来碰上的其他湖泊，我们很少会直线前进，走的通常是一连串从岬角到岬角的弧形路线，每过一个湖湾都得折进去绕一段相当长的路程，一是为了避开风浪，二是因为向导总是眼望湖心，说那边不好走，还是靠湖岸走比较方便，这样他才好分段完成渡湖的航程，通过观察湖岸来判断进展如何。

以下这段记述，足可传达划独木舟渡湖的通常况味。时辰渐近中午，风刮得越来越猛。到达东北陆运段的荒凉码头之前，我们横渡的最后一个湖湾有两三里宽，风向则是西南。横渡湖湾的航程走完三分之一的时候，水浪已经大到了偶尔蹿进独木舟的程度，而且我们发现，前面的情况只会越来越糟。刚开始我们还有转头的机会，可我们心有不甘。实际上，这时候贴着岸边走也无济于事，不光因为路程会远得多，还因为湖岸更当风，浪头更高。不管怎么说，现在再改变航向已经是一件危险的事情，无异于为波浪提供可乘之机。航向跟波浪成直角可不行，那样的话，船身两侧都会遭受波浪的冲击，必须让航向和波浪的夹角保持在一百三十五度左右。这么着，向导在独木舟中站起身来，拿出他全副的本领和力量，吭哧吭哧地划了一两里，我也跟着他划了一路，为的是提高航速，方便他调整航向。足足一里多的航程当中，他没让哪怕一个气势汹汹的波浪打到独木舟，一直驾着船飞快地左躲右闪，总是能在波浪涌起的时候骑上浪峰或贴近浪峰，涌到峰头的波浪已经耗尽力气，所以我们受不到什么冲击，只是随波浪一同降落而已。到最后，我们终于靠近怒涛拍击的码头末端，于是我一跃而上，一是为了减轻独木舟的分量，二是为了拽住正在驶入泊位的船，因为泊位也不怎么背风。不过，就在我跳上码头的那一刻，我们的独木舟进了两三加仑的水。我夸了一句向导，"你划得好啊"，向导回答说，"能这么干的人没几个。浪实在太多了。我还在提防这一个，另一个又飞也似的冲来了。"

天上下着淅淅沥沥的雨，向导去搜集雪松树皮之类的东西，以便搬运独木舟，我们则待在陆运段这一头的岸边，开始烹煮午餐。

为了搬运独木舟，向导做了这么些准备工作。先是加工好一块雪松薄板或说木条，十八寸长，四五寸宽，一端磨圆，以免棱角碍事，然后在薄板中段贴近两个侧边的位置钻两个孔，用雪松树皮把薄板绑上独木舟的中央横档儿。独木舟扣到他头上之后，磨圆一端朝上的薄板可以把船的重量分摊到他的两肩和头顶，与此同时，横档儿上拴了一根雪松树皮绳索，两头分别系在薄板的两旁，绳套绕在他的前胸，还有根长一点儿的绳索拴在前一根绳索的外侧，绳套绕在他的额头，除此而外，他两手扶着两边的船舷，以便调整船的方向，不让船晃来晃去。这样一来，搬运独木舟的时候，他同时用上了双肩、脑袋、前胸、额头和双手，仿佛他整个上半身变成了一只手，将独木舟牢牢攥住。你要是知道什么更好的法子，我倒是很乐意听你讲讲。一棵雪松就足以供应搬船所需的全套装备，跟之前为这条独木舟供应全套的木构件一样。

独木舟的一只船桨，被向导搁在了船头的一根横档上。我把独木舟顶在头上试了试，发现他拴的绳索虽然不适合我的肩膀，这样子扛船仍然是挺轻松的。不过我还是让他扛，免得开一个不好的先例，尽管他表示，我要是肯扛船的话，他就把剩下的行李全包了，除了我同伴的以外。整个旅途当中，这块薄板一直都绑在横档上，一到陆运段就可以派上用场，平常则兼充一名乘客的靠背。

我们的包袱为数太多，迫使我们在这个陆运段来回了两趟。话又说回来，走陆运段也算是一种可心的调剂，我们还利用空手回去搬第二趟的机会，采集了一些沿途看见的稀罕植物。

下午四点左右，我们到达珀诺布斯科特河畔，看到一帮圣弗朗西斯印第安人在岸边宿营，他们的营盘，正好扎在我四年前和四个印第安人宿营的地方。这会儿他们正在忙活，一边制作独木舟，一边又跟四年前那些印第安人一样，支着架子烤驼鹿肉。看上去，他们的鹿肉好歹挺适合熬黑汤的①。我们的印第安向导说，那些鹿肉有问题。他们的窝棚是用云杉树皮苫的，营地里还有头小驼鹿，是他们两星期前在河里逮到的，眼下被圈在一个交叠原木搭成的笼子里，笼子有七八尺高。小驼鹿高约四尺，满身都是驼鹿蝇，性子十分温顺。笼子四面的缝隙里塞着好些红山茱萸（*C. stolonifera*）、红枫、柳树和杨树枝条，枝梢冲里，小驼鹿正在吃枝上的叶子。乍一看，小驼鹿不像是遭了圈禁，倒像是进了凉亭。

---

① "黑汤"原文为"*black* broth"。古希腊斯巴达人（Spartan）经常食用一种用猪腿和猪血加盐和醋煮成的汤，名为"黑汤"（black soup / black broth），这种汤以难以下咽闻名。梭罗用斜体强调"black"（黑），意在突出驼鹿肉不干净。

向导说，**他**缝独木舟用的是**黑**云杉的根，采自高地或山间。圣弗朗西斯印第安人则认为，**白**云杉的根最好。但向导指出，白云杉的根"不好，容易断，没法剖成细条"，而且深埋地下，很不好挖，黑云杉的根却比较强韧，长得又靠近高地土壤的表层。据他说，白云杉的印第安名字是"苏比昆达克"（subekoondark），黑云杉则是"斯库斯克"（skusk）。我告诉他，我觉得我也会做独木舟了，可他对我的说法深表怀疑，还说我就算真的会做，第一次的活计也肯定谈不上"利落"。格林维尔的一个印第安人曾经跟我说，冬季的树皮，也就是趁五月份树浆充溢之前剥下来的树皮，比夏季的树皮坚实，做船时好用得多。

我们重新装船，划向珀诺布斯科特河的下游。此时的水位高得异乎寻常，引起了向导的议论，就连我都察觉到了这一点，因为我还记得这条河上次的模样。出发不久，我们看见岸边有一株艳丽的黄百合（*Lilium canadense*），我便去采了下来。这株百合有六尺高，十二朵花排成上下两圈，堆出一座金字塔，跟我在康科德见过的一样。这之后，我们还在这条河边看见了许多同样高的黄百合，东支那边的黄百合为数更多，其中一株照我看更接近于*Lilium superbum*①。向导问了问这种花的英文名字，说它的"根"炖汤挺不错的，意思是可以跟肉一起炖，使汤变得浓稠，起到淀粉的作用。他们是在秋天采收百合的"根"。我试着挖了挖，从土里相当深的地方刨出来一堆鳞茎，直径两寸，看着有点儿像新鲜的

---

① "*Lilium superbum*"即百合科百合属植物华丽百合，亦名北美虎斑百合（American tiger lily）。

青玉米棒子，连味道都有点儿像。

顺流划出约莫三里之后，我们透过树梢望见西边下起了雷阵雨，于是我们早作打算，五点左右就找好一个扎营的地点，位置是在西岸，离上游的一个溪口不远。我一八五三年来这里的时候，乔·埃蒂昂说那条溪是龙虾溪，源头在龙虾湖，然而，眼下这位印第安向导拒绝承认这个地名，甚至认为地图上标的"玛塔哈姆基格"也不对①，照他的说法，那个湖的名字是"贝斯卡贝库克"（Beskabekuk）。

我准备在此介绍这个季节的扎营常例，以后就不再赘述。决定扎营之后，通常我们会告诉向导，前面一有合适的地方就停，好让他注意寻找。先得找一片开阔坚实适合靠船的平坦河滩，河滩上不能有淤泥，也不能有会刮伤独木舟的石头，看到这样的河滩之后，我们就派个人上岸探查，看树丛中有没有足够扎营的开阔平地，或者是易于清理的地面，地方最好还比较凉爽，以便少受蚊虫的骚扰。有时候，我们得划上一里多路才能找到可心的地点，因为在河滩合适的地方，河岸往往太过陡峻，要不就太低洼太多草，以致蚊虫肆虐。地方一旦选好，我们就搬出行李，拖船上岸，有时还把船反扣岸边，以防损坏。我们选的地方通常离水边只有两三杆，向导会开出一条通往那里的路，我们则负责把行李搬运过去。这之后，我们兴许会三个人分工合作，一个负责拿随处可得的船桦树皮，加上一些干了的枯木或树皮，在我们打算躺下的地方跟前生起篝火，中间留出五六尺的间隔。一般说来，

---

① 龙虾溪及地名"玛塔哈姆基格"见前篇记述。

篝火生在哪个方向都无所谓，因为在这个季节，这么密的林子里不会有风，就算有也非常小。接下来，这个人得去河边打一壶水，再去各个袋子里掏摸，把猪肉、压缩饼干、咖啡之类的东西拿出来。

与此同时，另一个人得拿上斧头，就近砍倒枯死的岩枫或其他的枯干硬木，弄来几根粗大的原木，以保障篝火整夜不灭，再弄来一根青绿的木桩，木桩上得有丫杈，要不就得刻个凹槽，以便挂上水壶，斜伸到篝火上方，这根木桩可以支在岩石上，也可以架上丫杈木桩。除此而外，这个人还得弄来两根丫杈木桩和一根木杆，以备搭帐篷之用。

第三个人负责搭帐篷，得拿刀子削出十几枚帐篷钉，用来固定篷布，帐篷钉的材质通常是驼鹿木，这一带常见的下层树种。接下来，这个人得找来一两抱树枝，冷杉①、侧柏、云杉和铁杉随便选，哪种好找就用哪种，然后动手铺床，从哪头开始铺都行，就是得把树枝翻转来铺，一行行铺整齐，后一行的枝梢盖住前一行的断茬。不过，地上要是有凹坑的话，这个人首先要做的是弄来一些更粗糙的材料，把这些坑给填上。弗兰格尔说，他在西伯利亚用的向导会先往地上撒一些干燥的灌木枝丫，然后才把雪松树枝铺在上面。②

---

① 梭罗原注："在拉斯列的词典中，冷杉枝丫叫作'Sediak'。"注文中"拉斯列的词典"即拉斯列神父编写的《阿布纳基语词典》，参见前文注释。

② 斐迪南·冯·弗兰格尔（Ferdinand von Wrangel，1797—1870）为俄国探险家，俄罗斯的弗兰格尔岛因他得名。文中说的事情见于弗兰格尔撰著的《冰海探险四年记》（*Narrative of an Expedition to the Polar Sea in the Years 1820, 1821, 1822, and 1823*）。

一般说来，床铺好的时候，或者再延后十五至二十分钟，水就烧开了，猪肉也煎好了，晚餐可以上桌了。我们席地而坐，有树桩的话就坐树桩，围着一大块权充餐桌的桦树皮，每个人都是一手拿一个长柄锅子，一手拿一片压缩饼干或煎猪肉，时不时猛一挥手，或者往炊烟里猛一伸头，以避蚊虫叮咬。

接下来，要抽烟的点上烟斗，有面罩的蒙上面罩，再下来，我们还得赶紧验看并烘干采来的植物标本，抹好护手护脸的油膏，然后才去睡觉——同时也是——去喂蚊子。

虽说你一路只需放眼原野，不用干什么别的，但在夜幕或睡意袭来之前，你还是很少会有空闲的时间，仅有的一点儿余暇，几乎不够你仔细检查区区一个标本。

以上说的是通常的情况，但我们今晚未雨绸缪，扎营扎得比较早，所以就有了富余的时间。

我们发现，今夜的营地傍着一条老旧的补给道路，这条路沿河伸展，如今已格外模糊难辨，虽有道路之名，路上却既无辙迹又无轮印，因为这里没有跑过马车，实际上连木橇的印迹都没有，因为木橇只用在积雪数尺的冬季。它只是穿林而过的一条模糊廊道，没有经验的眼睛是看不见的。

刚刚支好帐篷，雷阵雨便劈头打落，我们拖着大包小包，手忙脚乱地钻了进去，急于了解我们这个薄薄的棉布屋顶，在这趟旅途当中，究竟能有多大的遮风挡雨之效。不等棉布湿透缩水，来势凶猛的暴雨已经强行穿透屋顶，使帐篷里下起霏霏细雨，使我们雾露沾衣，可我们还是成功地维持住了相当干爽的状态，仅仅是把一盒火柴落在了帐篷外面，让雨给浇坏了。我们还没回过神来，阵雨又突然休歇，只有那些滴答淌水的树木还在使坏，不让我们四处溜达。

我们想知道这儿的河里有些什么鱼，所以就站到岸边，隔着湿漉漉的灌丛投下钓线，可钓线不断被湍急的水流冲向下游，白费了我们的工夫。这么着，天快黑的时候，我们撇下向导，坐独木舟往下游漂了几杆，到对岸一条静水溪流的溪口垂钓。我们溯溪划了一两杆，这么窄的溪流，以前大概也只有独木舟上去过。然而，溪里虽然有那么几条小鱼，而且大多是**须雅罗鱼**①，蚊子还是迅速把我们撵得落荒而逃。还在溪里的时候，我们听见向导连放两枪，两枪的间隔非常短，所以我们以为他用的是双筒猎枪，不过我们后来发现，他的猎枪其实是单筒的。他放枪是考虑到刚下过雨，这样可以使枪膛清洁干燥，之后他重新装上铅弹，因为他觉得，眼下已经到了能碰上大家伙的地界。森林的静谧走廊里响起这种有如晴天霹雳的突兀噪音，弄得我心里不太舒服，觉得这是对大自然的冒犯，至少也得算没有礼貌，就跟在会堂或神殿里放枪一样。好在这声音没传多远，很快就被潮湿的树木和铺满苔藓的地面遏止或说吸收，只有在河面上传得远些。

向导拿了些潮湿的叶子，在贴近帐篷背面的地方点起一个闷烧的小火堆，指望着烟雾透进帐篷，将蚊子拒之门外。没承想，

---

① "须雅罗鱼"原文为"*chivin*"，参见前文注释。梭罗在此处用斜体强调这个词，可能是因为他认为这种鱼值得珍视。他曾在《两河一周》当中如是描写须雅罗鱼："这种鱼体色有红有白，总是得靠偶然的运气才能钓上，另一方面，恰恰是因为它稀罕少见，钓到它的人都会欣喜若狂。"

我们刚要睡着,这火堆突然腾起烈焰,差点儿就引燃了帐篷。这一次宿营,我们吃足了蚊子的苦头。

七月二十六日,星期日

晨间第一声鸟啭是白喉雀①的啼鸣,响彻整个森林,这声响十分振奋精神,只不过近于钢弦的颤音。白喉雀是缅因北部最常见的一种鸟,由于它们的存在,这一季的森林总是充满活力。班戈周围同样有它们的族群,以人境而论也可算在在多有,处处啼声。显而易见,缅因州是它们的繁殖地。它们的身影虽然难得一见,可它们"啊——嘀-嘀-嘀——嘀-嘀-嘀——嘀-嘀-嘀"的简单曲调无比尖利,具有无比的穿透力,这声音之于耳朵,犹如闪过漆黑林间的火星之于眼睛,一样是无比清晰易辨。依我看,它们一般都是边飞边叫。在康科德,我听见这种鸟叫的机会只限于春天里的几个日子,也就是它们迁徙飞越我们那个镇子的时节,秋天里我又能看见它们南飞的身影,可它们在秋天总是哑口无声。到了这里,我们通常是一早就被它们兴高采烈的晨曲唤醒。它们在这片荒野栖身,远离人类和选举日②,这样子的生活,不知道得有多写意!

我跟向导说,今天(星期天)早上,我们想去约莫十五里外

---

① 白喉雀(white-throated sparrow)即鹀科带鹀属鸟类白喉带鹀,学名 *Zonotrichia albicollis*。

② 据克莱默所说,与梭罗同时代的康科德居民爱德华·贾维斯(Edward Jarvis, 1803—1884)曾在文章中说,选举日是康科德孩子非常期待的日子,因为他们可以趁机外出打鸟。

的奇森库克湖做礼拜。天气终于稳定下来，几只燕子掠过水面，沿岸传来白喉雀的歌唱，以及山雀发出的霸鹟叫声[1]，我没听错的话还有橙尾鸲莺的啼鸣，一只只大号的驼鹿蝇，追我们追到了河的中流。

向导认为，星期天我们应该待着不动。他是这么说的，"我们来这儿是为了看看稀奇，为了到处瞧瞧，可到了星期天，我们就应该把这些通通放下，等星期一再看。"这之后，他说起了他认识的一个印第安人，那人曾经带一些牧师去爬柯塔丁山，后来还跟他讲了那些人的旅途规矩。说到这里，他换上一种低沉庄重的语气，跟我们复述了那帮牧师的规矩："他们一早一晚都要做长时间的祷告，每顿饭也要做。星期天一到，他们就停下来，一整天哪儿也不去，完全不挪窝，讲一整天的道，一个讲完换另一个，跟在教堂里一样。噢，真是正派极了。""有一天，"他接着说，"他们在河里行船，看到水里有具男尸，那人已经淹死了很久，尸体眼看就要散架。他们立刻上岸，停在原地，一整天都没有再往前走。他们就地做起了礼拜，又是讲道又是祷告，跟在星期天一样。然后他们找来杆子，把尸体捞了起来，带着尸体回去了。噢，他们真是正派极了。"[2]

根据向导的讲述，我断定那帮人的每一次宿营都是一场野营

---

[1] 山雀即黑顶山雀，参见前文注释。黑顶山雀能发出多种鸣声，其中一种是"啡–哗"，与霸鹟科霸鹟属（*Sayornis*）鸟类的鸣声相似。

[2] 据克莱默所说，坡利斯说的是1857年6月的一个真实事件。那个印第安人带的是班戈神学院的一些牧师和学生，他们在水里看到一个淹死的赶木人，不过他们是把尸体捞起来就地安葬，并没有带回去。

礼拜，而且他们选错了路线，应该去伊斯特汉才对。[①] 除此而外，他们要的更多是一个外出宣教的机会，并不怎么想看柯塔丁山。我还读到过一帮类似游客的事情，他们在柯塔丁山似乎没干别的，时间都用来唱锡安山之歌了。[②] 谢天谢地，我去爬那座山的时候，没有跟这种磨磨蹭蹭的家伙一路。

向导一边说一边划桨，手一直没闲着。讲完牧师的事迹之后，他补充说，话虽如此，如果我们非要继续赶路的话，他当然得听我们的，因为他是我们雇的，在他看来，只要他不收当天的工钱，星期天干活也不要紧，但要是干活收钱的话，那可就真是罪过了。我对他说，你可真是严于律己，比白人还守规矩。然而，最后我发现，他到底没忘了算上星期天的工钱。

他似乎很是虔诚，一早一晚都会跪在营地跟前，用印第安语大声祷告，有时他忘了做晚祷，睡下也会手忙脚乱地爬起来，把祷词飞快地念上一遍。这一天，他还说了句并不算特别新鲜的话，"穷人比富人更念记上帝。"

我们很快划过我四年前宿过营的小岛，我还认出了当时宿营

[①] 伊斯特汉（Eastham）为马萨诸塞州城镇，位于鳕鱼岬，当时有浓厚的宗教风气。梭罗曾在《鳕鱼海岬》当中如是描述伊斯特汉："……近些年来，这个镇子还以野营礼拜闻名，礼拜在左近的一片林子里举行，吸引了海湾各地数以千计的信众。"

[②] 牧师在柯塔丁山唱郁山之歌的事情见于斯普林格的《林中生活及林中树木》（参见前文注释）。锡安山（Zion）是基督教圣地耶路撒冷附近的一座小山，也可以指代耶路撒冷。锡安山之歌（songs of Zion）是流离失所的以色列人眷怀故土的歌曲，典出《旧约·诗篇》："掳掠我们的人要我们唱歌……说，给我们唱首锡安山之歌。但我们怎能在异邦唱耶和华的歌？"

的地点。向导把小岛下游一两里的死水称为"贝斯卡贝库克斯基什图克"(Beskabekukskishtook),说这个地名源自在上游汇入这条河的贝斯卡贝库克湖。他还说,这段死水"向来是个打驼鹿的好地方"。我们看到河边有倒伏的草丛,是昨夜出来的一头驼鹿踩倒的,向导说,他隔着老远就能闻到驼鹿的气味,眼睛够得着的时候,鼻子就够得着。但在今天,他补充说,就算看到五六头驼鹿凑到独木舟近旁,他也不会开枪。有了他这句话,驼鹿的安全就有了保障,因为我们一行中只有他带了枪,也只有他是来打猎的。

刚过这段死水,一只猫鸮[1]呼啦啦飞过河面,向导问我知不知道这是什么鸟,并且惟妙惟肖地学了学我们那边林子里常有的"嚯-嚯-嚯-嚯啰-嚯"号叫[2],辅之以一种沉实的喉音,"呃-呃-呃——呃-呃"。我们驶过驼鹿角溪,他说这条溪没有名字,接着又驶过乔·埃蒂昂称为"拉格慕夫"的溪流,他说溪名是"帕伊塔伊特奎克"(Paytaytequick),意为"火烧地溪"。上次我曾在这条溪停留,这次也停下来洗了个澡。溪水不深,但却很冷,对向导来说则显然是冷不可当,因为他只是站在一旁看着。再次启程的时候,一只白头鹰[3]从我们上方翩然飞过。松溪上游数里的河段有几个岛,向导说这个河段叫"农朗伊斯"(Nonglangyis),意思是"死水"。松溪据他说名为"黑河",印第安名字是"卡萨乌图

---

[1] "猫鸮"原文为"cat-owl",根据梭罗在本书附录列出的拉丁学名,他说的"cat-owl"就是前文曾提及的大雕鸮,可参看前文注释。

[2] 即大雕鸮的叫声,梭罗曾在《瓦尔登湖》当中详细描述大雕鸮的号叫,使用的象声词与此处相同。

[3] 白头鹰(white-headed eagle)即前文曾提及的秃鹰,亦即白头海雕。

克"(Karsaootuk)。他还说他认识路,能够从这条溪走到驯鹿湖。[①]

我们拿上一部分行李,步行绕过松溪瀑布,让向导独自划船下瀑。之前我们听一个班戈商人说,一段时间之前,他雇的两名伙计坐巴妥船经过这道瀑布,结果溺水身亡,另一名伙计紧抓着岩石挨了一整夜,第二天早上才得救。这个陆运段长着一些十分气派的大流苏紫玉凤兰,附近的河岸上也有。陆运段快走到头的时候,我见到了此行所见最大的一棵船桦,并且量了量它的尺寸。它离地两尺处的树围是十四尺半,但树干在五尺高的地方分成了三股。这一带的船桦有一个普遍的特征,树干上有一道道螺旋形的醒目黑棱,黑棱之间还夹着凹槽,所以我起初以为,这些树遭了雷劈,但据向导所说,黑棱显然是树的纹理造成的。他从一棵冷杉的树干上割取了一个小小的木头疙瘩,说这是很好的药材,这东西跟榛子差不多大,看样子是个年深日久木质化的树脂泡。

重新上船驶出半里之后,我同伴想起他的刀子落在了陆运段,于是我们顶着强劲湍急的水流,划回去拿他的刀子。经过了这样的一番折腾,我们才懂得了顺流使船和逆水行舟的区别,因为我们吭哧吭哧往上游划了四分之一里,要是换成往下游走的话,同样的时间至少能走出一里半。于是我们半道上岸,我同伴和向导去取东西,我自个儿留在原地,观察下游四五十杆处的水沫动势。水沫好似某种近岸栖居的白色水禽,随漩涡辗转河中,在岩石后面时隐时现。身处这条孤寂之河,便是这种似是而非的生命迹象,

---

① 本段地名均可参看前文记述及注释。从现在的地图上看,松溪(Pine Stream)确实通往驯鹿湖。

也让人看得兴致盎然。

松溪瀑布脚下是湖水倒灌形成的奇森库克死水,我们慢悠悠划过这个河段,向导便讲起他在这一带打猎的经历,还讲了一些更有意思的事情,也是跟他本人有关的。看情形,他曾经代表自己的部族去奥古斯塔^①议事,还去过一次华盛顿,在那里见到了西部的一些酋长。缅因东部边界问题纠结不解的时候,奥古斯塔方面曾经征询他的意见,据他说还采纳了他的建议,也就是以一些高地和河流为界。他曾经受聘加入勘测边界的考察队^②,还曾经去波士顿拜访丹尼尔·韦伯斯特,正赶上韦伯斯特发表邦克山演讲。^③

叫我吃惊的是,他居然说他喜欢去波士顿、纽约、费城之类的地方,还说他想在那些地方定居。接下来,他大概想到自己在那些地方混不成样,说话得留点儿余地,于是补充道,"我估计,我要是住到纽约的话,肯定会变成最可怜的猎手,我看是这样。"他跟白人各有短长,这一点他非常清楚。他拿美国人跟外国人做

---

① 奥古斯塔(Augusta)为缅因州首府,州议会所在地。
② 美英两国曾为缅因和新不伦瑞克之间的边界发生争执。1838年,美国律师约翰·迪恩(John Gilmore Deane, 1785—1839)受缅因议会委派勘测边界,坡利斯是考察队的一员。
③ 丹尼尔·韦伯斯特(Daniel Webster, 1782—1852)为美国政客,曾长期担任马萨诸塞州参议员,并曾三任美国国务卿。美国独立战争期间,1775年6月17日,美军在波士顿地区的邦克山(Bunker Hill)附近与英军展开激战,虽因寡不敌众而落败,却使英军付出了比己方大得多的惨重代价。邦克山战役极大鼓舞了殖民地民众的士气。1825年,韦伯斯特发表了《邦克山战役纪念碑奠基演讲》("Address on Laying the Corner-Stone of the Bunker Hill Monument")。

了一番对比，可他费了半天劲，说明白的只有一点，那就是美国人确实"很强"，但是呢，有那么一些美国人"跑得太快"。他这份先见之明值得赞扬，因为他这话刚好说在铁路银行大崩溃前夕[①]。他对教育推崇备至，偶尔会突然冒出一些诸如此类的话语："学院——学-院——好事情——我看他们用的应该是五级阅读教材[②]吧……你上过大学吗？"

泛舟奇森库克死水，可以望见柯塔丁四围的起伏群山。柯塔丁峰顶隐没云间，近一点儿的索尼翁克山[③]却清晰可见。我们横越奇森库克湖的西北端，从这里放眼正南和东南，视线可以纵贯全湖，直抵这个湖的南端，以及更南边的乔梅里山[④]。在密林里关过一阵禁闭之后，渡湖是一种可心的调剂，因为视野中不光有更宽广的水面，还有更辽阔的天空。这样的转换，是大自然为林中旅人准备的一份惊喜。以此时情形而论，一眼尽览长达十八里的水

[①] "铁路银行大崩溃"即美国的"一八五七年经济恐慌"（Panic of 1857）。恐慌导致大批企业倒闭，始于当年8月24日，也就是梭罗此游约一个月之后，原因则是国际经济不景气和国内经济过度膨胀。

[②] 十九世纪三四十年代，美国大学教授威廉·迈古菲（William McGuffey, 1800—1873）及其弟亚历山大（Alexander McGuffey, 1816—1896）合作编写了风行全美的阅读教材。教材共分六级，五级和六级比较艰深，大多数中小学只用一至二级。

[③] "索尼翁克"原文为印第安语"Souneunk"，意为"奔流山间"。由此可见，索尼翁克山应即前篇提及的索瓦德尼亨克山（Sowadnehunk），可参看前篇记述："划进东南流向的奇森库克湖之时，以及进湖之前的一段时间里，我们可以看见柯塔丁周围的一众山峦……乔把其中几座称为索瓦德尼亨克山，那些山附近的一条河也叫这个名字，另一个印第安人后来告诉我们，这个名字的意思是'奔流山间'。"

[④] 乔梅里山可参看前文记述及注释。

面，甚至可以开阔人的胸襟，陶冶人的性情。毋庸置疑，视线受阻、天光昏暝的林中生活，最终会戕害林地居民的心智，把他们变成**野蛮人**。湖泊不光本身开阔，还会使群山展现眼前，为思绪提供纵横驰骋的广大空间。鸥鸟或是停歇石上，像一个个点缀湖面的白点，或是在上空来回盘旋，它们的身影，让我想到了海关的官员。[①]湖这端虽然远离任何道路，却已经有了六七座木屋。我发现缅因林地最早的定居点，全部都簇聚在湖泊周围，这样的选择自然有各种各样的缘由，不过我想，其中的一个考虑，必然是贴近林子里最古老的开阔地域。湖泊是现成的林间学堂，是传递光明的绝妙枢纽。水是一马当先的前驱，拓荒者在后面紧紧跟随，坐享它创造的种种便利。

之前我探访缅因林地，最远也就到过这里。将近中午，我们转头北上，穿过一片好似宽阔河口的水域，看到考孔戈莫克河出现在水域的东北角，之后又遇上昂巴茹克斯库斯河，此时已经从奇森库克湖划出一里左右。后一条河从我们右手边流来，在一个岬角与考孔戈莫克河交汇，自西而东的考孔戈莫克河则在这个岬角陡转南流。我们原计划上溯昂巴茹克斯库斯河，中途却转入考孔戈莫克河，原因是向导知道一个宿营的好所在，一个没什么蚊子的凉爽地方，从河口上行约莫半里就到。从地图上看，考孔戈莫克河比昂巴茹克斯库斯河长，可以算是干流，既是如此，两河交汇处下游的河段也该叫"考孔戈莫克"。这么着，我们匆匆辞别旷性冶情的奇森库克天空，一头扎进考孔戈莫克的幽暗丛林。向

---

① 梭罗这么说，也许是因为他觉得，由河入湖好比踏进一个新的国度。

导说的营地在河的南侧,左近的河岸高约十二尺,到了之后,我看到一棵冷杉的树干上有一块没有树皮的白地儿,是用斧子劈出来的,上面有向导以前用木炭写下的题记。题记的顶上是一幅画,画的是一头熊在划独木舟,向导说,这是他的家族自古沿用的徽记。画虽然画得粗糙,熊的特征倒也算明白无误,向导还对我原样复制的能力表示了怀疑。以下是我逐字抄写的题记,每一行印第安文字下方都附上了他给出的译文:

七月二十六日
一八五三年

———————

Niasoseb

我们自个儿　　约瑟夫

Polis　　　　 elioi

坡利斯　　　　出发

sia　　　　　 olta

前往老镇

onke　　　　 ni

立刻

quanibi[①]

七月十五日

一八五五年

Niasoseb

到这会儿,向导又在题记下方加上:

一八五七年

七月二十六日

乔·坡利斯

  这地方是向导的又一个家,我看见附近有他绷过驼鹿皮的架子,架子支在河的对岸,或者说向阳的北岸,那儿有一溜窄窄的草地。

  我们选定的扎营地点,几乎跟向导上次选的完全一致。点起篝火之后,向导抬起头望望高处,开口说道,"这棵树挺危险的。"他说的是一棵大船桦从地面分出的一根枝杈,这根枝杈高达三十尺以上,直径也超过一尺,眼下已经枯死,方向倾斜,刚好伸到我们选定的铺位正上方。我叫向导拿斧头砍砍试试,可这根枝杈

[①] 据克莱默所说,梭罗可能误解了坡利斯对这则印第安题记的翻译,题记的意思应该是:"我约瑟夫,人称'坡利斯'或'小保罗',现在要去老镇。"题记中的"ni"和"quanibi"应连写为"niquanibi",断成两截可能是因为树干上的空间有限。

似乎岿然不动，所以他有点儿由它去的意思，我同伴也表示，这风险没什么大不了的。但是我觉得，我们如果睡在这根枝杈下面，那可就真成了傻子，因为它基部虽然坚实牢靠，尖梢却不一样，照我们看是随时都可能掉下来，就算它不会掉，夜里要是起风的话，我们终归免不了担惊受怕。倒树砸死林子里的宿营者，这样的事故屡见不鲜。这么着，我们把帐篷搭在了篝火的另一边。

考孔戈莫克的林子，照例是又潮湿又蓬乱，你对它最清晰的认识，不过是它一头伸向定居点，另一头伸向更加人迹罕至的地界。时时刻刻，你脑子里装满了地形地势的细枝末节，以至于有些时候，你的坐卧之处是不是比同伴更靠近定居点，你在帐篷里占据的是头前冲锋还是殿后压阵的位置，似乎都成了一件优劣悬殊值得计较的事情。然而实在说来，无论我们宿营何处，各人的位置立场确实存在这一类的差别，有的人哪怕身处城镇，躺的是羽绒床垫，照样比别的人更靠近边疆，哪怕后者身处丛林，躺的是冷杉枝丫。

向导说，昂巴茹克斯库斯水流缓慢，河畔草地宽广，很受驼鹿的青睐，所以他经常来这一带打猎，每次都是独自从老镇出发，一走就是三周以上。还有的时候，他会去锡布依斯湖群[①]打猎，带好枪支弹药和斧头毛毯，还有猪肉和压缩饼干，坐上一辆公共马车，兴许会一直坐到百里之外，然后在沿途最荒凉的地方跳下车

[①] 据海沃德《美国地名索引》所说，锡布依斯湖群（Seboois Lakes）是锡布依斯河源头几个湖的合称。锡布依斯河是珀诺布斯科特东支的支流，河源的湖泊今名"大锡布依斯湖"（Grand Lake Seboois）。

去,马上就感觉像到了家一般,那里的每一杆①土地,对他来说都无异于客栈酒馆。他会往林子里走一小段,花一天的工夫做一条云杉树皮独木舟,做船时尽量少用肋条,以图轻便易携,然后在湖上划船打猎,再带着猎获的毛皮原路返回。由此可见,眼前这个印第安人善于利用文明的成果,却不曾因此丢下山林的技艺,反倒用事实证明,文明使得他如虎添翼。

这个人非常聪明,感兴趣的东西学得很快。我们的帐篷是他没见过的样式,可他只看我们搭了一次,就能够自个儿找齐合用的木杆和丫杈木桩,砍削恰到好处,搭建一次到位,手脚利落得叫人吃惊,尽管我敢打包票,大多数的白人,不搞砸几次是学不会的。

我们宿营的这条河,源头是在北边约十里处的考孔戈莫克湖,营地跟前虽然水流平缓,上游不远处却有瀑布,瀑布激起的水沫,不时漂过我们的眼前。向导说,"考孔戈莫克"意为"大鸥湖"(我估计他说的"大鸥"是指鲱鱼鸥②),其中"戈莫克"(gomoc)意为"湖泊",所以这条河名叫"考孔戈莫克-图克"(Caucomgomoc-took),也就是"源自大鸥湖的河"。眼前这条是珀诺布斯科特水系的考孔戈莫克-图克,往北一点儿还有一条圣约翰水系的同名河流。他常常掏大鸥的鸟蛋来吃,米利诺基特河西岸的石梁上就有,鸟蛋跟鸡蛋一般大,有时候二十个一窝。

---

① 这里的"杆"(rod)是"平方杆"的略称(参见前文注释),一平方杆约等于二十五平方米。

② 鲱鱼鸥(herring gull)即鸥科鸥属大型鸟类银鸥,学名 *Larus argentatus*。

说到这里，我觉得应该补叙一句，讲讲他星期天是怎么过的。我和我同伴四处转悠，看树看河，他呢，自顾自酣然入梦。实际上，他一有机会就打盹儿，星期几都是一样。

漫步在营地周围的林子里，我发现林中树木以冷杉和黑云杉为主，白云杉、红枫和船桦也有一些，河边还可以见到灰赤杨（*Alnus incana*）。以上所列品种，以数量多寡为序。*Viburnum nudum* 是这里的常见灌木，小一些的植物则有矮茱萸，有为数众多正值花时的大圆叶玉凤兰（开的是一小簇一小簇绿白色的花朵），有梗子味道像黄瓜的 *Uvularia grandiflora*，以及花时已过的 *Pyrola secunda*，它显然是这一带林地最常见的一种鹿蹄草属植物，此外还有 *Pyrola elliptica* 和 *Chiogenes hispidula*。浆果已熟的 *Clintonia borealis* 遍地都是，在这里完全是如鱼得水，通常绕茎干排成三角形的叶子格外美观，格外葱绿，浆果也格外湛蓝，格外莹润，就跟长在植物学家心爱的花草小径旁边一样。[1]

地上有一些羽状苔藓连成的黄绿色模糊印痕，宽十八寸，长二三十尺，跟一些类似的印痕交错在一起。借由苔藓印痕，我可以看出一些大桦树的轮廓，它们在很久以前轰然倒地，崩裂断折，腐坏朽烂，化为泥土。

---

[1] "*Viburnum nudum*" 即裸荚蒾，参见前文注释；"*Uvularia grandiflora*" 即大铃铛花，参见前文注释；"*Pyrola secunda*" 指杜鹃花科植物单侧冬青（one-sided wintergreen）。这种植物原属鹿蹄草属（*Pyrola*），现已单列为单侧花属，现用学名 *Orthilia secunda*；"*Pyrola elliptica*" 即杜鹃花科鹿蹄草属植物椭圆叶鹿蹄草；"*Chiogenes hispidula*" 即匍匐雪果，现用学名见前文注释；"*Clintonia borealis*" 即北方七筋姑，参见前文注释；本段提及的其余植物亦见前文注释。

我在这里听见了一只马里兰黄喉雀的午夜歌吟，以及其他一些鸟儿的啼鸣，有棕林鸫、翠鸟、镊嘴鸟或说拼色啭鸟，还有一只夜鹰。[①]我看见了红松鼠，听见了它的叫声，还听见了牛蛙的叫声。向导说，他听见了蛇的动静。

　　此地十分荒凉，可我却很难摆脱与定居点有关的联想。任何一种持续不停的单调声音，我要是没有留神分辨，便会以为是人类劳作的产物。我耳朵听见瀑布的声响，想象便给它添上水坝与磨坊，并且三番五次产生错觉，把河外林表传来的呼呼风声，听成了火车的轰鸣——魁北克的火车[②]。无论我们置身何处，思绪一旦失去约束，免不了就会这样瞎忙一气，依据种种虚假的前提，导出种种错误的结论。

　　我请向导用桦树皮给我们做只糖罐，他便从腰间的刀鞘抽出一把大刀，立刻动起手来，可他弯折树皮的时候，折角次次都会

---

① 马里兰黄喉雀（Maryland yellow-throat）即森莺科黄喉地莺属鸣禽普通黄喉地莺（common yellowthroat, *Geothlypis trichas*）；棕林鸫见前文注释；"镊嘴鸟或说拼色啭鸟"原文为"tweezer-bird or parti-colored warbler"。据美国鸟类学家及梭罗研究专家弗朗西斯·亨利·艾伦（Francis Henry Allen, 1866—1953）编写的《梭罗笔下的鸟类》（*Thoreau on Birds*）一书所说，"tweezer-bird"和"parti-colored warbler"都是指森莺科橙尾鸲莺属鸣禽美洲橙尾鸲莺（northern parula, *Setophaga americana*）；夜鹰（night-hawk）是夜鹰科美洲夜鹰亚科（Chordeilinae）各种鸟类的通称，根据梭罗在本书附录列出的拉丁学名"*Caprimulgus americanus*"，他此处说的"night-hawk"是中美夜鹰属的牙买加夜鹰，学名亦作 *Siphonorhis americana*。但牙买加夜鹰是热带及亚热带鸟类，北美大陆北部常见的夜鹰只有美洲夜鹰属的小美洲夜鹰（common nighthawk, *Chordeiles minor*）。

② 火车在当时还是新鲜事物。加拿大的第一条铁路于1836年通车，起点在魁北克省的草原镇（La Prairie）。

裂开，于是他说这树皮不好，还说船桦树皮在这个方面因树而异，一棵跟一棵很不一样，换句话说就是有的容易开裂，有的不容易。我捡起他劈开切下的一些脆薄树皮，放进我的花卉标本簿，为的是把干的标本跟没干的隔开，这样才利于保存。

我同伴想知道怎么辨别黑白云杉，所以让坡利斯找一枝白云杉来看看，坡利斯立刻照办，还附上一枝用作对比的黑云杉。实际上，他隔着多远能看见这两种树，也就能隔着多远把它们辨别出来。但他拿来的两根树枝着实相像，我同伴只好请他指出区别何在，于是他马上拿起树枝，一边冲树枝反复比画抚摸的手势，一边说，白云杉比较扎人（意思是它的针叶几乎竖直向上），黑的则比较柔滑（意思是它的针叶像被压弯或梳平了一样）。他说的这个区别非常明显，从视觉和触觉上说都很直观。只不过，我要是没记错的话，要辨别黑云杉的浅色变种[1]和白云杉，靠这个方法是不行的。

我请他给我示范一下，怎么挖黑云杉的树根，怎么把树根做成绳索。听完我的请求，他压根儿没有抬头看树，径直开始刨地挖土，马上就认出一些黑云杉的树根，把一条细的割了下来，三四尺长，跟烟斗柄一样粗，然后用刀子把树根的一端剖成两半，两手的拇指和食指各捏一半，转眼就把整条树根撕成了两个大小相等的半圆柱体。接下来，他把另一条树根递给我，说了声，"你来试试。"可树根到了我的手里，撕开的裂口立刻偏到一边，所以

---

[1] 据克莱默所说，"黑云杉的浅色变种"实际上是与黑白云杉同属的红云杉（red spruce, *Picea rubens*）。

我只撕下来很短的一截。简单说吧，撕树根看似容易之极，我却发现其中大有学问，把剖开的树根往两边扯的时候，你得靠这只手或那只手猛然使上巧劲儿，才能让裂口始终保持在树根的中央。这之后，他开始给撕成两半的树根剥皮，先用两只手攥住一块短短的雪松树皮，紧紧压住树根的凸面，然后用牙齿咬住树根，使劲儿往上扯。印第安人的牙口都特别好，而且我留意到，我们会用手来干的事情，向导经常都用牙齿。他的牙齿，相当于他的第三只手。如此这般，一眨眼的工夫，他做好了一根十分整洁又十分柔韧的绳索，可以用来捆扎打结，甚至可以用作钓线。据说在挪威和瑞典，人们会用同样的方法来加工挪威云杉（*Abies excelsa*）的树根，派的也是同样的用场。[①] 向导说，这样加工好的云杉树根，得花五毛钱才能买来够一条独木舟用的数量。他这条独木舟的缝合工序是请人做的，其他活计则都是他亲力亲为。他独木舟上的树根绳索呈现一种淡淡的铅灰色，多半是风吹日晒所致，也可能是因为在水里煮过。

前一天他发现独木舟有点儿漏水，说这是因为上船时踩踏过猛，把水平接缝边缘下方的水压到了接缝侧面。我问他打算去哪儿找松香，因为他们一般是用松香来补独木舟，从老镇的白人手里买。他说他可以自个儿做一种替代品，跟松香非常类似，而且同样好使，要用的原料却不是云杉胶之类的物事，而是我们手头现有的某种东西，让我们猜猜是什么。我猜不出来，他也不告诉

[①] 这个说法见于劳登《不列颠乔木及灌木》（参见前文注释）第四卷。挪威云杉（Norway spruce）亦名欧洲云杉，学名今作 *Picea abies*。

我，只是给我看了看他做好的成品——一个豌豆大小的圆球，看着跟黑松香差不多——最后还郑重声明，有些事情，他跟白个儿的老婆也不会讲的。说不定，这东西是他自己的发明。阿诺德远征期间，先遣队补独木舟用的是"松节油，外加猪肉袋子里的残渣"。①

我想知道这条幽暗渊深、水流平缓的河里有些什么鱼，便赶在天黑之前投下钓线，钓上来几条体色泛黄略似胭脂鱼的小鱼，向导立刻叫我扔掉，说这些都是"密歇根鱼"，换句话说就是"**软乎乎臭烘烘的鱼**"，什么用也没有。② 我钓到的鲫鱼③他也不碰，说印第安人从来不吃这种玩意儿，这一带的白人也不吃，弄得我莫名其妙，因为这种鱼在马萨诸塞很受欢迎，何况他跟我说过，他连豪猪潜鸟之类的动物都吃。不过他又说，那几条银白色的小鱼，就是我称为白须雅罗鱼的那种，虽然说模样个头都跟他叫我扔掉

---

① 引文见于《缅因历史学会资料汇编》(*Collections of the Maine Historical Society*)第一辑第一卷（1831年刊行）收载的《阿诺德上校一七七五年穿越缅因州奇袭魁北克途中所写信函；随附蒙特雷索上校一七六〇年前后所写日记》(*Letters Written While on An Expedition Across the State of Maine to Attack Quebec in 1775 by Col. Arnold; with A Journal ...by Col. Montresor...About the Year 1760*)。阿诺德远征见前文注释。

② 这里的"密歇根"原文为"michigan"，与密歇根湖和密歇根州的名字同形。湖名州名里的"michigan"源自奥杰布瓦印第安语词汇"mishigamaa"，意思是"大湖"。参照克莱默的说法，"michigan"一词之所以带上贬义，可能是因为法裔加拿大人把密歇根湖畔的一个印第安部落称为"臭鱼族"(*les Puans*)。此外，梭罗曾在这一天（1857年7月26日）的日记中写道："照我看，'michigan'的意思是'屎'。"

③ "鲫鱼"原文为"pout"，此处应指广布于北美大陆的北美鲶科鲫属淡水鱼类云斑鲫（Horned Pout, *Ameiurus nebulosus*）。

的那种相似，但却是珀诺布斯科特河里最好的鱼，我要能扔上岸给他的话，他可以做给我吃。拿到鱼之后，他马马虎虎收拾了一下，鱼头也没去，然后把鱼直接搁在木炭上，就这么烤了。

他出去走了一小会儿，回来时手拿一根藤蔓，问我认不认识，说这是林子里再好不过的茶饮。他拿的是匍匐雪果（*Chiogenes hispidula*），这一带相当常见，藤上的浆果刚刚成熟。他管这种植物叫"柯沃斯讷巴哥萨"（cowosnebagosar），这名字表示它长在倒伏树干崩坍腐烂的地方。既然他大力推荐，我们当即决定，今晚就用它煮点儿茶喝。雪果茶略带棋子莓[①]的风味，我和我同伴都认为它确实强过我们带的红茶，还觉得这是个挺了不起的发现，人们完全可以把这种果子晒干，放在店铺里卖。话又说回来，别人我不知道，我反正不是什么老茶客，绝不敢在大家面前硬充内行。这种茶白天带在路上当冷饮，想必是格外怡神，因为这一带的水全都是暖烘烘的。向导说，印第安人的饮品还包括一种低地药草泡的茶，可惜他在这儿没找到，以及杜香茶或说拉布拉多茶[②]，这一种我后来在康科德找来试过，再就是铁杉叶子泡的茶，这一种尤其适合冬季，那时候别的药草都已经深埋雪底。其他的一些植物，据他说也可以泡茶，但听我说到我在这边的林子里喝

[①] 棋子莓（checkerberry）亦称茶莓（teaberry）或北美冬青（American wintergreen），为原产北美大陆东北部的杜鹃花科小灌木，与匍匐雪果同属白珠树属，学名 *Gaultheria procumbens*。

[②] 杜香（ledum）是杜鹃花科杜香属（*Ledum*）各种植物的通称，别名"拉布拉多茶"是因为拉布拉多半岛土著用杜香做饮料。杜香属如今已被列为杜鹃花属杜鹃亚属杜鹃组（*Rhododendron*）的一个亚组（可参看前文关于"拉布拉多茶"的注释）。

过侧柏茶①，他却表示敬谢不敏。愿意的话，我们天天晚上都可以尝试新茶。

即将入夜之时，我们看见一只麝鼠，向导管它叫"穆斯夸什"（musquash），不叫"muskrat"②。这是我们此行看见的唯一一只麝鼠，正在河对过顺流游泳。见此情景，向导产生了弄只麝鼠来吃的念头，赶紧叫我们不要出声，"别说话，我来唤它们。"接着他一屁股坐倒在河岸上，用嘴唇发出一种怪里怪气的吱吱尖叫，看样子颇为费劲。见此情景，我不禁大吃一惊，觉得我这才算真真正正走进了荒野，因为我看到了一个真真正正的野人，居然在跟麝鼠说话！我简直判断不了，他和麝鼠，哪一个对我来说更陌生，因为他似乎突然之间背弃人类，投入了麝鼠的阵营。麝鼠呢，据我看纵然稍有迟疑，却不曾因此改变路线，向导解释说，这是因为它看见了我们的篝火。这次他虽然没有成功，但召唤麝鼠显然像他自个儿说的那样，是他惯用的一项技能。这件事过去一个月之后，我一个熟人来这边的林子里打驼鹿，这个熟人后来告诉我，他请的那个印第安向导，多次用同样的方法在月夜里召唤麝鼠，把麝鼠唤到船桨够得着的近处，然后便抡起船桨，拍将下去。

这个星期天的傍晚，向导做了一通特别冗长的祷告，看样子是因为这天上午破戒干活，巴望着借此弥补罪孽。

---

① 可参看本书首篇的相关记述："这天晚上的饮料是侧柏茶，或者说雪松茶……"

② "musquash"（麝鼠）原本是印第安语，但这个词已经进入英文，等同于"muskrat"。

七月二十七日,星期一

我们收拾行李,迅速装进总是被向导拾掇得十分整饬的独木舟,各人照常检查一遍,看有没有落下东西,随即再次启程,缘考孔戈莫克下行,继而折向东北,上溯昂巴茹克斯库斯。向导说"昂巴茹克斯库斯"意为"**草地很多的河**",我们也发现这条河确实处处草地,水流极其平缓,眼下雨后水涨,河面十分宽阔,尽管据向导所说,河面有时候相当狭窄。两岸树林之间有宽达五十至两百杆的空隙,大部分都被袒露无掩的草地所占据,对驼鹿来说是难得的乐土。眼前的景色让我想起了康科德河,再加上河边还有个废弃的麝鼠窝,被水浸得几乎漂了起来,这条河的况味,跟康科德河就更加相像了。

河中草地长满了莎草和藨草,蓝菖蒲也十分繁盛,菖蒲花勉强探出高涨的河水,看着跟蓝花睡莲似的,高一点儿的植物,则有许多丛形态特别的细叶柳(*Salix petiolaris*)①。这种柳树在我们那边的河畔草地很常见,在这儿更是主要的树种,向导说它为麝鼠供应了不少食物。草地上还长着红山茱萸(*Cornus stolonifera*),大大的果子已经泛出白色②。

时候还是大清早,可我们已经看到几只夜鹰在草地上空盘旋,

---

① 藨草见前文注释;蓝菖蒲(blue flag)即原产北美的鸢尾科鸢尾属植物变色鸢尾,学名 *Iris versicolor*;蓝花睡莲(blue water-lily)为原产非洲的睡莲科睡莲属植物,学名 *Nymphaea caerulea*;由拉丁学名可知,这里的"细叶柳"(narrow-leaved willow)即杨柳科柳属灌木长柄柳,英文名亦作"Meadow Willow"(草地柳)。

② 红山茱萸的浆果刚开始是绿的,成熟时变成白色或青白色。

并且跟平常一样,听见了哗哗鸟(*Muscicapa Cooperi*)和知更鸟[①]的鸣啭。在这一带的林地,哗哗鸟是最常见的鸟类之一。

跟平常不一样的是,这里的河畔树林离水边如此之远,以至于水边一有动静,林边便传来相当大的回声。我正想放声呼喊唤醒树林,向导却出言劝阻,说这样会吓着驼鹿,而驼鹿不光是他急于寻找的目标,也是我们急于见识的事物,吓跑了可不行。在印第安人的语言里,回声叫作"坡卡顿克奎维勒"(Pockadunkquaywayle)。

两岸草地的远端有许多死掉的落叶松,形成两条宽宽的枯木带,映衬着两边的树林,使照例荒凉的风景更添萧瑟。向导把落叶松称为"刺柏"[②],说这些树之所以枯死,是因为约莫二十里外的奇森库克湖口筑了水坝,以致湖水倒灌,水位升高。我伸手采撷水边的 *Asclepias incarnata*,它开着相当漂亮的花朵,比我们那边的同属品种(*pulchra*[③])更红更艳。我在这边看见的乳草,全部都是这个品种。

---

① "哗哗鸟"原文为"pe-pe",由梭罗列出的学名(与现用学名不同,参见前文注释)可知,这个词指的是前文曾提及的绿背霸鹟。梭罗在前文中描写过绿背霸鹟的叫声,用的象声词就是"pe-pe";"知更鸟"原文为"robin",可以指多种彼此形态相近的鸟类。美国人说的"robin"通常指鸫科鸫属的旅鸫(*Turdus migratorius*)。这种鸟广布于北美大陆,别名"北美知更鸟"(American robin)。

② 坡利斯的说法有误,因为刺柏(juniper)是柏科刺柏属(*Juniperus*)树木的通称,不能用来指称松科落叶松属(参见前文注释)的树木。

③ "*Asclepias incarnata*"即夹竹桃科马利筋属多年生草本植物沼泽乳草(swamp milkweed),"*pulchra*"即同属的美丽乳草(*Asclepias pulchra*)。美丽乳草有时被视为沼泽乳草的变种或亚种,学名亦作 *Asclepias incarnata* var. *pulchra* 或 *Asclepias incarnata* ssp. *pulchra*。

缘昂巴茹克斯库斯上溯数里之后，河流突然缩成一条狭窄湍急的溪涧，两旁的落叶松和其他树木贴近河岸，水边不再有开阔的草地。划到这里，我们上岸弄了根黑云杉篙子，以便逆水撑船。一路行来，这还是我们头一次碰上需要撑篙的水道。我们选了棵非常细的黑云杉，砍下大概十尺长的一段，把它稍微削尖，再扒掉树皮就算完事。这河段虽然狭窄湍急，河水却依然很深，河底也满是淤泥，我跳下去验证过的。上文提及的植物之外，我还在这里的河岸上看到了 *Salix cordata* 和 *Salix rostrata*，*Ranunculus recurvatus*，以及果实已熟的 *Rubus triflorus*[①]。

我们正忙着撑篙上溯，两个印第安人驾着独木舟顺流而下，绕过我们前方的灌木丛，一颠一颠地晃进了我们的视线。其中一个已经上了年纪，我们的向导认识他，于是用印第安语跟他聊了起来。他属于驼鹿头湖南端那个部落，他同伴则是其他部落的成员，两个人刚刚打猎归来。我问年轻的那一个，你们有没有看见驼鹿，对方回答说，没有看见，可我明明看见他们的独木舟中段有一个用毯子捆扎的大包裹，几张驼鹿皮支棱在包裹外面，所以接着他的话茬说了一句，"只看见了它们的皮。"他不肯跟我说实话，想必因为他是个外国人[②]，而法律又有规定，眼下这个季节，

[①] "*Salix cordata*" 即杨柳科柳属灌木心叶柳（heartleaf willow），"*Salix rostrata*" 即同属灌木长喙柳（long-beaked willow）；"*Ranunculus recurvatus*" 即毛茛科毛茛属植物弯钩毛茛（hooked crowfoot）；"*Rubus triflorus*" 即蔷薇科树莓属灌木矮树莓（dwarf raspberry）。

[②] 据克莱默所说，此处说到的印第安老者是马勒希特印第安人（Maliseet），当时的一些美国官员认为，马勒希特印第安人归英国管辖。

白人和外国人不得在缅因捕猎驼鹿。话又说回来，兴许他用不着这么紧张，因为驼鹿管护官的法网，并不是特别森严。我曾从相当可靠的渠道听说，有个白人打算入林打猎，于是问一个驼鹿管护官，如果我打了驼鹿，你会怎么办，管护官回答说，"只要你把四分之一的驼鹿交到我手上，要我说就惹不上什么麻烦。"照这个管护官的说法，他的职责没有别的，仅仅是杜绝纯为剥皮的"滥"杀而已。依我看，你要是没给他留下四分之一的驼鹿，他肯定会给你扣上**滥**杀的帽子。这是他这个岗位的福利。[①]

我们继续前行，穿越我平生所见最为广阔的落叶松林，这些树修长高挑，枝形宛妙。不过，落叶松虽然是我们此时所见的主要树种，但就我记忆所及，这之后的旅程当中，我们再不曾看见它的身影。这种树总是结伙生长，形成一小片品种单一的林子，你不会看见它东一棵西一棵散布林间，跟其他的树木争抢地盘。白松红松[②]，还有其他的一些树木，也跟落叶松一个脾性，倒是给伐木工人提供了极大的便利。它们都喜欢跟同类做伴，总是像木材探子说的那样，长成"一溜""一**丛**""一群"或是"一帮"。探子们能从很远的山顶或树梢认出白松，因为它总是比四围的林木高出一头，要不就撇开其他树木，自个儿聚成广袤的森林。真希

---

① 缅因州政府于1852年颁行《防止滥猎驼鹿及鹿补充法令》（An Act Additional to Prevent the Destruction of Moose and Deer），其中要求该州的一些县各设一名驼鹿管护官（moose-warden），管护官可聘用不超过两名管护员，这些人有权没收非法猎捕的驼鹿，四分之三留为己用，四分之一上交政府。

② 根据梭罗在后文列出的拉丁学名"*Pinus resinosa*"，他说的红松（red pine）是松科松属乔木北美红松。

望我有缘邂逅,一大帮未遭伐木大军袭扰的松树。

我们在沿岸各处看到一些新鲜的驼鹿印迹,向导却说,今年的这个季节,驼鹿并没有像往年一样,跑出林子躲避蚊蝇,原因是林子里到处都有很多的水。眼前的河流只有一杆半到三杆宽,十分地曲折蜿蜒,河中偶有小岛草甸,还有些特别浅特别急的河段。碰上小岛的时候,向导从没有片刻迟疑,马上就知道该从哪边绕行,仿佛是水流早已向他通报,哪一边航程更短、河水更深。水涨得这么高,实在是我们的运气。航行在这条河上,我们只有一次不得不上岸步行,扛起部分行李走过一个水浅流急的河段,让向导独自撑船上溯,他虽然抱怨水势凶猛,终归没有被逼下船来。有那么一两次,我们看到河里有巴妥船的红色残骸[1],想必是某年春天撞毁在这里的。

走过这个陆运段的时候,我看到了许多十分艳丽的大流苏紫玉凤兰,高度足有三尺。如此娇贵的花朵,居然屈尊装点如此荒僻的小径,真叫人啧啧称奇。

重新坐进独木舟之后,我感觉向导用手抹了抹我的背,原来他吐唾沫不小心,吐到了我的背上。他说这是个吉兆,预示我即将喜结连理。[2]

---

[1] 据美国牙医及历史学者丹纳·费娄斯(Dana Fellows, 1847—1928)《缅因州珀诺布斯科特县林肯镇一八二二至一九二八年史》(*History of the Town of Lincoln, Penobscot County, Maine, 1822—1928*, 1929)所说,十九世纪五十年代,巴妥船是伐木工人在珀诺布斯科特河上普遍采用的交通工具,"通常刷成红色,给水面增添些许悦目色彩"。

[2] 梭罗终身未婚。

昂巴茹克斯库斯河据说有十里长，我们沿它最狭窄的河段上溯三到四里，上午十一点左右驶入昂巴茹克斯库斯湖，再一次置身广阔天空之下，眼前豁然开朗。这个湖向西北伸展四到五里，远端湖岸之外，向导口中的考孔戈莫克山遥遥在望。这样的景物变换，真使人心旷神怡。

湖边水很浅，到离岸很远的地方都是如此，我看见水底有一些石堆，跟我们家乡阿萨贝河里的石堆相似，我们的独木舟撞上了其中一个。[1] 向导认为，这些石堆是鳗鱼垒的，我一八五三年来缅因的时候，乔·埃蒂昂说它们是铅鱼[2]的杰作。我们横越这个湖的东南角，划到了通往泥塘[3]的陆运段。

昂巴茹克斯库斯湖是珀诺布斯科特河在这个方向的源头，泥塘则是阿拉加什河离我们最近的一个源头，阿拉加什河又是圣约翰河的主要源头之一。霍奇曾经奉州政府的委派，从这条路前往圣劳伦斯河，他说通往泥塘的陆运段长一又四分之三里，还说测

---

[1] 阿萨贝河为康科德河支流，参见前文注释。梭罗曾在《两河一周》中写道："在水浅流急、卵石铺底的河段，有时能看见七鳃鳗营建的古怪窝巢。七鳃鳗学名 *Petromyzon americanus*，意思是'美洲吸石鱼'。这种鱼的窝巢是圆形的，跟车轮一般大，巢高一到两尺，有时会高出水面半尺。正如其学名所示，营巢的七鳃鳗是用嘴巴搬来了这些鸡蛋大小的石头，至于它把石头排成圆圈的用具，据说是它的尾巴。"本书首篇也有相关记述："米利诺基特是一条水浅沙多的小河，河里有许多鱼巢，我估计是七鳃鳗或胭脂鱼的杰作。"七鳃鳗及胭脂鱼见前文注释。

[2] "铅鱼"原文为"chub"，可以指多种鲤科鱼类，此处可能是指鲤科铅鱼属的铅鱼（lake chub，*Couesius plumbeus*）。

[3] 泥塘（Mud Pond）是昂巴茹克斯库斯湖东边的一个湖，因湖底盖满淤泥而得名。

量结果显示，泥塘的地势比昂巴茹克斯库斯湖高十四尺。珀诺布斯科特西支流到驼鹿头湖陆运段的时候，地势据称比驼鹿头湖低二十五尺左右，由此可见，这条河的上游一段似乎是在肯尼贝克河和圣约翰河之间的一个宽广浅谷里穿行，地势比后两条河都低，尽管你看地图的话，没准儿会以为它是三条河当中最高的一条。

泥塘大致位于从昂巴茹克斯库斯湖去张伯伦湖的半路，张伯伦湖是泥塘湖水的归宿，也是我们此行的目的地。向导说，前方是整个缅因州最潮湿的一个陆运段，又赶上这个十分潮湿的季节，我们得做好走烂路的心理准备。他依照平常的做法，把猪肉桶、锅碗瓢盆和其他零散物件归置到一起，用毯子打成一个大包。我们的东西得两趟才能搬完，打算是先搬一半到中途，然后再回来搬另一半。

陆运段这头有块空地，空地里有座木屋，屋门就开在我们要走的小路近旁，向导自个儿进去看了看，发现屋里住着一家子加拿大人，男主人失明已有一年[①]。在这样的地方摊上失明的厄运，似乎是一件格外不幸的事情，因为这里找不到什么人来充当他的眼目。哪怕让狗儿为他领路，他还是无法走出这片原野，肯定会被急流卷走，像一桶面粉一样无力挣扎。他的木屋是奇森库克湖上游第一座房子，也是珀诺布斯科特水域最后一座房子，之所以建在这里，无疑因为这里是伐木工人冬春两季的必经之地。

---

① 据克莱默所说，这个人名叫儒勒·居约特（Jules Thurlotte）。梭罗此行一年之后，居约特把自己的产业卖给了前文提及的安塞尔·史密斯，因为他妻子跟人私奔，他无法独力操持。

这户人家门前的空地土质松软，地势从湖畔向林子略略抬升，我们爬坡穿过空地，钻进这一带无处不有的常绿密林，踏上一条穿林的小径。小径没有坡度，但却乱石嶙峋，十分潮湿，其实只相当于一条稍经铺砌的排水沟，我们不得不从这块石头跳上那块石头，从沟的这边跳到沟的那边，徒劳地躲避泥水的侵袭。于是我们得出结论，脚下这片地方虽然不见水流，却仍然属于珀诺布斯科特水域。我在公共马车上遇见的那个白人猎手[①]曾经告诉我，几个月之前，就是在这个陆运段，他打了两头熊。熊当时就在小径上站着，看见他也不让开。要我说在眼下这个地界，它们不给人让道，或者不遵守靠右行的法规，其实也算合情合理。据那个猎手所说，熊这个季节总是在山冈坡地寻找浆果，性子往往格外暴躁，我们没准儿会在鳟鱼溪[②]碰见它们。他还说了件我不太相信的事情，那就是许多印第安人害怕熊的袭击，晚上都睡船里，不敢在地上睡。

来到这里，我们就踏进了二十年前号称缅因州第一林场的地界。我们脚下的这个地方，一度被人形容为"覆盖着丰茂至极的松林"[③]，现在呢，我感觉松树已经变得相对罕见，话又说回来，眼前密匝匝长满了雪松冷杉之类的树木，你根本看不出哪还有地方容纳更多的松树。曾有人提议挖一条连接昂巴茹克斯库斯湖和张

---

① 即海芮姆·刘易斯·伦纳德，参见前文记述及注释。

② 由后文记述可知，此处所说的鳟鱼溪（Trout Stream）是张伯伦湖东南边的一条小河，英文名今作"Trout Brook"。

③ 引文出自杰克逊《缅因及马萨诸塞两州公共土地第二份年度地质学报告》，该报告撰写时间比梭罗此行早二十年左右。

伯伦湖的运河,但这条水道①最终挖在了更靠东边的特洛斯湖,我们不久就能看见它。

向导顶着独木舟走在前面,很快走出了我们的视线,可他没过多久又折了回来,嘱咐我们转进一条往西拐的小径,说那边更好走,于是我建议他在拐出常规陆运段的地方搁一根大树枝作为标记,免得我们走过了,他表示一定照办。接下来,他嘱咐我们沿小径的主路一直走,不要再改变路线,"看着我的脚印走就行了",可我没把握辨识他的脚印,因为短短几天之前,还有别的人从这个陆运段走过。

我们在正确的地方转进向导说的小径,但很快就被不计其数的伐木小径弄得晕头转向,所有的伐木小径都与我们走的小径连在一起,当年的伐木工人,便是沿这些小径去挑选我上文说到的那些松树。但我们并未踌躇不前,还是沿我们认定的主路一直走,曲里拐弯也不怕。每隔上一段相当长的时间,我们就能在自个儿选的路线上看到一个模糊的脚印。这条小径虽然相对而言罕有人迹,开头的一段却比我们舍弃的常规陆运段好走一些,至少也得说是干燥一些。小径穿过一片阴森至极的侧柏野林,倒伏腐朽的大树被砍成几段滚到一旁,粗大的树干紧贴小径两边,另一些倒树则依然横在路上,形成两三尺高的路障。弹性十足的苔藓好似一块厚厚的地毯,不光盖住泥土,还盖住所有的岩石和倒树,要从这上面认出向导的足迹,对我们来说是一件不可能办到的事情。

---

① 即特洛斯运河(参见前文注释),运河连通了张伯伦湖南边的特洛斯湖(Telos Lake)和韦伯斯特湖(Webster Lake),旨在方便木材运输。

尽管如此，我确实能偶尔辨认出人的脚印，为此还颇有几分自得。我一口气带上了自己的全部行李，也就是一个沉甸甸的背包，外加一个挑在船桨上晃悠的橡胶大口袋，里面装着大伙儿的压缩饼干和一张毯子，行李总重六十磅左右。我同伴却选择分两趟搬运他的家当，走不多远就得跑回去拿剩下的，我只能一次次地停下来等他。每一次放下行李的时候，我们心里都有些打鼓，担心自己离正确的道路越来越远。

坐着等同伴赶上来的时候，我总是觉得他去了特别久，给了我观察森林的充裕时间。到得此时，我才算真正尝到了墨蚊[1]的厉害，这是种形体微小却结构完善的墨色蚊虫，身长只有十分之一寸左右。我身处这条光线幽暗的林间小径，坐在一个比通常更宽也更让人难以抉择的岔路口，先是感觉到它们的叮咬，然后才看见它们乌泱泱四面合围的身影。关于这种蚊虫，猎手们讲过一些血淋淋的故事，说它们会神不知鬼不觉飞上你的脖子，围成一个圆圈，等到你一把抹将过去，墨蚊固然会死掉一大片，你手上沾满的却是你自个儿的鲜血。好在我想起背包里装着驱蚊药剂，是班戈的一位细心朋友为我准备的，忙不迭拿出来涂手涂脸，立刻发现这药剂确有奇效，在它依然新鲜的时候，换句话说就是在涂上之后二十分钟以内，不光是墨蚊不敢来，其他所有的烦人虫豸也都躲得远远的。得到了药剂保护的部位，它们绝不会跑来降落。这药剂的成分是橄榄油和松节油，外加少许留兰香油和樟脑。有效归有效，但是我最终认定，药石的危害猛于疾病。脸上手上涂

---

[1] "墨蚊"即扰人蚋，参见前文注释。

满这样的一层混合物，实在是太不舒服、太不方便了。

三只铅灰色的松鸦属大鸟（*Garrulus canadensis*），也就是拥有"食驼鹿鸟""食肉鸟"等等别名的加拿大松鸦[①]，默不作声地轻快飞来，一点点向我靠近，最终满怀好奇地跳下枝头，落到离我只有七八尺的地方。这种鸟的身手没有蓝松鸦[②]灵活，模样也远不如蓝松鸦中看。湖上飞来的几只鱼鹰，低低掠过我近旁的林梢，边飞边发出尖声的嗯哨，似乎在担心自个儿筑在附近的窝巢。

坐了一阵之后，我注意到这个岔路口有棵树被人剥去了一块皮，留出一块白地儿，上面有红粉笔写的"Chamb. L."字样。我明白这是"Chamberlain Lake"（张伯伦湖）的简写，由此便得出结论，从大方向来说，我们这条路还是走对了。这时我们已经走了将近两里，依然没见到泥塘的影子，但照我的揣测，我们兴许走上了一条直抵张伯伦湖的路，不用再取道泥塘。从地图上看，张伯伦湖在我们东北五里左右，于是我掏出罗盘，测好了前进的方向。

等我同伴带着行李回到路口，用驱蚊药剂护住手脸，我们便再次启程。路况急剧恶化，小径迅速变得模糊难辨，久而久之，我们穿过一片依然开满鲜花的 *Calla palustris*[③]，撞进一块视野较宽、成色更足的沼地。这一季格外潮湿多雨，沼地比平常还难穿越，

[①] 加拿大松鸦即加拿大噪鸦，曾属鸦科松鸦属，现属同科噪鸦属，现用学名见前文注释。"食驼鹿鸟"（moose-bird）和"食肉鸟"（meat-bird）的别名都源自这种鸟贪吃且乐于接受人类喂饲的习性。

[②] 蓝松鸦见前文注释。

[③] "*Calla palustris*"即天南星科水芋属唯一物种水芋（water-arum）。

我们每走一步都会下陷整整一尺，有时甚至泥水没膝，小径几乎彻底湮灭，模糊得好似麝鼠冲开浮水的莎草，在类似地方踩出的道路。实在说来，这条小径的有些部分，十有八九真的是麝鼠开辟的小道。有鉴于此，我们得出结论，如果泥塘里的泥能跟泥塘陆运段上的水一样多的话，"泥塘"这个名字就肯定不算白起。我们不交一语，毅然决然却又慎之又慎地踏进这块沼地，一副哪怕泥水没颈也要强行穿越的架势，要是让旁人看见，肯定会觉得十分好笑。深入沼地老远之后，我们找到一块能搁行李的草皮，尽管这里没有我能坐的地儿，我同伴还是放下行李，回头去取剩余的部分。我本打算在这个陆运段好好地观察一下，找一找珀诺布斯科特流域和圣约翰流域的分界线，但在整段旅途当中，我的双脚几乎一直泡在水里，地面也一直是平的，见不到流动的水，所以我渐渐觉得，分界线恐怕是找不到了。我记得东北边界争端[①]期间，老有人提起那些把珀诺布斯科特流域跟圣约翰及圣劳伦斯流域分隔开来的"高地"，于是我拿出地图，发现英国在一八四二年之前主张的边界正是从昂巴茹克斯库斯湖和泥塘之间穿过，由此可见，此时我们要么是已经越过那条边界，要么就刚好身处边界之上。这样看来，根据**英国方面**对一七八三年条约[②]的解释，我脚下就是那些"把流入圣劳伦斯河的河流跟流入大西洋的河流分隔

[①] 英美边界争端可参看前文关于"马尔斯场"的记述及注释，这场争端于1842年通过《韦伯斯特-阿什伯顿条约》（Webster-Ashburton Treaty）得到解决。

[②] 即1783年美国独立战争结束时签订的《巴黎条约》（Treaty of Paris），其中包含规定英美边界的条文。

开来的高地"①。果真如此的话,这可真是个引人入胜的立脚之所,哪怕你没地方坐。依我看,假使参与边界谈判的各位专员,再加上那位荷兰国王②,曾经来这里待过几天,背着行李寻找所谓的"高地",肯定能享受到一段很有意思的时光,对边界问题的看法没准儿也会有所改变。到了这里,荷兰国王想必如鱼得水③。我同伴回去取行李的时候,这些就是我等待期间的遐思。

眼前是一片雪松沼地,回荡着白喉雀的特异鸣啭,听起来格外嘹亮,格外清晰。这里生长着侧鞍花、拉布拉多茶和 *Kalmia glauca*,以及我前所未见的矮桦(*Betula pumila*)④,后者是一种叶子圆圆的袖珍灌木,只有两三尺高,我们打算以它为这块沼地命名。

良久之后,我同伴终于回返,向导也和他一起。原来我们走错了路,向导找不见我们的踪影,好在他急中生智,赶紧跑回去问那个加拿大人,我们多半会走哪条路,因为他觉得白人也是白人,肯定更了解白人做事的方式。还别说,那人果真给了他正确的答案,说我们准保会走通往张伯伦湖的补给道路(在这个季节,靠这种道路可运不了多少补给)。眼见我们放着好好的陆运段小径

---

① 引文出自《巴黎条约》的前身《一七八二年停战草约》(Preliminary Articles of Peace 1782)。

② 荷兰国王威廉一世(William I of the Netherlands,1772—1843)曾参与调停英美边界争端。

③ 梭罗这么说,应该是因为荷兰是海上强国,而这片"高地"水很多。

④ 侧鞍花(side-saddle flower)即瓶子草科瓶子草属植物紫瓶子草,学名 *Sarracenia purpurea*;拉布拉多茶见前文注释;"*Kalmia glauca*"即沼泽月桂,见前文注释;矮桦(low birch)亦称泽桦(bog birch),为原产北美的桦木科桦木属落叶灌木,学名如文中所列。

不走，偏要去走他口中的"拉货"（意思是拖运或补给）道路，而且不懂得追随他的足迹，向导感到万分惊讶，声称这简直是"莫名其妙"。显而易见，他对我们的山林技艺不敢恭维。

经过一番盘算，啃过一口饼干，大伙儿的结论是事到如今，我们两个应该跳过泥塘，继续往张伯伦湖前进，这样走的话，兴许会比折回去取道泥塘更近，尽管向导从来没走过这条路，对路况一无所知。与此同时，向导会独自折返，继续把他的独木舟和包裹往泥塘搬，随即横渡泥塘，从泥塘湖口顺流进入张伯伦湖，然后缘湖北上，眼下刚过中午，他估计不等天黑，他就能跟我们在张伯伦湖会合。照他的估计，我们脚下的水是从泥塘倒灌来的，泥塘就在我们东边不远的地方，只不过雪松沼地林子太密，我们过不去而已。

我们继续前行，不久便喜出望外地踏上较比坚实的土地，翻过一道小径较比好认的山梁，一路却始终视线受阻，看不到林子外面的景象。下山路上，我看到许多大号的大圆叶玉凤兰，其中一株我量了量，发现它照常贴地的叶子长九寸半，宽九寸，茎干高度则是两尺。阴暗潮湿的荒野适合一些与此相类的兰科植物，尽管它们娇气得无法栽培。我还看见了浆果青绿的沼泽醋栗（*Ribes lacustre*），以及挂了果的 *Rubus triflorus*[①]，后者遍生低地，不太潮湿的地方都能找见。途中某处，一只小鹰疾速冲过我上方的树顶，发出一声十分清晰的刺耳啸叫，听着像是白喉雀啼鸣的

[①] 沼泽醋栗（swamp gooseberry）为广布北美的茶藨子科茶藨子属灌木，浆果成熟后变成暗紫色，学名如文中所列；"*Rubus triflorus*"即矮树莓，见前文注释。

一个单音,只不过响亮得多。我觉得有点儿奇怪,它居然这么沉不住气,碰见我们就匆匆逃离,因为在我看来,要在这样的密林里再次找到鹰巢的位置,对它自己来说也不是特别容易。我们还几次看见红松鼠的身影,听见它的声音,并且时常看见之前也曾看见的一种事物,那便是它撒在岩石或倒树上的蓝灰色冷杉果壳。照向导的说法,除了为数极少的条纹松鼠[1]以外,这一带的林子里就只有这么一种松鼠。生活在这片幽暗的常绿森林,红松鼠想必过得孤单寂寞,因为这地方动物稀少,离我们来时经由的公路足有七十五里。这里的树木如此众多,真不知道它依据什么来把其中一棵认定为自己的家,可它确实会从千树万树之中挑出一棵,顺着树干往上蹿,仿佛行走在一条熟识的道路。在这样的地方,老鹰哪能找得到它?我想它见到我们一定很高兴,虽说它确实像在数落我们。这些个阴沉的冷杉云杉树林,永远算不得完整无缺,除非你能从苔藓遍地、枝杈纵横、宛如巨穴的树林深处,听见它尖细的警报[2],也就是它的云杉之声,恍如听见树浆或者云杉啤酒,在树芯的裂缝里汩汩涌流。这么个粗野无礼的家伙,居然还时不

---

[1] 红松鼠见前文注释;"条纹松鼠"应指原产北美大陆东部的松鼠科花栗鼠属动物东部花栗鼠(eastern chipmunk, *Tamias striatus*),梭罗在《两河一周》中写到了这种动物。

[2] "警报"指红松鼠受惊时的嘎吱尖叫。梭罗曾在《两河一周》当中如是描写红松鼠:"它高踞在一棵松树的颠梢,见我们靠近就发出独特的警报,声音像是在上特别紧的闹钟发条……"《瓦尔登湖》当中也有类似描写:"……它(红松鼠)已经突然蹿上一棵小刚松的树梢,开始拧紧它那只闹钟的发条,数落它想象中的全体观众,一边自言自语,一边对整个宇宙发表演说。"

时提醒我周围的树林,要对我多留点儿神。"咳,"我对它说,"我非常了解你家的情况,跟你那些康科德亲戚熟极了。我估计你们这儿书信难通,你应该很想听听它们的消息吧。"可惜我这么跟它套近乎,到头来都是枉费心机,因为它还是会经由它的空中路线,退到更远处的雪松树梢,再一次拉响它的警报。

随后我们踏进又一块沼地,脚步自然慢了下来,这儿的路空前难走,不光因为水漫路面,还因为倒树遍地,时常把本已模糊的小径彻底遮掩。这里的倒树实在多,以至于一大段一大段的路程当中,我们仿佛穿行在一个接一个的小院,先爬过一道高及我们头顶的倒树篱笆,进入一个往往没膝的水漫院子,然后爬过又一道篱笆,进入又一个院子,如此这般,往复循环。其间有一次,我同伴回头取行李的时候迷了路,空着手就回来了。路上的许多地方都可以划独木舟,如果没有倒树碍事的话。跟先前那块沼地一样,这里较比敞亮,同时也一样潮湿,以至于树木无法生长,人也没地方坐。这是一片苔草纠结的沼地,你得有驼鹿那么长的腿才能穿越,而我们跋涉一路,多半吓着了不少驼鹿,虽说我们一头也没看见。眼前这个地方,随时可能响起熊的咆哮、狼的哀嚎和美洲狮的嘶叫,可当你深入这些阴沉的林地,常常会惊讶地发现,大块头的住户都不在家,只留了一只小不丁点儿的红松鼠看门,冲着你嘎吱乱叫。一般说来,野兽嘶吼的荒野[①]并不嘶吼,嘶吼的其实是旅人的想象。不过我确实看见了一只死掉的豪猪,兴许是死于路途艰苦。这些刺头儿是荒野结出的小小果实,跟这

---

① "野兽嘶吼的荒野"见前文注释。

种不修边幅的凌乱野地格外般配。

在缅因的森林里开辟伐木道路，相关的活计叫作"挖沼"，干这种活计的人，则叫作"挖沼工"。现在我可明白了，这名字起得相当合适。在我见过的所有道路之中，就数这条路上的沼地挖得最好，这里的天工，一定给了人工很好的配合。话又说回来，我估计相关人士保准儿会告诉你，这一带林地的筑路者之所以名为"挖沼工"，是因为他们工作的主旨不是别的，恰恰是设法让沼地可以通行。我们途经一条溪涧，溪上的桥梁只是一堆用雪松树皮绑在一起的原木，眼下已经塌了，我们只好自力更生渡到对岸。这条溪多半是流入泥塘的，向导若是知晓它的存在，也许会溯溪而上来接我们。桥虽然塌了，却仍然是一个首要的证据，说明我们的脚下，确实是一条勉强可称"道路"的东西。

这之后，我们穿过又一片低矮坡地，我穿的是鞋子，所以借此机会拧干了袜子，可我同伴穿的是靴子，所以不敢像我这么干，因为湿靴子脱下来容易，穿回去却难。他在这一整片地面，或者说是水面，来来回回走了三遍，把我们的进度拖得十分缓慢，另一个原因则是我们的双脚被水泡软，多少有点儿不良于行。我干坐在地上等他，难免觉得他去了无限久的时间。这一来，我一方面是透过林子看见日头渐低，一方面又心里打鼓，想的是就算我们没走错路，终归不知道张伯伦湖还有多远，也不知天黑时能走到什么地方，于是便提出建议，接下来我要全速前行，沿路留下大树枝作为标记，争取在天黑之前找到张伯伦湖和向导，再让向导回来帮我同伴搬行李。

前行里许，我又一次踏入低地，听见一种好似夜猫子叫的声音，不久便发现这是向导的呼唤，赶紧出声回应。没一会儿，我俩碰上了头。原来他已经横渡泥塘，闯过泥塘下游的几段急流，赶到了张伯伦湖，眼下是沿着我们走的这条路，从湖边倒回来走了一里半左右，为的是迎接我们。他不来接我们的话，这天晚上我们多半是找不着他的，因为这条路并不是直接通到湖边的那个位置，半道上有那么一两个分叉。我俩碰头之后，他接着往回走，去帮我同伴搬运行李，我则继续走向湖边。前方又有一条溪涧，溪上的原木桥梁也已垮塌，半座桥已经随水漂走。蹚过这条溪涧之后——蹚水的滋味绝不比走路差，因为溪里没有那么多淤泥——我们继续前行，一会儿踩泥一会儿蹚水，一直走到了阿普穆杰尼加穆克湖[①]，虽然没像我们预想的那样赶上午饭时间——我们没吃午饭就出发了——倒还来得及吃一餐迟到的晚饭。我们这一趟，少说也得有五里的路程，我同伴因为把大部分的路程走了三遍，所以就在这么糟糕的路上走了足足十二里。冬天里水会结冰，雪也会积到四尺的厚度，到那个时候，这条路无疑会好走一些，勉强适合步行。就眼下的路况而言，我是不会太怀念这次散步的。要是你想知道构建这种道路的准确配方，不妨取一份泥塘，用等量的昂巴茹克斯库斯湖和阿普穆杰尼加穆克湖来稀释，然后把材料交给一家子麝鼠，打发它们去铺排道路，打洞筑坡，直到它们满意为止，最后再来场飓风，用倒树筑起道路的护栏，这样就算是大功告成。

[①] 由下文可知，"阿普穆杰尼加穆克"（Apmoojenegamook）是张伯伦湖的印第安名字。

我们到达的是一个湖滨岬角,岬角位于泥塘汇入口的西边,伸入阿普穆杰尼加穆克湖或说张伯伦湖,上面有一片宽广的湖滩,湖滩上铺满沙砾乱石,还散落着一些碍事儿的倒树和漂白原木。能在世界的这个角落看见这么些干燥的物事,我们大喜过望。但我们一开始没工夫理会这些干货,光想着对付身上的泥污和湿气。我们三个一齐下湖,一直走到齐腰深的地方,把衣服给洗了。

　　眼前是又一个壮美的湖泊,据称从东到西长十二里,算上特洛斯湖则可达二十里,因为水坝①筑成之后,死水把特洛斯湖跟张伯伦湖连在了一起。至于说湖的宽度,目测应该是一里半到两里。我们是在湖的南岸,与湖的东西两端大致等距,放眼对岸,可以看见所谓的"张伯伦农场",那是这一带仅有的一片开垦土地,离我们大概两里半,农场里有两三座挨在一起的原木建筑。我们在湖滨点起篝火,烟雾引来了农场的两个人,他们是划独木舟过来的,因为这一带约定俗成,如果有人想渡湖去农场,那就用烟雾唤船来接。他们花了大概半个钟头才划过来,只可惜白跑一趟。别的不说,就连这个湖的英文名字都带着一种荒蛮的林地韵味,让我想起那个在"拉夫威尔之战"中杀死鲍古斯的张伯伦。②

---

　　①　即十九世纪五十年代建成的闸坝(Lock Dam)。张伯伦湖水原本流入老鹰湖,闸坝使湖水转向,经特洛斯湖流向珀诺布斯科特东支,老鹰湖和张伯伦湖一带出产的木材由此可以顺流而下,直抵班戈。

　　②　1725年5月,北美殖民地民兵头领及赏金猎人约翰·拉夫威尔(John Lovewell, 1691—1725)率部在皮夸基特(Pequawket,今日的缅因州弗莱堡镇)与皮夸基特印第安人进行了一场战斗,亦即"拉夫威尔之战"(Lovewell's fight)。皮夸基特酋长鲍古斯(参见前文注释)阵亡是役,据说死于拉夫威尔的手下约翰·张伯伦(John Chamberlain, 1692—1758)之手。《两河一周》详细记述了"拉夫威尔之战"。

向导在篝火上方架了根杆子，我们换上仅有的干衣服，把其他衣物挂到杆子上去烤，然后开始吃晚饭，吃完便脚冲篝火，在遍地卵石的湖滩上直接躺倒，连帐篷都没支，只是在地上薄薄地铺了一层草，免得卵石硌着身子。

身临此地，率先跑来骚扰我的是一种名为"no-see-em"（不见影儿）的小蚊蚋，这东西学名 *Simulium nocivum*，后一个词可不是"no-see-em"的拉丁文。[1]"不见影儿"在水边沙地为害最烈，因为它是一种沙蝇[2]。幸亏它翅膀颜色比较浅，如其不然，你压根儿别想看见它的形影。据说它会钻进你的衣服，弄得你发烧发热，照我看，我这天晚上就有这种感觉。

我们此行遭遇的昆虫天敌，如果要总结一下的话，应该把蚊子排在第一。蚊子是我们的头号大敌，只不过它的袭扰限于夜间，或者是白天我们一动不动坐在岸边的时候。其次是墨蚊（*Simulium molestum*）[3]，如我先前所说，白天它会在各个陆运段给我们造成或大或小的困扰，有时也会在较为狭窄的河段发动攻击。哈里斯[4]说它过了六月就销声匿迹，这句话并不符合事实。第三种是驼鹿

---

[1] "不见影儿"即吸血库蠓，学名今作 *Culicoides sanguisuga*，参见前文注释。梭罗所列拉丁词汇 "*nocivum*" 意为"伤人的"，读音与"no-see-em"相近。

[2] "沙蝇"原文为"sand-fly"，是沙地常见的许多种双翅目吸血昆虫的通称。

[3] 蚊子指蚊科昆虫，墨蚊即蚋科的扰人蚋，参见本书首篇关于"墨蚊"的注释。

[4] 哈里斯（Thaddeus William Harris，1795—1856）为美国昆虫学家及植物学家，梭罗此处列举的 "*Simulium nocivum*" 和 "*Simulium molestum*" 两个学名都是哈里斯取的。

蝇，据坡利斯所说，他们把大个儿的驼鹿蝇叫作"博索斯夸西斯"（Bososquasis）。这是种壮硕的褐色蚊蝇，跟马蝇[①]很像，大约有十六分之十一寸长，腹部一般是铁锈色，翅膀上没有斑点。坡利斯说它叮人很疼，好在是易于躲避，易于拍打。第四种就是我上文说到的"不见影儿"。四种之中，唯有蚊子使得我不堪其扰，所幸有人给我准备了驱蚊药剂和面罩，所以它没给我留下什么刻骨铭心的纪念。

向导没有面罩，也不肯用我们的驱蚊药剂护手护脸，怕药剂伤到他的皮肤，这样一来，他所遭受的蚊叮虫咬，不管是在此时此地，还是在整个旅途当中，一直都比我们两个严重。依我看，即便是在我和他都没采取防护措施的时候，他吃的苦头还是比我大。之前他常常把手帕绑在头上蒙脸，再把脸藏到毯子底下，眼下呢，他最终躺到了我们和篝火之间的沙地上，以便把篝火的烟雾扇进毯子，在脸部周围形成保护，为了达到同一个目的，他还点上了自个儿的烟斗，往毯子里面喷烟。

我们就这么躺卧湖滨，跟星星之间没有任何阻隔，于是我问向导，你熟悉哪些星星，知道哪些星星的名字。他熟悉大熊星座，并且知道它的英文名字，也熟悉七姊妹星，但不知道英文怎么说，还熟悉"晨星"[②]和"北极星"。

[①] "驼鹿蝇"和"马蝇"均见前文关于驼鹿蝇的注释。

[②] 大熊星座（the Great Bear）即北斗七星所在星座；七姊妹星（the Seven Stars）即七姊妹星团（the Pleiades）；"晨星"（the morning star）可以指黎明时率先出现的任何亮星，通常指金星。

深夜里，潜鸟的叫声从湖上远远传来，又响亮又清晰，其实我们歇宿湖滨的时候，次次都听见了这种声音。这声音野韵十足，与此地风土和旅人境况相当配衬，听起来非常不像鸟叫。我可以躺着不睡，一口气听上几个钟头，因为它实在令人迷醉。宿营在这样的荒野，你心里自然有所预期，觉得一些当地居民会用声音来呈现荒林的野性，脑子里自然浮想联翩，盘旋着熊、狼和美洲狮的形象，这一来，待到午夜时分，四围的林子万籁俱寂，你耳朵贴地躺在那里，第一次听见极远处传来的潜鸟叫声，距离又使你只能听见叫声的末段，你难免不假思索，认定这是狼或者其他野兽的嘶吼，进而得出结论，这是一群狼在对着月亮嚎叫，或是在追着驼鹿小跑。说起来虽然奇怪，但山坡之上的哞哞牛鸣，确实跟我想象之中的熊嗥最为接近，潜鸟的叫声也像熊嗥，是这一带湖泊必有的标志性声音。狼嗥倒是一种应景的夜曲，只可惜我们没有耳福。两年前我一些朋友去了考孔戈莫克河，在月光下猎捕驼鹿，狼群就曾为他们献歌。其时怪声骤起，仿佛有千百个妖魔同时挣脱了枷锁，转眼之间，一切又重新归于静寂。这声音十分惊人，一旦响起便让你汗毛直竖，虽然说瞬间消逝，却会让人觉得有二十只狼在嚎，事实呢，多半只是两三只而已。他们只听见过两次狼嚎，说这种声音补全了荒野的韵味。我还听人说，不久之前，有几个人在这一带的林子里剥驼鹿皮，结果被狼群赶得落荒而逃，死驼鹿成了狼群的美餐。

潜鸟表演的这一出——我说的不是"潜鸟之笑"，而是"潜鸟之嗥"[①]——其实是一种长声吆吆的号叫，有时会让我觉得酷肖人声，"嚯-嚯-喔喔喔喔喔"，就像一个人把嗓门儿提到极限，用一种特别高的音调呼喊。有一次夜里十点，半梦半醒的我用鼻孔使劲儿呼吸，发出的声音跟"潜鸟之嗥"毫无二致，说明我跟潜鸟亲缘很近，情形仿佛是归根结底，它和我用的是同一种语言，仅仅是方言各别而已。上一次在这片林地辗转反侧、午夜不眠的时候，我曾经侧耳倾听林地的语言，想听懂几个单词或者音节，只可惜白费力气，直到听见潜鸟的号叫，才算是有所收获。[②] 在家乡城镇的几个池塘，我也曾偶尔听闻潜鸟的号叫，但在那些地方，号叫的野韵得不到周围景物的烘托。

午夜时分，一只体躯沉重的低飞鸟儿把我惊醒，它多半是只潜鸟，扇着翅膀从离我头顶很近的地方掠过，沿着湖岸飞去了。于是乎，我翻过衣物缺少的身子，让身子另一面冲着篝火，再一次去寻睡梦。

---

① "潜鸟之嗥"原文为"looning"，是梭罗的自创，亦即把名词"loon"（潜鸟）用作动词，借此形容潜鸟的独特叫声。梭罗曾在《瓦尔登湖》当中写道："恶魔般的怪笑是他（潜鸟）惯常的叫声，好歹还有点儿水鸟的味道，可是，他偶尔能卓有成效地摆脱我的追赶，从很远的地方冒出水面，此时便会发出一声诡异莫名的长号，与其说是鸟鸣，倒不如说是狼嚎，听着就像一头野兽故意把口鼻贴到地面，然后再铆足了劲儿嚎叫。这便是'潜鸟之嗥'，兴许是此地自古以来最狂野的声音，震动了整片树林。"

② 此处"林地的语言"应指印第安语，可参看前篇记述："我躺在那儿听两个印第安人聊天，试着根据手势来猜测他俩谈论的话题，或者是他俩提到的一些专有名词……他们这种语言，白人既不会说也听不懂……这语言跟红松鼠的叫声一样，是一种十足野性、十足原始的美洲之声，我一个音节都听不懂。"

七月二十八日，星期二

我们醒来的时候，毯子上挂着好些露水。一大早我就醒了，躺在那儿听白喉雀的清脆尖叫，"啊-嘀嘀-嘀嘀-嘀"，隔一小会儿就重复一遍，曲调自始至终毫无变化，一口气唱了半个钟头，仿佛它的快乐怎么唱也唱不完。我不知道同伴们听没听见，反正它的歌声对我来说不啻晨祷，是这天上午的头等大事。

日出的景色赏心悦目，我们望见了东南的群山。柯塔丁山大致浮现在东南微南的方位，东南微东的方位是一座两个峰头的山[①]，那座山另一部分的方位则是东南偏东。[②] 向导说后一座山名叫"讷拉姆斯基奇迪库克"（Nerlumskeechticook），还说它位于东支源头，我们从那边回去的时候，会路过它的近旁。

这天早晨，我们又在湖里洗了洗东西，湖边的枯树岩石挂满我们的衣服，光景与在家时的洗衣日[③]相似。向导穿的是他带的唯一一件棉衬衫，这会儿也领会了我们的暗示，拿着管我们借的肥皂走到湖中，把衬衫就这么穿着洗了洗，然后走回岸上，穿上裤子，让衬衫在他身上自己干。

根据我的观察，向导身穿一件原本是白色的棉衬衫，外罩一件灰绿色的法兰绒衬衫，但没有穿马甲，还穿了一条法兰绒衬

[①] 这座两个峰头的山就是本书首篇提及的双峰山，可参看前文记述及注释。

[②] 梭罗这句话使用了多个罗盘方位。罗盘方位以正北为 0.00°，度数按顺时针方向增大，东南微南（southeast by south）是 146.25°，东南微东（southeast by east）是 123.75°，东南偏东（east-southeast）则是 112.50°。

[③] 洗衣日（washing-day）是旧时西方家庭每周集中清洗衣物的日子，通常是星期一。

裤和一条结实的亚麻布或说帆布裤子，裤子原本也是白色，外加一双蓝色的羊毛袜子和一双牛皮靴子，头上戴的则是一顶科苏特帽①。穿上这些之后，他可不带什么换洗衣物，只需要披上一件厚实耐磨的外套——外套眼下搁在独木舟里——抄起一把全尺寸的大斧，拿上猎枪和弹药，外加一张可充船帆也可充背包的毯子，再系好他那条拴了把带鞘大刀的腰带，便可以即刻动身，出门奔波一整个夏天。他这身装备看起来完全自足，有几件简单好使的工具足矣，不需要什么橡胶雨衣。早上他总是第一个收拾停当，要不是因为他的毯子得装几件我们的东西，他连毯子都不用裹。他出门绝不会带一大包他自个儿的换洗衣物，以及诸如此类的家什，倒会把一件件驼鹿的大衣裹进毯子，打成大包带回家去。我发现他的装备是长期经验积累的产物，基本上无可改进，最多就是再洗干净点儿，添一件换洗的衬衫。来到这里，他发现衣服少了颗扣子，于是跑去一个最近有印第安人宿营的地方，看能不能找到一颗，据我所知是没找到。

我们按照惯常的做法，用早餐吃剩的猪油抹了抹硬邦邦的鞋子靴子，好让皮子软和一点儿，然后便早早启程，沿对角线方向横越湖面，打算朝西北行驶四里左右，前往不到近前看不见的湖口。这个湖的印第安名字，也就是"阿普穆杰尼加穆克"（Apmoojenegamook），意思是"横渡之湖"，因为通常的渡湖路线不是纵贯，而是横穿。这个湖是阿拉加什湖群中最大的一个，也是我们浮泛的第一片圣约翰水域。湖的形状与奇森库克湖大体相

---

① 科苏特帽见前文注释。

似，近湖没有大山高丘。途经班戈的时候，有人告诉我们，再往西北许多里有个镇子，那儿有这一带首屈一指的高地，爬上高地林子里的某一棵树，便可以俯瞰这片原野的全貌。我绝不怀疑那棵树值得一爬，但我们还是没去那里。这次我们不打算沿着阿拉加什河跑太远，想的只是瞧瞧它源头的这些大湖，然后就从这边返回珀诺布斯科特东支。此时的湖水流向，严格说该是正北，如果它能算是在流的话。

到了湖心，我们发现水情跟平常一样，浪头相当不小，向导看见我同伴打起了瞌睡，赶紧提醒他说，千万别在独木舟上睡着，那样会把船弄翻，还说印第安人如果想在独木舟上睡觉，只会在船底躺平了睡。可我们这条独木舟拥挤不堪，压根儿不可能躺平。不过，向导叫我们不用担心，如果再看见我同伴打瞌睡，他会把我同伴戳醒的。

一带枯树环绕全湖，其中一些戳在远离岸边的水中，还有一些匍匐其后，大部分的湖滨，由此变成了几乎无法通行的区域。这是湖口水坝造成的恶果，有了水坝之后，天然的沙滩石滩，连同滩头的葱绿流苏，全部都湮没水下，毁于一旦。湖的北岸怒涛拍打，景象一派荒蛮，我们沿着北岸向西滑行，跟岸边保持着约莫四分之一里的距离，留神寻找湖口的位置，因为我们知道，湖口很容易被眼前这些垃圾遮住，或是被犬牙交错的湖岸掩藏。通往湖泊的这些重要门户，居然会如此不事雕饰，真让人匪夷所思。谦抑的注流溢流，上方没有凯旋门作为标志，只会找一个不起眼的地方，悄然穿过连绵不断的森林，涓涓滴滴地入湖出湖，跟渗透海绵差不多。

大约一小时之后，我们到达湖口，随即扛起行李，绕过相当坚固的水坝，前行约四分之一里，又看到第二道水坝。读者们想必知道，他们在张伯伦湖筑坝拦水，结果是迫使圣约翰河的源头之水转向班戈。如是这般，他们在每一个大一点儿的湖泊筑起水坝，把宽广的湖面抬高十尺八尺，举例来说，长达四十里的驼鹿头湖，连同穿梭湖上的汽船，都被他们抬了起来。如是这般，他们用大自然的力量来对付大自然，就为了让他们的掠夺所得顺流而下，漂出这片原野。他们不垦荒不种地，不修路不建房，只顾着掠夺这广袤的森林，只顾着把每一棵较比像样、容易够着的松树迅速砍光，然后就撇下渐渐朽坏的水坝，让熊罴去负责守望，他们走的时候，荒野依然跟他们来时一样荒凉。许多地方如今再无人迹，只有这些水坝依然矗立，好似一道道废弃的河狸坝。想想吧，他们淹掉了多少土地，压根儿没征求大自然的许可！州政府想资助一所学院或大学，方法便是授予它一块林地：一把锯子，代表一所学院的利益，一排锯子呢，代表一所大学。

突然间，这荒野发现她所有的河川湖泊同时暴涨，感觉到成千上万的害虫，正在啃啮她最伟岸树木的根基。众多害虫将啃倒的树木合力拖走，滚进最近的河流，一路磕磕碰碰，碾伤幸存树木的根。最美好的树木悉数倒下之后，害虫便一窝蜂赶去劫掠别的荒野，这里的一切复归平静，情形好比一支四处扫荡的老鼠大军，将整片整片的松林环剥[①]殆尽。伐木工人砍树，动机与老鼠啃

[①] 环剥是指绕着树干切掉一圈树皮，阻断其养分输送。环剥通常是为了杀死树木。梭罗曾在《瓦尔登湖》当中写道："奇怪的是，大自然居然任由一整棵松树成为只供应一只老鼠的饭食，任由老鼠环剥松树，而不是上上下下地啃咬树皮。"

树无异，同样是为了谋生。你兴许会说，伐木工人的家庭，终归比老鼠的家庭更有意思。事实呢，似乎也的确如此。伐木工人会跟你谈论一"铺"①木材，一个他可以钻进去安身立命的好所在，虫子对木材的形容，多半也跟他一模一样。想赞美一棵松树的时候，他通常会告诉你，他砍的那棵松树大极了，桩子上站得下一轭牛，就跟松树生长是为了给牛当凳子似的。我可以想见他说的情景，想见这些笨拙的"驯鹿"负着把它们缚在一起的轭具，顶着暴露它们奴隶身份的铜尖犄角②，一棵接一棵地站上林子里所有巨松的残桩，在桩子上咀嚼反刍的食物，直到一整片林子啥也不剩，变成一座彻头彻尾的牧牛场，还是座草皮啃光的牧牛场。牛站树桩，仿佛是为了增进牛的健康，让松节油之类的药用成分蹿进牛的鼻孔。如其不然，让牛在高处就位，莫非只为象征人类发展史上的一个事实，亦即田园生活起源较晚，是山林生活或说狩猎生活的继起阶段？

伐木工人表达赞美的方式，恰恰暴露了他这种赞美之情的性质。他要是把心里的想法和盘托出，那就会这么说：那棵树大极了，所以我把它砍了，然后呢，桩子上站得下一轭牛。他更赞赏的不是树，而是原木，是树的残骸，树的尸首。我亲爱的先生啊，要是没被你砍倒的话，那棵树完全可以站在它自个儿的桩子上，

---

① "铺"的原文为"berth"，本义为"铺位"，这里兼指"timber berth"（采木地块，亦即政府颁发的采伐许可证中列明的可采伐区域）。

② 梭罗曾在1851年6月22日的日记中写道："家养的牛，角尖上包着黄铜，铜尖和铁掌一样，都是它佩戴的奴隶徽章。"

比一轭牛站得舒服稳当得多呀。人是你杀的，你哪有资格赞颂死者的美德？

英裔美国人尽可以把这一整片婆娑起舞的森林砍个精光，刨个净尽，之后还可以发表树桩演讲①，在森林的废墟上给布坎南②投票，却无法与他砍倒的树木进行精神交流，无法解读随他的迈进步步退避的诗歌和神话。他无知地抹去神话书版的字迹，就为了拿它来印传单，印召开镇民大会的通知。美丽却神秘的荒野传说，就连斯宾塞和但丁③也只是略有心得，而他尚未学懂这篇传说的皮毛，便急不可耐地将它砍倒，忙不迭地铸行**松树**先令④（仿佛要借此表明松树对于他的价值），设立**地区**学校⑤，采用韦伯斯特的识字课本⑥。

---

① 树桩演讲（stump speech）指政客为竞选准备的一套标准说辞。之所以有这个说法，是因为早期的美国政客经常拿树桩充当讲台。

② 布坎南（James Buchanan，1791—1868）为美国政客，1857至1861年间任美国总统。他在废奴问题上立场暧昧，同时得罪了南北两方，南北冲突在他任内激化，美国内战在他离任一个月之后爆发。

③ 斯宾塞（Edmund Spenser，1552?—1599）为英格兰诗人，作品包括未完成史诗《仙后》(*The Faerie Queene*)；但丁（Dante，1265?—1321）为意大利诗人，经典长诗《神曲》(*Divine Comedy*)的作者。

④ 松树先令（pine-tree shilling）是马萨诸塞殖民地在十七世纪中晚期铸行的一种一先令银币（二十先令等于一镑），因银币上的松树图案而得名。

⑤ "地区学校"原文为"*dee*strict schoolhouse"，梭罗用斜体强调"dee"，是因为"deestrict"是新英格兰人对"district"（地区）这个词的方言读法。

⑥ "韦伯斯特的识字课本"即美国词典编纂家挪亚·韦伯斯特（Noah Webster，1758—1843）编写的《美国识字课本》(*The American Spelling Book*，1783)。他编写的教材强调美式拼写，对美国社会影响深远。

第二道水坝的下游，河道虽然相当宽阔，河水却又浅又急，我们两个只好上岸步行半里左右，以便减轻独木舟的负担。我给自己立了个规矩，要走路就把背包背上，要坐船就把包绑上独木舟的横档儿，这样子就算翻船，包终归跟船在同一个地方。

我在这里听见了伏天蝉①的叫声，此后的几个陆运段也有蝉鸣，虽然我原本以为，这种声音只会在有人定居的乡野响起，至少也得是较比开阔的原野才行。在缅因的森林里，蝉肯定没多少生存的空间。

到这时，我们已经实实在在划进了阿拉加什河，我们的印第安向导说，"阿拉加什"（Allegash）的意思是"铁杉树皮"。河水先是北流一百里左右，一开始十分平缓，然后向东南奔流二百五十里，注入芬迪湾②。我们沿河前行大概两里，驶入地图上标为"蓬戈夸亨湖"（Pongokwahem）的苍鹭湖③，惊起了歇在湖口的四五十只"舍柯尔维"或说秋沙鸭幼鸟，它们依照平素的习惯，排成一个长长的队列，在水面飞奔而去。

苍鹭湖是我们行经的第四个大湖，它跟奇森库克湖和这一带大多数的狭长湖泊一样，也是西北-东南走向，从地图上看长约十里。我们从西南侧进湖，隔湖望见东北边的一座黢黑山岭，不太

---

① 伏天蝉（dog-day locust，通常写作 dog-day cicada）为蝉科新鸣笛蝉属昆虫，分布于加拿大及美国东部，学名 *Neotibicen canicularis*。

② 芬迪湾（Bay of Fundy）是加拿大新斯科舍和新不伦瑞克之间的一个海湾，阿拉加什河汇入的圣约翰河在此入海。

③ 这里的"苍鹭湖"（Heron Lake）是老鹰湖（参见前文注释）的别称。据哈登《新英格兰印第安地名》所说，"Pongokwahem"在印第安语中意为"啄木鸟"。

远也不太高,向导说它叫"尖峰山",是木材探子们寻找木材的瞭望台。再往东去,还有一些高地。这个湖的湖滨跟张伯伦湖滨一样满布枯树,倒着的立着的都有,一派不堪入目的破败光景,完全是拜受阿拉加什下游那道水坝①之赐。湖上一些地势较低的岬角或岛屿,几乎已彻底没入水下。

我看见一里外的水面有个白点,后来发现是伫立湖心礁岩的一只大鸥,向导倒是巴不得杀鸥吃肉,可它早早地飞了开去,压根儿不等我们靠近。在大鸥落脚的礁岩周围,我还看见了一群夏鸭。这个湖既然名为"苍鹭",我便跟向导打听苍鹭的事情,向导说,他曾在硬木林子里找到蓝苍鹭②的巢。我依稀看见四五里外有个浅色的东西,正沿着对面或说北面的湖滨移动,向导说他不知道那是什么,按理说只可能是驼鹿,可他从来没见过驼鹿还有白色的。但他补充说,他能够"隔着整个湖面",把"湖滨任何地方"的驼鹿认个"一清二楚"。

我们绕过一个岬角,在一个湖湾里横向穿行了一里半或两里,直奔湖口下游三四里处的一座大岛③。途中我们遇见一些蜉蝣,它们出现在离岸大约一里的地方,显然有飞越整个湖面的本事。行

---

① 指1846年建成的原名"苍鹭湖水坝"(Heron Lake Dam)的丘吉尔水坝(Churchill Dam)。

② 苍鹭(heron)是鹭科(Ardeidae)鸟类的通称,蓝苍鹭(blue heron)则指鹭科鹭属的大蓝鹭(great blue heron, *Ardea herodias*)或白鹭属的小蓝鹭(little blue heron, *Egretta caerulea*)。根据梭罗在本书附录列出的拉丁学名"*Ardea caerulea*",他说的"blue heron"是小蓝鹭。

③ 即老鹰湖中的皮尔斯伯里岛(Pillsbury Island)。

经驼鹿头湖的时候,我曾在离岸半里处看见一只硕大的恶魔之针①,它是从湖心飞来的,而那个地方的湖面少说也有三四里宽。十有八九,当时它横越了整个湖面。当然喽,我们终将碰上宽得使昆虫无法飞渡的湖泊,没准儿还可以拿这个充当标尺,对大湖小湖进行区分。

大岛的东南面地势高峻,林木蓊郁,边缘有一片石滩,我们在此登陆,时间正适合吃一顿提前的午餐。这地方不久前有人宿营,地上留着一个绷驼鹿皮的架子,我们的向导对这个架子进行了严厉的批评,认为它体现的山林技艺乏善可陈。②地上还有许多湖水冲上来的虾壳,来自螯虾或说淡水龙虾,也就是一些池塘溪涧因之得名的那种动物③,它的体长通常是四至五寸。上岸之后,向导立刻砍倒一棵船桦,把它斜搭在岸边的另一棵树上,用一根长长的枝条绑好,然后就躺到树荫里睡觉去了。

行经考孔戈莫克河的时候,向导曾向我们推荐另一条返程路线,也就是取道圣约翰河,跟我们最初的打算不谋而合。当时他甚至说,那条路更好走,虽然要多绕很长一段,要花的时间却比走珀诺布斯科特东支长不了多少,并且拿起地图,向我们指明了每天晚上的宿营地点,因为他对那条路非常熟悉。按照他的估算,我们从这里出发,沿阿拉加什河顺流北上,第二天晚上就能赶到

---

① "恶魔之针"(devil's needle)即"恶魔缝衣针"(devil's darning needle),是蜻蜓的别称。

② 据克莱默所说,梭罗曾在1857年8月1日的日记中写道:"(坡利斯)说这架子是乔·埃蒂昂(我四年前请的印第安向导)搭的,我不知道他是怎么认出来的。"

③ 可参看前篇关于"龙虾溪"和"龙虾湖"的记述及注释。

法国人定居点①，进入圣约翰河干流之后，全程的河岸或多或少都有人烟，就跟我们喜欢有人烟似的。路上只有一两处瀑布，扛船绕行的路程非常短，顺流而下的航程又非常快，风向有利的话，一天甚至能走一百里。他还向我们指明，我们该在哪儿哪儿扛船转入鳗鱼河，免得去绕新不伦瑞克省伍德斯托克镇下游的那个弯，然后从鳗鱼河进入斯库蒂克湖，再从斯库蒂克湖进入马塔瓦姆基格河。②沿那条路走到班戈，航程大概是三百六十里，眼下这条却只有一百六十里左右，可是呢，走那条路可以探索圣约翰河，从河源走完它三分之二的流程，还可以领略斯库蒂克湖和马塔瓦姆基格河的风光，这么着，我们再一次心向神往，产生了从那边走的念头。但是我终究担心圣约翰河岸人烟太多，于是就问向导，走哪条路经过的地界更有野韵，向导说是走东支。一是出于这方面的考虑，二是因为走东支路程较短，我们决意维持原定的路线，路上没准儿还可以爬爬柯塔丁山。我们由此议定，这个岛便是我们此行在这个方向的尽头。

---

① 参照梭罗的书信，这里的"法国人定居点"是指今日的缅因州马达瓦斯卡镇（Madawaska，1869年建镇）。这个地方在圣约翰河边，离阿拉加什河汇入圣约翰河的地方不远，最早的白人定居者是十八世纪中叶被英国人赶出加拿大的法国人。

② 文中的"斯库蒂克湖"（Schoodic Lake）应为"斯库蒂克湖群"（Schoodic Lakes）。鳗鱼河（Eel River）是圣约翰河的一条小支流，在新不伦瑞克省伍德斯托克镇（Woodstock）下游汇入圣约翰河。鳗鱼河离又称"奇普特讷提库克湖群"（Chiputneticook Lakes）的斯库蒂克湖群（Schoodic Lakes）很近，斯库蒂克湖群又离珀诺布斯科特支流马塔瓦姆基格河（参见前文记述及注释）很近。

眼下我们已经见过了阿拉加什湖群中最大的湖泊①，下一道水坝位于阿拉加什河下游，北行约十五里可到，一路过去都是死水。在班戈的时候，我们曾听人说起那道水坝的管理员，他独自住在那里，差不多算个隐士，成天闲得发慌，便拿一颗子弹在两手之间抛来抛去，借此打发时间。②班戈的人特意说到这件事情，就跟我们会有兴趣拜访那人似的。那人拿着个黯黑无趣的铅制物件，来来回回不停抛接，他两手之间这种针锋相对的交流，似乎象征着他对社会交往的理解。

从地图上看，我们身处的这座岛在班戈的西北偏北方位，跟班戈的直线距离大概是一百一十里，又在魁北克的东南偏东，距离九十九里左右。放眼湖的北端，还有一座遥遥在望的岛屿③，岛上有一片业已开垦的高地，但我们后来听说，那个岛无人居住，人们只是拿它充当牧场，饲喂在周边林地过夏的牲畜，尽管提供这一情报的人还说，北侧湖口附近的湖岸上有座木屋。连绵不断的森林当中，突然冒出这么一块平整方正得极不自然的地面，仅仅是再一次提醒我们，这一带是多么地荒无人烟。身处这样的开垦土地，你碰到熊的概率，比碰到牛还大一些。无论如何，熊要是撞进这种地界，肯定会觉得惊讶不已。这样的地面，无论你远望还是近观，马上就能看出它出自人工，因为大自然从来不这么

---

① 张伯伦湖和老鹰湖面积分别为四千四百多公顷和三千八百多公顷，是阿拉加什湖群中最大的两个湖。

② 据埃克斯托姆（参见前文注释）所说，这个人是丹·克罗克特（Dan Crockett）。克罗克特独自在水坝住了十七年，1864年在张伯伦农场去世。

③ 那个岛屿是农场岛（Farm Island）。

干。为了让天光像照临湖面一样照临地面，人类剪除坡地平原的森林，又像魔法师一般撒下细细的草籽，给地面铺上厚实的草皮地毯。

对于这林子里寥若晨星的定居者，坡利斯显然比我们更感兴趣。要是我们啥也不说，他就会想当然地认为，我们打算直奔下一座木屋。之前他眼见我们走过奇森库克湖边的木屋，还有泥塘陆运段那个加拿大盲人的房子，两次都是过门不入，没有停下来跟住户聊天，眼下便借机提醒我们，走到一户人家附近，一般的规矩是上门拜访，给住户讲讲你的见闻，听住户讲讲他的闻见，可我们只是哈哈大笑，说我们暂时已经看够了房子，之所以跑到这里来，目的之一正是躲避人烟。

与此同时，风势越来越猛，刮倒向导的船桦，刮起湖面的恶浪，我们惊觉自个儿受困孤岛，离得最近的西岸也在里许之外，赶紧把独木舟拖上岛来，免得它随着风浪漂走。我们心中忐忑，担心这天离不了岛，甚至得就地过夜。不管走不走得了，向导反正又钻到他的桦树底下睡觉去了，我同伴也给自己找了点儿事做，开始晾晒他的植物标本，我则沿着湖滩漫步向西，湖滩上石头很多，而且堆满漂木和泡白的倒树，把四五杆宽的地面堵得无法通行。根据我的观察，这一片满布乱石沙砾的宽阔湖滩生长着 *Salix rostrata*、*discolor* 和 *lucida*，*Ranunculus recurvatus*，*Potentilla norvegica*，*Scutellaria lateriflora*，*Eupatorium purpureum*，*Aster tradescanti*，*Mentha canadensis*，*Epilobium angustifolium*（这一种为数众多），*Lycopus sinuatus*，*Solidago lanceolata*，*Spiraea salicifolia*，*Antennaria margaritacea*，*Prunella*，*Rumex acetosella*，多种树莓，藨草，*Onoclea*，如此等等。[①] 离滩头最近的树种是 *Betula papyracea* 和 *excelsa*，以及 *Populus tremuloides*。[②] 我——列举这些名字，是因为这是我游踪所及的极北之地。

我们的印第安向导说，他懂得医术，无论我找来什么植物，他都能说出它的一些药用价值。我立刻考了考他。他指出山杨（*Populus tremuloides*）的内层树皮能治眼睛疼，并且说出了其他一

---

① "*Salix rostrata*"即长喙柳，见前文注释；"*Salix discolor*"即杨柳科柳属灌木或小乔木灰柳；"*Salix lucida*"即杨柳科柳属灌木或小乔木光叶柳；"*Ranunculus recurvatus*"弯钩毛茛，见前文注释；"*Potentilla norvegica*"即蔷薇科委陵菜属草本植物挪威委陵菜；"*Scutellaria lateriflora*"即唇形科黄芩属草本植物北美黄芩（侧花黄芩）；"*Eupatorium purpureum*"即菊科紫泽兰属草本植物紫泽兰，学名今作 *Eutrochium purpureum*；"*Aster tradescanti*"即菊科联毛紫菀属草本植物特氏紫菀，学名今作 *Symphyotrichum tradescantii*，这种植物的种名得自英格兰园艺师及植物学家约翰·特瑞德斯坎特（John Tradescant, 1570?—1638），有些人认为它是侧花紫菀（*Symphyotrichum lateriflorum*）的一个变种；"*Mentha canadensis*"即野薄荷，学名亦作 *Mentha arvensis*，见前文关于"马薄荷"的注释；"*Epilobium angustifolium*"即柳叶菜科柳叶菜属草本植物柳兰；"*Lycopus sinuatus*"即唇形科地笋属草本植物北美地笋，学名亦作 *Lycopus americanus*；"*Solidago lanceolata*"即草叶金顶菊，见前文注释；"*Spiraea salicifolia*"即蔷薇科绣线菊属灌木柳叶绣线菊；"*Antennaria margaritacea*"即长生草（珠光香青），见前文注释；"*Prunella*"是唇形科夏枯草属植物的通称，根据梭罗在本书附录列出的拉丁全名"*Prunella vulgaris*"，他说的是东西方都用为草药的普通夏枯草；"*Rumex acetosella*"即蓼科酸模属草本植物小酸模；树莓及藨草见前文注释；"*Onoclea*"是球子蕨科球子蕨属植物的通称，根据梭罗在本书附录列出的拉丁全名"*Onoclea sensibilis*"，他说的是前文曾提及的敏感蕨，可参看前文注释。

② "*Betula papyracea*"即 *Betula papyrifera*，亦即船桦，见前文注释；"*Betula excelsa*"即黄桦，学名今作 *Betula alleghaniensis*，见前文注释；"*Populus tremuloides*"即杨柳科杨属乔木北美山杨。

些植物的功效,足证他不是信口吹嘘。照他的说法,他年轻时跟一位睿智的印第安老人打过交道,这些知识都是跟那位老人学的。说到这里,他叹了一句,现在的这一代印第安人哪,"丢掉的东西太多啦"。

向导说驯鹿堪称"奔跑健将",还说这个湖周围原本有许多驯鹿,现在却没有了。说着说着,他指了指湖滨那一圈惨遭水坝祸害的枯树,补了一句,"(驯鹿)不喜欢树桩,看见树桩就害怕。"

他抬手指向东南,目光越过湖面,越过遥远的森林,接着说道,"我三天就能走到老镇。"我问他怎么克服沼地和倒树造成的障碍,他回答说,"噢,冬天里一切都盖起来了,穿着雪鞋哪都能去,湖也可以徒步横穿。"我又问他具体怎么走,他说,"我先走到柯塔丁山西面,再走到米利诺基特湖,再走到珀马达姆库克湖,再走到尼喀透岛,再走到林肯镇,然后就到老镇",沿着皮斯卡塔奎斯河走也行,路程还短一些。对于孤身上路的旅人来说,这该是怎样一番荒野跋涉!这一路可不像我们城郊的那些野地,没有你想的那种区区半里长的沼地,没有你想的那种区区一里宽的林子,这一路不光没有客栈,指路牌和落脚点也只是一座黑山或一个湖泊,这一路经行之处,大多是夏天里根本无法穿越的地界!

这让我想起了被缚的普罗米修斯[①]。他的这一番跋涉,便是古人穿越未凿自然,那一种气壮山河的旅行。从阿拉加什河或说铁杉河出发,从蓬戈夸亨湖出发,横穿浩瀚的阿普穆杰尼加穆克湖,将讷拉姆斯基奇迪库克山远远抛在自己的左方,取道熊罴出没的

---

① "被缚的普罗米修斯"可参看本书首篇相关记述及注释。

索尼翁克和柯塔丁山麓，走到珀马达姆库克和米利诺基特的内陆海洋（此地往往有供他补充给养的鸥蛋[1]），继而走向尼喀透的河流交汇之处（"niasoseb"，"我们自个儿，约瑟夫"，只身见证族人所见），身背猎获的兽皮，不断拨开冷杉云杉的枝丫，夜以继日，日以继夜，一路搏击蓬乱狰狞的榛莽，穿行在苔痕斑驳的树木坟场。或者取道基尼奥山，"大海的那颗粗砺牙齿"[2]，那座山是石器时代古人的绝佳矿场，他们从那里采石取材，制作箭镞和枪头。[3] 他这样一路行来，眼中有驼鹿、驯鹿、熊、豪猪、猞猁、狼和美洲狮的身影，耳中有这些野兽的声音。[4] 他可以在这些地方生老病死，一辈子不用听说美国，不管美国在这个世界上折腾出多大的动静，一辈子不用听说美洲，因为所谓的"亚美利加"，不过是一个欧洲绅士的名字而已。[5]

这一带有一条名为"鹰湖路"的伐木道路，从锡布依斯湖群

---

[1] 可参看本篇前文："他常常掏这种鸟的蛋来吃，米利诺基特河西岸的石梁上就有，鸟蛋跟鸡蛋一般大，有时候二十个一窝。"米利诺基特河发源于米利诺基特湖，见前文注释。

[2] 这里的"大海"喻指大湖。另据克莱默所说，梭罗曾在杂志上发表他英译的埃斯库罗斯剧作《被缚的普罗米修斯》，其中一句译文是"大海的粗砺硬腭"，此处"大海的那颗粗砺牙齿"可能是同一句话的另一种译法。

[3] 可参看前文相关引述："驼鹿头湖边的基尼奥山，是已知世界上最大的角岩……我在新英格兰各地都见过印第安人用这种角岩制作的箭镞、短斧和凿子，如此等等，这些器具的原材料，多半是这一带的土著居民从基尼奥山采来的。"

[4] 以上几句话是梭罗对坡利斯所说路线的诗化铺叙，其中提到的地名皆见前文记述及注释。"niasoseb"是坡利斯写在树干上的题记，亦见前文记述。

[5] "America"（美洲，亚美利加）得名于意大利探险家及制图师亚美利哥·韦斯普契（参见前文注释）。

通到这个湖的东侧。这样的荒野居然辟有可以通行的道路，哪怕通行时间只限于积雪三四尺的冬季，听起来还是有点儿不可思议，但在寒冬腊月，哪里有热火朝天的伐木工地，哪里就有络绎不绝的大车，辘辘碾过这唯一的通道，把路压得几乎跟铁轨一样平滑。我听别人说，相关法律规定，在阿鲁斯图克县[①]使用的木橇必须统一为四尺宽，不符合规定的必须改装，以便适应道路的宽度，让木橇的一块滑板卡进一道车辙，另一块滑板落在拉车马匹的蹄印上。然而，这条规定的实际效果非常糟糕。

之前一段时间，我们越过岛上树林看见了西边袭来的雷雨，并且听见了雷声隐隐，心里却还是存着侥幸，觉得雷雨不一定会推进到我们这里，但眼下天色迅速变暗，清风窸窸窣窣穿林而来，我们只好忙不迭收起晾在地上的植物标本，齐心合力动起手来，抓紧时间收集材料，开始搭建帐篷。我们以快得不能再快的速度选好地方，削好木桩和帐篷钉，正在砸钉子防止帐篷被风吹走，暴雨便突然兜头打落。

我们挤作一团，躺在侧面严重漏雨的帐篷下面，行李搁在脚边，听着我平生听过最嘹亮的雷声，这声音快速连发，饱满雄浑，咚咚咚一声接着一声，好似某座天空要塞传来的大炮轰鸣。闪电也格外耀眼，与雷声恰成比例。向导说，"这用的肯定是上等火药。"雷声远远回荡在各个深藏林地的湖泊，全都便宜了驼鹿和我们的耳朵。依我看，这儿肯定是雷神钟爱的地方，是闪电防止技

[①] 阿鲁斯图克县（Aroostook County）在美加边界，邻近锡布依斯湖群，是新英格兰地区面积最大的县。

艺生疏的练习场，劈倒那么三五棵松树，其实也无伤大雅。这时候，那些蜉蝣和恶魔之针怎么样了呢？它们有没有那么聪明，知不知道提前寻找躲避风暴的港湾？说不定，它们的动向可以成为航行者的指南。

我向帐篷外面望去，发现狂暴的雨点打落湖面，几乎是瞬间压平了汹涌的波涛——那座天空要塞的司令官，特意为我们铺平了道路。于是乎，天空刚刚放晴，我们便决定即刻启航，以防风浪卷土重来。

走到帐篷外面，我说我看见西南方乌云未散，还听见雷声从那边传来。向导便问我，雷声是否在"到处"乱滚，说如果是的话，一会儿就还得下雨。照我的感觉，雷声确实在到处乱滚。尽管如此，我们还是坐进独木舟，飞快地划向来时路上的水坝。湖滨的白喉雀，这时又开始唱个不停，一会儿是"啊——嘀-噎-噎——嘀-噎-噎——嘀"，一会儿又是"啊——嘀-噎-噎——嘀-噎-噎——嘀-噎-噎——嘀-噎-噎"。

我们刚划到张伯伦湖口，又一场暴风骤雨撵了上来，迫使我们找地方躲避，向导钻到拖上了岸的独木舟下面，我们则藏身水坝边缘。不过，这次我们与其说是挨了雨淋，倒不如说是受了惊吓。我从自个儿的掩蔽所往外张望，看到向导也在独木舟底下探头探脑，想知道雨势如何。我们像这样各就各位折腾了一两次之后，雨渐渐下得有气无力，于是我们开始四处溜达，因为风又在湖上掀起大浪，不可能继续前行。我们禁不住担心，今晚得在湖口宿营。利用等待湖上骚乱平息的工夫，我们在坝上吃了顿提前的晚饭，还试着钓了会儿鱼。这里的鱼不光少，个头也非常小，完全没有利用价值,向导据此断言,圣约翰水域压根儿不产好鱼,要钓鱼的话,还是等回到珀诺布斯科特水域再钓好了。

日薄西山,我们终于再次启程,缘岸上溯阿普穆杰尼加穆克湖的北侧。这个傍晚的况味,真可谓野韵十足。一场雷暴刚刚结束,湖上的波涛犹自汹涌,另一场雷暴又出现在西南边的远处,正在向我们步步逼近,但次晨有可能情况更糟,所以我们想趁着现在条件允许,尽量地溯湖赶路,能走多远就走多远。疾风劲吹,扑向我们左方约八分之一里处的北岸,水浪达到了我们这条独木扁舟所能承受的极限,再大的话,我们便难免担惊受怕。我们竭力避开的陷阱,浪涛疾速奔赴的终点,是你想象范围之内最凄凉、最不能遮风蔽雨的一片湖滩。滩头是一带宽达六七杆的淹水树木,排成一座彻头彻尾的迷阵,所有的树木都生机杳然,光秃无叶,木色渐改,有一些屹立不倒,高度却只有原来的一半,另一些佝偻倒伏,在水上或水下纵横交错,散布其间的则是一些漂泊无依的树干树枝和树桩,正随着风浪四处冲撞。你不妨想象一下,世界第一大城的所有码头悉数崩坍,土石板材被波浪悉数冲走,只剩下东一根西一根兀立水中的桩子,高度往往是正常桩子的两倍,千万艘船舶的失事残片,千万艘船舶的椳桁船板,在桩子之间磕来碰去,桩子背后的水边则蠢立着最茂密最阴森的野林,一旦船舶的残骸发生短缺,便会用同样的材料补足差额,这么一想,你就对这片湖滩有了一个大致的概念。我们想靠岸也靠不了岸,要靠岸就得面临极大的翻船危险,所以我们只能保持与岸平行的航向,风再大也得往前划。更糟糕的是天已昏黑,那片暴雨云又在我们身后疾速追赶。这样的航程,固然是又刺激又惬意,但当我们披着暮色，终于抵达张伯伦农场的整饬湖滩，还是禁不住喜上心来。

我们在农场边一个树木稀疏的低矮岬角登岸，同伴们动手搭建帐篷，我则跑到农舍去弄点儿糖。出发时我们带了六磅糖，到这时已经全部吃光，吃光也不足为奇，因为坡利斯喜欢甜食，每次都要先给他的长柄锅子装上将近三分之一锅糖，然后才往锅里倒咖啡。这农场从湖边一直延伸到一座小山的山顶，农场里有几座深色的木屋，还有一座仓库，六个男的站在最大的一座木屋跟前，巴不得有点儿新闻可听。其中之一不是别人，正是阿拉加什河上那个没事抛子弹玩儿的水坝管理员。他身负管理水坝的责任，又听说我们第二天要去韦伯斯特溪①，便给我通报了一个情况，说农场里一些人正在特洛斯湖割草，这些人想钓点儿鳟鱼，所以把运河水坝的闸门给关了，如果我们愿意让更多的水送我们驶过运河，不妨去把闸门打开，因为他希望闸门开着。不用说，张伯伦农场可算是深林里一片鼓舞人心的开阔地，只可惜天色已晚，它留给我的仅仅是一个依稀朦胧的印象。正如我先前所说，单是让天光照临地面，便具有文明开化的功用，只不过照我的估计，他们礼拜天在这片开阔地里散步，感觉应该跟囚犯在监狱院子里放风差不多。

他们为突发情况储备的糖不多，所以只肯卖给我四磅红糖。糖是他们打开锁着的库房取来的，一磅卖两毛钱，到了这么偏远的地方，糖当然得值这个价。

---

① 韦伯斯特溪（参见前文注释）是连接韦伯斯特湖和珀诺布斯科特东支的小河。

我回到湖边的时候，天几乎已经黑透，所幸我们有一堆暖身干衣的熊熊篝火，篝火后方还有个温馨舒适的寓所。向导跑去农舍打听他兄弟的下落，因为他兄弟出门打猎，已经有一两年杳无音信，我则冒着刚下起来的又一场阵雨，摸索着砍了些铺床用的云杉侧柏。我偏爱侧柏，特意在床上搁肩膀的位置多铺了一些，因为它气味清香。这一带林子里的旅人，在这种风暴夜晚即将来临的时刻回到营地，心里面那份纯粹的满足，真可谓不同凡响，因为他到了营地的感觉，跟进了客栈没有两样，接着他会把毯子往身上一裹，然后摊开四肢，往六尺长二尺宽雨水滴答的杉枝床上一躺，躺在薄棉布苫成的屋顶下面，安逸得好比一只进了窝的草原田鼠[①]。我们旅途中最美好的夜晚，无一例外都是雨夜，不为别的，就因为雨夜没有蚊虫的骚扰。

身在这样的旅途，你很快就会无视雨水的存在，至少在夏天是如此，就算你没带换洗的衣物，湿了的衣服也很容易干。你在林子里生起的篝火，烘衣服比任何人家的厨房都来得快，因为炉灶大了那么多倍，柴火又多了那么多倍。窝棚式的帐篷好比一个扬基烤炉[②]，可以捕捉并反射热量，睡觉也不耽误你烘衣服。

城里人要是屋顶漏雨，兴许就只能通宵不寐，我们这些睡帐篷的人，却在摇篮曲一般的雨声中迅速入梦，虽然说雨透篷顶，

---

① 草原田鼠（meadow-mouse）为仓鼠科田鼠属动物，学名 *Microtus pennsylvanicus*，主要分布于北美大陆北部。这种动物冬天会在积雪下做窝，以草根草籽为食，并有储存食物过冬的习性。

② 扬基烤炉（Yankee baker）是一种简单的烤炉，由一个烤架和一个反射热量的马口铁罩子组成。

整夜不停。这天夜里的雨水，并没有一股脑地倾盆下注，所以我们砍来铺床的枝丫，很快就被帐篷反射的篝火热量烤干了。

七月二十九日，星期三

早上醒来，雨已下完，但天空依然阴云不散。夜里的雨浇灭了篝火，向导的靴子摺在帐篷檐下，灌了足足半靴子水。他在这些事情上比我们两个马虎得多，多亏了我们两个帮忙照应，他的火药才能够保持干燥。起身之后，我们决定立刻渡湖，不等吃过早餐，或者说不等天气有变。出发之前，我测了测目的湖岸的方位，以防半路雨雾突起，使我们不知何往，测得的方位是东南偏南，距离则是三里左右。我们此时所在的湖湾万籁俱寂，浪静风平，可我们发现湾外的湖水已经彻底醒来，好在还没有变得咄咄逼人，或者是太过闹腾。话虽如此，你若是把这样的独木舟划上这样的湖泊，那就得时刻谨记，你的命运完全由风掌控，而风又是一种变化无常的力量。爱玩爱闹的波涛，随时有可能疯得让你消受不起，而且会没完没了，缠着你不放。出发时还是一大早，可我们已经看见几只"舍柯尔维"和一只鱼鹰，于是我们投入阿普穆杰尼加穆克湖的幽暗波涛，起起落落地划了好一阵子，眼见南岸已近，耳听波涛拍岸，思绪也一股脑转到了那个方向。沿南岸东行一两里之后，我们终于碰上一个方便吃饭的地点，也就是一个乱石嶙峋的岬角，便上岸吃了早餐。

幸亏我们赶早渡湖，因为此时的浪头相当不小，我们要是出发晚了，肯定得多多少少绕点儿弯路，但我们已经到了这个岬角，往后的水路还是比较平顺的。一般说来，渡不了湖也不意味着动弹不得，总可以沿着湖的这边或那边走。

向导不时望向湖边那些硬木丛生的山梁，说他想在这个湖周围买几百亩地，问我们有没有什么建议。我们的建议是，要买就买离渡口尽可能近的地。

我和同伴聊到某个古代史问题，讨论了那么一两分钟，向导在一旁听着，摆出的架势让我们忍俊不禁，因为他根本不知道我们在说什么，却主动担起裁判的重任，靠我们的姿态和手势揣测风向，时不时来一句一本正经的点评，"你赢了"，或者"他赢了"。

我们驶过左手边一个宽阔湖湾，也就是张伯伦湖向东北延伸的部分[1]，经由一段短短的咽喉水道进入一个两里多长的小湖，小湖在地图上的名称是"特拉希尼斯"（Telasinis），但向导说它没有专门的名字[2]。穿过小湖之后，我们驶入特洛斯湖，向导称之为"帕伊塔伊维孔戈莫克"（Paytaywecomgomoc），亦即"火烧地湖"。这个湖沿弧线向东北伸展，从我们划行的距离来看可能有三四里长。向导说他上一次来这里已经是一八二五年的事情，不知道"特洛斯"什么意思，估计这个词不是印第安语。[3] 他把一个伸入湖滨的死胡同小湾称为"斯波克罗甘"，我向他询问这个词的含义，他说这个词"不包含印第安成分"。[4] 西南侧的湖滨有一片

---

[1] 这个湖湾今名"张伯伦之臂"（Arm of Chamberlain）。

[2] 这个湖与特洛斯湖连在一起，今名"圆池"（Round Pond）。

[3] 据哈登《新英格兰印第安地名》所说，关于"telos"（特洛斯）这个地名，最近情理的一种推测是它源自希腊文词汇"τέλος"，意为"尽头"。

[4] 这里的"斯波克罗甘"（spokelogan）与本书首篇提及的"波克罗甘"（pokelogan）同义，首篇中说"波克罗甘"是印第安词汇，可参看。

开垦土地，还有一座房子和一个牲口棚，之前我们听人讲过，这房子暂时是那些割草的人在住。湖西一座小山上也有一片开垦土地，是用来放牧的。

湖东北侧有个岩石岬角，上面长着一些红松（*Pinus resinosa*）。我们一路行来，这还是第一次看见这种树木，于是我们下船登岸，一是为了好好瞧瞧，二是为了捡几枚松果，因为我们康科德的红松寥寥无几，从来不结果实。

这个湖流入东支的出口是人工开凿的产物[①]，确切的位置并不是特别明显，好在湖向东北蜿蜒了很远的距离，伸入两道狭窄的山谷或说深壑，仿佛它长久以来一直在摸索流向珀诺布斯科特的路径，要不就至今保留着它远古时代流入那条河的记忆，因此我们先是观察哪一处地势最低，然后沿着较长的一道山谷前行，最终划到了湖口水坝跟前，从我们上一次宿营的地方算起，这一路的行程大概是十二里。坝上垂着一根钓鳟鱼的鱼线，切鱼饵用的折刀也在旁边，说明主人就在这周围不远，水坝近旁的废弃木屋里有一个扬基烤炉，里面还搁着一块烤好的面包。原来啊，这些家什都属于一个独闯山林的猎手，因为我们很快就见到了猎手本人，他的独木舟、猎枪和捕兽夹子也在左近。[②] 猎手告诉我们，照我们现在的路线走，前行二十里就能到大湖[③]南端，那儿的鳟鱼多

[①] 这个出口是人们开掘特洛斯运河时挖的。

[②] 据埃克斯托姆所说，这个猎手是阿兰·法拉尔（Allan Farrar），曾与埃克斯托姆的父亲一起打猎。

[③] 大湖（Grand Lake）是珀诺布斯科特东支的一个河上湖泊，今名"大马塔加蒙湖"（Grand Lake Matagamon）。

极了,想钓多少就能钓多少。他还说,从大湖南端往下游走,东支河畔的第一户人家是亨特家[1],离这儿大概四十五里,沿鳟鱼溪[2]上溯约一里半虽然有户人家,离这儿只有十五里上下,可那条路基本上是条死路。由此可知,我们走这条路虽然顺水,仍然要到第三天早上才能走到下一户人家。我们身后最近的一座有人定居的房子,眼下已经在十二里之外,这样算来,在我们的行进路线上,离我们此时位置最近的两户人家,彼此间的距离足有六十里左右。

这个猎手身材矮小,皮肤晒得黢黑,他已经将自个儿的独木舟搬过水坝,面包也烤好了,这会儿便闲得无聊,最好玩最紧迫的事情莫过于看我们怎么过坝。他独自一人出门奔波,到现在已经走了一个多月。康科德林地的猎手天天晚上都能回到家里,回到"磨坊水坝"[3],与他们相比,这个猎手的日子不知道要野性多少倍,危险多少倍!反观那些村镇居民,他们即便有野燕麦可种,通常也只会种在肥力相对耗竭的熟地。大城市里的乌合之众更不用说,他们压根儿没什么冒险精神,从来不敢往这个方向来,只会像害虫一样,在大街小巷和酒廊会所挤作一团,他们最大的本事,多半只是跑在救火车旁边起一起哄,

---

[1] 即缅因居民威廉・亨特(William Hunt,1792—1865)在十九世纪三十年代开辟的农场,参见后文记述。

[2] 鳟鱼溪(参见前文注释)流入大马塔加蒙湖。

[3] 康科德镇是围绕一座磨坊水坝发展起来的,镇中心由此得名"磨坊水坝"(Mill-dam),但水坝久已不存。

扔一扔碎砖头①。相比而言，这个猎手才称得上一名独立自主的成功人士，靠自己喜欢的方法谋生，不搅扰自己的人类邻居。城镇里的无助大众，谋生全靠迎合极度造作的社会需求，赶上时世艰难，便难免陷入失业的窘境，与此同时，不管是在这边的林地，还是在其他任何林地，孤独的拓荒者或定居者总是勉力应对真正的困难，远离一切自找的麻烦，直接向大自然索取生存所需，他们的生活跟这个猎手一样，不知道比城镇大众体面多少倍！

走到这里，也就是阿拉加什和珀诺布斯科特东支之间的高地，我们第一次看到了真正称得上漫山遍野的树莓，蓝莓也是如此。

特洛斯湖是圣约翰河在这个方向的河源，韦伯斯特湖则是珀诺布斯科特东支的河源，两个湖相距不过里许，本来就由一道深谷连在一起，人们只需在谷中略作挖掘，便可以让地势较高的特洛斯湖改变流向，注入韦伯斯特湖。眼前这条运河还不到一里长，宽度约为四杆，开凿时间是我初来缅因几年之前②。运河竣工之后，阿拉加什上游和上游湖群里的木材一直在顺珀诺布斯科特河而下，换句话说则是逆阿拉加什河而上，因为阿拉加什河的这一部分主要由一连串水流迟滞的大湖构成，大湖

---

① 梭罗这么说，应该是因为现代消防制度诞生之前，负责救火的是志愿者和民间消防公司，火灾现场往往是一个秩序十分混乱的热闹场合。美国的第一个公立消防部门是1853年成立的辛辛那提消防队，美国的第一辆蒸汽消防车于同年问世，发明者迈尔斯·格林伍德（Miles Greenwood，1807—1885）说，蒸汽消防车的优点是"不喝威士忌，也不扔碎砖头"。

② 如本书首篇所说，梭罗初次造访缅因是1846年的事情。特洛斯运河于1841年竣工。

之间的"通道"或说河段也遭到水坝的封堵，水流变得几乎跟这些湖一样迟滞，到珀诺布斯科特水域才开始奔腾下注。水流的冲击极大地改变了运河的面貌，此时的运河看似一条十分湍急的谷底山溪，所以你根本料想不到，圣约翰河水从这里流入珀诺布斯科特，居然是受了人工挖掘的诱导。运河曲折之极，几乎看不到下游的情形。

斯普林格在《林中生活》中宣称，开凿这条运河的原因是这样的：根据我国于一八四二年与大不列颠签订的条约①，双方一致同意，在发源于缅因的圣约翰河里漂流的所有木材，"漂过新不伦瑞克省境内之时……均应享受与该省物产相同的待遇"。按照我方的理解，这话的意思是这些木材无须纳税。新不伦瑞克省呢，却想从扬基人身上捞点儿油水，立刻宣布要对圣约翰河里所有的漂木课征税赋，同时又"为在英王国土采伐木材者提供相应的税收减免"，借此讨好本省民众。②结果是扬基人开挖运河，让圣约翰河水掉头流入珀诺布斯科特，致使新不伦瑞克省赔了税入又赔河水，因祸得福大发横财的扬基人，倒应该感谢该省的提点才对哩。

这原野好比水乡泽国，真叫人惊叹不已。划船渡湖的时候，总会有人指着这个或那个湖湾对你说，要是你循着湖湾，或者是

---

① 即《韦伯斯特-阿什伯顿条约》（参见前文注释）。

② 本段引文均出自斯普林格《林中生活及林中树木》（参见前文注释）。根据缅因州环保部园林土地局的相关介绍，美国人开凿特洛斯运河的动机是单纯的商业利益，与加拿大的政策无关。

注入湖湾的某条支流，往上头划一阵子，然后扛起船陆行一小段，有些季节没准儿还不用陆行，就可以进入另一条河，那条河的河口呢，离你眼下所在的这条河远极了。一般说来，独木舟在这里畅行无阻，往哪个方向都走得通，虽然需要时不时地扛船陆行，陆行的距离却不是特别地长。这里的自然万物清楚记得你走的路线，你仅仅是在重现它们的记忆而已，原因是毫无疑问，在以往的某个地质年代，水就是照你走的路线流的，那时这里还不是一片湖区，而是一个群岛。看情形，面对来自四周的无数邀请、无数诱惑，现在这些耳软心活的年轻河川根本没办法抵抗，所以总想着离开自个儿土生土长的河床，去邻居的河道里奔流。你途经的陆运段，往往是远古留下的干涸河道，在半没水下的土地上延伸。绕过河上瀑布的陆运段，全都是一些乱石嶙峋的高地，连接一条河和另一条河的陆运段，地形却并非如此，因为我行经后一种陆运段的时候，有一次是像我前文说的那样，在沼地里迷了路，这一次呢，我看见了一条貌似天然的人工河。

记得有一次，我梦见自己撑着一条独木舟，上溯缅因的道道河川，渐渐上到了所有河道皆已干涸的极高之地，但我依然在山峡沟谷中继续穿行，几乎跟先前一样顺利，只是撑船时需要加把劲儿而已。现在我觉得，这个梦已经部分地变成了现实。

哪里有水流的通道，哪里就有独木舟的航路。珀诺布斯科特河上有一艘从老镇开往上游的汽船，一八五三年的时候，这艘船的驾驶告诉我，他们的船吃水只有十四寸，可以在深仅两尺的水里自由来去，虽说他们并不喜欢这么干。西边的一些汽船，据说能在露水泞泞的地面开行①，由此我们不难想见，独木舟能办到什么样的事情。一七六〇年前后，蒙特雷索奉英国人委派从魁北克出发，考察后来阿诺德走的那条前往肯尼贝克河的路线。途中他挖开了珀诺布斯科特河源附近的一些河狸坝，以便增大这条河的水量，并且声称，"我们经常这么干。"②后来他还说，加拿大总督曾经颁下命令，禁止捕猎驼鹿头湖边肯尼贝克河源一带的河狸，因为河狸坝可以抬高水位，有利于船舶航行。③

眼前这条所谓的运河，其实是一道相当不小的河川，河中乱石嶙峋，水流极其湍急。向导断言水量足供行船，用不着开闸放水，徒然助长本已凶猛的水势，并且决定独自驾船下行，让我们扛起大部分的行李，到岸上去绕路。我们的给养已耗去一半左右，独木舟的荷载大为减轻。装猪肉的桶子已经被我们扔掉，剩下的

---

① 英国作家爱德华·萨利文（Edward Robert Sullivan, 1826—1899）曾在《南北美漫游杂记》（*Rambles and Scrambles in North and South America*, 1852）当中记述坐汽船沿密西西比河南下的航程。萨利文在书中写到，密西西比河船夫有"许多关于汽船吃水极浅的笑话，说只要哪天晚上下了比较厚的一层露水，汽船就能够横越原野，开到哪里都没问题"。密西西比河在新英格兰西边。

② 蒙特雷索（John Montresor, 1736—1799）为英国军事工程师及制图师，他在日记中记录了这次考察的过程，日记后来落到本尼迪克特·阿诺德（参见前文注释）手里，成为阿诺德远征的路线指南。蒙特雷索的日记后来载入《阿诺德上校一七七五年穿越缅因州奇袭魁北克途中所写信函；随附蒙特雷索上校一七六〇年前后所写日记》（参见前文注释），其中写道："这条河（珀诺布斯科特）实在太小，致使我的航程时常中断，不得不拖着独木舟前行，尽管我挖开了一些河狸坝来增大它的水量。我们经常这么干，在小河里航行的时候，这一招非常管用。"

③ 这个说法见于《阿诺德上校一七七五年穿越缅因州奇袭魁北克途中所写信函；随附蒙特雷索上校一七六〇年前后所写日记》。

猪肉用桦树皮包了起来，桦树皮这种东西，的确是林子里最好用的包装纸。

我们沿一条湿答答的小径穿过林子，走向韦伯斯特湖的始端，差不多与向导同时到达，他的速度虽然比我们快，可我们的路线比他直。韦伯斯特湖是韦伯斯特溪的源头，据向导所说，这条溪的印第安名字是"马当克亨克"（Madunkehunk），亦即"极高之地"，这个湖的印第安名字则是"马当克亨克-戈莫克"（Madunkehunk-gamooc），亦即"极高之地湖"。湖有两三里长，我们近距离驶过岸边的一棵松树，松树已经被闪电劈裂，没准儿就是前一天的事情。船到此湖，我们才算是真正踏进了珀诺布斯科特东支水域。

韦伯斯特湖的出口又有一道水坝，我们在坝上停步采摘树莓，向导则穿过林子，往韦伯斯特溪下游走了半里，去打探水情如何。这里有一座弃置的伐木工棚，配有"窝棚"或说牛圈，显然是去冬还有人住。工棚里有一张厚达两尺的冷杉大床，占去了这座单间房屋的一大部分空间，贴墙摆着一张狭长的桌子，桌子跟前是一条结实的原木长凳，屋里仅有的一扇小窗开在桌子上方，暗淡的光线穿窗而入。眼前是一座简单却牢固的御寒堡垒，足证这里曾有人从事可歌可泣的工事营建。我还在左近的林子里转了转，发现了一两副式样古怪的木制捕兽夹，主要的构件是一根细长的棍子，一看就很久没用过了。

在水坝的上游一侧，我们吃了顿湖滨午餐。我们还在篝火旁边坐着的时候，水坝下游来了一长溜半大的秋沙鸭，吧嗒吧嗒跑过水坝，从离我们不到一杆的地方经过，几乎是一伸手就能逮着，原因是水坝的土堤挡住了我们的身影,它们从下游看不见。我们一路经行的河川湖泊,到处都有为数众多的秋沙鸭,每隔两三个钟头,我们就能看见二十至五十只秋沙鸭排成长长的一列,在我们前方飞奔而去,不过它们很少会真的飞起来,只是以极快的速度在水面上奔跑,有时顺流有时逆流,有时又沿对角线方向横越水面,水流再湍急也不怕,速度也显然不受方向顺逆的影响,老的似乎总是在队尾压阵,督促小的前行,并且时不时飞到队首,好像是为了给小的指路。我们还看到过许多体型较小的黑色牛头鸭,举止与秋沙鸭大体相似,另有那么一两次,我们看见了几只黑鸭。①

在老镇的时候,有个印第安人告诉我们,从圣约翰河上的特洛斯湖走到珀诺布斯科特东支上的第二湖②,我们得陆行整整十里,但我们路遇的一些伐木工人,却跟我们信誓旦旦地保证,需要陆行的路段充其量只有一里。事实证明,至少是就我们的经历而言,还是那个印第安人说得比较靠谱,毕竟他新近走过这条路线。话又说回来,如果我们中有人能给向导搭把手,帮着他应付急流的话,一大部分的陆路就可以改成水路,只可惜每次遇上急流,向导都只能独自驾船,所以呢,我们不得不下船上岸,把这一大部分的陆路徒步走完。韦伯斯特溪臭名昭著,要在这种地方投入驾船的试验,我感觉我的准备还不是那么充分。根据我的

---

① 秋沙鸭、牛头鸭、黑鸭均见前文注释。
② 第二湖(Second Lake)在韦伯斯特溪东端,与第一湖(First Lake)和大湖(大马塔加蒙湖)相连。

观察，有一些不好对付的急流，配有适当人手的巴妥船满可以履险如夷，轻松飞渡，划独木舟的印第安人如果是孤军奋战，却只能扛船绕路。①

我和同伴把大部分行李扛上肩膀，准备去走陆路，向导则带上最不怕水浸的家什，划独木舟独自前行。我们心里没底，不知道这一别何时相见，因为向导打运河建成就没来过这边，实际上是三十多年没来过了。他答应一到静水就停船上岸，尽量寻觅我们的踪迹，大声地呼唤我们，要是在合理时间范围内没有找到，那他就继续前行，然后又上岸来找。我们呢，也会使用跟他差不多的方法，留意寻找他的下落。

跟平常一样，他站在颠来簸去的独木舟上，经由木材通道划过水坝，驶入一道荒凉的峡谷，很快就消失在一个岬角背后。伐木工人都知道，这条韦伯斯特溪是出了名的不好对付，不光石多流急，水还特别地浅，简直算不上可以通航，除非通航的意思仅仅是能把航行溪中的东西迅速地带到下游，不管这东西会不会在航程中撞个粉碎。航行在这条溪上，跟航行在一场水龙卷当中差不多。你一方面总是被一股无法抗拒的力量推向前方，几乎是不由自主；一方面又得在每一个瞬间做出自主的抉择，从乱石和浅滩之间挑出安全的航道，挑好便即刻驶入，前行时必须时刻保持尽可能的节制，常常还得稍停片刻，以便观察前方急流的态势，如果停得下来的话。

---

① 当时的伐木工人普遍使用巴妥船，这可能是他们对陆行里程的估测与印第安人不同的原因，参见本篇前文关于"巴妥船的红色残骸"的注释。

遵照向导的指引,我们走上韦伯斯特溪南边一条古老的小径,小径似乎与溪流方向相同,只不过跟溪流隔着不短的距离,比溪流少拐了一些弯,兴许能一直通到第二湖。安全起见,上路前我们先用地图和罗盘找好方向,确定了我们该往东北走。这是条荒蛮的林间小径,路上有一些牛蹄印,牛是被人赶着走的,多半是要去某个昔时的空旷营地吃草,牛蹄印之间混杂着新近留下的驼鹿蹄印。我们背着行李,一口气走了约莫一个钟头,不时绕过或爬过地上的倒树,大部分时间都与溪流相距遥远,看不见溪水,听不见溪声。走了大概三里之后,我们才欣喜地发现,小径终于回到了溪边。溪边是一处旧时的营地,林间有一小块空旷的地面,我们便在此稍事歇息。水浅石多的韦伯斯特溪在这儿流得非常急,整条溪化作一股波翻浪卷的急湍,尽管如此,坐在岸边的我还是看见了一长溜秋沙鸭,似乎是受了什么惊吓,沿小溪北侧逆水奔过我的眼前,跟平常顺流奔跑时一样轻松自如,鸭脚轻点水面,向滚滚流过身下的波浪借取推力。但它们很快就跑了回来,这次是受了向导的惊吓,向导得跟着小溪弯来拐去,所以比我们落后了一点点。只见他飞快地绕过上游不远处的一个岬角,在我们身边停船靠岸,独木舟里装了不少的水。据他说,他发现这条溪"水势很猛",之前就已经被逼无奈上过一次岸,为的是清空灌到船里的溪水。他跟我们诉苦,说因为没有人在船头帮他,他必须拼命划桨才能让独木舟保持正确的航向,实在是累得够呛,还说这里的水虽然浅,翻船照样是一个开不得的玩笑,因为水流的力道非常之大,他宁愿我抄起船桨冲他脑袋来那么一下,也不愿意被这样的水流打到。刚才我们看着他从上游那个峡口钻出来,情形就好比你把水倒进一个曲里拐弯的倾斜水槽，再往水里扔个坚果壳，然后抄近道跑到水槽底端，刚好看到果壳从水槽里漂出来，还看到尽管水槽里全是乱流急湍，果壳却依然没有翻转，也没有被水灌满。

我帮向导拽住独木舟，向导借此机会喘息片刻，随即再次登程，很快便再次消失在溪流转弯之处，于是乎，我们也背起行囊，继续赶路。

我们没能立刻走上先前的小径，只好沿着溪边艰难跋涉，老半天才穿过林子折向内陆，回到了小径上。还没走出一里，我们就听见了向导的呼唤，原来他已经到达足够平缓的水域，载上我们也可保无虞，所以穿过林子往回走，到小径上来接我们。他把船停在了大约四分之一里外的溪边，跟我们此时所在隔着一片阴暗的密林，于是他领着我们去上船，在林子里飞快地左拐右转。我觉得有点儿好奇，便仔细察看地面，发现他是在跟着他来时的脚印往回走。我只是偶尔才能看出他在苔藓上踩出的足迹，可他似乎并不往地面看，脚下也没有丝毫迟疑，就这么领我们走出密林，准确无误地找到了独木舟。这本事着实让我惊叹，因为我们要是没有罗盘，看不见溪流，听不见溪声，得不到这些东西的指引，走不了几分钟就会偏离路线，如果想跟着自己的脚印往回走，照样是跟不了多远就会跟丢，而且得花费很大的力气，把速度放得非常慢，走一步看三回。他呢，显然有能耐径直穿过森林，走回他当天到过的任何地方。

深林里这一番辛苦跋涉之后，再一次坐进独木舟，乘着急流滑向下游，实在是一种可心的调剂。韦伯斯特溪跟我们康科德的阿萨贝河差不多长①，眼下这个河段的水流依然很急，水面却几乎平坦如砥，并且呈现十分明显的斜度，水流形成的规整斜坡绵延数里，好似一面稍稍斜放的镜子，很方便我们顺着镜面往下滑。以溪岸作为参照，水流本已显著的均匀坡度更可谓一目了然，使得我心里腾起一种异样的感觉，再加上我们下滑的速度非常快，多半也使我心里的异样感加倍增添，觉得我们是在一个比实际陡得多的斜面上往下滑，前方若是突然出现瀑布急湍，我们就万难幸免。我同伴没觉得水面是个斜坡，但我这双勘测员之眼可不含糊②，而且我完全肯定，这绝对不是什么视错觉。走近这样的河川，你一眼就可以看出水的流向，哪怕水看似静止不流。我估了估水面与水平线的夹角，算了算平均每杆的落差，发现要产生这样的视觉效果，水流的落差并不需要特别大。

顺着这倾斜的镜面飞速下滑，感觉跟浮泛我们那条死水一潭的康科德河大不相同，这样的体验使人欣喜若狂，可说是旅行的极致。这面镜子架在两座常绿森林之间，顺着一道山坡向下延伸，时不时微微蜿蜒，镜边排列着一棵棵高大的枯死白松，枯木时或斜探到中流上方，注定在不久之后横卧水面，变成一座独木桥梁。我在这里看到了一些高达八九十尺的庞然巨木，枝丫差不多全部掉光，树干则从下到上一般粗大，直径几乎不见减小。

我们正在如此这般翩然滑行，我们的印第安向导忽然拖长声调，郑重其事地反复念叨，"丹尼尔·韦伯斯特，这律师不得了"，

---

① 阿萨贝河（参见前文注释）长约三十公里。
② 勘测土地是梭罗的主要副业之一。

显然是溪名勾起了他对韦伯斯特的回忆。接下来，他给我们讲了他以前在波士顿拜访韦伯斯特的经历，据他的估计，见面的地方应该是韦伯斯特暂住的公寓。当时他并没有什么事情要找韦伯斯特，之所以上门拜访，照我们的话来讲，仅仅是为了表达敬意。回答我们提问的时候，他倒是把韦伯斯特的模样说得相当准确。他是在韦伯斯特发表邦克山演讲的第二天去的，我估计演讲他也没落下。他第一次去的时候，人家让他等着，等烦了也没见着，于是他就走了。第二次去的时候，韦伯斯特从他等候的那个房间门口过了好几次，光穿衬衫没穿外套，他看见了对方，对方却没有留意到他的存在。他心里想，要是韦伯斯特来拜访印第安人的话，印第安人肯定不会报之以这等冷遇。等了很久很久之后，韦伯斯特终于进了房间，一边朝他面前走，一边气哼哼地大声喝问，"你有什么事情？"看韦伯斯特的手势，他一开始还以为韦伯斯特要打他，所以他暗自嘀咕，"你可给我小心点儿，你要敢动手，我也不白给。"他不喜欢韦伯斯特，并且向我们宣称，与其听韦伯斯特讲话，"还不如听人聊聊麝鼠"。我们安慰他说，韦伯斯特先生当时多半是特别忙，要接待的访客也特别多。①

　　前方出现瀑布急湍，我们的轻快滑行戛然而止。向导沿着

---

①　丹尼尔·韦伯斯特及邦克山演讲可参看前文相关记述及注释。梭罗也对韦伯斯特没有好感，曾在《瓦尔登湖》当中把韦伯斯特指为《逃奴法案》（Fugitive-Slave Bill）出台的罪魁祸首。《逃奴法案》是美国国会于1850年为安抚南方诸州而通过的法案，其中包含逮捕逃奴并送归原主的规定，梭罗对此十分反感。韦伯斯特并不是《逃奴法案》的起草者，但却为法案提供了支持，由此遭到废奴主义者的猛烈抨击。

溪岸去前面查探水情，我们则攀上山岩采摘浆果。这里的大块山岩顶着一丛丛格外繁盛的蓝莓，给我们造成一种置身高地的印象，可不是嘛，我们可是航行在"极高之地溪"哩。向导查探归来，说了一句，"你们得走路了，水势很猛。"说完他搬出独木舟，在瀑布脚下放船下水，很快就没了影踪。赶上这样的时候，他总是抬脚登舟，抄起船桨，摆出一副神神秘秘的架势，一边挥桨上路，一边举目眺望下游远处，一声不吭地暗自盘算，仿佛正在接收森林河川提供的情报，要把情报通通装进心里。只不过有些时候，我会看见他脸上浮现一丝无奈，但我若是报之以同情的微笑，无奈的神色便从他脸上消失无踪，因为他是个彻头彻尾的乐天派。他出发之后，我们也背起行李，手脚并用，沿着没有道路的溪岸勉力前行。我们俩这天的泛舟之旅，此时便宣告结束。

　　这里的岩石大多是一种板岩，直挺挺地而起，我同伴刚从加利福尼亚回来[①]，觉得这种板岩跟加州人发现的含金岩石一模一样，还说他要是有淘金盘的话，倒想在这儿弄点儿沙子，就地淘洗一番。

　　接下来的行程当中，向导的速度比我们快了许多，所以时不时地停下来等我们。我在这儿的沙质溪岸上发现一个凹坑，里面有点儿泉水，这次旅行途中，我喝到的冷泉就只有这么一泓。这事情相当值得记念，因为这一带地势低平，在我们一路行经的其他所有地方，大河也好，汇入大河的小溪也罢，流的全都是迟滞

[①] 加利福尼亚于1848至1855年间兴起淘金热，梭罗的旅伴霍尔于1849年前往该地，先后担任律师和检察官，1857年才返回康科德。

温吞的水，跟山区的河流不一样。溪边的路难走极了，我们不光得越过倒树漂木、灌木丛莽和嶙峋乱石，时不时还得拽着树枝荡过水面，或者是下到碎石滩头，又或是去林子里绕路。途中有个地方，我们遇上一条汇入韦伯斯特溪的溪流，溪虽然小，水却很深，向导又已经去了前面，所以我只好脱光衣服游了过去，我同伴这时没在岸边，看到小溪上游的林子里有一座简陋的桥，便去那桥上绕路，弄得我好一阵子没瞧见他。我在这里看到一些非常新鲜的驼鹿蹄印，以及一种前所未见的一枝黄（可能是 *Solidago thyrsoidea*[①]），还在靠近溪边的林子里看到一根白松原木，基部的直径足有五尺，它之所以卡在这儿，兴许就是因为太大了吧。

此后不久，我在一片火烧地的边缘追上了向导，这片火烧地至少延伸了三四里，始端在第二湖上游约三里处，第二湖是我们计划当晚赶到的目的地，离特洛斯湖十里左右。这一片过火区域，地面比之前的路段还要崎岖，虽然说相对开阔，我们却依然望不见第二湖的湖水。我同伴已经有段时间不见踪影，我想知道他去了哪里，赶紧和向导一起爬上溪边的一处山岩，这山岩特别高，顶部只有一两尺宽，形成一道窄窄的山梁。我唤了同伴许多次，终于听见他在远离韦伯斯特溪的地方应了一声，原来他之前走的路离溪边越来越远，没准儿可以直通第二湖，这会儿正在寻找回溪边的路。我看见东边或说下游约三分之一里处有道山梁，形状跟脚下这道相似，但却比这道高了许多，便立刻穿过火烧地往那

[①] "*Solidago thyrsoidea*" 即原产北美大陆东北部的菊科一枝黄花属草本植物大叶一枝黄，学名亦作 *Solidago macrophylla*。

边走，打算从那道山梁顶上看看第二湖的位置，想的是向导肯定会继续划向下游，一路呼唤我的同伴，确保他来跟我会合。同伴还没过来的时候，我看见一根粗大的松树树干上留有驼鹿的蹄印，说明有一头驼鹿刚刚从上面跑了过去，兴许是被我的呼唤声吓跑的，这树干已经糟朽，足有三四十尺长，横架在一道沟谷上方，恰好形成一座桥梁，既方便了驼鹿，也方便了我。驼鹿蹄印跟牛蹄印一般大，但牛是走不过这根树干的。眼前这片火烧地格外荒蛮，格外凄凉，从野草树苗的生长情况来看，着火应该是大概两年前的事情。地上到处是烧焦的树干，倒着的立着的都有，把我们的衣服和双手弄得黑乎乎的，要是有熊在这儿出现的话，靠毛色可辨不出熊的品种。巨大的树木遗骸，一根根兀立地面，高度从二十尺到四十尺不等，其中一些树芯已经烧得漆黑，外皮却没有烧焦，或者只烧焦了一侧，说明火是从里面往上蹿的，像在烟囱里一样，结果是心材付之一炬，边材却完好无损。有时候，我们可以踩着一根倒伏的树干，越过宽达五十尺的乱石沟壑。四面八方都有大片大片的火草（*Epilobium angustifolium*[①]），铺展的范围大得我前所未见，给地面涂上了大块大块的粉色，此外还有一丛丛蓝莓树莓，混杂在火草之间。

第二道岩石山梁，形势跟头一道差不多，我翻过这道山梁，刚开始攀爬第三道，却看见落后我大概五十杆的向导在溪边打手势，招呼我去他那里，于是我冲他比画，告诉他我想先爬上面前

[①] "火草"指过火土地常见的野草，参见前文注释。"*Epilobium angustifolium*"即柳兰，亦见前文注释。柳兰是一种典型的火草，开粉紫色的花。

这道山梁，因为它最高，顶上估计可以看到第二湖。我一路爬上山顶，同伴也和我一起。这道山梁的形状，跟另外两道一模一样。眼见这几座古怪的岩丘走向完全一致，不管它们之间隔着多远的距离，我一时间大感惊异，便掏出罗盘测了测方位，发现它们都是西北—东南走向，像墙垣一样竖立，墙基还十分狭窄。照我的记忆，第三道山梁兴许有三分之一里长，宽度则相当有限，它从西北向东南升到八十尺左右的高度，坡度平缓，东南端却十分陡峻。山梁的西南侧跟一般的屋顶一样陡，或者说陡到了我们可以安全攀爬的极限，东北侧更是悬崖绝壁，跳下去可以直落山脚，不会碰到任何障碍，山脚附近便是韦伯斯特溪。山顶平坦好走，宽度却只有一尺到三四尺。要想对这道山梁有个粗略的概念，你不妨拿只梨子，纵向切成两半，把半边梨子摆在地上，平的一面朝下，梗子指着西北，再把这半边梨子纵向切成两半，拿掉东北的一半，只留西南的一半。山梁的形状，大致便是如此。

这里有一连串诸如此类的岩石巨浪，确切说则是岩石浪花，全都是被扫清植被的大火烧出了原形，数量多得叫人吃惊。韦伯斯特溪在其间摸索前行，难怪它水流迅疾，形成一道又一道的瀑布。毫无疑问，当年那场大火之所以烧得十分彻底，原因是这些岩石上面没有土壤，就算有也非常干燥。站在第三道山梁上，我们可以隔着林子看见前方两三里处的第二湖，可以看见韦伯斯特溪陡转南流，转弯处在这道山梁的西北端，位置比我们稍靠上游一点儿，说明我们已经省去了一段弯路，还可以看见溪上的一道大瀑布，就在我们下游不远的地方。我看见向导的独木舟在我们后方一百杆处，眼下却跑到对岸去了，估计向导已经决定从对岸走，扛着船绕过某段格外凶险的急流，适才他示意我去他那里，大概就是这个原因。可我等了一会儿，还是没看见向导的身影，于是就跟同伴说，向导不知道去了哪里，但我怀疑他是往对岸的内陆方向去了，想从某座小山的顶上找出第二湖的位置，像咱俩现在这样。事实证明我所料不差，因为我刚开始往独木舟那边走，便隐约听见向导的呼唤，依稀看见他站在对岸一座遥远岩丘的顶上。但是，又过了好一会儿，我一来是看见独木舟还在原地，向导并没有回到船边，看样子也不急着回，二来是记起了他之前示意我过去的事情，所以揣测他这么一拖再拖，多半还有什么我不知道的原因，于是便折向西北，沿着山梁走向溪流转弯的地方。我同伴刚刚才跟我们走散过一回，当时都担心自己得独个儿宿营了，这会儿一方面是想省着点儿脚力，一方面又想跟紧我们，所以忙不迭地问我，你这是要去哪儿。我回答说，我得倒回去走到能听见向导说话的地方，好跟向导商量一下，然后呢，咱俩最好沿着溪边一块儿走，别让向导离开咱俩的视线。

我俩走到溪边的时候，向导也从对岸的林子里钻了出来，但溪水太过喧哗，我俩还是没法跟他商量事情。向导缘岸向西，走向他的独木舟，我俩则停在溪水陡转南流绕过悬崖的位置。这时我再一次叮嘱同伴，咱俩得沿着溪边走，不能让向导离开咱俩的视线。眼看向导已经划着独木舟从后方跟来，我俩也举步前行，保持着紧凑的队形。正在这时，我看见向导把船划到了我俩这一侧，在我身后四五十杆的地方冲我比画，我同伴则在我前方三四杆的位置，正在往下游走，刚刚消失在悬崖尽头的一些大块岩石背后，于是我大声呼喊同伴，说我要回去给向导搭把手。我说干就干，帮着向导把独木舟放下了一道瀑布，向导在瀑布底下接着，我则趴到瀑顶的一块岩石上，拽住独木舟的一头。顶多过了十到十五分钟，我又赶回了溪水陡转南流的地方，准备跟同伴会合，坡利斯则独自驾船顺溪而下，和我齐头并进。没承想，绕过悬崖之后，我们压根儿看不见同伴的影子，尽管在前方至少四分之一里的范围内，溪边并没有什么树木（岩石还是有的）。看情形，我同伴就跟钻到地里去了一样。对我来说，这事情尤其不可思议，因为我知道自打上次穿行沼地之后，他的脚一直疼得要命，还知道他希望跟大伙儿待在一起，更何况这儿的路非常难走，常常得爬过或绕过岩石。我三步并作两步，急匆匆往前走，一边喊一边找，一会儿想他的身影可能只是被岩石遮住了，一会儿又怀疑他走的是悬崖的另一边，但向导的独木舟走得更快，到下游约四分之一里处才被又一道瀑布拦了下来。向导随即停船上岸，说我们当晚只能歇在这里，没办法再赶路了。太阳正在落山，再说前方有太多的瀑布急湍，我们接下来就得离开这条溪，扛着行李步行好一段路，前往东边的一条河。既然如此，当务之急就是找到我的同伴，因为我此时已经非常担心他的安危。过了瀑布之后，溪岸又开始覆满未遭火焚的树木，我打发向导去下游沿岸寻找，自己则折返刚刚经过的悬崖，看我同伴在不在悬崖周围。看样子，向导不太乐意劳神费力，说他干了一天的活，已经是很累了，还说他独自闯过这么多的急湍，简直是筋疲力尽，不过他还是去了，边走边发出类似于猫头鹰叫的呼唤。我想起我同伴眼睛近视，生怕他已经从悬崖上摔了下去，或者是突然晕厥，倒在了悬崖底下的乱石堆里。我借着暗淡的暮光边喊边找，把这道悬崖上上下下找了个遍，直到我什么也看不见了为止,越是找越是心慌,甚至做好了在悬崖底下发现他遗体的心理准备。有那么半个钟头的时间,我做的都是最坏的打算,信的都是最糟的结果。我暗自寻思,要是找不到他的话,明天我该怎么办,身处这样的荒山野岭,明天我能怎么办,看见我自己一个人回去,他的亲人又会有什么样的感受。要是他真的从这溪边走丢了的话,我觉得是没指望找回来的。再者说,能帮忙的人都在哪儿呢?这一带就那么两三个营地,彼此相隔二三十里,不光不通公路,兴许还家里没人,就算通知到了每家每户,又能怎么样呢?然而,希望越是渺茫,我们越是要加倍努力。

我离开悬崖,冲到独木舟旁边,想拿向导的猎枪来放一铳,却发现火帽在我同伴那里。我还在琢磨怎么不用火帽开枪,向导却回来了。他没有找到我同伴,但说他在溪边一两处看到了我同伴的足迹,使得我大受鼓舞。他不赞成我放枪,说水声这么大,我同伴不太可能听见枪声,万一听见了的话,肯定会循声来找我们,天黑看不见路,半道摔断脖子也说不定。出于同样的考虑,我们也没有爬上最高的岩石去生火。我叫向导和我一起沿溪下行,一路找到湖边去,他不去我也要去,向导却说,"没用,摸着黑什么也干不了。明早再去,肯定能找着他。没事儿,他知道怎么扎营。这儿没有猛兽,也没有棕熊,跟他刚去过的加利福尼亚不一样[①],夜里又挺暖和的,他可以过得跟你我一样舒服。"我想了

---

① 这里说的棕熊(gristly bear,通常写作 grizzly bear)是北美棕熊的亚种加利福尼亚棕熊(*Ursus arctos californicus*)。这种熊体型庞大,在淘金热兴起之后迅速绝灭,但加州州旗至今仍以棕熊为图案。

想，觉得他身体要是没出毛病的话，离了我们也没问题，毕竟他刚刚在加利福尼亚待了八年，见多了野兽和更野的人，有的是这方面的经验，至于说长途旅行，更可谓他的家常便饭，要是他病了或是死了，好歹还有我们在他左近。到这时，丛林里的黑暗已经浓得一塌糊涂，单是这一个因素，便足以给我们的讨论一锤定音，决定我们只能就地扎营。我知道我同伴背着背包，包里有毯子有火柴，只要他身体无恙，过得就不会比我们差，只不过没有晚饭可吃，也没有做伴的人。

溪这边石头太多太碍事，于是我们渡到相对平坦的东岸，开始在离瀑布只有两三杆的地方安营扎寨。我们没支帐篷，就躺在沙地上睡，身下只垫了几把树枝草叶，因为这附近没有常绿树木。至于说柴火，我们弄来了一些烧焦的树桩。装给养的几个袋子已经在急流里浸得精湿，我便把袋子摆在篝火四周烘烤。近旁的瀑布是这条溪上最大的一道，震得我们身下的大地发颤发抖。这天夜里相当凉快，原因是下了露水，十有八九，旁边的瀑布也增添了空气的凉意。向导抱怨了一大通，后来还认定他是在这儿着了凉，所以才得上了更严重的疾病。不管怎么说，蚊子反正没怎么搅扰我们。我担心同伴的安危，躺了很长时间都没睡着，但我的焦虑最终还是有所缓和，我自个儿也不知道怎么做到的。刚开始我总是想着最坏的结果，眼下却充满希望，坚信我明天早上就能找到他。我时不时恍惚听见他的呼唤，穿过瀑布的咆哮从对岸传来，只不过说实在话，在这儿能不能隔溪听见他的声音，着实是个问题。有时我心里犯嘀咕，怀疑向导并不是真的看到了我同伴的足迹，因为他本来就面有难色，不乐意仔细搜寻，这么一想，我又开始担起心来。

我们一路歇宿的营地，就数这一处最为荒蛮，最为孤寂，要说有哪个地方最可能邂逅地道土著的话，那就非这里莫属，可惜我听来听去，听见的仅仅是一只飞掠夜鹰的尖叫而已。上半夜，上弦月高悬在光秃秃的岩石山顶，装点月亮的是一根根高大焦黑的空心残桩，或说是一具具树木遗骸，此情此景，使这里更显凄清。

七月三十日，星期四

我一大早就叫醒向导，一起去找我们的同伴，估计同伴也没走多远，就在下游一两里范围之内。向导想吃了早饭再走，可我提醒他说，我同伴别说早饭，头天的晚饭还没吃哩。我们首先得扛起船和行李，前往约四分之三里外的另一条河，也就是东支干流，因为韦伯斯特溪下游水情险恶，压根儿划不了船。我们在这个陆运段来回了两趟，露水滴答的灌丛好比齐腰深的河流，把我们的下半身弄得精湿。我时不时扯着嗓门儿喊我同伴，但并不指望他能透过急流的咆哮听见我的呼唤，更何况不出意外的话，他必然是在溪流对岸。跑最后一趟的时候，向导顶着独木舟走在我的前头，不小心绊了一跤，重重地摔倒在地，一时间悄无声息地躺在那里，看样子很是难受。我赶紧走上前去帮他，询问他伤得厉不厉害，可他一声不吭，片刻之后便一跃而起，接着往前走了。他这种阵发性的缄默一路都有，好在是并不妨事。

我们放船东支，顺流而下，刚划出没多远，我就听见一声应答的呼喊，正是我同伴的声音，不久便看见他在下游的一个岬角上站着，岬角离我们四分之一里，上面有块空地，他点的篝火还在他身旁袅袅生烟。听到声之后,看到人之前,我自然是兴奋得喊了又喊,向导却硬邦邦插了一句,"他已经听见啦",意思是喊一遍就够了。这个岬角在韦伯斯特溪口下游一点点的位置,我们到的时候,我同伴正在抽烟斗。他说他头天晚上过得相当不错,只不过露气侵人,他觉得挺冷的。

原来在头天傍晚,我和同伴一起站在韦伯斯特溪转弯处的时候,我冲着对岸的向导喊话,可我同伴眼睛近视,既没看见向导在哪,也没看见向导的独木舟,后来我折回去帮向导搬船,他又没看见我是往哪边走的,满以为我和向导在他前面,不是在他后面,所以就加快脚步追赶我们,结果离我们越来越远。他找到的这片空地在我们营地下游一里多,昨晚他走到这里,天已经黑透了,于是他在一个小坑里生了堆火,裹着毯子躺到篝火旁边,心里还想着我们是在他的前面。他觉得他可能听见过一次向导的呼唤,当时却以为是猫头鹰在叫。天还没黑的时候,他曾在火烧地里目睹一个植物奇观,也就是纯白色的 *Epilobium angustifolium*(柳兰),混杂在成片成片的粉色品种之间。之前他在岬角上找到一件伐木工人扔掉的破烂衬衫,已经把它挑上水边的一根杆子,聊充信号旗之用,并且在衬衫上别了张条子,告诉我们他往湖边去了,如果没在湖边找到我们的话,他一两个钟头之内就会回来。照他原来的打算,如果没能在短时间之内找到我们,他可能会掉头往回走,去找我们在十里之外的特洛斯湖边遇见的那个孤身猎手,找得到的话,就雇那个猎手带他回班戈。可是,假设那个猎手的行动跟我们一样快,这会儿肯定已经到了二十里之外,更何况,谁知道猎手去的是哪个方向呢?在这样的林子里找个猎手,相当于在干草堆里找根针。跟我们会合之前,我同伴一直在暗自盘算,光靠吃浆果的话,究竟能存活多长的时间。

我们把我同伴的条子换成一张卡片,上面写的是我们的姓名和目的地,还有我们到访此地的日期,坡利斯用桦树皮把卡片包了个严严实实,免得被水打湿。十有八九,我写下这篇文字之时,已经有某个猎手,或者是木材探子,读到了这张卡片。

我们急不可耐地做好早餐,大伙儿都吃得特别香甜,然后稍微烘了烘衣服,便顺着蜿蜒曲折的东支水流,飞速滑向第二湖。

第二湖附近地势较低,河岸变得较为平坦,沙洲石滩屡屡可见,河道也更加曲里拐弯。环境有了这样的变化,榆树和桦树便开始登场亮相,同时现身的还有野生黄百合(*Lilium canadense*),于是我挖了一些百合鳞茎,准备用来炖汤。有一些山梁烧得格外彻底,过火的土地一直延伸到了湖边。

第二湖十分美丽,长两里或三里,西南侧高山耸峙,据向导说名为"讷拉姆斯基奇迪库克",意思是"死水山"。地图上标的"卡邦寇山",似乎就是这一座。坡利斯说,这座山群峰迭起,沿着这个湖和下一个湖一直延伸,下一个湖比这个湖大得多。我没记错的话,这个湖的印第安名字也是"讷拉姆斯基奇迪库克",要不就是后面还加了"伽莫克"(gamoc)或"莫克"(mooc)[①]。这天早上阳光灿烂,静谧安宁,湖面平得好似镜子,仅有的丝丝涟漪,不过是我们弄桨所致。四围的苍青山岭,笼着一层蓝绿色的烟岚,

---

[①] "gamoc"和"mooc"等于前文中的"gomoc"(戈莫克),在印第安语中意为"湖泊"或"池塘"。

葱郁的杂树丛中，露出一根根亮白色的船桦树干。远远的湖岸，一只棕林鸫放声歌唱，西边某个看不见的湖湾里，几只嬉戏的潜鸟仿佛受了大好晨光的撩拨，兴奋得磔磔怪笑，笑声掠过湖面，清晰地传到我们耳边。更令人啧啧称奇的是，环湖萦绕的回音比原声还要响亮许多，至于说个中缘由，多半是潜鸟身处山脚一个规整的弧形湖湾，我们则恰好身处回音汇聚的焦点，听见的声音由此大幅增强，好比经过凹面镜反射的光线。我们度过了一个多少有些担惊受怕的夜晚，刚刚才重新会合，这样的一番经历，或许也为眼前的美景增添了一分姿采。

  第一次来缅因的时候，我曾经横渡安伯基吉斯湖，这个湖的景致，勾起了我对那个湖的回忆。[①] 走完四分之三的渡湖航程，我们停了下来，我同伴开始放线钓鱼。不远处有一只白色或灰白色的鸥鸟，伫立在一块耸出湖心的岩石，与周围的景物相得益彰。我们正歇在湖里享受温暖的阳光，却听见"咔嚓"或"噼啪"一声巨响，从四五十杆之外的林子里传来，像是有什么大家伙踩断了一根木棍。身在这样的地方，这么点儿事情也成了一段有趣的插曲。我们沉浸于钓起巨型湖鳟的美梦，甚至感觉大鱼已经开始咬钩，正在这时，我们的两位渔夫扯上来一条小不丁点儿的红鲈[②]，于是我们连忙上路，再一次抄起船桨。

  [①] 可参看本书首篇的相关记述："在这个宁谧的周日早晨，安伯基吉斯湖使我由衷赞叹，觉得它堪称此行所见的最美湖泊。"

  [②] "湖鳟"即突吻红点鲑，见前文注释；"红鲈"原文为"red perch"，这个词可以指多种海鱼，在这里是河鲈科鲈属淡水鱼类黄鲈（yellow perch, *Perca flavescens*）的异名。

第二湖的湖口，位置并不是特别明显，向导认为湖口在某一边，我却认为在另一边。向导一边说，"我跟你赌四便士[1]，湖口肯定在我说的那边"，一边还是继续划向我说的方位，结果发现我说得没错。船到湖口附近，时候依然远远未到中午，向导突然连声大喊，"驼鹿！驼鹿！"他叮嘱我们保持肃静，随即给猎枪装上火帽，在船尾站起身来，飞快地划桨前行，直奔湖岸和驼鹿而去。他看见的是头母鹿，离我们大概三十杆，站在湖口边上的水里，身子半隐在倒树和灌丛背后，从船上看并不显得特别大。它扇着大大的耳朵，时不时抻长脖子，用鼻子驱赶身上的蚊蝇。我们出现在它的附近，似乎并没有引起它的警觉，它只是偶尔转头，直直地看我们一眼，随即回过头去，接着应付蚊蝇。见我们越划越近，驼鹿出水上岸，站到高处打量我们，神态中多了几分怀疑。坡利斯继续划船，在浅水中稳步向前，这时我突然看见一些漂亮的粉色蓼花[2]，堪堪挺出水面，一时间忘记了驼鹿的存在。不过，独木舟很快就凑到离驼鹿只有八到十杆的地方，在淤泥里搁了浅，向导赶紧抄起猎枪，做好了开火的准备。驼鹿一动不动地站了片刻，然后像平常一样慢慢转身，身体侧面暴露在枪口之下，向导抓住机会，从我们头顶开了一枪。枪响之后，驼鹿不紧不慢往旁边跑出八到十杆，横穿一个浅浅的湖湾，到了它习惯站立的一

---

[1] 四便士（fourpence）是新英格兰地区对一种币值相当于六点二五美分的西班牙银币的称呼，亦即本书前篇提及的"四便士半"，可参看前篇相关记述及注释。

[2] "蓼花"原文为"Polygonum"，泛指蓼科蓼属植物。根据梭罗在本书附录列出的学名"Polygonum amphibium"，这里的"Polygonum"是指蓼科春蓼属植物两栖蓼，学名亦作 Persicaria amphibia。

位置，也就是对岸一些倒伏红枫的后面，离我们十二杆到十四杆，然后停下脚步，又那么一动不动地站着，向导则忙不迭地装填弹药，冲着它连开两枪，驼鹿却还是没挪窝。我同伴忙着给向导递送火帽和铅弹，后来说向导当时激动得像个十五岁的少年，连手都在打颤，有一次还倒拿着通条往回放①。对于他这样的老猎手来说，这可是一件稀罕事情，也许是因为他太过兴奋，急于在我们面前亮亮他的好枪法。那个白人猎手②跟我说过，印第安人普遍容易激动，以至于枪法欠佳，尽管他也说了，跟我们一起的是一个不赖的猎手。

  向导悄无声息地把船快速后倒，绕了个大圈才划进湖口，到达驼鹿先前所在的位置，因为他开枪的地方是在一个狭长半岛的这一边，湖口却在半岛的那一边。接着他大喊一声，"它已经完了！"还说他很是奇怪，我们为什么没有跟他同时发现驼鹿的尸体。确实，驼鹿就躺在它吃到最后一枪的地方，舌头耷拉在嘴巴外面，死得彻彻底底，个头则显得出乎意料地大，跟一匹马差不多。我们还看见，周围的几棵树无妄遭灾，树干上有了铅弹擦出的沟槽。

  我用卷尺量了量，这头驼鹿从肩部到蹄尖的长度刚好六尺，躺地上的身长则是八尺。驼鹿身上的有些部位，直径一尺的范围

---

① 通条（ramrod）是用来把前膛枪（亦即从枪口装填弹药的火枪）弹药压实的工具，也可以用来清洁枪膛。通条一端有短柄，不用时穿在枪管下方的箍子里，与枪管平行。

② 即海芮姆·刘易斯·伦纳德，参见前文相关记述及注释。

内几乎爬满了蚊蝇，这些蚊蝇翅膀上有个黑点，显然是我们那边林子里常见的普通蚊蝇，不属于那个偶或到中流追逐我们的特大品种，虽说这两个品种都拥有"驼鹿蝇"的名号。

坡利斯准备动手剥皮，打发我去帮他找块石头，用来磨他那把大刀。驼鹿栽倒的地方是一片平坦的冲积滩涂，长满了红枫之类的树木，想找块石头可不容易。我们远远近近到处搜求，苦苦寻觅了很长一段时间，最后还是我有所收获，找到了一块较比平整的板岩。没一会儿，坡利斯也拿着一块类似的石头回来了，很快就把刀磨得其快无比。

趁着他剥皮的工夫，我开始调查研究，这么个水流缓慢、淤泥铺底的湖口，究竟会出产什么品种的鱼。这事情最大的难点，莫过于弄到鱼竿，因为在这一带的林子里，几乎不可能找见什么又细又直、十到十二尺长的杆子，运气不好的话，半个钟头也找不见。这儿通常只有云杉侧柏冷杉之类的树木，又矮又粗，枝枝杈杈，哪怕你耐着性子砍光了所有那些疙疙瘩瘩的粗糙枝杈，做鱼竿还是不合适。根据我的调查，这儿产的是红鲈和须雅罗鱼。

向导割下一大块腰脊肉，外加上唇和舌头，用鹿皮包了搁到船底，说这些东西得有"一个人"，意思是有一个人那么重。我们的包袱本来已经减少了三十磅左右，眼下却增加了整整一百磅，这一加非同小可，不但使我们在船上的容身之地越发逼仄，而且大大增添了湖面上急流中的翻沉之险，以及陆运段上的搬运之劳。按照通常的规矩，这张鹿皮该归我们，因为向导是我们雇的，但我们没打算主张这份权利。我听人讲过，向导是个鞣制鹿皮的行家，能拿这张皮换来七八块钱。照他自个儿的说法，靠着猎鹿剥皮，他有时一天就能挣五六十块。他还说，他曾经在一天之内打到十头驼鹿，虽然说剥皮之类的活计花了他两天工夫。他的家产就是这么攒起来的。这周围还有一头小驼鹿留下的足迹，向导说这头小鹿"用不了一会儿"就会过来，如果我们愿意等的话，小鹿也跑不出他的手心，不过我毫不客气，给他的如意算盘泼了一盆冷水。

我们继续赶路，顺着湖口的溢流划向大湖①，循着一道狭长曲折的死水，穿过一片类似沼泽的区域，这片区域几乎被木头彻底封锁，有时我们不得不离水上陆，好把独木舟抬过原木。水道很不好找，我们禁不住提心吊胆，怕自己陷在沼泽里脱不了身。这里也有许多野鸭，跟别的地方一样。最后我们终于到了大湖，向导称之为"马唐伽莫克"（Matungamook）。

在大湖的始端，我们看到鳟鱼溪从西南方向汇入湖中，溪口相当宽阔，显然是因为山间出现了一道峡谷。这条溪的印第安名字是"昂卡德讷希斯"（Uncardnerheese），向导说这个名字跟山有关。

驶入马唐伽莫克湖不久，我们遇见一个地势高峻、引人入胜的岩石小岛②，便把独木舟系在陡峭的岛岸，上岛来吃午餐。从舟中踏上高大雄伟的山岩或峭壁，向来是一件赏心乐事。岛上有洒满阳光的开敞岩石，正好晾晒我们那些露水浸润的毯子。不久前曾有印第安人来此宿营，不小心烧光了小岛西端的林木，坡利斯

---

① 即大马塔加蒙湖，参见前文注释。
② 即大马塔加蒙湖中的虱子岛（Louse Island），后来有些人把这个岛称为"梭罗岛"，但正式更改岛名的提议没有得到缅因议会的批准。

从地上捡起一个蓝呢子做的枪套，说他认识这枪套的主人，准备把枪套带回家去，以便物归原主。他那个部族算不上特别大，所以他知道族人都有些什么家当。先来的那些印第安人曾在松林里生火做饭，我们也在同一个地方点起篝火，开始烹制午餐，向导则待在岸边，忙着拾掇他的鹿皮，因为照他的说法，做饭的事情最好由一个人包干，当然喽，我估计包干的这个人不能是他。斜伸在我们篝火上方的是一种特异的常绿树，乍一看像是刚松（*P. rigida*）[1]，针叶则只有寸把长，与云杉相似，但我们最终确定，这种树是 *Pinus banksiana*[2]，亦即"班氏松，或称拉布拉多松"[3]。班氏松还有"灌木松""灰松"之类的别名，是我们以前没有见过的品种。眼前这些一定是班氏松当中的翘楚，其中有几棵高达三十至三十五尺，两倍或三倍于通常所说的班氏松高度。米肖说，我国出产的各种松树当中，就数班氏松分布的范围往北延伸得最远，但根据他的见闻，任何地方都没有高过十尺的班氏松。理查德森却发现它可以长到四十尺以上，还说它的树皮是豪猪的食粮。[4] 这

---

① 刚松（pitch pine）是原产于北美大陆东部的一种松树，拉丁学名如文中所列，即 *Pinus rigida*。

② "*Pinus banksiana*"即原产北美大陆东部的班氏松，拉丁学名得自英国植物学家约瑟夫·班克斯（Joseph Banks，1743—1820）。

③ 引文出自劳登《不列颠乔木及灌木》（参见前文注释）第四卷。

④ 米肖为法国植物学家，参见前文注释；理查德森即约翰·理查德森（John Richardson，1787—1865），苏格兰探险家及博物学家，著作包括与他人合写的《北美极地动物志》（*Fauna Boreali-Americana*，1829—1837）；梭罗此处援引的米肖和理查德森说法均见于劳登《不列颠乔木及灌木》第四卷当中关于班氏松的介绍。由该书引述可知，理查德森说的豪猪是北美豪猪（Canadian porcupine，*Erethizon dorsatum*）。

里还长着红松（*Pinus resinosa*）。

我在山岩顶上的林子里看到一道小小的幽僻沟谷，先来的那些印第安人曾在这里制作独木舟，这沟谷可以避风，地上有一大堆一大堆的木片，全都是他们造船时削下来的。这里想必是备受他们先祖青睐的游憩之所，我们也确实在这里找到了一个箭镞尖头，印第安人在两百年前就已经弃用这种箭镞，如今也不再懂得制作之法。向导捡起一块石头，冲我说了一句，"这种石头真是奇怪。"我发现他捡起的是一块角岩，于是就告诉他，石头多半是他的族人几百年前带来这里的，是他们制作箭镞的材料。这之后，向导又从我们的火塘边捡起一根略微泛黄的弯曲骨头，让我猜猜这是什么东西。这是一只河狸的上门牙，一两年之前，那只河狸变成了某一伙人的盘中餐。我还找到了那只河狸的头骨和大部分牙齿，如此等等。我们的这顿岛上午餐，吃的是煎驼鹿肉。

我听我前两次造访缅因森林的同伴[①]说，大概两年之前，他在考孔戈莫克河上打猎的时候，有一天吃的是驼鹿肉、泥龟[②]、鳟鱼和河狸，当时他心里想，随随便便就能把这四样东西同时摆上饭桌的地方，这世上肯定没有几个。

我们已经闯过马当克亨克溪（亦即"极高之地溪"，或者说韦伯斯特溪）那些几无间断的急湍瀑布，刚刚还驶过了第二湖的死水，眼下又置身于比第二湖广阔得多的大湖死水，所以我觉得，

[①] 即乔治·撒切尔，参见前文注释。
[②] "泥龟"原文为"mud-turtle"，是动胸龟科动胸龟属（*Kinosternon*）几种小型淡水龟的通称。

向导完全有权利在岛上打一个额外的盹儿。下一天我们会路过柯塔丁山附近,"柯塔丁"的意思据说又是"至高之地",印第安地名包含的地理信息,看样子还真不少哩。印第安航行者自然会想出各种名字,借此标明他曾经遭遇急流瀑布的河段,以及他可以休歇疲惫臂膀的湖泊和静水,原因是对他来说,这些都是最有趣最难忘的所在。他若是像我们初次看到讷拉姆斯基奇迪库克山或说"死水山"的时候一样,看到这座山耸出远处的森林,离自己只有一天的路程,心里一定会涌起愉快的回忆。对于白人旅行者来说,旅途中也有一件同样有趣的事情,那便是横渡这荒僻林间的某个宁静湖泊,满以为从某种意义上讲,自己算是个捷足先登的发现者,跟着却受到地名的提醒,意识到没准儿早在一千年前,印第安猎手已经对这个湖熟门熟路,还给它起好了十分贴切的名字。

我攀上构成这个狭长岛屿的陡峻山岩,惊讶地发现岩顶是一道窄窄的石梁,石梁一侧悬崖直下,岩脊从西北向东南逐渐升高,整个儿的形势恰似西北十里之外,火烧地始端那些巨大的岩石山梁。这样的山形盛行此地,所以我们清楚地看见,湖西的山梁也是这种走势。又大又艳丽的野兔铃,从悬崖边缘和崖壁石缝向我们颔首致意,蓝莓(*Vaccinium canadense*)植根于崖顶的薄薄土壤,第一次实现真正的繁盛。从这里开始,东支沿岸再不曾缺少蓝莓的点缀。在崖顶放眼波光粼粼的湖面,景色旖旎可人,湖水又清又深,湖中只有两三个岩石岛屿。毯子晾干之后,我们再度启程,出发之前,向导照例在一棵树上留题作记。这一次我们三人同舟,我同伴还在船上抽起烟来。这个秀美的湖泊向东向南延伸的距离似乎差不多长,我们顺流划向南边,航线靠近湖的西岸,刚好在一个小岛的外缘,侧对苍青的讷拉姆斯基奇迪库克山,因为我在地图上看了,接下来就该这么走。渡湖的航程全长三到四里,途中我忽然省觉,大湖西南侧的这座山,以及更远处的一座山,轮廓不光与韦伯斯特溪边的岩石巨浪相似,而且与驼鹿头湖上的基尼奥山大同小异,眼前这两座山的东南端也是断崖,只不过不像基尼奥山的断崖那么陡直而已。简言之,这一带突兀惹眼的冈阜山梁,全都是基尼奥山或大或小的翻版,韦伯斯特溪边的岩石巨浪,可能也跟基尼奥山存在同样的关联。

上一次歇脚的时候,向导想看看我画的路线图,因为他不清楚湖口的确切位置,不知道它是在湖的西南角,还是在西南角的东边,但是我忘了拿给他看。于是他依照平素的习惯,把航线保持在两个可能方位的中间,一边走一边看,到最后该往哪边转就往哪边转,横竖不至于绕得太远。快到南岸的时候,天上云飞风起,湖中水涌浪高,我们便调整航向,让前方的一个岛屿帮我们抵挡一部分的风力,尽管那岛屿离我们很远。

直到独木舟将入湖口,耳畔传来湖口水坝的瀑声,我才看清了湖口所在。

湖口落差很大,水坝也规模可观,周围却没有木屋或营地的影子。我们在特洛斯湖遇见的那个猎手说这里鳟鱼很多,只可惜这个钟点,鳟鱼并没有顶着急流上来咬饵,来的只有鳟鱼的亲戚[①]。这些河里的鱼,可不像康科德河里那么多。

---

① "鳟鱼的亲戚"即须雅罗鱼,参见本书首篇的相关记述及注释。

趁着我们在湖口闲荡的工夫，坡利斯用他那把大刀刮了刮驼鹿皮上的毛，减轻鹿皮的重量，做好晾晒的准备。这一路经过了不少曾有印第安人宿营的地方，我在其中几处看见了成堆的驼鹿毛，都是他们从鹿皮上刮下来的。

坡利斯把船扛过水坝，箭一般顺流直下，撇下我们在岸上步行了一里多，途中大部分时间无路可走，只能在河道近旁的茂密丛莽中艰难跋涉。他等我们等得久了，最后还是会大声招呼，让我们知道他靠船的位置，因为有时候河道曲折，我们搞不清岸在哪里，可惜他招呼得不够勤，忘记了我们不是印第安人。他似乎特别不愿意多费口舌，可我们要是走过了或者走错了，他又会显得十分惊讶。他这样并不是不知体谅，反倒体现了一种更高层次的礼节。印第安人喜欢简单直接的相处之道，多余的话不说，多余的事不做。认真说来，他自始至终都是在极力恭维我们，认为我们更喜欢别人点到为止，不接受指手画脚。

我们越过一根根倒树和一丛丛柳树，有时从旁边绕，有时从底下钻，再不行就从上面爬，最终坐进向导的独木舟，乘上无波无澜却迅疾如箭的水流，一口气滑了几里。航行在这个河段，我再次发现河流倾侧，形成一个坡度均匀的平整斜面，发现我们正在斜面上顺势下滑，跟在韦伯斯特溪的时候一样。第二天我也看到了同样的景象，斜面的规模还有进一步的增加。我们如此这般翩然前行，惊起了此行途中鉴别无误的第一群黑鸭。

我们决定今晚早些扎营，给天黑前的活动留出充裕的时间，所以在路遇的第一个相宜地点停船靠岸，登上河西一片狭窄的砾石河滩，上距湖口约莫五里。这河滩引人入胜，东支从这里开始陡转东流,回望来路,可以看见不远处的讷拉姆斯基奇迪库克余脉,看见大湖西南岸附近这座形如驼鹿脸①的奇特峰峦,黑黢黢矗立在西北方向,将东南侧的灰白断崖呈现在我们眼前,但我们若不离水登岸,这般景致便无缘观瞻。

从河的随便哪一侧往内陆走,走不了两步就会遇上四五尺高的壁立河岸,岸边虽不见如茵绿草,却布满丛生灌木与盘绕树根,原因是连绵不断的森林,一直延伸到了河岸的边缘,就跟河流刚刚才在林子里冲出一条水道似的。

叫人吃惊的是,尽管这野林没有间断,可你随便在哪里舍舟登岸,几乎次次都会看见斧劈的疤痕,森林腹地没有的话,离水几杆之内的河滨总是有的,这些都是伐木工人往年春季留下的印迹,他们要么是在这里宿过营,要么就是赶着木头经过了这里。也没准儿,你还会在高高的白松残桩上看见一些印痕,由此知道他们在这里干过跟你一样的活计,也就是从残桩上劈下大块大块的木片,以充引火之用。趁着我们支帐篷做晚餐的工夫,向导把驼鹿皮上剩下的毛刮了个干干净净,接着就跑到篝火背侧六七尺远的地方,选好两棵权充绷架的小树,用侧柏树皮把抻开的鹿皮固定在两棵树之间,把鹿皮竖着绷了起来。侧柏树皮在这一带随处可得,向导这次用的树皮,则是从充当绷架的一棵小树上扒下来的。遵照我们的尝新请求,他采来一小把遍地都有的棋子莓

---

① "形如驼鹿脸"原文为"moose-faced"(像驼鹿脸的),实际意义可能是"嶙峋的",因为奥杰布瓦印第安语中有"moosewiingwe"一词,这个词字面意义是"像驼鹿脸的",实际意义是"脸上有粉刺的"。

（*Gaultheria procumbens*），用雪松树皮捆好扔进水壶，给我们煮了点儿以前没喝过的茶饮，这茶饮味道相当不错，但还是比不上 *Chiogenes*① 茶。饮罢棋子莓茶，我们把这里命名为"棋子莓茶营地"。

缅因森林里，*Linnaea borealis*②、棋子莓和 *Chiogenes hispidula* 几乎处处可见，繁盛得让我惊叹。营地左近的冬青（*Chimaphila umbellata*）仍在开花，*Clintonia*③ 挂满了成熟的浆果，后者形态优美，是这一带林子里最常见的草本植物之一。在这里的河岸上，我们第一次看见了挂果的驼鹿木。云杉（以黑云杉为主）、侧柏、船桦、黄桦和红枫是这里的优势树种，黑桦和榆树也开始登场亮相，林间还藏着几棵铁杉。向导说糟朽的白枫④最适合用来引火，糟朽的黄桦也不错，缺点是太硬了。晚餐之后，他把鹿舌和鹿唇拿了出来，先切掉上面的黏膜，然后才放到锅里去煮。他还给我示范了一下，怎么用黑云杉的枝丫在桦树皮背面写字，这种树的枝丫十分坚韧，可以削出笔尖。

即将入夜的时候，向导往树林深处走了一小段，回来时告

---

① 棋子莓见前文注释；"*Chiogenes*"即下文中的"*Chiogenes hispidula*"，亦即匍匐雪果，见前文注释。

② "*Linnaea borealis*"即北极花，见前文注释。

③ 由梭罗列出的学名可知，这里的冬青（wintergreen）是鹿蹄草科喜冬草属草本植物伞花喜冬草，英文名亦作"umbellate wintergreen"（伞花冬青）；"*Clintonia*"即北方七筋菇，见前文注释。

④ 白枫（white-maple）亦名"银枫"（silver maple），为无患子科槭属乔木，学名 *Acer saccharinum*。

诉我们，"我找到宝藏了，值五六十块哩。"我们问他，"什么宝藏？""钢夹子，在一根原木下面，得有三四十副，我没数。我看是印第安人做的，一副能值三块钱。"身处这片无路可循的森林，他居然刚好走到了那根原木旁边，刚好又往原木底下看了看，着实是一个离奇的巧合。

在河边洗手的时候，我看到水里有须雅罗鱼和铅鱼，我同伴下手捕捞，结果是白费力气。对岸的沼地传来牛蛙的叫声，我一开始还以为是驼鹿；一只野鸭，从我的旁边倏然游过；我坐在这暮色苍茫的荒野，背倚这黑影幢幢的山岭，面对这洒满余晖的明亮河水，耳边依然萦绕着棕林鸫的歌声，感觉这一切已经是文明的极致，再也不可能锦上添花。这时候夜幕垂落，将我们团团笼罩。

一般说来，你会在日落时分安营扎寨，这边厢，你忙着收集柴火，准备晚餐，或者是搭建帐篷，那边厢，夜晚的色调四面合围，林中的暗影越发浓重。不等你有时间探索审视周边的环境，天已经黑了下来。你没准儿会往暮光昏暝的野林里走个六七杆，寻找引火用的干树皮，边走边暗自寻思，在林子的更深处，比如说一整天行程的尽头，隐藏着一些什么样的秘密，也没准儿会跑去河边取一勺水，河边的光线好一些，可以把上游或下游不远处的景物看得较比分明。你站在河边，没准儿看见一条鱼跃出水面，一只野鸭降落河中，也没准儿听见一只棕林鸫或知更鸟，在林间婉转歌吟，感觉就好比进了城，到了文明地区。只不过，身处这样的文明地区，你不会到处溜达去看乡野，但凡从营地走出十杆或十五杆，你就会觉得自己跟同伴远隔天涯，只好忙不迭地原路折返，还摆出一副走遍世界的架势，仿佛你刚刚走完一段长路，有一堆冒险经历可讲，尽管你此行途中，一直都听得见篝火的噼啪，真要是走到了一百杆之外的话，你多半会彻底迷路，不得不独自一人在外宿营。这林地是野物的天下，苔色幽幽，**鹿鸣呦呦**。①在一些格外茂密的冷杉云杉林子里，连烟雾都找不到蹿上天空的缝隙。这些树都是**长年矗立**②的黑夜，砍倒一棵冷杉云杉，便相当于从夜晚的漆黑翅膀上拔下一根羽毛。夜里的一片沉寂，比任何声响都更加动人心魄，当然你偶尔也能听见鸱鸮的叫声，从或远或近的林子里传来，宿营湖畔的话，还会听见沉浸于诡异狂欢的潜鸟，发出一声声半人半鸟的号叫。

这天夜里，向导躺到了篝火和绷好的鹿皮之间，为的是躲避蚊虫。岂止如此，他还在头边脚边各摆了一些湿答答的树叶，点了两小堆烟雾腾腾的火，然后照例用手帕包住脑袋，钻到毯子里去睡。我们用了面罩和驱蚊药剂，感觉还勉强可以忍受，但在这个季节的林子里，想干点儿久坐不动的营生可不容易，晚间你脸上蒙着面罩，基本不可能借着火光看书，手上又覆着手套或油膏，不方便握笔拿纸。

七月三十一日，星期五

向导说，"你们和我昨晚打到了驼鹿，所以要用最好的木头来

---

① 这句话原文为："It is all mossy and *moosey*."梭罗用斜体强调"moosey"（驼鹿的/满是驼鹿的），是因为它与音形皆近的"mossy"（苔藓的/满是苔藓的）形成了一种文字趣味。

② "长年矗立"原文为"*standing*"，这个词兼有"站立的"和"长期存在的"二义。

煮。煮驼鹿肉必须得用硬木。"他所谓"最好的木头",指的就是岩枫。接着他把鹿唇扔到火里,烧去了上面的毛,然后把它跟别的肉包在一起,准备带着上路。眼看我们已经坐下来开始吃早餐,席间却没有猪肉,他郑重其事地说了一句,"我想吃点儿肥的",于是我们告诉他,想吃多少都行,就是得自个儿去煎。

刚开始的一大段路波平水疾,我们飞快地滑向前方,惊起一只只野鸭和翠鸟。只可惜这段旅途也跟平常一样,平顺的行程不久就到了尽头,我们不得不扛起独木舟和所有一切,沿着右岸往下游走了半里左右,为的是绕过急流或说瀑布。绕过瀑布的陆运段究竟在哪一侧的河岸,有时得目光敏锐才能判断,但坡利斯总是能把我们送到正确的一侧,从来也没有出过差错。这个陆运段的树莓特别多特别大,大伙儿都伸手大快朵颐,向导还就果子的个头品评了几句。

遇上只有光秃岩石的陆运段,小径往往极难辨识,致使我一再两眼茫然,找不到路在哪里,但在跟着向导往前走的时候,我发现他几乎跟猎犬一样灵敏,总是能找到路,很少犹豫不决,就算他偶尔会在一块光秃岩石上迟疑片刻,他的眼睛也会即时显出神通,探测到某个我看不出的印记。到了这样的地方,**我们**时常觉得无路可走,结果是脚程格外缓慢,弄得他莫名其妙,好在他并不深究,只会说这件事情"真是奇怪"。

我们听人说过,这条河上有一道"大瀑布",所以这一路每次遇见瀑布,我们都以为"大瀑布"到了,只不过,把这个名号接连送给好几道瀑布之后,我们最终打消了寻找"大瀑布"的念头。这条河上的"大瀑布"或说"小瀑布",多得我记都记不过来。

345

我说不清这天上午，瀑布急湍迫使我们下船步行了多少段，只知道我们一路都在企盼，希望这条河赶紧完成它的最后一跳，从此变成一马平川，情况却始终不见好转。话又说回来，陆运段也不失为一种惬意的调剂。惬意也理所当然，因为每次我们踏出独木舟，开始伸展腿脚，必定发现自己走进了一座种植蓝莓树莓的园子，绕过瀑布的一条条乱石小径，两边总是排满了其中一种，或者是两种都有。我们在东支干流碰上的这些陆运段，没有哪一处不盛产这两种浆果，因为这些地方岩石极多，没有完全被树木覆盖，正是这些植物喜欢的环境，除此而外，最好的果子都还在枝头挂着，没有人比我们抢先一步。

经过陆运段的时候，只要独木舟也离了水，我们就得来回跑三趟。三趟旅程当中，我们让这些浆果物尽其用，因为我们这一路吃多了压缩饼干和猪肉，正需要这种消积解腻的膳食。如果要换个说法来形容扛船绕路的经历，不妨称之为"采果之旅"。我们还看见了一些 *Amelanchier* 果，或者说"**贡献果**"[①]，长在这里的唐棣虽然说大多数无所贡献，好歹要比康科德的同类慷慨得多。向导把唐棣叫作"佩莫伊米努克"（pemoymenuk），说它在有些地方会结很多果。他有时还会吃北方野红樱桃[②]，说它是一味良药，但

[①] "*Amelanchier*"是蔷薇科唐棣属灌木或小乔木的通称。根据梭罗在本书附录列出的拉丁学名"*Amelanchier canadensis*"，他说的是这一属的加拿大唐棣。"贡献果"原文为"service berries"，实指唐棣果，梭罗用斜体强调"service"，是因为这个词通常有"服务、贡献"的意思，但"service berry"当中的"service"源自拉丁植物名"*sorbus*"，仅仅是这种果实的名称，并无其他含义。

[②] 北方野红樱桃（northern wild red cherry）即本书前篇曾提及的红樱桃，亦即宾州樱桃，见前文注释。

这种果子并不好吃，简直是难以入口。

走到其中一个陆运段的末端，我们停下来洗了个澡，吃了午餐。该吃午餐的时候，一般都是向导提醒我们开饭的事情，有时他甚至不跟我们商量，直接把船头转向河岸。有一次，他还发表了一篇委婉却冗长的辩辞，说不怕我们见怪，可一个人要是整天都在埋头苦干，确实免不了格外计较能不能及时吃到午餐。这条河上最壮观的一道瀑布，我们是从陆运段绕过去的，向导在前面走，我紧跟在他身后。路上的岩石虽然只覆着很薄的一层土壤，可他还是看出了岩石上的一个脚印，于是便俯身端详，念叨了一句，"驯鹿。"回头搬第二趟的时候，他又在同一个地方附近看见了一个大得多的脚印，不知道是什么动物踩出来的，脚印在岩石上的一个小凹坑里，坑里面有草也有土。只听他惊叫一声，"这是什么？"我也跟着问了一句，"对啊，是什么呢？"他俯下身去，把一只手放到脚印里，摆出一副神神秘秘的架势，答话的声音低得近乎耳语，"恶魔（意思是印第安恶魔，或者说美洲狮）——在这周围的石台子上活动——很可怕的野兽——能把岩石扯成碎片。""脚印是什么时候留下的？""今天或者昨天。"事过之后，我问他能不能确定那是美洲狮的脚印，他的回答却是他说不准。之前我倒听别人说过，最近还有人在柯塔丁山附近听见美洲狮的尖叫，我们眼下的位置呢，确实离柯塔丁山不远。

这天我们至少有一半行程是在走路，走的还是跟平常一样的烂路，因为向导若是独自下行，通常都会驾船冲过陆运段的末端，到下游很远的地方才停下来等我们。陆运段虽然有小径可走，小径本身也格外地模糊难辨，我们认路经常只有两种依据，一是赶木人的靴钉在倒树上扎出的无数小洞，二是一些先前没看出来但**确实存在**的小路残痕。眼前是一片迷宫一般的纠结丛莽，我们在里面跌跌撞撞，摸索穿行，刚走出区区一里，便感觉出发点已在十里八里之外。万幸的是，我们好歹不用沿河岸一直走到班戈，那样的话，路程就得有一百多里，途中得应付密不透风的林子，纵横交错的倒树乱石，弯来拐去的河道，汇入河中的道道溪涧，外加频繁出现的拦路沼泽，想一想都让人不寒而栗。但我们跟向导同行的时候，向导却时不时给我们指出路上的一些地方，说他还是个十岁小孩的时候，曾经在这些地方摸爬滚打，日复一日地艰难跋涉，而且是在饿得半死的情况下。那时他是跟两个成年印第安人一起打猎，去的是比这儿靠北得多的地界。那年的冬天来得出乎意料地早，湖水结了冰，迫使他们把独木舟扔在大湖，沿着岸边徒步前进。他们扛起猎获的毛皮，往老镇方向进发。那时的积雪还不够厚，既没有达到可以使用雪鞋的程度，也没有抹平地面的坑洼起伏。坡利斯很快就虚弱得背不动任何包袱，但还是想方设法逮来了一只水獭。这么一只水獭，就是他们三人这一路吃到的大部分伙食，他到现在都还记得，用水獭油炖的黄百合"根"汤是多么地美味。他跟两个同伴平分了这只水獭，尽管他年纪幼小，遭的罪比两个同伴大多了。他在马塔瓦姆基格河口涉水过渡，冰冷的河水一直淹到他的下巴，而他已经饿得有气无力，皮包骨头，觉得自己肯定会被河水卷走。他们走到林肯镇才撞见第一户人家，还在那附近碰上一个运送给养的白人车把式，那人看他们可怜，就让他们从自己的大车上拿，能吃多少拿多少。回到家里以后，他有整整半年的时间奄奄一息，简直没想到自己还能活下来，说不定，那时落下的病根会纠缠他一辈子。

我们这天走过的路程，将近一半在地图上没有体现（我们用的是《缅因及马萨诸塞公共土地地图》和《科尔顿缅因铁路及城镇地图》[1]，后一张是抄前一张的）。从地图上看，这天的营地离头天的营地充其量只有十五里，可我们一整天都在加紧赶路，多数时候还跑得相当快。

走过一连串的"大"瀑布之后，我们又往下游走出了七到八里，河岸的面貌和河水的脾性，到这时总算有了改变。我们驶过从东北汇入的一条支流，兴许是鲍林溪[2]，随即进入波平水疾的畅快河段，河水又形成我之前讲过的那种规整斜坡，水边则开始出现绿草茵茵的低岸，以及淤泥堆积的滩涂。许多的榆树枫树，以及为数更多的桦树，一棵棵斜探到河水上方，取代了云杉的位置。

向导扛船走过一个陆运段的时候，我先前挖的百合鳞茎弄丢了，所以在将暮时分，我下船走上枫林中一片低洼草地，想另外挖点儿鳞茎。在沙地上挖鳞茎很费工夫，蚊子还自始至终在我身上开宴。蚊蚋之类的飞虫纠缠我们，哪怕在河道中央也逃不过，有时我们甚至巴不得驶入狂乱的急湍，就因为它们不会跟来。

一只红头啄木鸟[3]横越河面，向导说这种鸟味道不错。我们正沿着河水的斜面快速下滑，一只大猫鸮从岸边一个树桩上展翅

---

[1] 即科芬的《缅因州公共土地地图》和科尔顿的《缅因州铁路及城镇地图》，见前文注释。

[2] 鲍林溪（Bowlin Stream）为东支支流，英文名今作"Bowlin Brook"。

[3] 红头啄木鸟（red-headed woodpecker）为广布于北美大陆温带地区的啄木鸟科食果啄木鸟属鸟类，学名 *Melanerpes erythrocephalus*。

升空,呼啦啦飞向对岸,向导便故伎重演,学了学这种鸟的叫声。不一会儿,同一只猫鹀飞回了我们眼前,后来我们驶过一棵树,看见它正在树上歇着。此后不久,一只白头鹰出现在我们前方,施施然飞向下游。我们追着它往前走,边走边寻找合适的宿营地点,因为我们估计阵雨将至,怕到时措手不及。追出几里之后,我们依然能借由白色的尾巴① 认出这只鸟,看见它时不时从岸边的某棵树上腾空而起,飞向下游的更远处。一群"舍柯尔维"受到我们的惊吓,其中几只扎到了水下,我们便从它们上方直接驶过,还根据水面各处的气泡看出了它们的去向,却始终不见它们浮出水面。途中有一两次,坡利斯看到岸边有伸入林中的模糊小径,也就是他所说的"拉货"道路。与此同时,我们驶过了左手边的锡布依斯河口。锡布依斯河看着没有我们浮泛的这条河大,当然喽,我们这条本来就是干流。又过了一段时间,我们才找到一个可以宿营的地点,因为沿途河岸要么是草多泥厚,蚊虫孳生,要么就山坡耸峙,太过陡峻。向导说,陡坡上倒是没什么蚊子。之前我们探查过一个不错的地方,那地方很久以前有人宿营,可我们既然有这么大的选择余地,还去用前人的旧址就显得有点儿可怜,所以我们掉头不顾,继续向前。到最后,我们终于在西岸找到一个可心的地点,上距锡布依斯河口一里左右,藏在砾石河滩上方的一片云杉密林里,看样子蚊虫不多。这里的林木实在茂密,我们不得不动手砍树,自行清出一片生火睡觉的空地,留着没砍的小云杉将我们团团包围,好似一间公寓的四面墙壁。这么个营

---

① 白头鹰即白头海雕(参见前文注释),成鸟羽色棕褐,头尾雪白。

地，我们还是先爬上一道陡峭河岸才够着的。话又说回来，一个地方再怎么崎岖荒蛮，再怎么阴沉昏暗，一旦成为你选定的营地，马上就显得独具魅力，成为你眼中的文明之都："家再不像家，终归还是家。"①

没承想，这里的蚊子空前地多，弄得向导连声叫苦，尽管他跟头天晚上一样，躺在三堆篝火和绷好的驼鹿皮之间。眼看我蒙着面罩戴着手套坐上篝火旁的一个树桩，想凑合着看点儿书，向导说了句，"我给你做支蜡烛"，随即拿起一块宽约两寸的桦树皮，把树皮紧紧地裹成筒状，像一根十五寸长的火柴，然后点燃树皮的一端，把另一端沿水平方向卡进一根劈了个口子的三尺木棍，再把木棍戳在地上，让燃着的一端对着风，还叮嘱我时不时剪剪烛花。这东西只花了他一分钟的工夫，用起来一点儿不比蜡烛差。

这天夜里，我留意到一件之前也曾留意的事情，那就是蚊子会在午夜前后进入蛰伏阶段，到早晨才再一次活跃起来。大自然母亲，便是这样仁恻怜悯。话又说回来，我们需要休息，蚊子显然也不例外。整夜都同样活跃的生灵，就算有也不会多。天色刚刚放亮，我立刻隔着面罩看见了成千上万只蚊子，它们飞舞在帐篷里面，围着我们的脑袋聚成黑压压的一片，每一只蚊子的每一只翅膀都在不停地振动，据测算是每分钟三千次左右，由此而来的嗡嗡噪音，简直跟它们的叮咬一样不堪忍受。就为这个，我一晚上都没睡好，

---

① 这句话原文为"Home is home, be it never so homely"，是一句至迟出现于十八世纪早期的英文俗谚。

虽说我不敢肯定,究竟有没有哪一只成功地叮到了我。

行前我们读过一些仲夏探访缅因林地的游记,对这里的蚊虫之害早有预期,但我们此行遭遇的蚊虫骚扰,倒不像预想的那么严重。不过我绝不怀疑,赶上有些时节,到了有些地方,蚊虫肯定能造成严重得多的祸患。一六六一年,雷尼·米纳尔神父遭到同伴的遗弃,在林中迷途失路,死在了苏必利尔湖附近的安大略人领地。①魁北克的耶稣会士耶罗姆·拉勒曼②记述了这件事情,在文中着力叙写了神父多半未能幸免的蚊叮劫难,因为神父那时已经十分虚弱,丧失了自卫的能力。拉勒曼补充说,那一带的蚊子多得可怕,"简直让人不堪其扰,以至于与神父同行的三个法国人信誓旦旦地说,要自卫只有不停地跑,再没有别的办法,他们三人中如果有谁想喝水,另外两人就得帮这人赶蚊子,要不就喝不了。"③我绝不怀疑,拉勒曼写的这些都是实情。

八月一日,星期六

今天清早,我捕到了两三条大个儿的红须雅罗鱼(*Leuciscus*

---

① 雷尼·米纳尔(René Ménard,梭罗写作 Reni Menard,1605—1661)为法国耶稣会传教士。1661 年,他听说一些休伦印第安人(见前文注释)正在挨饿,便前往他们的村落,准备施以援手,途中与同伴失散,从此下落不明。文中的安大略人(Ontarios)即休伦印第安人。

② 耶罗姆·拉勒曼(Jérôme Lalemant,梭罗写作 Hierome Lalemant,1593—1673)为法国耶稣会传教士,耶稣会北美传教团的领袖。

③ 据克莱默所说,引文原文是梭罗对拉勒曼所撰《一六六一及一六六二年新法兰西事件实录》(*Relation de ci qui s'est passé en la Nouvelle France en les années 1661 et 1662*)相应文字的法文英译。

pulchellus），捕鱼的地点离营地还不到二十尺。这几条鱼，连同已经在水壶里炖了一夜的鹿舌，再加上我们的其他余粮，构成了一顿丰盛的早餐。向导给我们煮了点儿铁杉茶，用以取代咖啡，所以我们并没有大老远跑去中国，照样是有茶可喝，认真说的话，铁杉茶离我们非常近，还不如那些须雅罗鱼远。这道茶的滋味差强人意，虽然说向导认为它不够浓郁。一壶河水，加一把青葱的铁杉嫩枝，便是铁杉茶所需的全部材料，看如此简单的一道茶饮在露天的大火上沸腾，看树叶迅速褪去鲜亮的绿色，心知它即将为我们的早餐增添风味，着实让人兴味盎然。

我们再次登程，心中甚是欢喜，好歹甩掉了一部分的蚊子。之前我们已经驶过瓦萨塔奎伊克河[①]，只不过未曾留意。据向导所说，地图把"瓦萨塔奎伊克"用作这条小支流的专名，其实是不对的，因为这名字指的是东支干流本身。

我们发现，亨特家就在下游不远，离我们昨晚的营地不过里许。他的房子坐落在河的东岸，你要是从这个方向攀登柯塔丁山，这便是你路过的最后一户人家。

按照先前的计划，我们也要从这里攀登柯塔丁山，可是我同伴磨坏了脚，不得不放弃这个打算。向导却说，我同伴不妨去亨特家搞一双软皮靴，多穿几双袜子，这样子走路很是轻省，而且不伤脚，何况这种靴子特别地多孔透气，即便是进了水，一转眼也就干了。我们上亨特家去弄点儿糖，却发现这家人已

[①] 瓦萨塔奎伊克河（参见本书首篇相关记述及注释）为东支支流，河口在锡布依斯河口下游不远处。

经搬走，屋里只有几个临时的住客，都是来割干草的。这些住客告诉我们，去柯塔丁山的大路是在上游八里处的河边，要找糖则可以去下游十四里处的菲斯克家①看看。照我的记忆，我们在东支上航行的时候，压根儿没看见过柯塔丁山。我看见亨特家旁边的河岸上拉着一张围网，多半是用来捕捞鲑鱼的，又看见下游一点儿的西岸上晾着一张绷好的驼鹿皮，旁边还有一张熊皮，跟驼鹿皮相比可谓小之又小。那张熊皮勾起了我强烈的兴趣，因为一些年之前，就是在这附近，我们镇的一个乡亲杀死了一头大熊，那时他还是个半大小子，而且独自一人。向导说那些兽皮属于我上一次的向导乔·埃蒂昂，我不知道他是怎么看出来的。十有八九，埃蒂昂正在这周围打猎，暂时把兽皮撂在了那里。向导发现我们要直接返回老镇，便后悔没有多带些驼鹿肉给他的家人，说他本来只需要很短时间就能把肉烘干，烘干了就轻了，再剔掉骨头的话，大部分的肉都是可以带回去的。鹿唇是出了名的珍馐，所以我们问过他一两次，鹿唇他打算怎么处理，他给我们的答复是，"这得带回老镇给我老婆，这东西可不是天天都有的吃。"

越往前去，河畔枫树越多。天色渐渐阴沉，上午还下了点儿雨，我们担心变成落汤鸡，所以在一个略微展宽的河段早早停船，登上东岸吃了午餐。这地方上距亨特家约十二里，再往下一点儿是一道瀑布，多半就是所谓的"磨石瀑布"。水边有相当新鲜的

---

① 即本书首篇提及的本杰明·菲斯克，可参看前文注释。

驼鹿蹄印，左近还有些形状奇特的长长沙脊，人称"马背"①，上面长满了蕨类植物。我同伴弄丢了烟斗，问向导能不能帮他做一个，向导应了声"噢，可以"，不到一分钟就用桦树皮给他裹了一个，还叮嘱他时不时把斗钵润湿一下。行经此地，向导照例找了棵树，在树上留题作记。

我们取道西岸，扛起行李绕过下游那道瀑布。路上的岩石全都直挺挺地竖着，棱角十分锋利。这一次的绕行距离，大概是四分之三里。搬完第一趟之后，向导从河边往回走，我走的则是陆运段的小径。我倒是没有紧赶慢赶，但我看到他居然跟我同时到达陆运段的上端，心里面还是吃惊不小。他能在糟糕至极的地面走得这么轻松自如，着实让人惊叹。这时他对我说，"船由我负责，剩下的你包了，你觉得你跟得上我吗？"我以为他意思是我俩像先前一样分工合作，他驾船冲下急流，我走在岸边随时照应，时不时帮他一把，可我看这儿的河岸实在难走，所以就回答说，"我看我走不了你那么快，不过我可以试试。"没承想，他居然叫我继续走小径，别从河岸上走。我觉得这样更行不通，小径离河边太远，到了他需要帮忙的时候，我跑过去也不赶趟儿。不过我又想错了，原来他是邀请我跟他在小径上来场比赛，刚才是问我能不能在大家走同一条路的情况下跟上他，这会儿又补充说，

---

① "沙脊"原文为"ridge"。据克莱默援引的《缅因农业委员会理事长第六份年度报告》(*The Sixth Annual Report of the Secretary of the Maine Board of Agriculture*, 1861) 所说，当地人称为"马背"（horseback）的这种"ridge"是缅因州之外鲜有的一种奇特地貌，亦即砾石和沙子在平地上堆成的一些屋脊状小丘，高度一般是十米左右，成因未明。

我要想跟上他的话，动作得相当快才行。他的包袱虽然只是简简单单的一条船，但却比我的包袱重得多也大得多，所以我觉得我跟得上他，跟他说我可以试试。这么着，我开始收拾猎枪、斧头、船桨、水壶、煎锅、盘子、长柄锅和毯子，等等等等。这些还没收拾完，他又把他的牛皮靴子扔了过来。我问他，"什么，这东西也归我吗？"他回答，"噢，当然。"可是，没等我把东西打成一捆，他已经顶着独木舟消失在了一座小山背后。于是乎，我赶紧把这些零七八碎划拉到一块儿，撒丫子跑了起来，立刻在灌木丛中赶超了他。然而，我刚把他甩在身后的一个乱石凹坑里，看不见他的影儿了，我那些油乎乎的盘子锅子就自个儿长上翅膀飞了出去，我还在忙着捡东西，他已经跑过了我的身边，但我连忙把熏得黑不溜秋的水壶往腰间一挎，再一次发足狂奔，很快又超过了他，跑完整个陆运段都没有再看见他的身影。我提起这件事情，不是想显摆自个儿的本事，因为我当时跑得其实很慢，他之所以跑不过我，原因仅仅是他必须格外小心，既不能磕了独木舟，也不能扭了脖子。他出现在我面前的时候，喘得跟我一样厉害，我问他上哪儿溜达去了，他回答说，"我的脚让石头给划了"，然后又笑着补了一句，"噢，有时我可喜欢玩儿了。"他说，他跟他那些同伴一起赶路的时候，如果碰上了长达数里的陆运段，往往会比试一下谁先走完。照我看，应该是一人顶一条独木舟吧。水壶在我那个棕色的麻布袋子上蹭出了一块黑印儿，伴着我走完了余下的旅程。

下游里许又有一道瀑布，所以我们又走了一次陆运段，这次是在河东。陆运段内陆一侧长的都是挪威松①，说明这里的地质构造与之前各处不同，这里的土壤干燥多沙，也是我们前所未见。

将近东支河口，我们驶过两三座木屋，离开亨特家之后，这还是我们第一次看见文明的迹象，但眼前虽然有了房屋，公路却依然不见踪影。我们听见牛铃丁当，甚至看见有人把一个婴孩举到一扇小方窗跟前，好让孩子看我们驶过，只不过显而易见，方圆数里之内，此时的在家住户就只有这个孩子，以及把孩子举在手里的母亲。此景使我们顿时泄气，让我们想起自己终归只是过客，这孩子才是土生土长的主人家，比我们更得天时地利。大伙儿都没了聊天的兴致，我听见的对话，兴许只是向导问我同伴，"我的烟斗是你装的吗？"向导说他抽的是赤杨树皮，要的是它的疗效。我们在尼喀透岛转入西支，西支看着比东支大得多。坡利斯说，弯弯绕绕的急流都过完了，再没有了，从这里直到老镇，一路全是无波无浪的静水，说着说着，他还把在昂巴茹克斯库斯河削的那根篙子给扔了。路上有那么一两次，他说你甭想再看见他去东支了，那儿的急流想想都累。可是呢，他说的话可不能句句当真。

跟我十一年前到访的时候相比，这里有了很大的变化，先前的一两座房屋已经发展成一个颇具规模的村落，村中建起了几家锯木厂和一间商铺（商铺是锁着的，这倒是大大加强了商铺货品的安全保障），以及一条通往马塔瓦姆基格的公共马车道路，至于说公共马车本身嘛，据说也即将开行。岂止如此，有一次水位特

---

① 挪威松（Norway pine）是北美红松的别名。

别高的时候，连汽船都开到了这么上游的地界。但我们终归没弄到糖，只弄到一根好点儿的木条，更适合充当船上的靠背。

划到尼喀透岛下游约莫两里的地方，我们在西支南岸安营扎寨，将新鲜的枝丫铺上先前某个旅人的凋枯卧床，立刻感觉自己回到了有人定居的乡野，傍晚又听见一头公牛在对岸的天然牧场里打喷嚏，置身人境的况味越发浓郁。但凡你在人来人往的河段停船靠岸，不管你选的是哪个地点，走不了多远就能找见这些临时客栈的旧址，找见压平了的枯枝床铺和烧得焦黑的木棍，没准儿还有帐篷杆子。与此相类的卧床，不久前曾铺在康涅狄格河、哈德森河和特拉华河边①，更早时还曾铺在泰晤士河和塞纳河沿岸，如今则化为土壤，上方耸立着私家苑囿和公共庭园，耸立着府邸与宫殿。这里找不到冷杉枝丫来铺床，云杉又枝多叶少，相比而言有点儿硌人，不过我们加了些铁杉枝丫，多少改进了床铺的品质。向导老调重弹，"煮驼鹿肉必须得用硬木"，就跟这是句格言似的，说完就走出营地，寻找硬木去了。我同伴照加利福尼亚的方法做了点儿鹿肉，把一长条鹿肉绕上一根木棍，拿在手里伸到火上，慢慢地转着烤。烤鹿肉非常好吃，向导却尝都不尝，要么是因为他对这种烹饪方法不敢苟同，要么就因为我们驳了他的面子，没让他照他自个儿的方法来做。吃完常规晚餐之后，我们又

---

① 康涅狄格河（Connecticut）是新英格兰地区最长的河流，流经康涅狄格、马萨诸塞、佛蒙特及新罕布什尔四州，哈德森河见前文注释，特拉华河（Delaware）流经纽约、新泽西、宾夕法尼亚、特拉华及马里兰五州。这三条河的流域都是美国境内开发较早的地区。

试着用我一路带着的百合鳞茎炖点儿汤，因为我想趁着这会儿还在林地，尽量多学点儿东西。向导突然感觉身体不适，没办法亲自动手，所以我按照他的指导，先把鳞茎仔仔细细地洗干净，然后剁了些驼鹿肉和猪肉，搁上盐一起炖，只是我们耐性不够，没能把这个试验圆满完成，因为向导说的是鳞茎必须彻底炖烂，汤才会跟面糊一样稠。可是呢，我们虽然把汤留在火上熬了一整夜，早上发现水壶都烧干了，汤还是没有熬成面糊。这些鳞茎很可能还没熟透，因为人家一般都是秋天采收。话又说回来，鳞茎汤现在就已经够美味的了，尽管它让我联想到了爱尔兰人的石灰石汤，因为光靠其他的食材就可以炖出这样的汤，加不加鳞茎都是一样。①百合鳞茎的印第安名字是"希普诺克"（Sheepnoc）。我用一根剥了皮的树枝来搅汤，碰巧用的是条纹枫②，或者说驼鹿木，向导见了便说，条纹枫的树皮是一种催吐剂。

向导还想跟平常一样，睡在驼鹿皮和篝火之间，可天上突然下起雨来，他只好躲进帐篷与我们同宿，临睡前还给我们唱了首歌。夜里雨下得很大，浇坏了我们又一盒火柴，这都怪向导粗心大意，忘了把火柴拿进帐篷。好在情形跟平常一样，雨水使蚊子一蹶不振，送我们一夜安眠。

---

① "石灰石汤"（limestone broth）源自欧洲民间故事中的"石头汤"（Stone Soup）。石头汤故事有多个版本，大致是说一个旅人到了一个村庄，向村民乞食未果，便把一块大石头放在锅里煮，说他能用石头煮出美味的汤，还可以跟村民分享。旅人一边煮石头汤，一边向好奇的村民讨来了胡萝卜土豆之类的"辅料"，最后才扔掉石头，跟村民分享了这锅汤。

② 条纹枫（striped maple）见前文注释。

八月二日，星期日

这天早上阴云密布，天气堪忧。我们中的一个问向导，"坡利斯先生，昨晚你没绷你的驼鹿皮，对吧？"向导回答时语气惊讶，但也许并未生气着恼，"你问这个干什么？我绷了的话，你自然就看见了。兴许你们就是这么说话的，兴许也没什么不好，印第安人可不这么说话。"之前我已经发现，同一个问题他绝不乐意回答两次，你要是为了确认问第二遍，他往往选择闭口不答，看着像是在生闷气。倒不是说他生性寡言，因为他经常一边划船，一边主动打开长篇叙事的话匣子，先来一句"呃，顺便说一下"之类的引子，然后便滔滔不绝地讲述某一场古老战役的传说，或是他有份参与并充任要角的某一件本族近事，时不时还会深吸一口长气，摆出说书行家那种不慌不忙的架势，老半天才把他的故事接着往下讲，没准儿得等到闯过一段急湍之后。做完一天的工作，躺下来准备睡觉的时候，他更是格外兴致勃勃，健谈得出乎我们的意料，甚至会表现出法国式的亲切热情，我们呢，听着听着便酣然入梦，等不到他的兴奋劲头告一段落。

从尼喀透岛到马塔瓦姆基格，水程据说是十一里，这样算来，我们昨晚的营地应该在马塔瓦姆基格上游九里左右。

这天早上，向导肚子疼得相当厉害，照我看，他吃的驼鹿肉加重了他的病情。

早上八点半，我们在蒙蒙细雨中抵达马塔瓦姆基格，停下来买了点糖，然后便继续赶路。

向导的病情大幅加剧，所以我们在林肯镇北部停船靠岸，想帮他弄点儿白兰地,只可惜没有弄到,一个药师给他推荐了布兰德瑞斯丸[1],但他坚决不吃,理由是他不了解它的药性。他对我说,"我自个儿就是医生。我先得研究病情,找出病根儿,然后才知道该吃什么药。"我们往下游划了一小段,半上午的时候登上一个岛,用长柄锅给他煮了点儿茶。他在岛岸上躺着的时候,我们把午饭吃了,洗了洗衣服,观察了一下岛上的植物。耗到下午,向导的病情依然没有起色,但我们还是往前走了一点儿,驶入五岛下游一个水流平缓有似湖泊的长长河段。向导把这个河段称为"伯恩提布斯"(Burntibus),还说他在上游某处拥有一百亩的土地。看天色似乎要下雷雨,我们便在河西岸的切斯特[2]境内上了岸,停在一座牛棚跟前,下距林肯镇中心一里左右。我们的病号不见好转,所以我们只好就地打发这天余下的时间,晚上也就地过夜。向导把独木舟扣在岸边,躺在底下不住呻唤,情状十分凄惨,可他的病并不严重,不过是普通的肠绞痛而已。你要是看见他这副辗转反侧的可怜模样,怎么也想不到他是这一带偌大一片土地的主人,想不到他拥有六千块的身家,还去过华盛顿。我觉得他跟爱尔兰人差不多,比扬基人更爱为自个儿的病痛大惊小怪,更担心自个儿的身体。林肯镇也是印第安人聚居地,所以我们商量了一下,说我们可以送他去林肯镇,让他跟他的族人待一宿,

---

[1] 西方人曾长期把白兰地用作一种包治百病的药物;布兰德瑞斯丸(Brandreth's pill)是移居美国的英国商人本杰明·布兰德瑞斯(Benjamin Brandreth, 1809—1880)大力兜售的一种祖传泻药,据称可以清肠排毒,治疗多种疾病。

[2] 切斯特(Chester)为缅因州城镇,与林肯镇隔珀诺布斯科特河相望。

第二天坐公共马车回去，可他心疼车费不肯答应，还跟我们说，"没准儿我明天早上就好了呢，那样的话，你们跟我一块儿走，中午就能到老镇。"

薄暮时分，我们正在喝茶，依然躺在船底下呻唤的向导终于恍然大悟，找到了"他的病根儿"。于是他叫我用长柄锅给他打点儿水，然后一手接过长柄锅，一手拿起他那只火药角筒①，往锅里倒了一两撮火药，用手指搅了搅，一口气喝了下去。这天早餐之后，他除了喝茶以外，总共就吃了这么点儿东西。

我们把东西收拾妥当，免得让野狗叼了去，然后跟主人家打好招呼，住进岸边这个孤零零的半敞牛棚，拿四尺厚的新割干草当床，省去了支帐篷的麻烦。干草里混杂着许多野蕨之类的植物，气味芬芳可人，只不过草堆相当闹腾，能听见不少蚱蜢在里面爬来爬去。这样的营地刚好是个过渡，可以帮我们重新适应有屋子有羽绒床垫的生活。这天夜里，一只多半是猫头鹰的大鸟，从我们头顶倏然飞过，第二天，筑巢牛棚的燕子一大早就开始叽叽喳喳，把我们从梦中唤醒。

八月三日，星期一

向导的病情大见好转，所以我们早早启程，很快将林肯镇抛在身后，继而驶过又一个风光旖旎有似湖泊的长长河段，一直走到林肯镇下游两三里处，这才登上西岸吃了早餐。

我们时常经过属于印第安人的河中岛屿，岛上有印第安人的

---

① 火药角筒（powder-horn）是用来装火药的容器，通常以牛角制成。

一座座小屋。印第安总督埃蒂昂的家，便是在林肯境内的一个岛上。

看样子，珀诺布斯科特印第安人比白人还喜欢群居。哪怕到了缅因境内最荒僻的原野，你还是能不时撞见扬基人或加拿大移民的木屋，可你绝对看不到珀诺布斯科特人的房子，因为他们不会把家安在如此孤凄的所在。珀诺布斯科特河上的印第安岛屿，个个都坐落在有人定居的区域，但他们并没有散居各岛，而是在其中的两三个岛屿聚居，尽管这些岛屿的土地不一定最为肥美，他们这样子安排居所，显然是为了结伴成群。途中我看见一两座现已废弃的印第安房屋，之所以遭到废弃，照我们印第安向导坡利斯的说法，正是因为缺少邻居。

有一条小河在林肯镇汇入珀诺布斯科特，名字叫作"马塔瑙库克"[①]，我们还留意到，泊在河口的一艘汽船也叫这个名字。我们就这样弄桨击水，随流浮泛，途经河口便望望口里的光景。莫霍克激流（Mohawk Rips）在林肯镇下游四五里处，照向导的念法则是"Mohog lips"。船过激流之时，向导滔滔不绝地讲起了古昔时代，他的族人跟莫霍克人在这里进行的一场战斗，讲他的族人如何使用暗藏的兵刃，莫霍克人又如何中计落败，还讲到了那个极其壮硕的莫霍克酋长，他的族人趁着酋长独自下河游泳的机会，派几条独木舟同时发动进攻，但还是打了很长的时间，这才结果了酋长的性命。

一路之上，我们不时碰见划着独木舟溯流而上的印第安人，

[①] 马塔瑙库克溪（Mattanawcook Stream）是源自林肯镇马塔瑙库克池（Mattanawcook Pond）的一条小河，本书首篇提到了河口的马塔瑙库克岛。

向导通常不会向他们靠近,只会用印第安语跟他们远远地聊上几句。离开昂巴茹克斯库斯河之后,这还是我们第一次路遇印第安人。

船到皮斯卡塔奎斯河口上游一点儿的同名瀑布,向导独自冲下急流,我们则下船步行,沿着东岸的一条木头轨道,走了大概一里半的路程。从老镇来的汽船止步于此,溯河的旅客得去瀑顶换乘。"皮斯卡塔奎斯"意为"支流",我们从干流东岸走过了它的河口。这条河的河口虽然也被瀑布封锁,巴妥船或独木舟却可以从瀑顶溯河而上,甚至可以一直划到驼鹿头湖附近,沿途都是有人定居的乡野,刚开始的时候,这条路线也在我们的考虑范围之内。过了皮斯卡塔奎斯瀑布之后,我们再也不曾被瀑布或急湍逼下船去,认真说的话,过这道瀑布也不是非下船不可。这天我们没怎么留意河上风光,因为两岸已经是多有人烟的地界。河到此处,渐渐地变得宽阔平缓,一只蓝苍鹭出现在我们前方,慢悠悠沿河飞向下游。

我们驶过左手边的帕萨达姆基格河口,向东南远远望见蓝蓝的奥拉蒙群山。这段路途之中,我们的印第安向导长篇大论,给我们好好讲了讲他们和天主教神父之间的办学之争。向导非常看重教育,并且在族人面前大力倡导,理由是人必须去上大学,把算术学会,这样才能"守住自个儿的家业,别的办法都行不通"。他说他儿子是老镇学堂里最好的学生,跟白人的孩子一起上学。他自己信的是新教,经常去老镇的教堂做礼拜。按照他的说法,他很多族人都信新教,信天主教的族人也有很多支持办学。一些年以前,他们曾经请来一个老师,老师也是新教徒,深受大家的喜爱。神父①却跑来说，必须把老师赶走，还拿下地狱来吓唬他们，最终占据上风，逼得他们赶走了老师。兴学派虽然人多势众，但还是产生了放弃的念头，更何况芬威克主教也从波士顿赶来②，用自个儿的权势压制他们。但是，我们的印第安向导对他的兴学派同道说，一定不能放弃，一定要坚持到底，我们比他们强大，现在放弃的话，我们这一派就会土崩瓦解。可他的同道都说，坚持也"没有用，神父的势力太大了，我们还是放弃算了"。但向导最终说服了他们，让他们坚持原来的立场。

神父打算砍倒老镇的自由标杆③，以此显示他制止办学的决心。为了挫败神父的图谋，坡利斯和兴学派同道召开了一次秘密会议，预先找好十五或二十个身强力壮的小伙子，"脱光他们的衣服，给他们的身体抹上颜料，就像古时候那样"，然后叮嘱他们，等神父带人来砍自由标杆的时候，他们就一拥而上，抱住标杆不让砍，并且叫他们只管放心，到时候只会有争执吵闹，绝不会真打起来，"有神父的地方干不了仗"。坡利斯在标杆附近找了一所房子，让他的人在里面藏好，这之后，他刚刚看见神父带人来砍标杆——

---

① 这个神父是瑞士裔耶稣会士约翰·巴普斯特（John Bapst, 1815—1887），他于1848至1850年间担任老镇的天主教神父，后成为波士顿学院（Boston College）首任校长。

② 芬威克主教即美国耶稣会士本尼迪克特·芬威克（Benedict Fenwick, 1782—1846），1825至1846年间任波士顿主教。但从事发时间来看，阻挠老镇印第安人办学的应该是芬威克的继任、1846至1866年间的波士顿主教约翰·菲茨帕特里克（John Fitzpatrick, 1812—1866）。

③ 自由标杆见前文注释。

标杆要是倒了的话，兴学派就会遭受致命的打击——立刻就发出信号，他那些小伙子马上冲出房子，把标杆牢牢抱住。现场闹得沸反盈天，眼看着就要拳脚相加，好在神父出言干涉，"别打，别打。"这么着，自由标杆屹立不倒，学校也接着办了下去。

照我们的感觉，坡利斯懂得趁此机会表明立场，说明他不光足智多谋，而且对自个儿的对手了如指掌。

帕萨达姆基格河口下游数里，格林布什境内，奥拉蒙河[①]从东边汇入。我们跟向导打听"Olamon"（奥拉蒙）的意思，向导说，奥拉蒙河口对着一个名为"Olarmon"（奥拉尔蒙）的岛屿[②]，往古时候，上老镇来的客人往往会在岛上停留，整理一下仪表，或是往身上涂抹颜料。说到这里，他问我们，"女士们用的那种东西叫什么来着？"我们回答说，你是说胭脂吗？要不就是朱砂？"没错，"他接着说，"那就叫'larmon'（拉尔蒙），一种黏土，或者说红颜料，以前他们经常到岛上来挖。"

我们由此决定，我们也应该在这个岛上稍作停留，就算不整理自个儿的仪表，好歹也可以吃个午餐，整理一下自个儿的内在。

奥拉尔蒙是个大岛，岛上长满了麻荨麻[③]，但要说红颜料的话，我可没看见任何一种。至少是就河口的状况而言，奥拉蒙河可谓死水一潭。这个岛附近还有一个大岛，向导说它名为"Sugar

---

[①] 奥拉蒙河（Olamon River）是缅因城镇格林布什（Greenbush）境内的一条小河，今名"奥拉蒙溪"（Olamon Stream）。

[②] 这个岛今名"奥拉蒙岛"（Olamon Island）。

[③] 麻荨麻（hemp-nettle）即唇形科鼬瓣花属草本植物麻叶鼬瓣花，学名 *Galeopsis tetrahit*。

Island"（糖岛），只不过把"Sugar"念成了"Soogle"。

离老镇还有十来里的时候，向导问我们，"你们觉得我这个向导怎么样？"我们并没有当场作答，把我们的看法留到了返回出发地之后。

桑柯赫日河是又一条短短的死水，在老镇上游两里处从东边汇入。缅因州最适合捕猎小型鹿的一些地方，据说就在这条河上。听我们问起"桑柯赫日"的意思，向导说，"假设你在珀诺布斯科特河上顺流而下，就像我现在这样，然后你看见一条独木舟从岸边驶入河中，行驶在你前方，但却看不见独木舟驶出的那条支流，这就叫'桑柯赫日'。"

之前他曾经夸赞我的划船技术，说我划得"不比任何人差"，还给我起了个印第安名字，名字的意思是"了不起的桨手"。船到桑柯赫日附近，他却冲坐在船头的我来了一句，"我教你划船吧。"于是他把船靠到岸边，下船走到我的跟前，拿起我的双手，摆到他认为合理的位置。他让我把一只手远远探出船舷，另一只手跟这只手平行，紧抓住船桨靠近把柄末端而非桨叶的部位，然后叮嘱我说，划的时候得贴着船帮来回划。我以前没想到这种划法，这会儿才发现这么划很省力气，不需要划一下提一次桨，着实是一个显著的改进，所以我心里嘀咕，他为什么没有早点儿教我。当然喽，船载的行李减少之前，我们坐下时必须把腿往回收，膝盖耸得比船舷还高，想这么划也是不可能的，又或许，他是怕我磨坏了他的独木舟，因为这么划的话，船桨得不停地摩擦船帮。

我跟他说，之前我都是坐在船尾划，划一下提一次桨，同时转动船桨控制航向，船桨每次只会稍微点一点船帮，我养成了那么划的习惯,眼下虽然坐在船头,多少还是改不了先前的划法。①听我这么说,他就想看看我在船尾是怎么划的。这么着,我用我的桨换了他那只更长也更好的桨,又跟他交换位置,他直接坐在船头的船底,我则坐上了船尾的横档。接下来,他一边铆足力气划桨,想改变船行的方向,一边回过头来,冲着我哈哈大笑,后来他发现自己左右不了航向,便不再像先前那么使劲儿,但我们还是划得飞快,一口气划了一两里。他说我在船尾划得很好,他觉得无可挑剔,我却数落他光说不练,换到船头之后,自个儿都不按自个儿教的方法划。

珀诺布斯科特河上最大的一道木堰,坐落在桑柯赫日河口对过,从上游远道漂来的原木,全得在这儿集中分类。

快到老镇的时候,我问坡利斯,回到家高不高兴,不料他真是野性难驯,居然答了一句,"我到哪儿都是一样。"这个印第安人啊,老是这么装腔作势。

我们驶入一条名为"库克"(Cook)的狭窄水道,直奔印第安岛。向导说,"水位太高了,这个季节水这么高,以前还真没见过,照我看,我们的船免不了要进水。这一段水势很猛,还好不太长,以前有一次,连汽船都让急流给掀翻了。我没发话不许划,发了话就一直划。"眼前是一段非常短的急湍,船到急湍中段,向导大喊一声"划",我们便奋力划桨,一滴水也没进。

此后不久,岛上的印第安房屋次第映入眼帘。向导住的是一

---

① 这句译文参照了克莱默依据梭罗日记原稿对原文所做的修订,文意与普林斯顿大学出版社一九七二年版存在较大差异。

座白色的大房子,但这样的房子岛上有两三座,所以我一开始答不出我同伴的问题,说不准向导家是哪一座。向导说,他家是装了百叶窗的那一座。

下午四点左右,我们在向导家门前停船上岸,大概一算,这一天赶了四十里路。过了皮斯卡塔奎斯河口之后,我们的速度快得出奇,快得不可思议,多半可以跟岸上的公共马车相比,尽管最后十几里的河段死水一潭,没给我们帮什么忙。

坡利斯想把独木舟卖给我们,说这条船能用七到八年,保养得好的话,没准儿能用十年,可是呢,我们暂时还没有买船的打算。

我们在向导家待了一个钟头,我同伴用向导的剃须刀刮了刮脸,用完还夸它特别好使。坡利斯太太戴了帽子,胸前别了枚银胸针,但坡利斯没给我们引见。他的家宽敞整洁,墙上挂着一大张新版的老镇及印第安岛地图,地图对过还有个挂钟。我们想知道老镇往班戈的列车时刻,他儿子便拿来一张最新的班戈报纸,我看见报纸上有字,是邮局寄给"约瑟夫·坡利斯"的。

这是我最后一次见到乔·坡利斯。我们搭乘当天最后一班火车,当晚就到了班戈。[1]

---

[1] 由梭罗 1857 年 8 月的日记可知,到了班戈之后,梭罗和霍尔继续在缅因游玩,8 月 8 日早上才回到康科德。

附　　录

一、乔木

　　珀诺布斯科特东西二支沿岸,以及阿拉加什上游,最常见的乔木(仅就我亲眼所见而言)是冷杉和云杉(黑白都有),以及或称"雪松"的侧柏[①]。冷杉顶着颜色最深的树冠,与云杉结伴生长,交织成一片片十分茂密的"黑林子",在前述几条河的上游尤其多见。跟我聊过的一个木材商人把冷杉称为"杂草",大伙儿也普遍认为这种树不怎么样,既不是好的木料,又不是好的柴火。但若是用于庭园装点,冷杉却十分受人青睐,除了侧柏以外,缅因林地任何一种常绿树木都不能与之媲美。黑云杉比白云杉常见得多,两种都长得高挑修长。侧柏拥有浅绿色的扇形树冠,色调较比明快,跟云杉一样又高又细,话又说回来,侧柏的直径有时可达两尺。我们途经的各处沼地,往往长满了这种树木。
　　船桦和黄桦(前者随处可见,非常方便我们生火,但我们没在缅因荒野看见小白桦),以及糖枫和红枫,通常与前面几种树

---

　　① 北美侧柏有"北方白雪松"和"东部白雪松"之类的俗名,参见前文注释。

木混生，间或也撇开其他树木，自个儿聚成相对疏朗的大片树林，后一种情况，据说是土壤较比肥沃的标志。

在曾遭火焚的土地，山杨（*Populus tremuloides*）十分常见。我们还看见许多枝枝杈杈的白松，通常都是些不成材的病树，这样才逃过了伐木工人的斧头。这个品种，是我们旅途所见最为高大的树木。路上我们偶尔经过以白松为主的小树林，但就我所见而言，这些树林里的白松都不算多，远不到我在康科德散一次步所能看见的数目。河边湖畔的泥滩，还有各处的沼地，全都长着大片大片的斑点赤杨，或者说灰赤杨（*Alnus incana*）。想喝铁杉茶的时候，我们一般能找到铁杉枝丫，话又说回来，哪里的铁杉也称不上繁盛。尽管如此，弗·安·米肖却宣称，在缅因、佛蒙特和新罕布什尔北部等地，铁杉占了常绿森林四分之三的比重，剩下的都是黑云杉。[①]气候寒冷的山坡，最适合铁杉生长。

走到地势较低、水流较缓的河段，若是河岸地平草茂，或是河里有低矮的砾石岛屿，榆树和黑桦便随处可见。这两种树不光能为单调的风景带来悦目的变化，还能让从旁驶过的我们心生慰藉，感觉仿佛离家乡近了一些。

我们所见的林子，主要由以上十四种乔木构成。

落叶松（向导说的"刺柏"）、桦树和挪威松（红松，*Pinus resinosa*），只是在个别地方偶有出现，东支大湖的一些岛屿长有 *Pinus banksiana*（灰松或北方灌木松），以及孤零零的一棵小红橡

[①] "弗·安·米肖"即法国植物学家米肖（见前文注释），梭罗引述的是米肖《北美林木志》的说法。

(*Quercus rubra*)①。

以上几种几乎都是北边特有的树木,南边只有山区才有,山区之外有也不多。

二、花卉与灌木

到了这样的林地,大多数的花卉、灌木和野草似乎分布受限,只能生长在河边湖畔、草地山巅、开敞沼泽和过火土地,真正深入林间的品种,相比而言简直少之又少。到了这样的林地,连野花都不能像大伙儿普遍设想的那样,或者说像在有人开垦定居的乡野那样,随心所欲地四处散布。我们所说的"野花",大多数其实不怎么野,应该算它们生长之地的归化品种。河湖大力庇佑这些较比娇弱的花草,帮它们抵御森林的侵袭,年复一年涨涨落落,维持住窄窄一溜林间空地,为它们提供生长所需的光线与空间。野花野草,是河川悉心呵护的宠儿。从某种意义上说,这些枝枝蔓蔓的狭长植物带,这些零星散布的植物群落,全都是文明的开路先锋。总体而言,鸟类也好,四足动物也好,昆虫也好,甚至还有人类,无不追随野花的步伐,而人类又会礼尚往来,为野花,也为浆果灌木、鸟类和小型四足动物,开辟更多的生存空间。有个拓荒者告诉我,不光是黑莓②和树莓,连山枫也会利用人类砍树

---

① 红橡(red oak)为壳斗科栎属乔木,因木材颜色泛红而得名,学名如文中所列;本篇提及的其余树木皆见前文注释。

② 黑莓(blackberry)泛指蔷薇科树莓属一些结黑色或暗紫色果实的品种。

烧荒的机会，在开垦过的土地安家落户。

原始森林常常被说成花草生长的乐土，生长林中的花草却不会为数太多，除非这种说法所指的"森林"，涵盖了我上文列举的那些区域。只有一些禀性特异的花草，才具备深入林间的本事，它们对光线要求不高，又不怕上方的树木滴答淌水。这一类的花草，通常是叶片比花朵好看，因为它们的花朵苍白浅淡，几乎没有色彩可言。

根据我的观察，**林间**常见的花卉和惹眼小型植物包括 *Clintonia borealis*、*Linnaea*、棋子莓（*Gaultheria procumbens*）、*Aralia nudicaulis*（野菝葜）、大圆叶玉凤兰、*Dalibarda repens*、*Chiogenes hispidula*（匍匐雪果）、*Oxalis acetosella*（普通酢浆）、*Aster acuminatus*、*Pyrola secunda*（单侧鹿蹄草）、*Medeola virginica*（印第安黄瓜根）和小 *Circaea*（露珠草），兴许还可以算上 *Cornus canadensis*（矮茱萸）。①

一八五七年七月底，上述植物大多表现平平，花开正艳的只有 *Aster acuminatus*，以及大圆叶玉凤兰。

河边湖畔最常见的花卉包括：*Thalictrum cornuti*（草地唐松

---

① "*Clintonia borealis*"即北方七筋姑，见前文注释；"*Linnaea*"是"*Linnaea borealis*"的省写，即北极花，见前文注释；棋子莓见前文注释；野菝葜（wild sarsaparilla）为五加科楤木属草本植物，学名如文中所列；大圆叶玉凤兰见前文注释；"*Dalibarda repens*"为蔷薇科矮生莓属唯一物种矮生莓；匍匐雪果见前文注释；普通酢浆（common wood-sorrel）即酢浆草科酢浆草属草本植物山酢浆，学名亦作 *Oxalis montana*；"*Aster acuminatus*"即轮叶紫菀，见前文注释；单侧鹿蹄草（one-sided pyrola）即单侧冬青，见前文注释；印第安黄瓜根（Indian cucumber-root）即百合科巫女花属唯一物种巫女花，学名如文中所列；露珠草（enchanter's nightshade）即柳叶菜科露珠草属草本植物高山露珠草，学名 *Circaea alpina*；矮茱萸见前文注释。

草);*Hypericum ellipticum*、*mutilum* 和 *canadense*(金丝桃);马薄荷;两种地笋,*Lycopus virginicus* 和 *europaeus* var. *sinuatus*;*Scutellaria galericulata*(黄芩);*Solidago lanceolata* 和东支沿岸的 *squarrosa*(一枝黄);*Diplopappus umbellatus*(伞花东风菜);*Aster radula*;*Cicuta maculata* 和 *bulbifera*(水毒芹);绣线菊;*Lysimachia stricta* 和 *ciliata*(珍珠菜);*Galium trifidum*(小叶拉拉藤);*Lilium canadense*(野生黄百合);*Platanthera peramoena* 和 *psycodes*(大流苏紫玉凤兰和小流苏紫玉凤兰);*Mimulus ringens*(猴面花);酸模(水生);蓝菖蒲;*Hydrocotyle americana*(沼泽天胡荽);*Sanicula canadensis*?(黑蛇根);*Clematis virginiana*?(普通铁线莲);*Nasturtium palustre*(沼生蔊菜);*Ranunculus recurvatus*(弯钩毛茛);*Asclepias incarnata*(沼泽乳草);*Aster tradescanti*(特氏紫菀);*Aster miser* 及 *longifolius*;*Eupatorium purpureum*(紫泽兰),这种植物在湖滨尤为多见;*Apocynum cannabinum*(印第安麻),见于东支;*Polygonum cilinode*(缠绕草)①;如此等等。至于说

---

① 草地唐松草(meadow-rue)即大草地唐松草,见前文注释;"*Hypericum ellipticum*"即金丝桃科金丝桃属植物淡色金丝桃,"*Hypericum mutilum*"即同属植物小金丝桃,"*Hypericum canadense*"即同属植物加拿大金丝桃;马薄荷见前文注释;地笋见前文注释,"*Lycopus virginicus*"即地笋属草本植物弗吉尼亚地笋,"*Lycopus europaeus* var. *sinuatus*"即前文提及的"*Lycopus sinuatus*",亦即同属植物北美地笋,见前文注释;"*Scutellaria galericulata*"即唇形科黄芩属草本植物泽黄芩(marsh skullcap);"*Solidago lanceolata*"即草叶金顶菊,见前文注释,"*Solidago squarrosa*"即菊科一枝黄属草本植物粗壮一枝黄(stout goldenrod);伞花东风菜见前文注释;"*Aster radula*"即刮刀紫菀,见前文注释;"*Cicuta maculata*"即伞形科毒芹属草本植物斑点水毒芹(spotted water hemlock),"*Cicuta bulbifera*"即同属植物珠芽水毒芹(接下页)

蔍草敏感蕨[①]之类的低等植物，在此略过不提。

水里的花卉有 *Nuphar advena*（黄池莲）、几种 *potamogeton*（眼子菜）、*Sagittaria variabilis*（水箭镞）和 *Sium lineare*？（水防风）。[②]

（接上页）（bulb-bearing water hemlock）；绣线菊（meadow-sweet）即柳叶绣线菊，见前文注释；"*Lysimachia stricta*"即报春花科珍珠菜属草本植物沼泽珍珠菜（swamp candles），"*Lysimachia ciliata*"即同属植物流苏珍珠菜（fringed loosestrife）；小叶拉拉藤（small bed-straw）为茜草科拉拉藤属草本植物，学名如文中所列；野生黄百合见前文注释；大流苏紫玉凤兰即大花舌唇兰，学名为 *Platanthera grandiflora*，不是梭罗所列的"*Platanthera peramoena*"（美丽舌唇兰），参见前文注释，"*Platanthera psycodes*"即小流苏紫玉凤兰（small purple fringed orchis），亦即兰科舌唇兰属植物蝶形舌唇兰；猴面花（monkey-flower）即蓝花沟酸浆，见前文注释；"酸模（水生）"即蓼科酸模属植物大水酸模（great water dock，*Rumex orbiculatus*）；蓝菖蒲即变色鸢尾，见前文注释；沼泽天胡荽（marsh pennywort）为五加科天胡荽属草本植物，学名如文中所列；黑蛇根（black snake-root）即五加科变豆菜属草本植物马里兰变豆菜，学名 *Sanicula marilandica*，文中所列学名指的是不分布于缅因的同属植物加拿大变豆菜，学名之后的问号是梭罗加的，表示存疑；普通铁线莲（common virgin's-bower）即毛茛科铁线莲属植物弗吉尼亚铁线莲，学名如文中所列；沼生萮菜（marsh cress）为十字花科萮菜属草本植物，学名今作 *Rorippa islandica*；弯钩毛茛见前文注释；沼泽乳草见前文注释；特氏紫菀见前文注释；"*Aster miser*"即菊科联毛紫菀属草本植物侧花紫菀，学名今作 *Symphyotrichum lateriflorum*，"*Aster longifolius*"即联毛紫菀属植物纽约紫菀，学名今作 *Symphyotrichum novi-belgii*；紫泽兰见前文注释；印第安麻（Indian hemp）为夹竹桃科罗布麻属草本植物，学名如文中所列；缠绕草（bindweed）即蓼科蓼属草本植物毛节蓼，学名如文中所列。

① 蔍草及敏感蕨见前文注释。
② 黄池莲见前文注释；眼子菜（pond-weed）是眼子菜科眼子菜属（*Potamogeton*）水生植物的通称；水箭镞（arrowhead）即泽泻科慈姑属水生植物阔叶慈姑，学名亦作 *Sagittaria latifolia*；水防风（water parsnip）即伞形科泽芹属湿生植物泽芹，学名如文中所列。

一八五七年七月底，上述植物当中有以下品种花开正艳：唐松草、*Solidago lanceolata* 和 *squarrosa*、*Diplopappus umbellatus*、*Aster radula*、*Lilium canadense*、大小流苏紫玉凤兰、*Mimulus ringens*、蓝菖蒲、铁线莲，等等等等。

沼地的典型花卉是 *Rubus triflorus*（矮树莓）、*Calla palustris*（水芋）和 *Sarracenia purpurea*（紫瓶子草）。① **火烧地**的品种有 *Epilobium angustifolium*（大柳叶菜）和 *Erechthites hieracifolia*（火草），前一种正在盛开。② **悬崖峭壁**的品种有 *Campanula rotundifolia*（野兔铃）、*Cornus canadensis*（矮茱萸）、*Arctostaphylos uva-ursi*（熊果）、*Potentilla tridentata*（山委陵菜）和 *Pteris aquilina*（普通蕨）。③ **旧营地、陆运段和伐木小径**的品种则包括：*Cirsium arvense*（加拿大蓟）、*Prunella vulgaris*（普通夏枯草）、三叶草、赫德草、*Achillea millefolium*（普通蓍草）、*Leucanthemum vulgare*（白花草）、*Aster macrophyllus*、见于东支的 *Halenia deflexa*（刺龙胆）、*Antennaria margaritacea*（珠光长生草）、见于潮湿陆运段的 *Actaea rubra* 和 *alba*（红升麻和白升麻）、*Desmodium canadense*（山蚂蟥），

---

① 矮树莓、水芋及紫瓶子草均见前文注释。

② 大柳叶菜（great willow-herb）即柳兰，见前文注释；"*Erechthites hieracifolia*"即菊科菊芹属草本植物梁子菜，英文别名"fireweed"（火草）或"American burnweed"（北美火烧草）。

③ 野兔铃、矮茱萸、熊果和山委陵菜均见前文注释；普通蕨（common brake）即蕨科蕨属植物欧洲蕨，学名亦作 *Pteridium aquilinum*。

以及酸模。[1]

最漂亮也最有意思的花卉，还得说是大流苏紫玉凤兰，它硕大的紫色花穗挺得笔直，时不时从岸边的草丛灌木当中耸入眼帘。说起来似乎有点儿奇怪，这种花在康科德如此稀少，大自然却让它在缅因林地长得如此繁盛，仅供驼鹿和驼鹿猎手观赏。在康科德的时候，我从来没见过大玉凤兰这么晚还在开花，也没见过它与小玉凤兰同时开花。[2]

林间灌木主要有 *Dirca palustris*（驼鹿木）、*Acer spicatum*（山枫）和 *Viburnum lantanoides*（绊脚丛），*Taxus baccata* var. *canadensis*（北美红豆杉）也很常见。[3]

河边湖畔的灌木和小乔木主要包括：红山茱萸和各种赤杨（如前文所说）；两三种灌木柳或说小型柳树，亦即 *Salix humilis*、

---

[1] 加拿大蓟见前文注释；普通夏枯草见前文注释；三叶草即前文中的草地三叶草，亦即后文中的红三叶草，见前文注释；赫德草（herd's-grass）为禾本科猫尾草属草本植物，学名 *Phleum pratense*，俗名据说得自十八世纪的新罕布什尔居民约翰·赫德（John Hurd）；普通蓍草（common yarrow）为菊科蓍属草本植物，学名如文中所列；白花草（white-weed）即菊科滨菊属草本植物牛眼菊（oxeye daisy），学名如文中所列；"*Aster macrophyllus*"即大叶紫菀，见前文注释；刺龙胆（spurred gentian）为龙胆科花锚属草本植物，学名如文中所列；珠光长生草见前文注释；红升麻（red cohosh）和白升麻（white cohosh）均为毛茛科类叶升麻属草本植物，学名如文中所列；山蚂蟥（tick-trefoil）即豆科山蚂蟥属草本植物加拿大山蚂蟥，学名如文中所列；"酸模"原文为"sorrel"，应指前文及后文均有提及的"*Rumex acetosella*"（小酸模/羊酸模）。

[2] 大流苏紫玉凤兰通常六月底至七月初开花，小流苏紫玉凤兰的花期则是七月底至八月初。

[3] 驼鹿木、山枫、绊脚丛及北美红豆杉均见前文注释。

rostrata 和 discolor？；Sambucus canadensis（黑接骨木）；蔷薇；Viburnum opulus 和 nudum（树越橘和韧杖）；Pyrus americana（北美花楸）；Corylus rostrata（长喙榛）；Diervilla trifida（丛生忍冬）；Prunus virginiana（苦樱桃）；Myrica gale（香杨梅）；Nemopanthes canadensis（山冬青）；Cephalanthus occidentalis（扣子木）；以及见于几处水滨的 Ribes prostratum（臭醋栗）。①

偏爱**沼地**的灌木和小乔木包括几种柳树、Kalmia glauca（浅色月桂）、Ledum latifolium 和 palustre（拉布拉多茶）、Ribes lacustre（沼泽醋栗），以及仅见于一处沼地的 Betula pumila（矮桦）。② **营地和陆运段**的品种有树莓、Vaccinium canadense（加拿大蓝莓）、Prunus pennsylvanica（野红樱桃，这种灌木水滨也有）、Amelanchier canadensis（唐棣）和 Sambucus pubens（红果接骨木）。③ 至于说只

---

① 红山茱萸及赤杨见前文注释；"Salix humilis" 即杨柳科柳属灌木草原柳，"Salix rostrata" 和 "Salix discolor" 分别是长喙柳和灰柳，见前文注释；黑接骨木（black elder）为五福花科接骨木属灌木，学名如文中所列；树越橘即三裂荚蒾，韧杖（with-rod）即裸荚蒾，见前文注释；北美花楸见前文注释；长喙榛见前文注释；丛生忍冬见前文注释；苦樱桃见前文注释；香杨梅（sweet-gale）为杨梅科杨梅属灌木，学名如文中所列；山冬青（mountain holly）即前文中的"野冬青"，见前文注释；扣子木（button-bush）即茜草科风箱树属灌木或小乔木西方风箱树，学名如文中所列；臭醋栗（fetid currant）为茶藨子科茶藨子属灌木，学名亦作 Ribes glandulosum。

② 浅色月桂（pale laurel）即沼泽月桂，见前文注释；"Ledum latifolium" 即格陵兰杜鹃，参见前文关于"拉布拉多茶"的注释，"Ledum palustre" 即杜鹃花科杜鹃花属灌木杜香，学名今作 Rhododendron tomentosum；沼泽醋栗及矮桦见前文注释。

③ 树莓、加拿大蓝莓、野红樱桃和唐棣均见前文注释；红果接骨木（red-berried elder）为五福花科接骨木属灌木，学名如文中所列。

在山地出现的品种，*Vaccinium vitis-idaea*（山越橘）①便是其中之一。

说到通常被人们视为欧洲**外来**物种的植物，我于一八五七年②在奇森库克湖的安塞尔·史密斯农场看见了繁盛的 *Ranunculus acris*（毛茛）、*Plantago major*（普通车前）和 *Chenopodium album*（丰收菜）③，一八五三年在史密斯农场看见了 *Capsella bursa-pastoris*（羊倌钱袋），同年还在史密斯农场和驼鹿头湖北岸看见了 *Spergula arvensis*（大爪草）④，一八五七年又在其他地方看见了这种植物。其他的外来植物包括：在史密斯农场看见的 *Taraxacum dens-leonis*（普通蒲公英），格雷⑤认为它是本土物种，但它显然是外来的；在农场附近一条林间伐木小径看见的 *Polygonum persicaria* 和 *hydropiper*（淑女拇指和水蓼）；各个陆运段普遍可见的 *Rumex acetosella*（羊酸模）；一八五三年在各个陆运段频繁看见的 *Trifolium pratense*（红三叶草）；见于多个陆运段的 *Leucanthemum vulgare*（白花草）；一八五三及一八五七年在多个陆运段看见的

---

① 山越橘见前文注释。

② 原文如此，但根据梭罗在后文的详细说明，应以"一八五三年"为是。

③ "*Ranunculus acris*" 即原产欧亚大陆的毛茛科毛茛属草本植物毛茛；"*Plantago major*" 即原产欧亚大陆的车前科车前属草本植物大车前草；"*Chenopodium album*" 即原产欧亚大陆的苋科藜属草本植物藜，英文俗名"lamb's-quarters"（丰收菜）源自古英格兰的节庆名称"Lammas quarter"（丰收节）。

④ "*Capsella bursa-pastoris*" 即原产欧亚大陆的十字花科荠菜属草本植物荠菜，英文俗名"shepherd's-purse"（羊倌钱袋）是形容它果实的形状；大爪草（cornspurry）为石竹科大爪草属草本植物，学名如文中所列。

⑤ 格雷即阿萨·格雷（Asa Gray, 1810—1888），十九世纪美国最重要的植物学家，著有《格雷植物手册》（*Gray's Manual*, 1848）等书。

Phleum pratense（赫德草）；*Verbena hastata*（蓝马鞭草）；一八五七年看见的 *Cirsium arvense*（加拿大蓟），多处营地均有大量生长；一八五三年在西支看见的 *Rumex crispus*？（皱叶酸模）；以及一八五三年在班戈和驼鹿头湖之间看见的 *Verbascum thapsus*（普通毛蕊花）。①

据我一八五三年所见，似乎已经有十来种植物随人类深入森林，足迹远达奇森库克湖边，并且在当地扎下了根。湖边的一条伐木小径，不过是一道十分狭窄的林间走廊，地面布满倒树残桩，只有冬天才能通行，尽管如此，植物却在小径两旁早早萌发，最终还会发展壮大，成为各个古老定居点的路边花草。定居点的植物先锋，一部分是由率先抵达的牲畜栽种的，因为牲畜不能在林子里过夏。

三、植物名录

以下这份名录，列举的是我一八五三及一八五七年在缅因森

---

① 淑女拇指（lady's-thumb）即蓼科春蓼属草本植物春蓼，学名亦作 *Persicaria maculosa*，俗名的来由是它叶片上的斑点形似女子的拇指，水蓼（smart-weed）为蓼科春蓼属草本植物，学名亦作 *Persicaria hydropiper*；羊酸模（sheep sorrel）即小酸模，见前文注释；红三叶草、白花草及赫德草见上文注释；蓝马鞭草（blue vervain）为马鞭草科马鞭草属草本植物，学名如文中所列；加拿大蓟见前文注释；皱叶酸模（curled dock）为蓼科酸模属草本植物，学名如文中所列；普通毛蕊花（common mullein）即玄参科毛蕊花属草本植物毛蕊花，学名如文中所列。

林看见的植物（星号表示该品种并非林中所见）：

1. 高度达到乔木标准的品种[①]

Alnus incana（斑点赤杨或灰赤杨），大量见于河岸等处。

Thuja occidentalis（北美侧柏），最常见品种之一。

Fraxinus sambucifolia（黑梣），十分常见，尤以死水附近为多。据印第安人所说，缅因林地还有"黄梣"[②]。

Populus tremuloides（北美山杨），十分常见，尤以火烧地为多，几乎跟桦树一样白。

Populus grandidentata（大齿杨），见过两三棵。

Fagus ferruginea（北美山毛榉），不算罕见，至少是就西支沿岸而言（一八四六年看见的更多）。

Betula papyracea（船桦），林地及班戈周围比比皆是。

Betula excelsa（黄桦），十分常见。

Betula lenta（黑桦），一八五三年见于西支。

*Betula alba**（北美白桦），仅见于班戈周围。

Ulmus americana（北美榆或白榆），东支低处（亦即地势较低

---

① 乔木没有严格的高度标准，有些人认为六米以上算乔木，有些人认为十米以上才算。

② 文中的"印第安人"不详所指，但梭罗听说"黄梣"（yellow ash）应该是1853 年之前的事情，因为他曾在 1851 年 5 月 21 日的日记中写道："我没弄错的话，黑梣的名字起得不对，因为它树皮的颜色比白梣还浅……我还是想看看相关的介绍文字，了解一下长在缅因的'黄梣'。"欧洲梣（European ash，*Fraxinus excelsior*）有"黄梣"的别名，这种树主产欧洲，美加也有零星分布。

且有冲积滩涂的河段）及西支十分常见。

Larix americana（北美落叶松或黑落叶松），昂巴茹克斯库斯河十分常见，其他地方也有一些。

Abies canadensis（铁云杉）[1]，为数不多，西支上有一些，各处均有零星分布。

Acer saccharinum（糖枫）[2]，十分常见。

Acer rubrum（红枫或沼泽枫），十分常见。

Acer dasycarpum（白枫或银枫）[3]，东支低处及奇森库克林地有几棵。

Quercus rubra（红橡），东支大湖的一个岛上有一棵，有个拓荒者说奇森库克湖东侧也有几棵，一八五三年还在班戈附近看到几棵。

Pinus strobus（白松），各处均有零星分布，苍鹭湖最多。

Pinus resinosa（红松），见于特洛斯湖和大湖，此后也偶有所见。

Abies balsamea（香冷杉），可能是最常见的一种树，河流上游尤其多见。

Abies nigra（黑云杉或双云杉），常见程度相当于或仅次于香冷杉，山地也有。

Abies alba（白云杉或单云杉），河流沿岸常见，与黑云杉混生。

---

[1] 铁云杉（hemlock-spruce）即铁杉，亦即加拿大铁杉，学名今作 *Tsuga canadensis*，参见前文注释。

[2] 梭罗此处所列学名有误，*Acer saccharinum* 是指白枫（见前文注释），糖枫的学名是 *Acer saccharum*。

[3] "*Acer dasycarpum*" 也是白枫的学名，等同于"*Acer saccharinum*"。

Pinus banksiana（灰松或北方灌木松），大湖的一个岛上有几棵。以上共计二十三种。

2. 小乔木及灌木

Prunus depressa（矮樱桃），见于东支上亨特家附近的一些砾石洲屿，挂着青绿的果实，与河边草地常有的 *pumila* 区别明显。[①]

Vaccinium corymbosum（普通沼泽蓝莓）[②]，见于巴克斯波特[③]。

Vaccinium canadense（加拿大蓝莓），陆运段及乱石山丘比比皆是，分布范围南达巴克斯波特。

Vaccinium pennsylvanicum（矮蓝莓？）[④]，见于磨石瀑布。

Betula pumila（矮桦），见于泥塘沼地。

Prinos verticillatus（黑赤杨），一八五七年曾见。由手册第二版可知，格雷已将这种植物归入冬青属。[⑤]

Cephalanthus occidentalis（扣子木）。

---

① 梭罗此处所说，可能是蔷薇科李属灌木矮樱桃（dwarf cherry，亦名沙樱桃）的两个变种，亦即东部沙樱桃（eastern sand cherry，*Prunus pumila* var. *depressa*）和大湖沙樱桃（Great Lakes sand cherry，*Prunus pumila* var. *pumila*）。

② 普通沼泽蓝莓（common swamp blueberry）即杜鹃花科越橘属灌木北方高丛蓝莓（northern highbush blueberry），学名如文中所列。

③ 巴克斯波特（Bucksport）为缅因城镇，在珀诺布斯科特河入海口。

④ "*Vaccinium pennsylvanicum*"即矮丛蓝莓（lowbush blueberry），常用英文名与梭罗标注存疑的"矮蓝莓"（dwarf-blueberry）略有不同。

⑤ 黑赤杨（black alder）原属冬青科落叶冬青属，学名如文中所列，现已归入冬青属，学名 *Ilex verticillata*；格雷即阿萨·格雷。《格雷植物手册》第二版于1856年刊行，其中写道："我们将落叶冬青属并入了冬青属。"

Prunus pennsylvanica（野红樱桃），营地及陆运段等处十分常见，河流沿岸也有。一八五七年八月一日，果实已熟。

Prunus virginiana（苦樱桃），河边常见。

Cornus alternifolia（山茱萸），一八五三年见于西支。

Ribes prostratum（臭醋栗），河流沿岸常见，比如韦伯斯特溪边。

Sambucus canadensis（普通接骨木），河边常见。

Sambucus pubens（红果接骨木），不太常见，见于去驼鹿头湖的路边，以及此后的几个陆运段，果实非常美丽。

Ribes lacustre（沼泽醋栗），沼地常见，比如泥塘沼地及韦伯斯特溪边。一八五七年七月二十九日，果实未熟。

Corylus rostrata（长喙榛），常见。

Taxus baccata var. *canadensis*（北美红豆杉），这是种林间灌木，大量生长在西支的一个岛屿，以及奇森库克的林地。

Viburnum lantanoides（绊脚丛），常见，奇森库克林地尤多。一八五三年九月，果实已熟，一八五七年七月，果实未熟。

Viburnum opulus（树越橘），见于西支。一八五七年七月二十五日，有一棵仍在开花。

Viburnum nudum（韧杖），河流沿岸常见。

Kalmia glauca（浅色月桂），沼地常见，比如驼鹿头湖陆运段，以及张伯伦湖沼地。

Kalmia angustifolia（毒死羊）[①]，与 *Kalmia glauca* 伴生。

[①] 毒死羊（lamb-kill）即杜鹃花科山月桂属灌木狭叶山月桂，学名如文中所列，俗名因有毒而得。

Acer spicatum（山枫），最主要的林间灌木之一。

Acer striatum（条纹枫），一八五七年七月三十日，已经挂果。条纹枫的树皮第一年是绿色，第二年变成绿底白条，第三年颜色变深，并有暗色斑点。

Cornus stolonifera（红山茱萸），西支河边最常见的灌木。一八五七年八月，果实仍为白色。

Pyrus americana（北美花楸），河流沿岸常见。

Amelanchier canadensis（唐棣），见于乱石嶙峋的陆运段等处。一八五七年挂果甚多。

Rubus strigosus（野红树莓）[1]，见于火烧地、营地及陆运段，十分繁盛，但在我们抵达张伯伦湖水坝和东支之前，一直没看见果实成熟的植株。

Rosa carolina（沼泽蔷薇）[2]，湖岸等处常见。

Rhus typhina*（鹿角盐肤木）。[3]

Myrica gale（香杨梅），常见。

Nemopanthes canadensis（山冬青），低地、驼鹿头湖陆运段及基尼奥山常见。

Crataegus coccinea？（深红山楂）[4]，不算罕见。一八五三年九

---

[1] 野红树莓（wild red raspberry）即蔷薇科树莓属灌木北美红树莓，学名如文中所列。

[2] 沼泽蔷薇（swamp rose）即蔷薇科蔷薇属灌木卡罗莱纳蔷薇（Carolina rose），学名如文中所列。

[3] 鹿角盐肤木（staghorn sumach）为漆树科盐肤木属灌木，学名如文中所列。

[4] 深红山楂（scarlet-fruited thorn）为蔷薇科山楂属灌木，学名如文中所列。

月,枝头已有坚硬果实。

Salix(形似 *Salix petiolaris*,亦即长柄柳[①]),昂巴茹克斯库斯河边草地十分常见。

Salix rostrata(长喙柳),常见。

Salix humilis(矮灌木柳),常见。

Salix discolor(灰柳?)。

Salix lucida(光叶柳),见于苍鹭湖中的一个岛屿。

Dirca palustris(驼鹿木),常见。

以上共计三十八种。

3. 小灌木及草本植物

Agrimonia eupatoria(普通龙芽草)[②],不算罕见。

Circaea alpina(露珠草),林间十分常见。

Nasturtium palustre var. *hispidum*(沼生蔊菜),史密斯农场等处常见。

Aralia hispida(刺楤蓂)[③],分布于西支,一八五三及一八五七年均有所见。

Aralia nudicaulis(野楤蓂),见于奇森库克林地。

Sagittaria variabilis(水箭镞),驼鹿头湖常见,此后亦然。

[①] 长柄柳即前文中的"细叶柳",亦即草地柳,参见前文注释。
[②] 普通龙芽草(common agrimony)为蔷薇科龙芽草属草本植物,学名如文中所列。
[③] 刺楤蓂(bristly sarsaparilla)为五加科楤木属草本植物,学名如文中所列。

Arum triphyllum（印第安芋菁）①，现已归入天南星属，一八五三年见于驼鹿头湖陆运段。

Asclepias incarnata（沼泽乳草），见于昂巴茹克斯库斯河及此后旅途，颜色比我们那边的 *pulchra* 变种②红一些，属于另一个变种。

Aster acuminatus（尖叶紫菀）③，林间最常见的一种紫菀。七月三十一日，东支沿岸的尖叶紫菀刚开花不久，高两尺以上。

Aster macrophyllus（大叶紫菀），常见，整株植物香得出奇，犹如药草一般。一八五七年七月二十九日，我们在特洛斯湖水坝见到初开的大叶紫菀，此后又在班戈和巴克斯波特见到。花朵颜色发蓝（一八五三年见于松溪及奇森库克林地）。

Aster radula（糙叶紫菀）④，驼鹿头湖陆运段常见，此后亦然。

Aster miser（小紫菀）⑤，一八五三年见于西支，奇森库克湖滨常见。

Aster longifolius（柳叶蓝紫菀）⑥，一八五三年见于驼鹿头湖及奇森库克湖滨。

Aster cordifolius（心叶紫菀），一八五三年见于西支。

Aster tradescanti（特氏紫菀），一八五七年曾见。一八五三年

---

① 印第安芋菁（Indian turnip）为天南星科天南星属草本植物，拉丁现名 *Arisaema triphyllum*。
② "*pulchra* 变种"即美丽乳草，见前文注释。
③ 尖叶紫菀（pointed-leaved aster）即轮叶紫菀，见前文注释。
④ 糙叶紫菀（rough-leaved aster）即刮刀紫菀，见前文注释。
⑤ 小紫菀（petty aster）即侧花紫菀，见前文注释。
⑥ 柳叶蓝紫菀（willow-leaved blue aster）即纽约紫菀，见前文注释。

在奇森库克湖滨看见一株，叶子比较狭窄。

一种形似 *Aster longifolius* 的紫菀，花比较小，一八五三年见于西支。

Aster puniceus（糙茎紫菀）①，见于松溪。

Diplopappus umbellatus（伞花东风菜），河流沿岸常见。

Arctostaphylos uva-ursi（熊果），一八五七年见于基尼奥山等处。

Polygonum cilinode（毛节蓼），常见。

Bidens cernua（芒万寿菊）②，一八五三年见于西支。

Ranunculus acris（毛茛），一八五三年见于奇森库克湖史密斯农场，为数众多。

Rubus triflorus（矮树莓），低地及沼地常见。

Utricularia vulgaris*（大狸藻）③，见于普肖湖。

Iris versicolor（大蓝菖蒲）④，常见，驼鹿头湖、西支、昂巴茹克斯库斯河等处均有。

Sparganium（芒苇）。⑤

Calla palustris（水芋），一八五七年七月二十七日见于泥塘沼地，正在开花。

---

① 糙茎紫菀（rough-stemmed aster）即紫茎紫菀，见前文注释。

② 芒万寿菊（bur-marigold）为菊科鬼针草属草本植物，学名如文中所列。

③ 大狸藻（greater bladderwort）即狸藻科狸藻属水生植物普通狸藻，学名如文中所列；普肖湖（Pushaw）是班戈附近的一个湖。

④ 大蓝菖蒲（larger blue-flag）即蓝菖蒲，亦即变色鸢尾，见前文注释。

⑤ 芒苇（bur-reed）是香蒲科黑三棱属（*Sparganium*）植物的通称。

Lobelia cardinalis（猩红花）[1]，看样子很常见，但在一八五七年八月，我们见到的猩红花已经凋谢。

Cerastium nutans（湿生野繁缕？）。[2]

Gaultheria procumbens（棋子莓），林中河岸比比皆是。

*Stellaria media**（普通繁缕）[3]，见于班戈。

Chiogenes hispidula（匍匐雪果），林间十分常见。

Cicuta maculata（水毒芹）。

Cicuta bulbifera（珠芽水毒芹），一八五三年见于珀诺布斯科特河边及奇森库克湖滨。

Galium trifidum（小叶拉拉藤），常见。

Galium aparine（裂叶草？）[4]，一八五三年见于奇森库克。

一种 *Galium*，一八五三年见于松溪。

Trifolium pratense（红三叶草），见于陆运段等处。

Actaea spicata var. *alba*（白升麻），一八五三年见于奇森库克林地，一八五七年见于东支。

Actaea var. *rubra*（红升麻），一八五七年见于东支。

Vaccinium vitis-idaea（山越橘），见于柯塔丁山，十分繁盛。

Cornus canadensis（矮茱萸），一八五三年见于奇森库克林地，

---

[1] 猩红花（cardinal-flower）即桔梗科半边莲属草本植物猩红半边莲，学名如文中所列。

[2] 湿生野繁缕（clammy wild chickweed）即石竹科卷耳属草本植物垂花卷耳，学名如文中所列。

[3] 普通繁缕（common chickweed）为石竹科繁缕属草本植物，学名如文中所列。

[4] 裂叶草（cleavers）即茜草科拉拉藤属草本植物原拉拉藤，学名如文中所列。

一八五七年七月二十四日见于基尼奥山，果实初熟，为数众多，一八五三年九月十六日见于驼鹿头湖陆运段，仍在开花。

Medeola virginica（印第安黄瓜根），见于西支及奇森库克林地。

Dalibarda repens（矮生莓），驼鹿头湖陆运段常见，此后亦然。一八五七年八月一日，仍在开花。

Taraxacum dens-leonis（普通蒲公英），一八五三年见于史密斯农场，其他地方均无发现。是否外来物种？

Diervilla trifida（丛生忍冬），十分常见。

Rumex hydrolapathum？（大水酸模）①，一八五七年曾见，一八五三年所见植株已结出大粒的种子，常见。

Rumex crispus？（皱叶酸模），一八五三年见于西支。

Apocynum cannabinum（印第安麻），见于基尼奥山（布拉德福德②），一八五七年见于东支磨石瀑布。

Apocynum androsaemifolium（舒枝狗遭殃）③，见于基尼奥山（布拉德福德）。

Clintonia borealis（七筋姑），林间比比皆是。一八五七年七月二十五日，果实初熟。

某种 *Lemna*（浮萍）④，一八五七年见于普肖湖。

---

① 梭罗说的"great water dock"（大水酸模），学名应为 *Rumex orbiculatus*（参见前文注释）。*Rumex hydrolapathum* 产于欧亚，英文俗名也是"great water dock"。

② 布拉德福德即向梭罗赠送植物标本的乔治·布拉德福德，参见前文相关记述及注释。

③ 舒枝狗遭殃（spreading dogbane）即夹竹桃科罗布麻属草本植物金丝桃叶罗布麻，学名如文中所列，俗名因有毒而得。

④ 浮萍（duckweed）是天南星科浮萍属（*Lemna*）植物及类似水生植物的通称。

Elodea virginica（沼泽金丝桃）[1]，一八五三年见于驼鹿头湖。

Epilobium angustifolium（大柳叶菜），大片生长于火烧地，韦伯斯特溪边有一些开白花的植株。

Epilobium coloratum（紫脉柳叶菜）[2]，一八五七年见过一次。

Eupatorium purpureum（紫泽兰），苍鹭湖、驼鹿头湖及奇森库克湖滨常见。

一种 *Allium*（葱）[3]，见于东支磨石瀑布附近山岩，正在开花，花头没有珠芽，莫非是我没有见过的品种？

Halenia deflexa（刺龙胆），东支各陆运段常见。

Geranium robertianum（罗伯特草）。[4]

Solidago lanceolata（丛生一枝黄）[5]，十分常见。

一种 *Solidago*，叶有三棱[6]，一八五三及一八五七年均有所见。

Solidago thyrsoidea（大山一枝黄）[7]，韦伯斯特溪边有一株。

Solidago squarrosa（粗壮一枝黄），东支最常见的植物。

---

[1] 沼泽金丝桃（marsh St. John's-wort）为金丝桃科红花金丝桃属草本植物，拉丁现名 *Triadenum virginicum*。

[2] 紫脉柳叶菜（purple-veined willow-herb）为柳叶菜科柳叶菜属草本植物，学名如文中所列。

[3] 葱（onion）是石蒜科葱属（*Allium*）植物的通称，有些葱的花头会长出小珠芽。

[4] 罗伯特草（herb Robert）即牻牛儿苗科老鹳草属草本植物汉荭鱼腥草，学名如文中所列。

[5] 丛生一枝黄（bushy goldenrod）即草叶金顶菊，见前文注释。

[6] 叶有三棱的一枝黄即大一枝黄，参见前文相关记述及注释。

[7] 大山一枝黄（large mountain goldenrod）即大叶一枝黄，见前文注释。

Solidago altissima（粗毛一枝黄）[①]，一八五三及一八五七年都看到不少。

Coptis trifolia（三叶黄连）。[②]

Smilax herbacea（尸臭花）[③]，一八五三及一八五七年都看到不少。

*Spiraea tomentosa**（毛枝绣线菊）[④]，见于班戈。

Campanula rotundifolia（野兔铃），见于基尼奥山峭壁及大湖等处。

Hieracium（老鹰草）[⑤]，不算罕见。

Veratrum viride（北美白藜芦）。[⑥]

Lycopus virginicus（地笋），一八五七年曾见。

Lycopus europaeus var. *sinuatus*（水地笋）[⑦]，见于苍鹭湖滨。

Chenopodium album（丰收菜），见于史密斯农场。

Mentha canadensis（野薄荷），十分常见。

Galeopsis tetrahit（普通麻荨麻），一八五七年八月三日见于奥

[①] 粗毛一枝黄（rough hairy goldenrod）即菊科一枝黄花属草本植物加拿大一枝黄，学名亦作 *Solidago canadensis*。

[②] 三叶黄连（three-leaved gold-thread）为毛茛科黄连属草本植物，学名如文中所列。

[③] 尸臭花（carrion-flower）即菝葜科菝葜属草本植物草菝葜，学名如文中所列。这种植物之所以俗名"尸臭花"，是因为它会开出气味难闻的花朵，借此吸引食腐蚊蝇为它传粉。

[④] 毛枝绣线菊（hardhack）为蔷薇科绣线菊属草本植物，学名如文中所列。

[⑤] 老鹰草（hawk-weed）是菊科山柳菊属（*Hieracium*）植物的通称。

[⑥] 北美白藜芦（American white hellebore）为黑药花科藜芦属草本植物，学名如文中所列。

[⑦] 水地笋（water horehound）即北美地笋，见前文注释。

拉蒙岛[1]，相当繁茂，奥拉蒙岛下游也有，正处于盛花期。

Houstonia caerulea（小蓝花），一八五七年曾见，已归入非洲耳草属（《格雷手册》第二版）。[2]

Hydrocotyle americana（沼泽天胡荽），常见。

Hypericum ellipticum（椭圆叶金丝桃）[3]，常见。

Hypericum mutilum（小金丝桃），常见，一八五三及一八五七年均有所见。

Hypericum canadense（加拿大金丝桃），一八五三年见于驼鹿头湖及奇森库克湖滨。

Trientalis americana（星星花）[4]，一八五三年见于松溪。

Lobelia inflata（印第安烟草）。[5]

Spiranthes cernua（淑女发辫）[6]，见于基尼奥山及此后旅途。

一种 *Nabalus*（响尾蛇根），一八五七年曾见；*Nabalus altissimus*（高枝白莴苣），一八五三年见于奇森库克林地。[7]

---

① 这里的"奥拉蒙岛"（Olamon Isle）即本书末篇提及的奥拉尔蒙岛。

② 小蓝花（bluets）即茜草科美耳草属植物美耳草，现用学名仍如文中所列，非洲耳草属（*Oldenlandia*）是与美耳草属亲缘很近的一个属。

③ 椭圆叶金丝桃（elliptical-leaved St. John's-wort）即淡色金丝桃，见前文注释。

④ 星星花（star-flower）即报春花科珍珠菜属草本植物北方珍珠菜，拉丁现名 *Lysimachia borealis*。

⑤ 印第安烟草（Indian tobacco）即桔梗科半边莲属草本植物膨大半边莲，学名如文中所列。

⑥ 淑女发辫（ladies' tresses）即垂花绶草，见前文注释。

⑦ *Nabalus* 即菊科耳菊属，"响尾蛇根"（rattlesnake root）为该属植物俗名；*Nabalus altissimus* 即该属草本植物高枝耳菊，俗名"高枝白莴苣"（tall white lettuce），亦名"高枝响尾蛇根"（tall rattlesnake root）。

Antennaria margaritacea（珠光长生草），驼鹿头湖及史密斯农场等处常见。

Lilium canadense（野生黄百合），东西二支十分常见，植株高大。一八五七年在东支见到一株，花瓣大幅后卷，叶背完全光滑，但植株并不比同类高大，显然只是一个变种。

Linnaea borealis（北极花），林间几乎随处可见。

Lobelia dortmanna（水生半边莲）①，见于巴克斯波特的一个池塘。

Lysimachia ciliata（毛茎珍珠菜）②，奇森库克湖滨及东支十分常见。

Lysimachia stricta（直立珍珠菜）③，十分常见。

Microstylis ophioglossoides（蝰蛇嘴）④，见于基尼奥山。

Spiraea salicifolia（普通绣线菊），常见。

Mimulus ringens（猴面花），湖滨等处常见。

Scutellaria galericulata（黄芩），十分常见。

Scutellaria lateriflora（狂犬黄芩）⑤，一八五七年见于苍鹭湖，一八五三年见于奇森库克湖。

Platanthera psycodes（小流苏紫玉凤兰），一八五三年见于东

---

① 水生半边莲（water-lobelia）为桔梗科半边莲属水生植物，学名如文中所列。
② 毛茎珍珠菜（hairy-stalked loosestrife）即流苏珍珠菜，见前文注释。
③ 直立珍珠菜（upright loosestrife）即沼泽珍珠菜，见前文注释。
④ 蝰蛇嘴（adder's-mouth）即单叶沼兰，见前文注释，俗名得自其植株形状。
⑤ 狂犬黄芩（mad-dog skullcap）即北美黄芩（侧花黄芩），参见前文注释。这种植物据说有治疗狂犬病的功效，俗名由此而来。

支及奇森库克湖,十分普遍。

Platanthera fimbriata(大流苏紫玉凤兰)①,一八五七年见于西支及昂巴茹克斯库斯河,十分普遍。

Platanthera orbiculata(大圆叶玉凤兰),驼鹿头湖陆运段、张伯伦湖陆运段及考孔戈莫克河等处林间十分常见。

Amphicarpaea monoica(猪花生)。②

Aralia racemosa(穗甘松)③,驼鹿头湖陆运段及特洛斯湖等处常见,此后亦然。一八五七年八月一日前后,正在开花。

Plantago major(普通车前),一八五三年,史密斯农场开阔地比比皆是。

Pontederia cordata*(梭鱼草)④,一八五七年曾见,仅见于老镇附近。

Potamogeton(眼子菜),不常见。

Potentilla tridentata(山委陵菜),见于基尼奥山。

Potentilla norvegica(委陵菜)⑤,见于苍鹭湖滨及史密斯农场。

Polygonum amphibium var. *aquaticum*(两栖蓼),见于第二湖。

Polygonum persicaria(淑女拇指),一八五三年见于奇森库克

---

① 梭罗此处列出的是大流苏紫玉凤兰的一个正确学名,与前文所列不同。
② 猪花生(hog peanut)为豆科两型豆属草本植物,根及种子可食,学名亦作 *Amphicarpaea bracteata*。
③ 穗甘松(spikenard)为五加科楤木属草本植物,学名如文中所列。
④ 梭鱼草(pickerel-weed,直译可为"狗鱼草")为雨久花科梭鱼草属水生草本植物,学名如文中所列。
⑤ 即挪威委陵菜,见前文注释。

伐木小径。

Nuphar advena（黄池莲），不多见。

Nymphaea odorata（香睡莲），一八五三年在西支见到几株。

Polygonum hydropiper（水蓼），见于奇森库克伐木小径。

Pyrola secunda（单侧鹿蹄草），考孔戈莫克河沿岸十分常见。

Pyrola elliptica（椭圆叶鹿蹄草），见于考孔戈莫克河。

Ranunculus flammula var. *reptans*（矛叶毛茛）。①

Ranunculus recurvatus（弯钩毛茛），见于昂巴茹克斯库斯河岸等处。

*Typha latifolia**（普通猫尾或芦苇杖）②，班戈和波特兰之间极其多见。

Sanicula marilandica（黑蛇根），见于驼鹿头湖陆运段及此后旅途。

Aralia nudicaulis（野菝葜）。

Capsella bursa-pastoris（羊倌钱袋），一八五三年见于史密斯农场。

Prunella vulgaris（夏枯草），各处均十分常见。

Erechthites hieracifolia（火草），一八五七年曾见，一八五三年见于史密斯农场开阔地。

---

① 矛叶毛茛（spearwort）为毛茛科毛茛属草本植物，学名如文中所列，亦作 *Ranunculus reptans*。

② 又名"芦苇杖"（reed-mace）的普通猫尾（common cat-tail）即香蒲科香蒲属水生植物宽叶香蒲，学名如文中所列。

Sarracenia purpurea（紫瓶子草），见于泥塘沼地。

Smilacina bifolia（假六芒星）[①]，一八五七年曾见，一八五三年见于奇森库克林地。

Smilacina racemosa（假穗甘松？）[②]，一八五七年七月二十七日见于昂巴茹克斯库斯陆运段。

Veronica scutellata（沼泽婆婆纳）。[③]

Spergula arvensis（大爪草），一八五七年曾见，为数不算稀少，一八五三年见于驼鹿头湖及史密斯农场。

Fragaria（草莓）[④]，一八五三年见于史密斯农场，一八五七年见于巴克斯波特。

Thalictrum cornuti（草地唐松草），十分常见，沿河尤多，植株高大。一八五七年七月正在开花，引人注目。

Cirsium arvense（加拿大蓟），缅因北部营地及大路旁边十分多见。

Cirsium muticum（泽蓟）[⑤]，八月三十一日，韦伯斯特溪边花开正艳。

Rumex acetosella（羊酸模），河边及伐木小径常见，比如奇森

[①] 假六芒星（false Solomon's-seal）即加拿大舞鹤草，拉丁现名 *Maianthemum canadense*，可参看前文关于"六芒星"的注释。
[②] 假穗甘松（false spikenard）即天门冬科舞鹤草属草本植物总状花舞鹤草，拉丁现名 *Maianthemum racemosum*。这种植物也有"假六芒星"的俗名。
[③] 沼泽婆婆纳（marsh speedwell）为车前科婆婆纳属草本植物，学名如文中所列。
[④] "*Fragaria*"即蔷薇科草莓属。
[⑤] 泽蓟（swamp-thistle）为菊科蓟属草本植物，学名如文中所列。

库克伐木小径。

Impatiens fulva（斑点别碰我）。[1]

Trillium erythrocarpum（彩延龄草）[2]，西支及驼鹿头湖陆运段常见。

Verbena hastata（蓝马鞭草）。

Clematis virginiana（普通铁线莲），河岸常见，一八五三年九月，已结出毛茸茸的果实，一八五七年七月，正在开花。

Leucanthemum vulgare（白花草）。

Sium lineare（水防风），一八五七年曾见，一八五三年见于奇森库克湖滨。

Achillea millefolium（普通蓍草），见于河边、伐木小径及史密斯农场。

Desmodium canadense（加拿大山蚂蟥），不算罕见。

Oxalis acetosella（普通酢浆），一八五三年见于驼鹿头湖陆运段及此后旅途，七月二十五日仍在开花。

Oxalis stricta（黄酢浆）[3]，一八五三年见于史密斯农场及农场伐木小径。

---

[1] 斑点别碰我（spotted touch-me-not）即凤仙花科凤仙花属草本植物橙凤仙，学名亦作 *Impatiens capensis*，俗名"别碰我"的来由是它的种皮一碰就会爆开，与同样俗名"别碰我"的含羞草不同。

[2] 彩延龄草学名亦作 *Trillium undulatum*，见前文注释。

[3] 黄酢浆（yellow wood-sorrel）为酢浆草科酢浆草属草本植物，学名如文中所列。

Liparis liliifolia（双叶兰）①，见于基尼奥山（布拉德福德）。

Uvularia grandiflora（大铃铛花），林间常见。

Uvularia sessilifolia（无柄铃铛花）②，一八五三年见于奇森库克林地。

以上共计一百四十五种。

4. 低等植物

Scirpus eriophorum（蔗草），十分常见，低矮岛屿尤多。这是一种沿河生长的粗糙野草，四五尺高。

Phleum pratense（赫德草），见于陆运段、营地及开阔地。

Equisetum sylvaticum（林木贼）。③

Pteris aquilina（蕨）④，见于基尼奥山及此后旅途。

Onoclea sensibilis（敏感蕨），河滨十分常见，苍鹭湖岛上的砾石滩也有一些。

Polypodium dryopteris（刚毛多足蕨）。⑤

Woodsia ilvensis（锈红岩蕨）⑥，见于基尼奥山。

---

① 双叶兰即羊耳蒜，可参看前文相关记述及注释。
② 无柄铃铛花（sessile-leaved bellwort）为秋水仙科颚花属草本植物，学名如文中所列。
③ 林木贼（sylvatic horse-tail）为木贼科木贼属草本植物，学名如文中所列。
④ 此处的"蕨"特指欧洲蕨，见前文注释。
⑤ 刚毛多足蕨（brittle polypody）即欧洲羽节蕨，现已归入蹄盖蕨科羽节蕨属，不再属于多足蕨科多足蕨属（*Polypodium*），拉丁现名 *Gymnocarpium dryopteris*。
⑥ 锈红岩蕨（rusty woodsia）即岩蕨，见前文注释。

Lycopodium lucidulum（齿石杉）。①

Usnea（一类形似 *Parmelia* 的地衣）②，各种树上常见。

四、鸟类名录

以下这份名录，列举的是我一八五七年七月二十四日至八月三日在缅因看见的鸟类：

一种非常小的鹰，见于韦伯斯特溪大瀑布。

Haliaeetus leucocephalus（白头鹰或秃鹰）③，见于拉格慕夫溪，亨特家上游下游，以及马塔瓦姆基格下游的一个池塘。

Pandion haliaetus（鱼鹰或鹗），在东支曾有耳闻目见。

Bubo virginianus（猫鸮），在营地岛④附近看见一只，又在锡布依斯河口上游看到一只，从树桩上飞开，之后又飞回来，亨特家附近一棵树上也有一只。

Icterus phoeniceus（红翅黑鸟）⑤，见于昂巴茹克斯库斯河。

---

① 齿石杉（toothed club-moss）即石杉科石杉属植物亮叶石杉（shining clubmoss），拉丁现名 *Huperzia lucidula*。

② "*Parmelia*"即梅衣科梅衣属，与"*Usnea*"（松萝属，参见前文注释）同科。

③ 即白头海雕，见前文注释。

④ "营地岛"原文为"Camp Island"，并非通用地名，指的是本书末篇提及的梭罗"四年前宿过营的小岛"，可参看该篇相关记述。

⑤ 红翅黑鸟（red-winged blackbird）即拟黄鹂科黑鹂属鸟类红翅黑鹂，拉丁现名 *Agelaius phoeniceus*。

Corvus americanus（北美鸦）[1]，见过几只，大湖湖口就有，叫声与众不同。

Fringilla canadensis（树麻雀）[2]，七月二十四日，我似乎在基尼奥山看到一只，看它当时的举动，山上应该有它的巢。

Garrulus cristatus（蓝松鸦）。[3]

Parus atricapillus（山雀）[4]，见过几只。

Muscicapa tyrannus（王霸鹟）。[5]

Muscicapa cooperi（绿背霸鹟）[6]，所到各处均十分常见。

Muscicapa virens（绿霸鹟）[7]，见于驼鹿头湖，此后旅途似乎也有。

Muscicapa ruticilla（橙尾鸲莺）[8]，见于驼鹿头湖。

Vireo olivaceus（红眼绿鹃），到处都很常见。

Turdus migratorius（红胸知更鸟）[9]，到处都有一些。

---

[1] 北美鸦（American crow）即鸦科鸦属鸟类短嘴鸦，学名亦作 *Corvus brachyrhynchos*。

[2] 树麻雀（tree-sparrow）即鸦科类树雀鹀属小型鸣禽美洲树雀鹀（American tree sparrow），拉丁现名 *Spizelloides arborea*。

[3] 蓝松鸦现用学名为 *Cyanocitta cristata*，见前文注释。

[4] 山雀即黑顶山雀，现用学名为 *Poecile atricapillus*，见前文注释。

[5] 王霸鹟（king-bird）即霸鹟科王霸鹟属鸟类剪尾王霸鹟（scissor-tailed flycatcher），拉丁现名 *Tyrannus forficatus*。

[6] 绿背霸鹟现用学名为 *Contopus cooperi*，见前文注释。

[7] 绿霸鹟现用学名为 *Contopus virens*，见前文注释。

[8] 橙尾鸲莺现用学名为 *Setophaga americana*，见前文注释。

[9] 红胸知更鸟（red-breasted robin）即北美知更鸟，亦即旅鸫，见前文关于"知更鸟"的注释。

Turdus melodus（棕林鸫）①，林间比比皆是。

Turdus wilsonii（威尔逊鸫）②，见于驼鹿头湖及此后旅途。

Turdus aurocapillus（金冠鸫或炉灶鸟）③，见于驼鹿头湖。

Fringilla albicollis（白喉雀）④，见于基尼奥山及此后旅途，显然正在筑巢，是一早一晚最常看见的鸟类。

Fringilla melodia（歌雀）⑤，见于驼鹿头湖及此后旅途。

Sylvia pinus（松歌鸟）⑥，见于旅途某处。

Muscicapa acadica（小霸鹟）⑦，常见。

Trichas marylandica（马里兰黄喉雀）⑧，到处都有。

Coccyzus americanus？（黄喙杜鹃）⑨，常见。

---

① 棕林鸫现用学名为 *Hylocichla mustelina*，见前文注释。

② 威尔逊鸫（Wilson's thrush）得名于苏格兰裔美国博物学家亚历山大·威尔逊（Alexander Wilson，1766—1813），即前文曾提及的棕夜鸫，现用学名为 *Catharus fuscescens*，参见前文注释。

③ 又名"金冠鸫"（golden-crowned thrush）的炉灶鸟（oven-bird）即森莺科灶莺属唯一物种橙顶灶莺，现用学名为 *Seiurus aurocapilla*。

④ 白喉雀即白喉带鹀，现用学名为 *Zonotrichia albicollis*，见前文注释。

⑤ 歌雀（song sparrow）即鹀科歌带鹀属鸟类歌带鹀，拉丁现名 *Melospiza melodia*。

⑥ 松歌鸟（pine warbler）为森莺科橙尾鸲莺属鸣禽，拉丁现名 *Setophaga pinus*。

⑦ 小霸鹟（small pewee）即霸鹟科纹霸鹟属鸟类绿纹霸鹟，拉丁现名 *Empidonax virescens*。

⑧ 马里兰黄喉雀即普通黄喉地莺，现用学名为 *Geothlypis trichas*，参见前文注释。

⑨ 黄喙杜鹃（yellow-billed cuckoo）为杜鹃科美洲鹃属鸟类，学名如文中所列。

Picus erythrocephalus（红头啄木鸟），曾有耳闻目见，好吃。①

Sitta carolinensis？（白胸美洲劈果鸟）②，曾有耳闻。

Alcedo alcyon（白腹翠鸟）③，十分常见。

Caprimulgus americanus（夜鹰）。④

Tetrao umbellus（榛鸡）⑤，见于驼鹿头湖陆运段等处。

Tetrao cupido（羽冠榛鸡）⑥，见于韦伯斯特溪。

Ardea caerulea（蓝苍鹭）⑦，见于珀诺布斯科特河下游。

Totanus macularius（斑腹矶鹬）⑧，到处都有。

Larus argentatus？（鲱鱼鸥）⑨，见于苍鹭湖中的一些礁岩，张伯伦湖也有，第二湖还有小一些的鸥。

Anas obscura（灰黑鸭或黑鸭）⑩，在东支见过一次。

----

① 红头啄木鸟现用学名为 *Melanerpes erythrocephalus*，见前文注释。本书末篇提到坡利斯说这种鸟"味道不错"，所以这里有"好吃"的评语。

② 白胸美洲劈果鸟（white-breasted American nuthatch）即䴓科䴓属鸟类白胸䴓，学名如文中所列，可参看前文关于"劈果鸟"的记述及注释。

③ 白腹翠鸟（belted kingfisher）即翠鸟科大鱼狗属鸟类白腹鱼狗，拉丁现名 *Megaceryle alcyon*。

④ 梭罗此处所列学名可能有误，可参看前文关于"夜鹰"的注释。

⑤ 榛鸡即披肩榛鸡，见前文注释。

⑥ 羽冠榛鸡（pinnated grouse）为雉科草原松鸡属鸟类，现用学名为 *Tympanuchus cupido*。

⑦ 蓝苍鹭即小蓝鹭，见前文注释。

⑧ 斑腹矶鹬现用学名为 *Actitis macularius*，见前文注释。

⑨ 鲱鱼鸥即银鸥，学名如文中所列，参见前文注释。

⑩ 黑鸭即北美黑鸭，见前文注释。

Anas sponsa（夏鸭或木鸭）①，到处都有。
Fuligula albeola（牛头鸭）②，常见。
Colymbus glacialis（潜鸟），各个湖泊都有。
Mergus merganser（黄胸秋沙鸭）③，河湖常见。
一种燕子；夜歌鸟？④ 听见过一两次。

五、四足动物

西支看见的一只蝙蝠；大湖看见的一个河狸头骨；撒切尔先生曾在考孔戈莫克河上同时吃到河狸肉和驼鹿肉。考孔戈莫克河边看见的一只麝鼠；树林深处随处可见的红松鼠；张伯伦湖路边看见的一只死豪猪；一头母驼鹿，外加小驼鹿的蹄印；一张熊皮，来自一头刚被杀死的熊。

六、远足装备

假如你打算带上一个同伴和一个印第安向导，七月去缅因森林远足，假如你计划的行期是十二天，远足的目的又与我完全一

---

① 夏鸭现用学名为 *Aix sponsa*，见前文注释。
② 牛头鸭即白枕鹊鸭，见前文注释。
③ 黄胸秋沙鸭（buff-breasted merganser）即普通秋沙鸭，参见前文注释。
④ 梭罗所说的夜歌鸟（night-warbler），实际上就是橙顶灶莺。

致,那么,以下装备可以充分满足你的需要:

衣着——格子衬衫一件,结实旧鞋一双,厚袜子一双,领巾一条,厚马甲一件,厚裤子一条,旧科苏特帽一顶,麻布口袋一只。

行囊——大盖子橡胶背包一个,内装(格子)衬衫两件,厚袜子一双,内裤一条,法兰绒衬衫一件,手帕两块,轻便橡胶外套或厚实羊毛外套一件,用于换洗的衬衫前襟及领子两套①,餐巾一条,别针数枚,针数根,线适量,外加七尺长的毯子一条,首选灰色。

帐篷有个六尺宽七尺长,中央高度达到四尺,足矣;面罩、手套和驱蚊药剂,夜里有遮护全身的蚊帐更好;最准确的袖珍地图,兴许还得加上路线介绍;罗盘;植物标本簿和红色吸墨纸;纸张和邮票,植物手册,观鸟用的袖珍望远镜,袖珍显微镜,卷尺,昆虫标本匣。

斧头一柄,尽可能带全尺寸的,折刀一把,鱼线每人只带两条,线上拴几个鱼钩浮子,再带一包做饵的猪肉,预先把饵挂好;火柴若干(马甲口袋里也备一些,用小玻璃管装好);肥皂两块;大刀一把,铁勺一只(公用);旧报纸三四张,细绳大量,抹餐具的破布几块;粗绳二十尺,用作水壶的四夸脱马口铁桶一个,马口铁长柄锅两个,马口铁盘子三只,煎锅一口。

给养——软质压缩饼干②二十八磅;猪肉十六磅;糖十二磅;

---

① 单独穿用的衬衫前襟和衬衫领子是西方十九世纪中叶常见的服饰。
② "软质压缩饼干"原文为"soft hard bread"。克莱默认为梭罗原意可能是"soft *and* hard bread",亦即主要带压缩饼干,同时也带少量新鲜面包。梭罗在1860年的一次登山之旅中就是这么做的。

红茶一磅或咖啡三磅，盐一盒或一品脱①，玉米粉一夸脱，用来煎鱼；柠檬六只，用作猪肉膳食和温吞饮水的调剂；兴许还可以带两三磅大米，增添伙食的花样。除了这些之外，途中你多半能搞到浆果和鱼，如此等等。

猎枪不值得带，除非你专为狩猎而去。猪肉得装进敞口的桶子，桶子得锯成合适的尺寸；糖、茶或咖啡、玉米粉、盐之类的东西得分别装进防水的橡胶口袋，用皮绳子扎好；还得把所有的给养，以及一部分的其他行李，通通装进两只大号的橡胶口袋，事实业已证明，这种口袋不但防水，而且耐用。置办这些装备，花费是二十四元。

请印第安向导的工钱大概是一块五一天，兴许还得加上五毛一周的独木舟使用费（视你的需求而定）。独木舟得挑结实的，而且不能漏水。这个方面的花费，总共是十九元。

假如你已经拥有或能够借来一定数量的装备，这次远足的人均花费就超不过二十五元，从抵达驼鹿头湖南端的时候算起。假如你的向导和独木舟是在老镇雇的，那就还得为一人一船多掏七八块的交通费。

七、印第安词汇表

（一）

Ktaadn（柯塔丁），据说意为"至高之地"。拉斯列说"Pemadené"

---

① 品脱（pint）为容积体积单位，美制一干量品脱等于半夸脱，约合零点五五升。

（珀马德尼）意为"山岳"，"Kidadañgan"（吉达丹甘）意为"磨石"（参见波特的说法）。①

Mattawamkeag（马塔瓦姆基格），陆运段所见印第安人②说意为"两河交汇之处"（参见威廉森《缅因州史》和威利斯的说法）。③

Molunkus（莫伦库斯）。

Ebeeme（厄比米），意为"岩石"。

Noliseemack（诺利瑟迈克），又名"鲱鱼池"。

Kecunnilessu（克康尼勒苏），乔④说意为"山雀"。

Nipsquecohossus（尼普斯克科霍苏斯），乔说意为"丘鹬"。

Skuscumonsuk（斯库斯卡蒙苏克），乔说意为"翠鸟"。这个词末尾的"uk"或"suk"，是不是表示复数？

Wassus（瓦苏斯），乔说意为"熊"，拉斯列把这个词写作"Aouessous"（奥厄索斯）。

---

① 梭罗引述的拉斯列说法出自拉斯列《阿布纳基语词典》（参见前文注释）；波特即美国律师及历史学家钱德勒·伊斯特曼·波特（Chandler Eastman Potter, 1807—1868）。1856年刊行的《缅因历史学会资料汇编》第一辑第四卷收载了波特的文章《〈阿布纳基语言〉补遗》("Appendix to Language of the Abnaquies")，文中关于"Ktaadn"一词的说法见下文。

② 即塔蒙特或其同伴，可参看"奇森库克湖"一篇的相关记述。

③ 威廉森在《缅因州史》（参见前文注释）中说，"Mattawamkeag"意为"河口有砾石河床的河"；威利斯即缅因政客及历史学家威廉·威利斯（William Willis, 1794—1870）。《缅因历史学会资料汇编》第一辑第四卷收载了威利斯的文章《阿布纳基语言》("Language of the Abnaquies, or Eastern Indians")，文中关于这个词的说法见下文。

④ 这篇附录中的乔均指乔·埃蒂昂。

Lunxus（伦克苏斯），乔说意为"印第安恶魔"。

Upahsis（乌帕希斯），乔说意为"花楸"。

Moose（穆斯），印第安人是不是这么叫驼鹿？这个词的意思是不是"食木者"？拉斯列把这个词写作"Mous"（牟斯）。

Katahdinauguoh（柯塔丁瑙廓），据说意为"柯塔丁周围的山"。

Ebemena（厄比米纳），乔说意为"树越橘"，拉斯列把这个词写作"Ibimin nar"（伊比敏纳），释义为"不好吃的红果子"。

Wighiggin（维格希根），陆运段所见印第安人说意为"单据"或"凭证"，拉斯列把这个词写作"Aouixigan"（阿欧西甘），释义为"书、信、绘画、手写文字"。

Sebamook（锡巴穆克），尼科莱[1]说意为"大湾湖"。拉斯列说"湖"是"Pegouasebem"（珀戈阿西本），加"ar"表示复数，又说"Ouañrinañgamek"（欧安日南加米克）表示"湖湾"。坡利斯说，"Mspame"（姆斯帕米）意为"宽广水面"。

Sebago（锡巴戈）和 Sebec（锡伯克），塔蒙特等人说，这两个词的意思都是"大片的开阔水域"。

Chesuncook（奇森库克），塔蒙特等人说意为"众河汇入之地"（参见威利斯和波特的说法）。

Caucomgomoc（考孔戈莫克），塔蒙特等人说意为"鸥湖"。据坡利斯所说，这个词意为"大鸥湖"，"Caucomgomoc-took"（考孔戈莫克图克）则意为"源自大鸥湖的河"。

Pammadumcook（珀马达姆库克）。

---

[1] 即约翰·尼普顿的女婿，参见前文注释。

Kenduskeag（肯杜斯基格），尼科莱说意为"小鳗鱼河"（参见威利斯的说法）。

Penobscot（珀诺布斯科特），陆运段所见印第安人说意为"乱石河"。拉斯列说，"Pouapeskou"（普阿佩斯科）意为"石头"（参见斯普林格[①]的说法）。

Umbazookskus（昂巴茹克斯库斯），尼科莱说意为"草地溪"，坡利斯说意为"草地很多的河"。

Millinocket（米利诺基特），尼科莱说意为"群岛之地"。

Souneunk（索尼翁克），尼科莱说意为"奔流山间"。

Aboljacarmegus（阿波利亚卡米古斯），尼科莱说意为"平台瀑布及死水"。

Aboljacarmeguscook（阿波利亚卡米古斯库克），尼科莱说意为"汇入平台瀑布所在河段的河"。

Musketicook（马斯克提库克），陆运段所见印第安人说意为"死水河"。拉斯列说"Meskikou"（米斯基库）或"Meskikouikou"（米斯基库伊库）意为"草多之地"。坡利斯说"Muskéeticook"意为"死水"。

Mattahumkeag（玛塔哈姆基格），尼科莱说意为"沙溪池"。

Piscataquis（皮斯卡塔奎斯），尼科莱说意为"河的支流"。

Shecorway（舍柯尔维），坡利斯说意为"秋沙鸭"。

Naramekechus（纳拉米克楚斯），坡利斯说意为"斑腹矶鹬"。

[①] 斯普林格（参见前文注释）的说法与陆运段所见印第安人相同，见于他撰著的《林中生活及林中树木》。

Medawisla（米达维斯拉），坡利斯说意为"潜鸟"。

Orignal（奥瑞格纳尔），蒙特雷索[①]说这是驼鹿头湖的名字。

Chorchorque（柯尔柯尔克），坡利斯说意为"松萝"。

Adelungquamooktum（阿狄朗夸穆克塔姆），坡利斯说意为"棕林鸫"。

Bematinichtik（贝马提尼奇提克），坡利斯说这个词泛指高地。拉斯列说"Pemadené"（珀马德尼）意为"山岳"。

Maquoxigil（马廓克希基尔），坡利斯说意为红山茱萸树皮，亦即印第安烟草。

Kineo（基尼奥），威廉森说意为"燧石"，霍奇[②]说这是一个古代印第安猎手的名字。

Artoosoqu（阿图索丘），坡利斯说意为"磷光"。

Subekoondark（苏比昆达克），坡利斯说意为"白云杉"。

Skusk（斯库斯克），坡利斯说意为"黑云杉"。

Beskabekuk（贝斯卡贝库克），坡利斯说地图上的"龙虾溪"应该叫这个名字。

Beskabekukskishtook（贝斯卡贝库克斯基什图克），坡利斯说这是营地岛下游那段死水的名字。

Paytaytequick（帕伊塔伊特奎克），坡利斯说意为"火烧地溪"，乔则称同一条溪流为"Ragmuff"（拉格慕夫）。

Nonglangyis（农朗伊斯），坡利斯说这是火烧地溪和松溪之间

---

① 蒙特雷索见前文注释。
② 霍奇见前文注释。

一段死水的名字。

Karsaootuk（卡萨乌图克），坡利斯说意为"黑河"（亦即松溪）。拉斯列说，"Mkazéouighen"（姆卡泽欧伊根）意为"黑色"。

Michigan（密歇根），坡利斯说意为"粪便"，还用这个词来称呼一种胭脂鱼，或者说一种什么用也没有的倒霉鱼类。拉斯列的词典说，"mitsegan"（密侧根）意为"Fiante？"（问号是皮克林加的）[①]。

Cowosnebagosar（柯沃斯讷巴哥萨），坡利斯说这个词指的是匍匐雪果，意为"生长在树木腐烂之地"。

Pockadunkquaywayle（坡卡顿克奎维勒），坡利斯说意为"回声"。拉斯列把这个词写作"Pagadaǹkouéouérré"（帕加丹扣厄欧厄热）。

Bososquasis（博索斯夸西斯），坡利斯说意为"驼鹿蝇"。

Nerlumskeechticook（讷拉姆斯基奇迪库克），是不是该写成Nerlumskeechtiquoik？还是Nerlumskeetcook？坡利斯说这个词意为"死水"，还说这是附近一座山的名字。

Apmoojenegamook（阿普穆杰尼加穆克），坡利斯说意为"横渡之湖"。

Allegash（阿拉加什），坡利斯说意为"铁杉树皮"（参见威利斯的说法）。

[①] "Fiante"不详何意。皮克林（John Pickering，1777—1846）为美国语言学家，拉斯列《阿布纳基语词典》的编者。皮克林在词典中加了一些问号，表示该处的拉斯列原稿难以识读，拼写存疑。

Paytaywecomgomoc（帕伊塔伊维孔戈莫克），坡利斯说这是特洛斯湖的印第安名字，意为"火烧地湖"。

Madunkehunk（马当克亨克），坡利斯说这是韦伯斯特溪的印第安名字，意为"极高之地溪"。

Madunkehunk-gamooc（马当克亨克-戈莫克），坡利斯说意为"极高之地湖"。

Matungamooc（马唐伽莫克），坡利斯说这是大湖的印第安名字。

Uncardnerheese（昂卡德讷希斯），坡利斯说这是鳟鱼溪的印第安名字。

Wassataquoik（瓦萨塔奎伊克），坡利斯说意为"鲑鱼河"，指的是珀诺布斯科特东支（参见威利斯的说法）。

Pemoymenuk（佩莫伊米努克），坡利斯说意为"唐棣果"。拉斯列的词典中说："Pemouaïmin nak（佩莫阿伊敏纳克），一种黑色的果子。"这个词末尾的"ak"，是不是表示复数？①

Sheepnoc（希普诺克），坡利斯说意为"百合鳞茎"。拉斯列的词典中说："Sipen nak（希彭纳克），一种比 penak（彭纳克）大的白色鳞茎。"②

Paytgumkiss（帕伊特古姆基斯），坡利斯说意为"衬裙"，指的是尼喀透岛下游一条小河汇入珀诺布斯科特的地方。

---

① 据皮克林所说，阿布纳基语用"ar"词尾表示无生命事物的复数，"ak"表示有生命事物的复数。

② 拉斯列词典中的"penak"也是一种鳞茎，具体品种不详。

Burntibus（伯恩提布斯），坡利斯说，珀诺布斯科特河上一个有如湖泊的河段叫这个名字。

Passadumkeag（帕萨达姆基格），威廉森说意为"瀑布顶上溪水汇入珀诺布斯科特的地方"。拉斯列说"Pañsidañkioui"（潘斯达尼基欧伊）意为"山上"。

Olarmon（奥拉尔蒙）或 Larmon（拉尔蒙），坡利斯说意为"红颜料"。拉斯列说，"ourámañ"（奥拉曼）意为"朱砂、颜料"。

Sunkhaze（桑柯赫日），坡利斯说意为"看见独木舟从岸边驶入河中，但看不见它驶出的那条支流"。据拉斯列所说，表示"河口"的印第安词汇是"Sañghedé'tegoué"（桑格赫德特古厄），"两河交汇之处"则是"sañktâiïoui"（桑柯塔伊欧伊）。（参见威利斯的说法。）

Tomhegan 溪（托姆赫根溪）。① 拉斯列的词典中说："短柄斧，temahígan（特马希根）。"

Nickatow（尼喀透），拉斯列的词典中说："Niketaoutegoué（尼克塔欧特古厄）或 Niketoutegoué（尼克透特古厄），分叉的河。"

（二）摘自《缅因历史学会资料汇编》第四卷收载的威廉·威利斯《阿布纳基语言》

Abalajako-megus（阿巴拉亚科米古斯），柯塔丁附近一条河的名字。

Aitteon（埃蒂昂），一个池塘和一个酋长的名字。

---

① 参见本书末篇关于"短斧溪"的记述和注释。

Apmogenegamook(阿普莫吉尼加穆克)[1],一个湖的名字。

Allagash(阿拉加什),树皮搭建的营地。珀诺布斯科特人索克巴森告诉威利斯[2],"印第安人之所以把那个湖叫作'阿拉加什',是因为他们在湖边有一个常设的狩猎营地。"

Bamonewengamock(巴莫尼温伽莫克),指的是阿拉加什河的源头,意为"十字湖"(索克巴森)。

Chesuncook(奇森库克),意为"大湖"(索克巴森)。

Caucongamock(考孔伽莫克),一个湖的名字。

Ebeeme(厄比米),意为"长有李树的山"(索克巴森)。

Ktaadn(柯塔丁),索克巴森把这个词念作"Ka-tah-din",说它的意思是"大山或大东西"。

Kenduskeag(肯杜斯基格),意为"鳗鱼之地"。

Kineo(基尼奥),意为"燧石",驼鹿头湖边一座山的名字。

Metawamkeag(米塔瓦姆基格),意为"河床平坦多砾石的河"(索克巴森)。

Metanawcook(米塔纳沃库克)。[3]

Millinoket(米利诺基特),群岛之湖(索克巴森)。

Matakeunk(马塔克翁克),一条河的名字。

---

[1] "Apmogenegamook"应为"Apmoojenegamook"(阿普穆杰尼加穆克,张伯伦湖)的另一种写法。

[2] 索克巴森(Sockbasin)是威利斯文中提到的一个珀诺布斯科特印第安人,他为威利斯讲述了一些印第安词汇的意义,威利斯说他是"珀诺布斯科特部落的聪明人"。

[3] 据威利斯文中所说,"Metanawcook"是珀诺布斯科特河一条支流的名字。

Molunkus（莫伦库斯），一条河的名字。

Nicketow（尼克透）或 Neccotoh（讷科透），意为"两河交汇之处"（"珀诺布斯科特之叉"）。

Negas（讷加斯），肯杜斯基格河边一个印第安村庄的名字。

Orignal（奥瑞格纳尔），蒙特雷索笔下的驼鹿头湖名字[①]。

Ponguongamook（蓬戈昂伽莫克），阿拉加什湖的另一个名字，源自在那里被杀的一个同名莫霍克人（索克巴森）。

Penobscot（珀诺布斯科特），亦作 Penobskeag（珀诺布斯基格），法文写作"Pentagoet"或"Pentagovett"。

Pougohwakem（蓬戈瓦肯）[②]，苍鹭湖的印第安名字。

Pemadumcook（珀马达姆库克），一个湖的名字。

Passadumkeag（帕萨达姆基格），意为"瀑布顶上溪水入河之地"（威廉森）。

Ripogenus（瑞坡吉纳斯），一条河的名字。

Sunkhaze（桑柯赫日），一条河的名字，意为"死水"。

Souneunk（索尼翁克）。

Seboomook（锡布穆克），索克巴森说这个词意为"'形如驼鹿头'，英文湖名'Moosehead'（驼鹿头）就是这么来的"。霍华德

---

① 威利斯原文当中，这个词的释义后面还有一句："'Orignal'在法文中意为'驼鹿'。"Orignal"确实意为"驼鹿"，但这个词是源自巴斯克语的法文词汇，与印第安人无关。

② "Pougohwakem"应为"Pongokwahem"（蓬戈夸亨，苍鹭湖/老鹰湖）的另一种写法。

的说法与此不同。①

Seboois（锡布依斯），意为"溪流"或"小河"（索克巴森）。

Sebec（锡伯克），一条河的名字。

Sebago（锡巴戈），意为"大片的水面"。

Telos（特洛斯），一个湖的名字。

Telasinis（特拉希尼斯），一个湖的名字。

Umbagog（昂巴果格），一个湖的名字，意为"对折"，湖名得自湖的形状（索克巴森）。

Umbazookskus（昂巴茹克斯库斯），一个湖的名字。

Wassatiquoik（瓦萨提奎伊克），意为"山间之河"（索克巴森）。

一八五五年十一月，新罕布什尔州曼彻斯特的钱·伊·波特法官②补充道：

"'Chesuncook'（奇森库克）由'chesunk'或'sehunk'（意为野雁）加'auke'（地方）构成，意思是'野雁之地'。'Chesunk'或'Sehunk'是象声词，模拟的是野雁飞行时发出的叫声。"

毫无疑问，"Ktaadn"（柯塔丁）一词是由"kees"（高）和"auke"（地方）的合成词讹变而来。

"Penobscot"（珀诺布斯科特）由"penapse"（石头、多石之地）和"auke"（地方）构成。

---

① 威利斯文中提及的霍华德是缅因州法官约瑟夫·霍华德（Joseph Howard, 1800—1877），威利斯把霍华德提供的一些印第安词汇释义附在了自己的文章里。据文中所说，霍华德认为"Seboomook"意为"我们的河流"。

② 钱德勒·伊斯特曼·波特曾在新罕布什尔城镇曼彻斯特（Manchester）担任法官，梭罗下文引用的说法均出自波特的《〈阿布纳基语言〉补遗》。

416

"Suncook"（森库克）意为"野雁之地"，等同于"Sehunkauke"。

这位法官说"schoot"意为"飞奔"，"Schoodic"（斯库蒂克）这个地名由"schoot"和"auke"构成，意为"水流飞奔之地"①，又说"schoon"也是"飞奔"的意思，还说马博岬②的居民，以及其他的一些人，根据这些印第安词汇造出了"scoon""scoot"等词，进而造出了"schooner"一词。③文中提到了一位"楚特先生"。④

---

① 据波特文中所说，"Schoodic"（斯库蒂克）是圣十字河（即本书首篇提及的帕萨马科河，可参看相关注释）的印第安名字，因为这条河多有瀑布急湍。本书末篇提及的斯库蒂克湖群是圣十字河的源头。
② 马博岬（Marblehead）为马萨诸塞州海滨城镇。
③ "scoon"（滑行）、"scoot"（飞奔）和"schooner"（多桅纵帆船）都是英文词汇，这些词的源头未得确证，但多半与印第安语无关。梭罗的《鳕鱼海岬》也讲到了"schooner"的词源。
④ 波特文中提及的"楚特先生"（Mr. Chute）即威利斯文中提及的"J. A. 楚特医生"（Dr. J. A. Chute），楚特生于缅因，曾在印第安人当中行医，死于1838年。威利斯在文中引用了楚特从印第安人那里了解到的一些词汇释义，波特则在文中说，"读者当可发现，我给出的定义与楚特先生多有不合。"

汉译文学名著

第一辑书目（30种）

伊索寓言	〔古希腊〕伊索著	王焕生译
一千零一夜		李唯中译
托尔梅斯河的拉撒路	〔西〕佚名著	盛力译
培根随笔全集	〔英〕弗朗西斯·培根著	李家真译注
伯爵家书	〔英〕切斯特菲尔德著	杨士虎译
弃儿汤姆·琼斯史	〔英〕亨利·菲尔丁著	张谷若译
少年维特的烦恼	〔德〕歌德著	杨武能译
傲慢与偏见	〔英〕简·奥斯丁著	张玲、张扬译
红与黑	〔法〕斯当达著	罗新璋译
欧也妮·葛朗台 高老头	〔法〕巴尔扎克著	傅雷译
普希金诗选	〔俄〕普希金著	刘文飞译
巴黎圣母院	〔法〕雨果著	潘丽珍译
大卫·考坡菲	〔英〕查尔斯·狄更斯著	张谷若译
双城记	〔英〕查尔斯·狄更斯著	张玲、张扬译
呼啸山庄	〔英〕爱米丽·勃朗特著	张玲、张扬译
猎人笔记	〔俄〕屠格涅夫著	力冈译
恶之花	〔法〕夏尔·波德莱尔著	郭宏安译
茶花女	〔法〕小仲马著	郑克鲁译
战争与和平	〔俄〕列夫·托尔斯泰著	张捷译
德伯家的苔丝	〔英〕托马斯·哈代著	张谷若译
伤心之家	〔爱尔兰〕萧伯纳著	张谷若译
尼尔斯骑鹅旅行记	〔瑞典〕塞尔玛·拉格洛夫著	石琴娥译
泰戈尔诗集：新月集·飞鸟集	〔印〕泰戈尔著	郑振铎译
生命与希望之歌	〔尼加拉瓜〕鲁文·达里奥著	赵振江译
孤寂深渊	〔英〕拉德克利夫·霍尔著	张玲、张扬译
泪与笑	〔黎巴嫩〕纪伯伦著	李唯中译
血的婚礼——加西亚·洛尔迦戏剧选	〔西〕费德里科·加西亚·洛尔迦著	赵振江译
小王子	〔法〕圣埃克苏佩里著	郑克鲁译
鼠疫	〔法〕阿尔贝·加缪著	李玉民译
局外人	〔法〕阿尔贝·加缪著	李玉民译

第二辑书目（30 种）

枕草子	〔日〕清少纳言著	周作人译
尼伯龙人之歌	佚名著	安书祉译
萨迦选集		石琴娥等译
亚瑟王之死	〔英〕托马斯·马洛礼著	黄素封译
呆厮国志	〔英〕亚历山大·蒲柏著	李家真译注
波斯人信札	〔法〕孟德斯鸠著	梁守锵译
东方来信——蒙太古夫人书信集	〔英〕蒙太古夫人著	冯环译
忏悔录	〔法〕卢梭著	李平沤译
阴谋与爱情	〔德〕席勒著	杨武能译
雪莱抒情诗选	〔英〕雪莱著	杨熙龄译
幻灭	〔法〕巴尔扎克著	傅雷译
雨果诗选	〔法〕雨果著	程曾厚译
爱伦·坡短篇小说全集	〔美〕爱伦·坡著	曹明伦译
名利场	〔英〕萨克雷著	杨必译
游美札记	〔英〕查尔斯·狄更斯著	张谷若译
巴黎的忧郁	〔法〕夏尔·波德莱尔著	郭宏安译
卡拉马佐夫兄弟	〔俄〕陀思妥耶夫斯基著	徐振亚、冯增义译
安娜·卡列尼娜	〔俄〕列夫·托尔斯泰著	力冈译
还乡	〔英〕托马斯·哈代著	张谷若译
无名的裘德	〔英〕托马斯·哈代著	张谷若译
快乐王子——王尔德童话全集	〔英〕奥斯卡·王尔德著	李家真译
理想丈夫	〔英〕奥斯卡·王尔德著	许渊冲译
莎乐美 文德美夫人的扇子	〔英〕奥斯卡·王尔德著	许渊冲译
原来如此的故事	〔英〕吉卜林著	曹明伦译
缎子鞋	〔法〕保尔·克洛岱尔著	余中先译
昨日世界：一个欧洲人的回忆	〔奥〕斯蒂芬·茨威格著	史行果译
先知 沙与沫	〔黎巴嫩〕纪伯伦著	李唯中译
诉讼	〔奥〕弗兰茨·卡夫卡著	章国锋译
老人与海	〔美〕欧内斯特·海明威著	吴钧燮译
烦恼的冬天	〔美〕约翰·斯坦贝克著	吴钧燮译

第三辑书目（40种）

埃达	〔冰岛〕佚名著　石琴娥、斯文译
徒然草	〔日〕吉田兼好著　王以铸译
乌托邦	〔英〕托马斯·莫尔著　戴镏龄译
罗密欧与朱丽叶	〔英〕莎士比亚著　朱生豪译
李尔王	〔英〕莎士比亚著　朱生豪译
大洋国	〔英〕哈林顿著　何新译
论批评　云鬈劫	〔英〕亚历山大·蒲柏著　李家真译注
论人	〔英〕亚历山大·蒲柏著　李家真译注
亲和力	〔德〕歌德著　高中甫译
大尉的女儿	〔俄〕普希金著　刘文飞译
悲惨世界	〔法〕雨果著　潘丽珍译
安徒生童话与故事全集	〔丹麦〕安徒生著　石琴娥译
死魂灵	〔俄〕果戈理著　郑海凌译
瓦尔登湖	〔美〕亨利·大卫·梭罗著　李家真译注
罪与罚	〔俄〕陀思妥耶夫斯基著　力冈、袁亚楠译
生活之路	〔俄〕列夫·托尔斯泰著　王志耕译
小妇人	〔美〕路易莎·梅·奥尔科特著　贾辉丰译
生命之用	〔英〕约翰·卢伯克著　曹明伦译
哈代中短篇小说选	〔英〕托马斯·哈代著　张玲、张扬译
卡斯特桥市长	〔英〕托马斯·哈代著　张玲、张扬译
一生	〔法〕莫泊桑著　盛澄华译
莫泊桑短篇小说选	〔法〕莫泊桑著　柳鸣九译
多利安·格雷的画像	〔英〕奥斯卡·王尔德著　李家真译注
苹果车——政治狂想曲	〔英〕萧伯纳著　老舍译
伊坦·弗洛美	〔美〕伊迪斯·华尔顿著　吕叔湘译
施尼茨勒中短篇小说选	〔奥〕阿图尔·施尼茨勒著　高中甫译
约翰·克利斯朵夫	〔法〕罗曼·罗兰著　傅雷译
童年	〔苏联〕高尔基著　郭家申译
在人间	〔苏联〕高尔基著　郭家申译
我的大学	〔苏联〕高尔基著　郭家申译

地粮	〔法〕安德烈·纪德著	盛澄华译
在底层的人们	〔墨〕马里亚诺·阿苏埃拉著	吴广孝译
啊，拓荒者	〔美〕薇拉·凯瑟著	曹明伦译
云雀之歌	〔美〕薇拉·凯瑟著	曹明伦译
我的安东妮亚	〔美〕薇拉·凯瑟著	曹明伦译
绿山墙的安妮	〔加〕露西·莫德·蒙哥马利著	马爱农译
远方的花园——希梅内斯诗选	〔西〕胡安·拉蒙·希梅内斯著	赵振江译
城堡	〔奥〕弗兰茨·卡夫卡著	赵蓉恒译
飘	〔美〕玛格丽特·米切尔著	傅东华译
愤怒的葡萄	〔美〕约翰·斯坦贝克著	胡仲持译

第四辑书目（30种）

伊戈尔出征记		李锡胤译
莎士比亚诗歌全集——十四行诗及其他	〔英〕莎士比亚著	曹明伦译
伏尔泰小说选	〔法〕伏尔泰著	傅雷译
海上劳工	〔法〕雨果著	许钧译
海华沙之歌	〔美〕朗费罗著	王科一译
远大前程	〔英〕查尔斯·狄更斯著	王科一译
当代英雄	〔俄〕莱蒙托夫著	吕绍宗译
夏洛蒂·勃朗特书信	〔英〕夏洛蒂·勃朗特著	杨静远译
缅因森林	〔美〕梭罗著	李家真译注
鳕鱼海岬	〔美〕梭罗著	李家真译注
黑骏马	〔英〕安娜·休厄尔著	马爱农译
地下室手记	〔俄〕陀思妥耶夫斯基著	刘文飞译
复活	〔俄〕列夫·托尔斯泰著	力冈译
乌有乡消息	〔英〕威廉·莫里斯著	黄嘉德译
生命之乐	〔英〕约翰·卢伯克著	曹明伦译
都德短篇小说选	〔法〕都德著	柳鸣九译
无足轻重的女人	〔英〕奥斯卡·王尔德著	许渊冲译
巴杜亚公爵夫人	〔英〕奥斯卡·王尔德著	许渊冲译
美之陨落：王尔德书信集	〔英〕奥斯卡·王尔德著	孙宜学译
名人传	〔法〕罗曼·罗兰著	傅雷译
伪币制造者	〔法〕安德烈·纪德著	盛澄华译
弗罗斯特诗全集	〔美〕弗罗斯特著	曹明伦译

弗罗斯特文集	〔美〕弗罗斯特著	曹明伦译
卡斯蒂利亚的田野：马查多诗选	〔西〕安东尼奥·马查多著	赵振江译
人类群星闪耀时：十四幅历史人物画像	〔奥〕斯蒂芬·茨威格著	高中甫、潘子立译
被折断的翅膀：纪伯伦中短篇小说选	〔黎巴嫩〕纪伯伦著	李唯中译
蓝色的火焰：纪伯伦爱情书简	〔黎巴嫩〕纪伯伦著	薛庆国译
失踪者	〔奥〕弗兰茨·卡夫卡著	徐纪贵译
获而一无所获	〔美〕欧内斯特·海明威著	曹明伦译
第一人	〔法〕阿尔贝·加缪著	闫素伟译

图书在版编目（CIP）数据

缅因森林 /（美）梭罗著；李家真译注 .—北京：商务印书馆，2023
（汉译世界文学名著丛书）
ISBN 978-7-100-22991-3

Ⅰ.①缅… Ⅱ.①梭…②李… Ⅲ.①散文集—美国—近代 Ⅳ.① I712.64

中国国家版本馆 CIP 数据核字（2023）第 194106 号

权利保留，侵权必究。

汉译世界文学名著丛书
缅因森林
〔美〕梭罗 著
李家真 译注

商务印书馆出版
（北京王府井大街36号 邮政编码100710）
商务印书馆发行
北京通州皇家印刷厂印刷
ISBN 978-7-100-22991-3

2023年12月第1版	开本 850×1168 1/32
2023年12月北京第1次印刷	印张 13⅝ 插页 1

定价：66.00元